Aus Freude am Lesen

MONICA KRISTENSEN

SUCHE

Roman

*Aus dem Norwegischen
von Christel Hildebrandt*

btb

Die norwegische Originalausgabe erschien 2008
unter dem Titel »Kullunge« bei Forlaget Press, Oslo

Verlagsgruppe Random House FSC-DEU-0100
Das für dieses Buch verwendete
FSC®-zertifizierte Papier *Lux Cream*
liefert Stora Enso, Finnland.

2. Auflage
Deutsche Erstveröffentlichung Februar 2012
Copyright © Forlaget Press 2008
Copyright © der deutschsprachigen Ausgabe 2012
by btb Verlag in der Verlagsgruppe Random House GmbH, München
Published by agreement with Leonhardt & Hoier Agency, Copenhagen
Satz: Uhl + Massopust, Aalen
Druck und Einband: CPI – Clausen & Bosse, Leck
RK · Herstellung: BB
Printed in Germany
ISBN 978-3-442-74434-3

www.btb-verlag.de
www.spitzbergen-suche.de

Vorwort

Dies ist ein Kriminalroman über Spitzbergen – kein Dokumentarbericht. Die Handlung spielt Mitte der Neunziger Jahre. Ich habe mich natürlich von meiner eigenen Zeit auf Spitzbergen inspirieren lassen, aber die Details sind der Handlung im Buch untergeordnet. Namen, Orte und Personen gibt es in der Realität nicht. Ich habe mir große Freiheiten genommen, besonders was die Platzierung und Einrichtung alter und neuer Kohlegruben um Longyearbyen herum angeht. Ich hoffe, das wird mir verziehen, denn ich hege größten Respekt vor dem Beruf des Bergmanns. Wenn sich die Leser und Leserinnen über die tatsächlichen Verhältnisse auf Spitzbergen, oder Svalbard, wie es auf Norwegisch heißt, informieren möchten, so gibt es eine ganze Reihe empfehlenswerter Bücher, die von der Store Norske Spitsbergen Kulkompani AS (www.snsk.no/store-norske) herausgegeben wurden, sowie Birger Amundsens detaillierte und anschauliche Beschreibung *SvartHvitt*, die leider bislang nur auf Norwegisch erhältlich ist. Diese Erzählung hier handelt von Menschen, die verschwinden. Merkwürdig, wo doch die Gemeinschaft, in der sie leben, so klein ist.

Ulvøya, 28. September 2008
Monica Kristensen

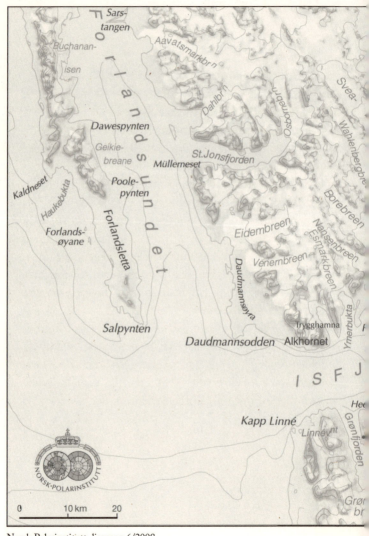

Norsk Polarinstitutt, lisensnr. 6/2008

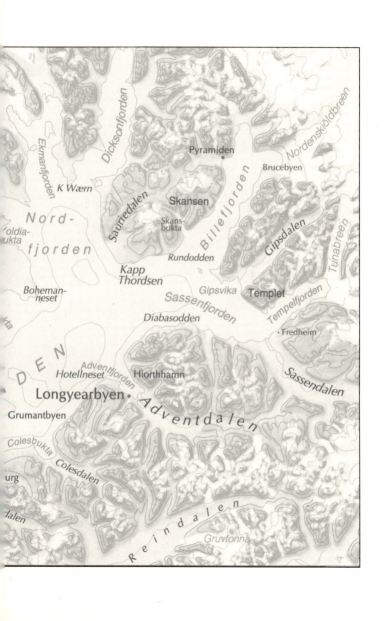

KAPITEL 1

Spuren

Donnerstag, 22. Februar, 13.30 Uhr

Er hockte sich hinter einen großen Schneewall und bewegte sich vorsichtig auf den Knien voran. Hinter ihm lagen weitere Schneewehen, die die Straße hinauf zu den Häusern von Blåmyra verdeckten, dort, wo die Junggesellen der Bergbaugesellschaft wohnten. Ab und zu fuhr ein Auto vorbei, doch die Scheinwerferlichter erreichten ihn nicht. In der letzten halben Stunde war kein Fußgänger vorbeigekommen. Es war unwahrscheinlich, dass ihn jemand bemerkte, dort, wo er hockte. Er selbst dagegen hatte freie Sicht.

Es war schneidend kalt. Er zog sich die Kapuze fest ums Gesicht und drückte die Pelzkrempe dicht an die Stirn. Nach einer Weile begann sich unten etwas zu regen. Kleine Gestalten tapsten und krabbelten in den Schnee hinaus, der im Laufe der Nacht gefallen war. Er hielt konzentriert Ausschau und entdeckte fast sofort, wonach er suchte. Seine Augen verengten sich vor Freude. Das kleine Bärchen spielte heute auch draußen. Die Kleine kullerte einen Abhang hinunter und war sofort voller Schnee. Sie schaffte es, sich aufzurappeln, fiel wieder hin und geriet außer Sicht, kam aber schnell wieder zum Vorschein. Zwei Kaninchen hüpften und rutschten auf sie zu. Das eine Kaninchen war grün, eines seiner Ohren war halb abgerissen, so dass es über der Wange baumelte. Das andere war blau. Er schaute ihnen noch lange, nachdem sie hinter einem Schuppen am anderen Ende des Spielplatzes verschwunden waren, nach.

Nach ein paar Minuten rutschte er näher. Er wusste, dass sie hinter dem Schuppen über den Zaun klettern konnten. Hier hatte sich eine so hohe Schneewehe aufgetürmt, dass selbst die Kleinsten es über den Zaun schafften. Aber sie wollten nicht immer. Manchmal blieben sie auch nur stehen und schauten ihn mit ihren glänzenden, fragenden Augen an – als verstünden sie nicht, was er wollte, wenn er ihnen zuwinkte, damit sie näher kämen.

Traute er sich heute, ihnen etwas zu essen zu geben – vielleicht eine Apfelsine? Nein, dazu war es zu kalt. Es war wohl das Sicherste, bei Süßigkeiten zu bleiben. Die mochten sie immer. Er zog sich einen Handschuh aus und wühlte in den tiefen Taschen.

Auf der anderen Seite des Hauses stand die Leiterin des Kindergartens zitternd vor Kälte oben auf dem Treppenabsatz vor der Eingangstür. Sie schaute ängstlich den Fußweg hinauf, der am Kindergarten vorbeiführte. Es war Ende Februar und der Himmel deutlich heller als noch vor ein paar Tagen. Nicht mehr lange, dann würde die Sonne zum ersten Mal im Jahr zu sehen sein. Die Berge um die kleine Polarstadt herum ragten hoch auf und verschwanden in einem Märchenland von Wolken in Rot und Gelb. Aber die Häuser von Longyearbyen lagen immer noch in tiefen blauen Schatten.

Die Kindergartenleiterin fror in ihrem grob gestrickten Pullover, blieb aber trotzdem draußen stehen und spähte besorgt den Weg zu dem kleinen Markt mit all seinen Lichtern hinauf. Einzelne Gestalten huschten in die Geschäfte oder stolperten aus ihnen heraus, die wenigsten blieben stehen, um sich miteinander zu unterhalten. In der ruhigen kalten Luft waren alle Geräusche deutlich zu hören, wenn auch gedämpft – als wären sie in einer kleinen Schachtel eingefangen.

Wo war dieses anstrengende Mädchen geblieben? War es ihr tatsächlich gelungen, auszubüchsen? Die Leiterin konnte eine gewisse Unruhe nicht abschütteln, gleichzeitig fragte sie sich, wie es Ella gelungen sein sollte, die Außenpforte zu öffnen. Schließlich war sie ganz oben, außer Reichweite von kleinen Kinderfingern, mit einem Schnappschloss versehen. Nein, sie würde sicher wieder auftauchen, genau wie auch die anderen Kinder im Laufe des Winters immer wieder aufgetaucht waren. Es war nur so ärgerlich, nicht zu wissen, wo sie sich versteckten. Und ganz und gar unerklärlich, wie es ihnen gelungen sein sollte, eine Ecke zu finden, in der sie nicht entdeckt wurden. Nicht unbedingt beängstigend. So weit wollte sie nicht gehen. Aber ärgerlich, das schon.

Der Kindergartenleiterin war allerdings klar, dass sie etwas sah, was sie beunruhigte. Auf dem Fußweg hinunter zum Polarhotel verlief eine deutliche Spur. Oder besser gesagt: verliefen zwei Spuren. Eine schnurgerade Linie aus Abdrücken von Erwachsenenschuhen. Und daneben winzig kleine Abdrücke von Kinderschuhen, die sich ab und zu mit den Spuren der großen Schuhe verflochten. Konnte jemand Ella abgeholt und mitgenommen haben, ohne Bescheid zu sagen? In diesem Fall wollte sie persönlich dafür sorgen, dass es das letzte Mal war, dass diese Person sich so unüberlegt verhielt. Die Leiterin war in dieser Hinsicht sehr streng. Sie verlangte rechtzeitig darüber informiert zu werden, wenn jemand anderes als die Eltern die Kinder abholten.

Sie sahen friedlich aus, die beiden Perlenketten von Fußabdrücken, die in den Neuschnee gedrückt waren. Von keinem Windstoß verwischt, zeichneten sie sich perfekt in den Lichtkegeln der Straßenlaternen ab. Der Weg war menschenleer, er führte an dem neuen Krankenhaus vorbei, das in beruhigendes hellgelbes Licht getaucht, direkt gegenüber vom Kindergarten lag. Die Spuren folgten den Schneewällen, so weit sie sehen konnte. Aber inzwischen hatte es wieder angefangen, sacht zu schneien. Kleine Eisnadeln rieselten aus dem blauen Licht herab und drehten sich unentschlossen hin und her. Bald würden die Spuren verschwunden sein.

Die Kindergartenleiterin seufzte und betrat den vollgestopften Flur, in dem bunte Kinderkleidung in den niedrigen Fächern lag und an den Haken hing. Die Kinder waren wegen der Kälte früh wieder vom Spielplatz hereingeholt worden. Ellas Schneeanzug hing nicht an ihrem Haken, aber das musste nichts bedeuten. Die Kinder ließen ihre Sachen einfach überall liegen. Aber Ellas braune Bärenmütze mit den Puschelohren lag auch nicht in ihrem Fach. Und die Stiefel waren nirgends zu entdecken. Ella war so stolz auf die Mütze und ihre rosa Fellstiefel mit dem weißen Pelzrand. Niemand sonst hatte so welche. Es war das Geschenk einer geliebten Oma aus dem Süden, und sie würde sie niemals vergessen. Die Kindergartenleiterin dachte, wenn sie Mütze und Stiefel fände, dann wäre Ella sicher auch nicht weit.

Der Kindergarten lag im Zentrum von Longyearbyen. Die ständigen Bewohner sagten das ohne jede Form von Ironie. Es waren nur die Touristen, die sich darüber amüsierten, dass Bezeichnungen wie Marktplatz oder Zentrum für die bescheidene Anhäufung von Büros, Geschäften und Gaststätten benutzt wurden.

Das lag daran, dass die Besucher nichts verstanden. Sie dachten nicht daran, wie viele Kilometer menschenleerer Straßen es waren von den hintersten Häusern im Adventdalen bis zu den Kränen am Kohlekai. Sie achteten nicht auf die Schatten, die tief auf die Häuser in Blåmyra und auf Skjæringa fielen. Und sie hatten die Spuren des einen oder anderen Eisbären vergessen, der durch die Stadt gestapft war, auf dem Weg zu eisbedeckten Fjorden, lautlos und fast unsichtbar vor dem fallenden Schnee. Die Einwohner wussten, dass es auch im kleinsten Dorf ein Zentrum gab, in dem es erlaubt war, sich zu entspannen und sicher zu fühlen. Und mitten im Zentrum, zwischen all den Lichtern und dem friedlichen Fußweg, da lagen Kindergarten und Krankenhaus. Niemand hatte hier jemals eine Eisbärenspur gesehen.

Der Weg begann am Polarhotel, führte weiter über den Marktplatz, wo die lebensecht wirkende Bronzestatue von Grubenarbeitern mit Schutzhelmen auf den Köpfen und den Spaten in der Hand stand, zog sich weiter vorbei an dem neuen Base-camp-Haus, das mit seinem seidengrauen Naturpaneel aus Treibholz protzte, er wurde breiter zwischen Rabiesbua und einem Laden, der Sportausrüstung verkaufte, und verschwand zum Schluss im Hilmar Rekstens vei, wo den Fußgängern nicht einmal mehr ein Bürgersteig blieb, auf dem sie sicher hätten weitergehen können. Denn die Bürgersteige, die wurden von den Schneescooterfahrern benutzt.

Der Fußweg wurde nicht groß begangen, höchstens jeweils das kurze Stück vom Parkplatz am Büro der Spitzbergen-Post bis zu dem Gebäude, das Post und Bank beherbergte. Immer mehr Menschen fuhren mit dem Auto zur Arbeit. Ihre Beine benutzten fast nur noch Hundebesitzer und Jogger.

Die dunkle Zeit war auch nicht mehr so wie früher. Früher konnte man andere ständige Einwohner auf der Straße treffen und sich mit ihnen unterhalten. Alle wussten, wer unterwegs war, wohin jeder gegangen war, und im Großen und Ganzen überhaupt, was so vor sich ging. Jetzt war es schwieriger geworden, alles mitzubekommen. Die Polarnacht hatte den Rand der Stadt zurückerobert.

»Hast du Ella gefunden?« Die Erzieherin, die für die größeren Kinder verantwortlich war, war lautlos auf Strumpfsocken in den Flur gekommen und stand plötzlich neben ihr.

Die Kindergartenleiterin zögerte. Sie wollte ihre Angestellte nicht unnötig beunruhigen. »Draußen vor der Treppe waren Spuren von Kinderschuhen, aber sie kann ja nicht... und selbst wenn sie irgendwie das Schloss von innen aufgekriegt hätte, würde sie es nicht schaffen, es wieder von außen zu schließen. Da oben kommt sie gar nicht dran. Aber natürlich kann ein Erwachsener...« Sie sah bedrückt ihre Angestellte an. »Hast du alle Räume durchsucht? Auch die Toiletten?«

»Ich war überall. Und ich habe auch ihren Vater angerufen. Aber der ist nicht ans Handy gegangen. Er ist wohl unter Tage.«

»Hast du Tone etwas gesagt?« Die Leiterin schaute sich eilig um.

»Nein, die ist bei den Kleinen. Sie sieht ausnahmsweise mal richtig zufrieden aus. Ich habe nicht das Herz gehabt, ihr zu sagen, dass ihre Tochter sich davongeschlichen hat, wieder einmal. Letztes Mal war sie ganz außer sich.«

Die Kindergärtnerin hob einen Handschuh vom Boden auf und legte ihn ins Regal. »Hast du eine Idee, wo sie abgeblieben sein könnte? Ich bin der Meinung, dass ich wirklich überall gesucht habe. Sogar im Besenschrank.«

Sie schauten einander wortlos an.

Der Mann hinter dem Schneewall war sich sicher, dass ihn niemand sehen konnte. Er dachte an die Kinder und deren rote Bäckchen. Rote Nasen und Wangen und das leise Schnauben, wenn sie die nassen Tropfen auf der Oberlippe hochzogen. Die unbeholfenen Bewegungen in den Schneeanzügen und die glänzenden Augen, die ihn offen und neugierig anschauten. Als wäre er nicht anders als die anderen Erwachsenen, die ihnen begegneten. Er sehnte sich danach, die kleinen Körper an sich zu drücken. Aber er streckte nicht einmal die Hand aus, um sie an ihren eifrigen Gesichtern zu berühren.

Die Kinder liebten seine Süßigkeiten, aber es gelang ihm trotzdem nicht, sie zu überreden, auf die andere Seite des Zauns zu kommen. Und selbst auf den Spielplatz zu klettern, das traute er sich nicht. Er konnte die Gestalten hinter den hell erleuchteten Fenstern des Kindergartens hin und her gehen sehen. Einmal war eine der Frauen lange hinter einer Gardine gestanden und hatte in seine Richtung geblickt. Er war wie zu Eis erstarrt und hatte gehofft, dass er mit dem Schatten hinter dem Schneewall verschmolz.

Nichts war passiert. Keine Tür war aufgerissen und gegen die Hauswand gedonnert worden. Keine wütenden Stimmen hatten ihn quer über den Spielplatz angeschrien und gefragt, was er da treibe.

Die Stunden vergingen. Der Mann hinter dem Schneewall fror, aber er rührte sich trotzdem kaum von der Stelle. Und plötzlich war er verschwunden.

Die Leiterin des Kindergartens zog sich warme Kleidung und Stiefel an und ging hinaus auf die Treppe auf der Rückseite des Hauses. Vor ihr lag der Spielplatz mit seinen Rutschen, Schaukeln und dem Klettergerüst. In den blauen Schatten am Zaun zur Straße lag ein vergessenes Rutschbrett. Ella war nicht zu sehen. Sie rief ihren Namen vorsichtig, fast ein wenig verlegen. Wenn nun jemand des Weges kam? Was sollten die Leute denken, wenn sie sie hier stehen sahen und ins Blaue rufen? Ihre Stimme trug nicht weit. Es war, als gäbe sie auf halbem Weg über den Platz auf und sänke hinab in den Neuschnee.

Der Schuppen lag im Schatten. Die Tür war mit einem rostigen alten Metallhaken verschlossen. Den hätte Ella nicht allein öffnen können. Aber wenn nun eines der Kinder sie da drinnen eingesperrt hatte? Und niemand gehört hatte, wie sie um Hilfe rief? Die Leiterin schob all die schrecklichen Alternativen zur Seite, als sie schnelle Schritte die Treppe hinunterlaufen hörte.

Die Kinder konnten die Leiterin durch das Loch in der Schneewand sehen. Sie kicherten, aber ganz leise und durch dicke Fausthandschuhe gedämpft. Zuerst kamen die riesigen Stiefel die Treppenstufen heruntergetrampelt. Dann ging sie mit langen, knirschenden Schritten im Schnee über den Spielplatz, hinüber zum Schuppen. Sie trug ihren braunen Daunenmantel. Was sie wohl im Schuppen wollte? Magnus steckte den Kopf aus dem Loch, um besser sehen zu können, was sie da trieb, wurde aber von Kalle mit fester Hand zurückgezogen. Wortlos blieben sie hocken, warfen sich nur wütende Blicke zu.

Es war noch nicht lange her, dass die Gruppenleiterin die Kinder ins Haus gescheucht hatte, weil es draußen so kalt war. Aber die kleine Gruppe hier hatte die Taschen voll mit Süßigkeiten, die sie noch nicht hatten aufessen können, und Kalle war derjenige gewesen, der vorgeschlagen hatte, sie sollten sich in der Höhle unter dem Haus verstecken. All die anderen Kinder waren mittlerweile hineingegangen, nur die kleine Freundesgruppe hatte sich versteckt. Jetzt schoben sie sich noch weiter hinein in den engen Schneetunnel. Ihnen war klar, dass die Kindergartenleiterin nach ihnen suchte. Aber sie würde die Kinder nicht finden. Die Erwachsenen waren so dumm. So dumm, die Kinder fanden gar keine Worte dafür. Die Erwachsenen kapierten gar nichts. Die Leiterin war sogar fest davon überzeugt, dass sie es nicht einmal schafften, die Haustür zu öffnen!

»Wie doof«, flüsterte Kalle, der fast sechs Jahre alt war. Er kannte all diese spannenden Worte. »Bescheuert. Richtig oberdoof.« Er hatte bereits beide Schneidezähne verloren und zischte bei einzelnen Buchstaben. Dadurch wirkte er nicht ganz so souverän und erwachsen, wie er gern wollte.

Die vier Kinder schoben sich rückwärts weiter hinein in den großen Hohlraum unter dem Kindergarten. Sie versuchten, kein Geräusch zu machen, aber ihre Schneeanzüge raschelten auf dem Schnee. Und sie schafften es auf ihrem Weg weiter unters Haus nicht, das Kichern zu unterdrücken.

»Schubs mich nicht.«

»Du hast zuerst geschubst. Und mich mit dem Stiefel getreten.«

»Habe ich nicht! Das war…«

Die Geräusche wurden leiser und verebbten.

Wie die meisten Häuser in Longyearbyen war der Kindergarten auf hohen Pfeilern gebaut, die tief in den Boden gerammt worden waren. Es gab nur zwei Methoden, auf Spitzbergen zu bauen: entweder man errichtete das Haus direkt auf dem Boden, so dass es sich mit der tauenden und wieder frierenden obersten Schicht des Permafrostbodens bewegte, oder man baute auf Pfeilern, die so lang waren, dass sie bis in die Erdschichten reichten, die niemals tauten. Die erste Methode war am besten geeignet für Holzhäuser, die je nach Jahreszeit nachgeben und sich dehnen konnten. Die zweite Methode musste bei Steinhäusern benutzt werden, sonst würden sich große Risse in den Wänden bilden. Außerdem hatten die Häuser auf Pfählen, wenn sie denn im Hinblick auf die Windrichtung ausgerichtet waren, den Vorteil, dass der Schnee durch die Hohlräume unter dem Haus pfiff, so dass er auf der anderen Seite wieder herauswirbelte. Doch dafür lag der Kindergarten zu tief im Gelände. In schneereichen Wintern legten sich Schneewehen rund um das Gebäude und bildeten einen unsichtbaren Hohlraum.

Im Sommer erlaubte die Leiterin den Kindern, unter dem Haus zu spielen. Dort war es dunkel, der Boden war bedeckt mit Kies und kleinen Steinen, es roch nach Eisen und Erde. Und es war eng und niedrig, zu niedrig für Erwachsene. Da die meisten der Kinder vom Kullungen-Kindergarten Eltern hatten, die in irgendeiner Art und Weise etwas mit der Store Norske Kohlekompanie zu tun hatten, hatte sie zwischen den Stützpfeilern Gänge anlegen lassen, so dass die Kinder spielen konnten, sie wären in einem Bergwerk. Lampen, wie es sie in den Kohlegruben gab, und andere Ausrüstung waren ein Geschenk der Gesellschaft gewesen. Die Leiterin fand, sie hatte ein realistisches Modell zustande gebracht, mit dem die Kinder etwas über den Bergbau lernen konnten. Diese Spiele unter dem Haus fanden im Sommer und im Herbst statt. Im Winter waren die Gänge vom Schnee zugeweht. Glaubte zumindest die Leiterin.

Aber einige der Kinder hatten entdeckt, dass es auch im Winter große Hohlräume unter dem Haus gab. Wenn sie sich durch ein Loch hindurchzwängten, das sich gewöhnlich im Windschatten der Treppe bildete, rutschten sie eine Rinne hinunter und landeten in einer niedrigen, dunklen Grotte aus festgepresstem Schnee. Von hier aus hatten sie kleine Löcher zum Fußweg hin gegraben. Durch diese Löcher sickerten vereinzelt Lichtstrahlen von den Straßenlampen. Und so konnten sie dort unten hocken und heimlich die Leute beobachten, die vorbeigingen – zumindest konnten sie versuchen zu erraten, wem die Schuhe gehörten.

Aber heute waren sie mit etwas anderem beschäftigt. »Du darfst nicht über die Schneewehe beim Schuppen klettern. Dann machst du alles kaputt«, erklärte Kalle wütend einem der Zwillinge. »Sprich mir nach: Ich verspreche, nicht wieder über den Zaun zu klettern.« Kalle hatte einen schwer einzuordnenden Dialekt, eine Mischung aus der Gegend von Trøndelag und Nordnorwegisch, wie die meisten, die in Longyearbyen aufgewachsen waren.

Der kleine Vierjährige nickte, ihm standen schon die Tränen in den Augen. »Ich wollte doch nur die Schokolade haben, die er hingehalten hat, ich wollte nicht …« Er schluchzte und wischte sich mit dem Ärmel unter der Nase entlang.

»Ja, ja.« Kalle drehte sich altklug weg. »Aber wenn du das noch einmal machst, dann reiße ich dir noch das andere Ohr von deiner Kaninchenmütze ab.«

»Du sollst verdammt noch mal nicht immer so gemein sein.« Magnus wusste selbst nicht so genau, welchen Grund er eigentlich hatte, sich zu trauen, dem gleichaltrigen Jungen Kontra zu geben.

»Und du sollst nicht fluchen!«, rief Ella empört.

»Pssst.« Die drei Jungs drehten sich um und zischten sie an, trotz allem war sie ja nur ein Mädchen. »Ingrid kann uns hören, seid still, alle drei.«

Wie üblich war es Kalle, der das letzte Wort hatte. Er schob die Hände in die Taschen seines Schneeanzugs. »Was habt ihr gekriegt?« Drei Karamellbonbons und eine kleine Tüte mit Süßigkeiten lagen auf dem Boden. Unter genauer Beobachtung legten die anderen ihre Schätze auf den Boden. Sie teilten alles untereinander auf und stopften sich schnell die Leckereien in den Mund. Eine Weile saßen sie einträchtig beieinander und kauten vernehmlich.

»Glaubst du, es war der sechste Mann, der dich geschubst hat?«, fragte Ella Kalle.

»Es gibt keinen sechsten Mann und keine Bergmännchen.« Kalle sah sie streng an. »Das ist nur so ein Quatsch, den die

Dummen glauben. Am-mateure!« Kalles Vater war Steiger bei Svea und arbeitete seit mehr als zwanzig Jahren für die Bergbaugesellschaft.

»Was ist ein Bergmännchen?«, fragte der Zwilling und schaute sich ängstlich um.

»Das soll so einer sein, der hinter den Hauern in die Grube geht, und keiner weiß, wer er ist«, erklärte Kalle mit überlegener Miene. Der Zwilling guckte ihn verständnislos an. »Na, die Hauer, du weißt, die Grubenarbeiter. Wenn sie im Berg Kohle schlagen. Da ist es dunkel in der Grube, weißt du. Bestimmt noch dunkler als hier. Und dann, wenn dann... Ja, wenn sich jemand umdreht und gucken will, was die Kumpel machen... Dann sieht er, dass da ein Mann zu viel ist. Wenn sie fünf sind, dann sieht er plötzlich sechs Stück, die die Kohle schlagen. Das ist dann der sechste Mann. Aber das sind nur solche wie Ellas Papa, solche Neuen... die an solche Gespenster glauben.«

Ella schaute weg. Sie hätte ihren Papa so gern verteidigt. Wusste aber nicht so recht, was sie sagen sollte. »Mein Papa glaubt an den sechsten Mann. Er hat ihn nämlich gesehen!«, sagte sie schließlich. Aber Kalle erwiderte nicht einmal etwas darauf.

Eine Weile war es still.

»Was glaubst du, was ist da weiter hinten unterm Haus?«, fragte Magnus plötzlich. Er hatte bereits all seine Süßigkeiten aufgegessen.

Kalle zuckte mit den Schultern. Aber Ella war neugierig. »Wollen wir nachgucken?« Sie kroch bereits in den Schnee hinein, durch eine enge Öffnung, die im Dunkel verschwand. Die anderen Kinder beugten sich vor, um zuzugucken, und Magnus schob sich langsam hinterher. Kurz darauf war ein gedämpfter Schrei von Ella zu hören. »Hilfe, es ist eingebrochen.

Ich habe Schnee in den Nacken gekriegt. Ach du meine Güte. Hier ist eine richtig große Höhle. Kommt doch auch!«

Aber Kalle zog Magnus am Bein zurück und erklärte, dass sie zurück zum Eingang müssten, um nachzusehen, ob die Leiterin inzwischen reingegangen war.

»Es wird kalt«, schnaubte der Zwilling. »Nun komm schon zurück.«

Kalle kroch als Erster aus der Höhle und achtete darauf, dass ihn niemand von den Fenstern her sah. Vorsichtig ging er die Treppe hoch und klopfte ein paar Mal an die Haustür. Drinnen schob der andere Zwilling die Bank vor die Tür und kletterte hinauf, so dass er das Schnappschloss erreichen konnte. Er musste sich ein wenig abmühen, um es öffnen zu können. Doch schließlich schaffte er es und schob stolz die Bank zurück an ihren Platz. Ein Schlag mit der Hand auf die Tür verkündete Kalle, dass die Luft im Flur rein war.

Unter dem Haus kroch Ella allein in dem schmalen Gang aus hart gepresstem Schnee herum und versuchte sich umzudrehen. Sie kam ins Schwitzen. Und sie war traurig, weil die anderen nicht auf sie gewartet hatten. Als sie schließlich herausgekrochen kam, waren die anderen schon lange fort. Und sie vergaß das Schnappschloss wieder zu verschließen.

Auf der anderen Seite des Kindergartens, auf dem Fußweg, setzten sich große Lederstiefel in Bewegung. Sie stampften kurz auf, weil der Mann, der sie trug, eine ganze Weile still gestanden und den Kindern unterm Haus zugehört hatte. Er musste lächeln. Ein wehmütiges, fast schönes Lächeln in einem so hässlichen Gesicht.

KAPITEL 2

Vermisst

Donnerstag, 22. Februar, 16.10 Uhr

»Spreche ich mit dem Büro der Regierungsbevollmächtigten?« Ihre Stimme klang irritiert.

»Doch, ja. Sie sprechen mit Knut Fjeld, dem Wachhabenden. Tut mir leid, aber ich bin gerade zu Hause in meiner Wohnung und mache mir etwas zu essen. Die Telefonzentrale ist nicht besetzt, deshalb...«

»Ich weiß. Sonst wäre ich ja nicht zu Ihnen durchgestellt worden. Oder ist das nicht der Notruf?« Es war offensichtlich eine energische Frau, mit der er da sprach.

»Doch, natürlich. Tut mir leid. Worum geht es denn?«

»Nun.« Sie seufzte. »Das ist etwas schwierig. Klingt vielleicht komisch...« Sie zögerte. »Aber wir sind zu dem Schluss gekommen, dass uns nichts anderes übrig bleibt, als Sie zu verständigen.«

Na, komm schon, dachte Knut. Er hatte sich auf einen langen, gemütlichen Abend auf dem Sofa vor dem Fernseher gefreut. Aber er sagte nichts. Oft war Schweigen ein gutes Mittel, um Leute zum Reden zu bringen.

»Ich heiße Ingrid Eriksen und leite den Kullungen-Kindergarten. Und jetzt hat sich herausgestellt... also, wir finden eines der Kinder nicht. Ihre Mutter arbeitet hier. Heute Nachmittag wollte sie ihre Tochter abholen, und da war sie verschwunden. Wir haben den ganzen Kindergarten abgesucht. Und außerdem sind ihre Straßenkleider auch nicht da. Stiefel, Mütze, Schneeanzug und Handschuhe, alles weg.«

Knut fuhr sich mit der Hand durchs Haar. Er wusste nicht so recht, was er sagen sollte. Es musste eine ganz natürliche Erklärung dafür geben. Kinder verschwanden auf Spitzbergen nicht. Er konnte sich jedenfalls an keinen einzigen Fall erinnern.

»Ich glaube natürlich nicht... ich meine... Longyearbyen ist ja ein kleiner Ort. Und wir wissen genau, wer hier wo wohnt. Wir glauben nicht, dass etwas Kriminelles dahintersteckt. Aber es ist nur so, dass... dass es so kalt ist. Unter minus zwanzig Grad. Ich mag gar nicht daran denken... Was ist, wenn sie alleine rausgegangen und einen Abhang hinuntergefallen ist oder sich verlaufen hat...«

»Kann sie den Kindergarten auf eigene Faust verlassen haben?« Endlich begannen Knuts Gedanken, in strukturierten Bahnen zu laufen. »Ist sie in der Lage, sich allein anzuziehen?«

»Ja, natürlich. Sie ist bald sechs. Aber unsere Außentüren sind immer verschlossen. Und die Schnappschlösser sitzen so hoch, dass die Kinder nicht drankommen. Und warum sollte sie allein weggehen? Das hat bisher noch keines der Kinder getan. Sie werden immer von ihren Eltern abgeholt oder von jemand anderem, aber in so einem Fall informieren uns die Eltern darüber. Wir sind in dieser Hinsicht sehr streng. Aber...«

»Aber?«

»Es ist möglich, dass ihr Vater sie abgeholt hat, ohne sich bei uns zu melden.«

»Wenn der Vater das Kind abgeholt hat, dann ist sie doch wohl nicht vermisst, oder? War ihre Mutter denn schon zu Hause und hat nachgesehen, ob die beiden dort sind? Von wem reden wir eigentlich?«

Ingrid Eriksen seufzte erneut. »Wir haben zu Hause angerufen. So dumm sind wir ja nun auch wieder nicht. Der Vater heißt Steinar Olsen. Er ist Bergwerksingenieur bei Store

Norske. Es ist seine Tochter Ella, die verschwunden ist. Ihr wart nach Weihnachten ein paar Mal bei ihnen. Wegen Familienstreitigkeiten, erinnern Sie sich nicht mehr?«

Offensichtlich glaubte niemand in Longyearbyen, dass im staatlichen Verwaltungsbüro auf so etwas wie Schweigepflicht und Datenschutz geachtet wurde. Wie die meisten ständigen Bewohner ging die Kindergartenleiterin davon aus, dass die Verwaltungsbeamten die Details sämtlicher Fälle kannten, die von der Polizei bearbeitet wurden. Und Knut war tatsächlich schon einmal bei Steinar Olsen in offizieller Mission unterwegs gewesen. Aber nicht wegen eines Familienstreits.

Sie fuhr fort: »Leider haben diese Besuche nichts genützt. Erst gestern war er wieder so betrunken, dass er Möbel zertrümmert hat und die Treppe runtergefallen ist – ohne dass ihr gerufen wurdet. Das letzte Mal waren es die Nachbarn, die sich gemeldet haben, Tone ist ihrem Mann gegenüber viel zu loyal, um die Polizei zu rufen. Außerdem schämt sie sich sicher. Wir haben versucht, ihr klarzumachen, dass häusliche Streitigkeiten auch die Tochter beeinflussen. Und gestern hat sie endlich die Scheidung verlangt, und das endete dann in Gewalt und Drohungen. Deshalb ist sie überzeugt davon, dass Steinar Ella im Kindergarten abgeholt hat, ohne etwas zu sagen. Um ihr Angst zu machen.«

»Dann bittet Tone Olsen also um Hilfe und möchte, dass die Polizei mit ihr nach Hause kommt? Um die Lage etwas zu entspannen?«

»Ja, genau«, bestätigte die Kindergartenleiterin mit offensichtlicher Erleichterung. »Und Sie können ihn gern etwas härter rannehmen.«

»Es ist nicht unsere Aufgabe, die Leute zu maßregeln«, sagte Knut. »Aber ich kann ihm auf jeden Fall erklären, welche Konsequenzen es hat, wenn er wegen Kidnapping angeklagt wird.«

Er hoffte, dass die Kindergartenleiterin nicht seinen tiefen Seufzer hörte, als er sein Handy zusammenklappte.

Trotz der Kälte warteten die beiden Frauen an der Treppe vor dem Kindergarten, als Knut mit dem schwarzen Dienstwagen auf dem Bürgersteig vorfuhr. Das war streng genommen nicht erlaubt, und Knut warf schnell einen Blick hinauf zum Büro der Spitzbergen-Post. Es war bekannt, dass der Redakteur der kleinen Lokalzeitung gern hinter den Gardinen seines Fensters, das auf den Marktplatz zeigte, stand und nach Dingen Ausschau hielt, über die er sarkastische Artikel schreiben konnte. Doch das Fenster war dunkel, kein Schatten dahinter zu sehen.

Knut stieg aus dem Wagen. Es war leicht zu erkennen, welche der beiden Frauen die Mutter des vermissten Kindes war. Ihre rot verquollenen Augen lugten unter dem Pelzrand ihrer Anorakkapuze hervor.

»Nichts Neues?«

»Nein, nichts.« Es war die größere der Frauen, die antwortete, die Kindergartenleiterin. Knut konnte sich nicht daran erinnern, sie schon einmal gesehen zu haben, aber er war sich dessen nicht so sicher. Longyearbyen war keine große Stadt, hier wohnten knapp zweitausend Einwohner.

Sie streckte ihm mit einem leichten Lächeln die Hand entgegen. »Ingrid Eriksen. Wir haben uns noch nicht kennengelernt, aber ich weiß, wer Sie sind.«

Knut öffnete die Wagentüren, und die Kindergartenleiterin setzte sich neben ihn. Sie wirkte jetzt optimistischer als vorhin am Telefon. Tone Olsen dagegen kauerte sich auf dem Rücksitz zusammen und reagierte kaum auf Knuts Fragen.

»Wann haben Sie Ella zuletzt gesehen? Können Sie sich daran erinnern?«

Sie schluchzte. »So gegen zwei, als die Kinder vom Spielplatz hereingekommen sind.«

»Haben Sie mit ihr gesprochen? Hat sie etwas gesagt, was darauf hindeuten könnte, dass sie von ihrem Vater abgeholt werden sollte?«

»Nein, wir haben uns nur kurz einen Kuss gegeben. Ihre Wangen waren eiskalt, und sie hatte Schnee auf der Mütze. Ich habe sie gefragt, wo sie gewesen ist, aber sie ist nur wortlos ins Spielzimmer zu den größeren Kindern gelaufen.«

Die Kindergartenleiterin unterbrach sie. »Sie ist sehr spät reingekommen, sicher zehn Minuten nach den anderen. Und sie war die Letzte. Ich habe sie sogar auf der Seite des Hauses gesucht, die zum Bürgersteig zeigt. Irgendwas ist da komisch, aber ...« Sie warf einen Blick schräg nach hinten in Tone Olsens erschrockenes Gesicht und begriff, dass jetzt nicht der richtige Zeitpunkt war, um dem Beamten von dem merkwürdigen, nur kurz andauernden Verschwinden mehrerer Kinder in den letzten Wochen zu berichten.

Knut nahm sich weitere Freiheiten hinsichtlich der Verkehrsregeln und fuhr mit dem Dienstwagen weiter auf dem Fußweg entlang, am neugebauten Polarhotel bog er ab. Vereinzelte Touristen bewegten sich dicht am Schneerand, eingemummelt in dicke Schneeanzüge oder Daunenjacken. Aber sie wagten sich nicht weit hinaus; und an der Straße nach Blåmyra hin, dort, wo Familie Olsen wohnte, waren keine Fußgänger zu sehen. Obwohl es die dunkle Jahreszeit war und die Sonne sich auch mitten am Tag hinter dem Horizont verbarg, war es relativ hell – ein traumartiger, blauer Streifen hing über den Gletschern. Knut hatte das Abblendlicht eingeschaltet, und dort, wo es auf die Schneeränder traf, zeichneten sich schwarze Schatten auf dem weißen Schnee ab. Eigentlich konnte er im Licht der Scheinwerfer weniger sehen als ohne sie.

»Sie glauben doch nicht...« Ingrid Eriksen sprach leise, an Knut gewandt, wegen des Motorbrummens kaum zu verstehen. »Es ist doch wohl undenkbar, dass Leute mit so einer Veranlagung hier nach Longyearbyen kommen, ohne dass ihr davon wisst?«

Knut schüttelte den Kopf. »Wir kontrollieren die Leute, die nach Spitzbergen kommen, nicht. Oder haben Sie das wirklich geglaubt?«

»Nun, man liest ja so einiges in den Zeitungen und macht sich so seine Gedanken. Aber das ist wahrscheinlich zu weit hergeholt. So etwas passiert ja wohl eher auf dem Festland und nicht hier.« Die Kindergartenleiterin drehte den Kopf und schaute nach hinten. Aber Tone Olsen hatte nicht zugehört. Sie saß mit angespannter Miene da, versunken in ihre eigenen Gedanken.

Knut fuhr an der langen Reihe kleiner Reihenhäuser entlang, bis zu dem Haus, in dem Steinar Olsen und seine Familie wohnten. Es war das letzte auf der rechten Seite.

»Sein Auto ist nicht hier«, sagte Tone Olsen und spähte durch das heruntergekurbelte Fenster hinaus.

Neben dem kleinen Schuppen, der zwischen den Reihenhäusern hervorragte, war ein Autoparkplatz eingerichtet. Knut drehte sich um und sah einen Schneescooter, aber kein Auto. »Parkt er immer hier? Ihr habt keine Garage?«

Sie schüttelte den Kopf und schaute zum ersten Stock hoch. »Und im Wohnzimmer brennt auch kein Licht.«

Die Kindergartenleiterin sah Knut besorgt an. »Er hat auf unsere Anrufe nicht reagiert, ging weder an sein Handy noch am Festnetz dran. Wir haben keine Ahnung, in welchem Zustand er sich befindet.«

Knut überlegte noch, was er darauf erwidern sollte, da hatte Tone Olsen bereits die Wagentür geöffnet, war hinausgesprungen und die Treppe hochgelaufen. Sie drückte die Türklinke. Die Tür war unverschlossen, und sie verschwand im Inneren.

Die beiden anderen blieben am Auto stehen. Lauschten auf Stimmen oder andere Lebenszeichen aus dem Haus, aber es war nichts zu hören. »Wir sollten besser auch reingehen.« Knut nahm die Treppe in zwei großen Schritten und lief weiter hinauf in den ersten Stock.

Tone Olsen war direkt ins Wohnzimmer gerannt, ohne sich die Stiefel auszuziehen. Der Schnee schmolz in kleinen Pfützen auf dem Boden. Sie schaute hinter das Sofa, ging dann schnell in die Küche, lief wieder die Treppe hinunter und öffnete die Türen zu den beiden Schlafzimmern. Beide Räume waren leer. Kleider und andere Dinge, eine Haarbürste und ein Frotteehandtuch, lagen auf den Betten. Es sah aus, als hätten sie und ihre Tochter es morgens eilig gehabt, ihr Zuhause zu verlassen, bemüht, pünktlich im Kindergarten zu erscheinen. Die Kindergartenleiterin blieb im ersten Stock, während Knut versuchte, mit der hektischen Suche der Mutter Schritt zu halten. Schließlich begriff Tone, dass die Gesuchten nicht hier waren. Mit schweren, langsamen Schritten kam sie die Treppe hoch und blieb dann mitten im Raum stehen.

»Haben Sie heute Morgen mit ihm gesprochen?«

»Nein, aber ich wusste schon vorher, dass er zum Schacht sieben wollte. Da gab es irgendwelche Probleme mit dem Kohleabbau.«

»Er hat nichts Besonderes gesagt, als er ging?«

»Nein. Ella und ich sind weg, bevor er aufgestanden ist. Er hat verschlafen. Und ich hatte keine Lust, ihn zu wecken.« Tone Olsen schaute mit trotzigem Blick zur Seite.

»Sehen Sie irgendwelche Hinweise darauf, dass er mit Ella hier gewesen sein könnte, nachdem er sie möglicherweise aus dem Kindergarten abgeholt hat?«

»Nein, aber... ich habe ja nicht so genau darauf geachtet, wie es hier aussah, als wir gegangen sind. Ich meine, wir wohnen ja hier. Es sind immer dieselben Sachen, die herumliegen. Ihre Kleider... Nein, ich weiß es nicht.«

Trotzdem war da etwas, das in dem kleinen Zimmer ihrer Tochter nicht stimmte. Aber sie kam nicht darauf, was es war. Ein verzweifeltes Schluchzen entfuhr ihr. Sie war so sicher gewesen, dass Ella mit ihrem Vater zusammen war, und zwar hier zu Hause. Das Einzige, wovor sie sich gefürchtet hatte, war, dass er wieder getrunken haben könnte und den Streit vom Vortag fortsetzen wollte.

Sie drehte sich um und ging in die Küche, in der die Kindergartenleiterin an der Arbeitsplatte stand.

»Hier könnten sie gewesen sein.« Sie ließ sich auf einen Stuhl am Küchentisch fallen. »Ich glaube nicht, dass es heute Morgen hier so ausgesehen hat. Auf jeden Fall hat hier jemand Brot gegessen, nachdem wir gegangen sind.«

Knut schaute sich in der Küche um. Es stand noch Aufschnitt auf der Anrichte, Wurst und Leberpastete. Eine angebissene Brotscheibe lag auf dem Küchentisch neben einem Glas, in dem immer noch ein wenig Milch war.

»Sind Sie sich sicher, dass das nicht hier stand, als Sie heute Morgen weggegangen sind?«

Tone Olsen saß auf dem Küchenstuhl, das Gesicht in beide Hände gelegt.

»Ja, ich glaube schon... und Steinar trinkt keine Milch.« Sie stöhnte leise. »Was hat er nur getan? Wohin hat er sie gebracht? Oh, wenn ich sie nur wiederkriege, dann werde ich nie wieder mit ihm streiten. Aber wie kann ich ihm das sagen, wenn er nicht zu Hause ist? Was sollen wir tun? Können wir vielleicht übers Radio eine Suchmeldung schicken?«

Ingrid Eriksen ging zu ihr und legte ihr eine Hand auf die

Schulter. »Es ist nicht deine Schuld, Tone. Das darfst du nicht denken.«

»Vielleicht sollten Sie überlegen, offiziell eine Vermisstenanzeige aufzugeben?«, fragte Knut. »Aber vorher könnten wir die Plätze abklappern, an die Ihr Mann Ella eventuell mitgenommen haben könnte. Könnten sie im Café Schwarzer Mann oder im Kroa sein? Oder vielleicht zu Besuch bei irgendwelchen Freunden?«

Alle anderen erschreckenderen Gedanken behielt er für sich. Es war das Beste, möglichst ruhig zu bleiben, sonst würde die Mutter der Kleinen noch zusammenbrechen. Er wandte sich an die Kindergartenleiterin. »Könnten Sie uns helfen? Wenn Sie die Cafés anrufen und nachfragen, ob Steinar Olsen und Ella unter den Gästen sind oder waren, dann können Tone und ich eine Liste der Freunde aufstellen.«

Anne Lise Isaksen, die kommissarische Regierungsbevollmächtigte, war gerade mit dem Essen fertig, als Knut sie anrief. Sie lag ausgestreckt auf ihrem Sofa, die Kaffeetasse auf dem niedrigen, hässlichen Couchtisch aus verschossenem Kiefernholz in Reichweite. Die meisten der Wohnungen in Longyearbyen waren mit solchen Möbeln eingerichtet. Natürlich war es möglich, andere zu kaufen, modernere Möbel vom Festland, und dann selbst die Überführung zu organisieren. Doch das wäre mindestens doppelt so teuer wie hier auf der Insel, und deshalb verzichteten die meisten, die nach Spitzbergen zogen, darauf. Die Kiefernmöbel waren schon in Ordnung, sie waren robust und praktisch. Und es zog ja niemand für alle Zeiten hierher. In der Regel handelte es sich nur um zwei bis vier Jahre.

Sie blätterte nebenbei in einer Zeitschrift, während sie mit ihm telefonierte. Doch schon bald wurde ihr der Ernst der Lage bewusst. »Eines der Kinder aus dem Kindergarten ist verschwunden?«, fragte sie ungläubig. »Meine Güte, es ist doch bitterkalt draußen. Wenn sie sich verlaufen hat! Oder in einer Schneewehe liegt und nicht aus eigenen Kräften herauskommt!«

Knut verwies auf den Familienstreit vom Abend zuvor und auf Tone Olsens feste Überzeugung, dass es ihr Mann war, der das kleine Mädchen abgeholt hatte. Aber die oberste Beamtin unterbrach ihn: »Können wir es uns leisten, die Zeit deshalb untätig verstreichen zu lassen? Und wenn das Mädchen jetzt tatsächlich verschwunden ist, und es ist nur ein Zufall, dass Steinar Olsen nicht zu finden ist?« Sie hatte sich erhoben, stand jetzt mitten im Raum. »Ich gebe dir eine Stunde. Wenn das Mädchen bis dahin nicht gefunden wurde, dann schlagen wir Alarm.«

Steinar und Ella Olsen waren in keinem der Cafés in der Stadt. Sicherheitshalber hatte die Kindergartenleiterin auch noch die Hotels und Kneipen angerufen. Aber niemand hatte Vater und Tochter gesehen. Nach einigem Nachdenken hatte sie die beiden anderen Angestellten des Kindergartens verständigt. Zu dritt teilten sie sich die Eltern untereinander auf und riefen alle mit neu aufkeimender Hoffnung an. Schon der nächste, der ans Telefon ging, konnte dieser unwirklichen Situation ein schnelles Ende setzen. Ingrid Eriksen konnte die Worte bereits deutlich auf der Zunge fühlen. »Vielen, vielen Dank, das ist wirklich gut zu hören. Nein, wir haben uns nur ein wenig Sorgen gemacht, weißt du. Da keiner Tone gesagt hat, dass Ella zu euch mit nach Hause gehen wollte. Das Ganze war sicher nur ein Missverständnis. Vielen, vielen Dank noch einmal.« Aber dazu kam es nicht. Sie ernteten nur Verwirrung, Neugier und beunruhigte Fragen. Ella war mit keinem der anderen Kinder nach Hause gegangen.

Knut wurde langsam ungeduldig. Natürlich würde das Kind bald wieder auftauchen. Niemand verschwand einfach so auf Spitzbergen. Im Winter war die Inselgruppe so gut wie isoliert, abgesehen von dem täglichen Flugzeug vom Festland. Sie wussten, wer in Longyearbyen wohnte, wer zu Besuch kam und wer wieder abreiste. Aber gleichzeitig kam ihm ein anderer Gedanke. Das Gleiche hatten sie schon einmal im Büro des Bevollmächtigten behauptet – und es war noch gar nicht so lange her. Und damals hatte alles mit einer Leiche geendet.

KAPITEL 3

Schatten

*In Spitzbergens kohlrabenschwarzen Gruben,
wo niemals die Sonne am Horizont steht.
Wo nichts als das Dunkel der Ewigkeit herrscht,
ein Dunkel, das niemals vergeht.*

Mittwoch, 3. Januar, 08.20 Uhr

Frühmorgens tauchte Steinar Olsen im Personalbüro auf, nervös und sich durchaus bewusst, dass er diese Chance unbedingt nutzen musste. Es war sein erster Arbeitstag als Bergbauingenieur bei der Store Norske Spitsbergen Kulkompani AS in Longyearbyen.

»Sie haben nur eine einzige Chance, um einen guten Eindruck zu hinterlassen, das wissen Sie?«, hatte ihm der Sachbearbeiter im Personalbüro mit freundlicher Stimme mitgeteilt, nicht ahnend, wie sehr er den neuen Bergbauingenieur damit erschreckte. Aber bei der Store Norske konnten sie ja nichts von dem peinlichen Ende seiner Tätigkeit bei seinem vorherigen Arbeitgeber in Tromsø wissen. Das hatte er natürlich nicht im Bewerbungsgespräch erwähnt gehabt – und es gab wohl kaum jemanden in der Gemeinde auf dem Festland, der laut darüber reden wollte.

Der Mann im Personalbüro in dem großen blaugestrichenen Gebäude unten an den Kais hatte nur nett sein wollen. Steinar Olsen sollte in Schacht 7 herumgeführt werden, bevor am nächsten Tag seine Arbeit ernsthaft beginnen würde. Aber in letzter Sekunde bekam der Mann einen Anruf, und Steinar Olsen musste sich einen Wagen leihen und allein hinauffahren. Er sollte zur Schachtanlage, wie der Mann ihm erklärte. Das war nicht schwer zu finden. Es gab nur die eine Straße aus der Stadt hinaus. Außerdem hieß sie Schacht-7-Weg. Steinar sollte einfach den Lastwagen entgegenfahren, bis er die gigantischen Eingänge zum Bergwerk sah. Das war nicht zu verfehlen.

Die Straße den Berg hinauf war steil und kurvig mit scharfen Biegungen. Nach Longyearbyen hin ging es rechter Hand direkt einen eisglatten Felshang hinunter. Kam hier ein Auto von der Straße ab, würde es erst unten im Tal Halt machen. Ein niedriges Aluminiumgitter zeigte deutliche Spuren von Autos, die dort entlanggeschrammt waren. Eine dünne Schicht Neuschnee lag auf dem Eis. Steinar fuhr dreißig, und jedes Mal, wenn ihm einer der riesigen Lastwagen mit Kohle begegnete, blieb er fast ganz stehen. An der einzigen Kreuzung oben auf der Kuppe des Berges bog er falsch ab und hatte verschwitzte Hände, als er auf einer lächerlich kleinen Ausbuchtung wenden musste.

Das Tagewerk, das zu Schacht 7 führte, lag ins Gebirge eingeklemmt. Er parkte den Wagen vor ein paar Baracken und hastete über den eisbedeckten Boden, der von Kohlenstaub und Kies nur noch rutschiger war. Die Tore hinein in die Grube waren riesig, sicher doppelt so hoch wie ein normales Wohnhaus. Kleinere Eingangstüren normaler Größe führten in die gigantische Halle drinnen. Das Gebäude beherbergte eigentlich nichts anderes als einen Platz, von dem aus die Jeeps mit der jeweiligen Mannschaft in den Berg hinein und wieder hinaus fuhren. Die Kohle wurde auf einem Transportband an anderer Stelle ans Tageslicht befördert. Dieser Eingang war für Menschen und Gerätschaften gedacht.

An einer Seite des Hangars stapelten sich mehrere Containerbaracken übereinander. Ganz oben in einem Fenster stand ein Mann und beobachtete das Geschehen. Er hatte die Ohrenschützer auf die Stirn geschoben und winkte Steinar zu, zur anderen Seite zu gehen, als er entdeckte, wie dieser mit zögerlichen Schritten auf die Baracken zuging.

Der neue Grubeningenieur war spät dran. Als er in den Umkleideraum geeilt kam, war die Tagesschicht bereits auf dem Weg zum Transport in den Berg. Eine Gruppe Männer in Arbeitskleidung mit ausdruckslosen Gesichtern, aber wachsamen Augen drängte sich an ihm in der Türöffnung vorbei, ohne seinen Blick zu erwidern. Der Steiger lief hinter den anderen her, sagte schnell im Vorbeigehen: »Lars Ove und Kristian nehmen dich im Grubenjeep mit hinunter. Sie werden dich herumführen und können alle deine Fragen beantworten.« Damit verschwand er, aber seine Stimme war noch durch die halboffene Tür zu hören. »Kristian, gib ihm Kleidung und die Sicherheitsausrüstung. Einen blauen Helm, keinen weißen. Und macht keinen Quatsch. Ihr wisst schon, was ich meine.« Und nach kurzem Zögern noch an den neuen Grubeningenieur gerichtet: »Ja, herzlich willkommen bei uns. Ich hoffe, es wird dir hier gefallen. Das wird sicher...« Die Stimme verschwand in dem Dröhnen eines aufheulenden Motors, der gestartet wurde.

Steinar Olsen schaute sich in dem schmutzigen Raum mit den abgenutzten Metallspinden an zwei Wänden um. Kisten mit Helmen und Stiefeln standen unter einem fleckigen Spiegel. Eine Reihe Waschbecken hing an einer Schmalseite. Ein anderer Schrank, breiter und niedriger als die Garderobenspinde, enthielt laut einem aufgeklebten Zettel »Sauerstoffselbstretter, Masken, Batterien für Helmlampen«.

Zwei Männer saßen noch auf den niedrigen Holzbänken

mitten im Umkleideraum. Sie sollten den Neuen herumführen und ihn mit den Sicherheitsvorschriften wie auch mit ungeschriebenen Gesetzen vertraut machen. »Sorgt dafür, dass er sich im Team willkommen fühlt«, wie der Steiger sich hilflos ausgedrückt hatte. Aber die beiden hatten andere Pläne. Ohne große Eile saßen sie da und rauchten zu Ende, einen Metallaschenbecher, der bis zum Rand mit Kippen gefüllt war, zwischen sich.

»Morgen«, sagte der neue Grubeningenieur und blieb in der Türöffnung stehen.

Die beiden Kumpel standen langsam auf, hatten keine Eile, zu ihm zu kommen. Als Grubeningenieur würde der Neue keinen direkten Einfluss auf ihren Alltag haben. Als der Steiger sie gefragt hatte, ob sie ihn herumführen könnten, hatten sie nicht gerade vor Begeisterung gejubelt. »Warum gerade wir? Kann das nicht einer aus dem Büro oder der Grubenleiter oder…«, hatte Lars Ove in mürrischem Ton protestiert. Der Steiger hatte seine Wut hinuntergeschluckt und geduldig geantwortet, dass sie doch sicher auch wussten, dass am Ende des Transportbandes im Stollen ein Problem entstanden sei und der Grubenleiter wie der Steiger damit den ganzen Vormittag beschäftigt sein würden. »Ist mir doch scheißegal«, hatte Kristian erwidert, womit er die meisten Gespräche beendete.

Nur aus reinem Jux – und weil die beiden Bergwerksveteranen dafür bekannt waren, dass sie das gerne mit Leuten machten, die neu waren – hatten sie die Absperrung vor einem Durchbruch entfernt, der zu einem schon lange geschlossenen Stollen führte. Dieser Stollen war bereits seit vielen Jahren geschlossen, aber dennoch zog irgendetwas immer wieder Leute dorthin – es gab etwas Unheimliches dort in dem Dunkel, die niedrigen, ungesicherten Gänge hatten etwas Bedrohliches und gleichzeitig Geheimnisvolles an sich. Die beiden

Führer hatten geplant, mit dem Jeep ein Stück hineinzufahren und waren gespannt darauf, ob der neue Ingenieur erkennen würde, dass es so in einem modernen Kohlenbergwerk nicht aussah. Soweit sie wussten, hatte er in Tromsø gearbeitet, bevor er nach Spitzbergen gekommen war – irgendetwas war dort mit irgendeiner Anlage in dem Tunnel passiert, der von einer Seite der Insel zur anderen führte.

Anfangs führten sie sich für ihre Verhältnisse mustergültig auf. Sie stellten sich vor, hießen den neuen Ingenieur willkommen und versahen ihn mit Overall, Sicherheitsstiefeln und Helm mit Leuchte. Sie befestigten die Batterie an seinem Gürtel und gaben ihm Staubmaske, Sauerstoffbehälter und Selbstretter. Doch dann, als er sich langsam entspannte, begannen sie ihn das Fürchten zu lehren, indem sie ihn mit ernster Miene vor allem warnten, was passieren konnte. Sie tauschten Blicke aus. Sie schüttelten wortlos den Kopf, als würden sie bestimmte Informationen zurückhalten. Und schließlich hatten sie ihm erklärt, dass er in dem offenen Grubenjeep flach auf dem Rücken liegen musste, damit der Kopf nirgends anstieß, gegen Geräte, Kabel und Felsen, die aus der Decke herausragten. Aber das wusste der Neue sicher alles bereits schon? Er zuckte jedenfalls nur mit den Schultern. Er und Angst? Nein.

Ungefähr zehn Minuten lang fuhren sie normal, aufrecht sitzend, einen breiten Hauptweg entlang hinein in den Berg. Das war der Lebensnerv der Grube – ein Stollen mit angenehmer Deckenhöhe, Stützkonstruktionen aus stehenden Baumstämmen entlang den Wänden und ausreichend Licht, um gut nach vorn und seitwärts sehen zu können. Doch dann näherten sie sich der Strosse Nummer 12. Hier kam nach einer scharfen Kurve die Verbindung zu dem geschlossenen Stollen zum Vorschein. Der alte Absatz zeigte ihnen sein schwarzes, ungewöhnlich niedriges Maul. Die Chefs hatten so eine Ahnung, dass er für das Eine und Andere benutzt wurde, und deshalb hatte die Grubenleitung streng verboten, hineinzufahren. Aber in der ganzen Zeit, seitdem sie für die Gesellschaft arbeiteten – Kristian seit sechs Jahren und Lars Ove sogar seit neun –, hatten sie noch nie von jemandem gehört, der in dem alten Stollen von herabfallenden Brocken verletzt worden war.

Der niedrige Jeep mit dem großen breiten Planverdeck bog auf den schmalen Weg ein und schaukelte auf dem unebenen Untergrund von einer Seite zur anderen. Über der Öffnung zu dem Absatz hing eine einsame Glühbirne, danach war Schluss mit der Beleuchtung. Nur die Autoscheinwerfer reichten ein kurzes Stück die schwarzen Felswände entlang, die nach dem Kohleabbau uneben und voller spitzer Ecken waren. Der neue Ingenieur lächelte den anderen nervös zu und legte sich flach auf den Boden des Jeeps, den Kopf auf einer Nackenstütze ruhend.

Kristian packte ihn bei den Schultern und rief gegen das Motordröhnen an: »Jetzt begreifst du wohl, warum wir für mehr Lohn kämpfen. Es gibt in der norwegischen Wirtschaft keinen schlimmeren Job. Das kann mir keiner erzählen. Und die Chefs, die sitzen warm und trocken auf ihren Bürostühlen und scheffeln das Doppelte von dem, was wir kriegen.«

Der neue Ingenieur hatte nichts von einem Lohnkampf im Betrieb gehört, nickte aber mit blasser Miene. Nach fast einem Jahr Arbeitslosigkeit war er froh, wieder einen Job gefunden zu haben. Und er war zufrieden mit all den Aufschlägen. Doch im Augenblick war nicht die Zeit, daran zu denken. Sie fuhren weiter in den Gang hinein, der immer niedriger und enger wurde. Bald schrammte der Jeep an den Seiten gegen den Fels, und sie kamen nur langsam voran. Zwei Kohlestückchen fielen auf sie herab. Der Staub wirbelte im Licht der Helmlampen auf. Der neue Ingenieur hustete und suchte nach der Maske, um zu verhindern, dass Kohlenstaub in seine Lungen drang.

Lars Ove lag fast auf dem Fahrersitz, den Kopf auf der Nackenstütze, und lenkte den Jeep an einen Punkt, an dem sich der alte Gang teilte und der Weg in mehrere Richtungen weiterführte. Sie schafften es kaum, an einem alten Holzschuppen vorbeizukommen. Der Jeep fuhr noch ein kleines Stück weiter, bremste dann, und der Motor wurde in Leerlauf gestellt. So blieb er stehen, leise brummend, zitternd wie ein Tier. Kristian und Lars Ove schälten sich aus den Sitzen, blieben auf den Knien, den Kopf unter der niedrigen Decke gesenkt.

Sie winkten dem Neuen zu. Der sah bereits verängstigt genug aus. Sie mussten ihm wohl langsam beichten, dass sie ihn zum Narren gehalten hatten. Doch der neue Grubeningenieur kam ihnen zuvor. »Ich sehe hier aber keine Spuren von aktiver Arbeit. Wo sind denn die Geräte, Transportband und so weiter?« Er musterte blinzelnd den Bereich vor den Wagenscheinwerfern. Dann hockte er sich plötzlich tief auf den Boden, als das Geräusch von Steinen zu hören war, die dort in der Dunkelheit irgendwo herunterfielen. Er wollte nicht gerade behaupten, dass die beiden Veteranen sich verfahren hatten. Aber er hoffte doch, dass sie so bald wie möglich umkehrten und ihn hier wieder rausbrachten.

Kristian drehte den Kopf, so dass seine Lampe ein paar Meter in den Gang hinein schien. Das Licht traf auf einen Haufen heruntergefallener Steine, die fast die ganze Öffnung bedeckten. »Nein, du hast Recht«, sagte er. »Aber wir wollen dir noch den Ort zeigen, wo einer unserer Kameraden sein Leben verloren hat. Einen Ort, an den wir jeden Tag, den wir unter Tage sind, denken.«

Lars Ove drehte sich verblüfft um. Wovon redete Kristian da? Es hatte seit vielen Jahren kein Unglück mehr in Schacht 7 gegeben, seit den frühen Achtzigern nicht, als Per Leikvik von einer Steinlawine begraben worden war. Aber er war lebend davon gekommen, wenn man auch zugeben musste, dass er nie wieder der Alte geworden war. Er konnte nicht mehr einfahren, wie es hieß, und deshalb hatte er einen Job als Mädchen für alles über Tage bekommen.

»Und das kann wieder passieren«, fuhr Kristian fort. »Wer die alten Gruben unterschätzt, der wird bald merken, wie sie Rache nehmen.«

»Nun komm schon, Kristian. Fahren wir zurück.« Lars Ove war der Meinung, der Spaß wäre weit genug gegangen. Der neue Ingenieur schaute verwirrt von einem zum anderen. So langsam dämmerte ihm, dass sie Schabernack mit ihm getrieben hatten. Aber er wollte seine Angst um keinen Preis zeigen.

Plötzlich erlosch das Licht in Lars Oves Helmlampe. »Scheiße«, fluchte er. »Jetzt reicht es aber. Komm, wir bringen ihn jetzt vor Ort, sonst wird der Steiger uns noch was erzählen.«

Doch sein Kamerad leuchtete unverwandt weiter in den schwarzen Gang vor ihnen hinein. »Hör das Knacken. Das ist der Berg selbst, der uns warnen will. Der Berg lebt, weißt du.« Er drehte sich um und leuchtete in das blasse Gesicht des Neuen. Sie blieben alle drei stehen, ohne etwas zu sagen. Das Motorengebrumm des Jeeps dröhnte leise einige Meter von ihnen entfernt. Aber sie hörten deutlich noch andere Geräusche – das Glucksen von Wasser, das die Wände entlang lief und auf den Boden traf, das Knacken im Fels, ein paar scharfe Töne von Steinen, die sich lösten und fielen.

»Es heißt, dass es natürliche Risse im Fels gibt, einige so breit, dass man sich hindurchzwängen kann. Keiner weiß, wohin diese Risse führen. Aber es gibt Leute, die behaupten, sie hätten tief da drinnen Schatten gesehen. Und etwas gehört.«

Wieder machte er eine Pause. »Tja, wer weiß!« Aber jetzt hatte auch Kristian langsam genug. Es war an der Zeit, aus dem alten Gang herauszukommen, bevor er noch selbst an das glaubte, was er da erzählte.

Steinar Olsen stand dicht am Jeep. Er drehte sich um, und dabei huschte das Licht seiner Helmlampe über den Weg, den sie gerade gekommen waren. Plötzlich stieß er einen verängstigten Ruf aus. Er zeigte direkt auf die Felswand. »Was? Was ist das?« Kristian packte ihn beim Arm, aber Lars Ove drängte sich dazwischen. Er lief zum Jeep und warf sich auf den Fahrersitz. Die beiden anderen schafften es gerade noch, sich in das Fahrzeug zu schmeißen und flach hinzulegen, bevor er es rückwärts hinausmanövrierte.

»Aufpassen!« Wieder war es Steinar Olsen, der die Warnung rief. Doch es war zu spät. Lars Ove fuhr mit einem heftigen Ruck gegen die Felswand hinter sich. Das Heck des Wagens verhakte sich unter einem Vorsprung und rührte sich nicht mehr. Aber nicht lange. Dann kämpfte der Jeep sich mit aufheulendem Motor und dem Geräusch von Metall, das gegen Stein schrammte, los. Dabei lösten sich Teile der Felswand und stürzten in den Wagen. Kristian, der ganz außen lag, kam unbeschadet davon, doch der Ingenieur zog sich von der scharfen Kante eines herabfallenden Steins einen tiefen Riss in der Stirn zu.

Und ihre Pechsträhne war noch nicht zu Ende. Sie fuhren viel zu schnell in den Tagesschacht hinein, als ausgerechnet der Steiger vor ihnen auftauchte. Es war gar nicht zu vermeiden, natürlich kam er angelaufen und wollte wissen, was da zum Teufel vor sich ging. Er riss die Augen auf, als er die Steine hinten in dem ziemlich verbeulten Wagen entdeckte und sah, dass dem neuen Ingenieur Blut von der Stirn über das Gesicht lief.

»Was ist passiert?« Dem Steiger war klar, dass er endlich etwas gegen die beiden Veteranen in der Hand hatte. »Wir reden später darüber. Du mit dem Riss in der Stirn! Du bist doch der neue Grubeningenieur, nicht wahr? Erster Arbeitstag heute? Na, du machst ja schöne Sachen. Du musst sofort zum Arzt. Ich fahre dich. Der Wagen steht vorm Büro.« Er drehte sich um, ohne auf eine Antwort zu warten. Steinar Olsen riss sich den Helm und den Gürtel mit der Ausrüstung vom Leib und gab alles Kristian, der ihm schnell noch zuflüsterte: »Scheiße, du sagst nichts. Sonst…« Den Rest hörte er nicht mehr, so schnell er konnte, humpelte er dem Steiger hinterher aus dem Stollen hinaus in den graukalten, schneeschweren Januartag draußen. Erst jetzt bemerkte er, dass auch sein Bein von einem Stein getroffen worden war.

Longyearbyen war im Laufe der Zeit immer mehr von Touristen und Wissenschaftlern geprägt worden als von Bergleuten. Aber immer noch war die Stadt eine Bergwerkssiedlung – mit der Angst tief verwurzelt in der Volksseele. Es war viele Jahre her, dass ein größeres Unglück im Berg passiert war. Keiner der ständigen Bewohner konnte sich noch an die fürchterlichen Explosionen in den Vierzigern und Fünfzigern erinnern. Als der Boden erzitterte und Rauch aus den Bergwerksgängen quoll. Als die Nachricht von Haus zu Haus wanderte und sich eine Dunkelheit, dichter als die Polarnacht, über die Stadt legte. Als viel zu viele Familien einen der ihren verloren. Und dennoch lebte die Angst weiter im Schatten der sonderbaren Gebirgsformationen. Zusammen mit dem Aberglauben.

In einem baufälligen Haus in Sverdrupbyen hatten die Leute langgezogenes Geheul und Schreie gehört, einige auch das Rasseln von Geschirr und Pferde, die schnaubten und auf hartgefrorenem Boden trampelten, wie sie sagten. Und dann hatten andere die unglaublichsten Geschichten zusammengesponnen, nur um sich Besuchern gegenüber wichtig zu machen. Es waren nämlich nicht die Gespenster, die den langen Winter hindurch die Angst im Haus am Leben hielten. Es waren verblassende, immer wieder erzählte Erinnerungen an überraschende Todesfälle, an einen Selbstmord in einer einsamen Hütte, über den nicht gesprochen wurde, Leute, die sich auf sagenhafte Art und Weise nach einem Eisbärenangriff nach Hause geschleppt hatten, von den Raubtierklauen so zerfetzt, dass es ein Wunder war, dass sie überhaupt überlebt hatten.

Und dann war da alles, was die Arbeiter im Bergwerk sahen und hörten. Aber vielleicht waren es ja auch nur Schatten ihrer eigenen Furcht? Der Angst vor Steinschlag von Überhängen, der Geruch von Kohlenstaub, das plötzliche Dröhnen einer Explosion in den dunklen, engen Grubengängen? Über so etwas wurde nur selten außerhalb der Schächte gesprochen. Das, was die Bergleute dachten, behielten sie für sich.

Aber die Geschichte kursierte, das war nicht zu leugnen. Über die Gasexplosion in Schacht 2, im Januar 1952, bei der sechs Männer umgekommen waren. Sechs Hauer, die an diesem Morgen aufgestanden waren und mit leerem Blick durch das Fenster auf die arktische Landschaft geschaut hatten, sechs Männer, die in Gedanken versunken in dem Transportwagen gesessen hatten, die Helme auf dem Kopf nach hinten geschoben, die übliche Ausrüstung automatisch überprüft und am Gürtel befestigt hatten. Sechs Männer in schmutzigen Overalls, mit Träumen und Gedanken, die sie für sich behielten. Ein paar Stunden später waren sie auf Bahren auf dem Transportwagen aus dem Berg gebracht worden. Verbrannt, zerschmettert und malträtiert, zerschlagen, blutig. Und tot.

Der Kohlenstaubbrand im Januar 1920 in Schacht 1A. Sechsundzwanzig Mann kamen um, und die Grube wurde geschlossen. Es war frühmorgens im November 1962, als es in Ny-Ålesund knallte. Zuerst eine Gasexplosion, dann entzündete sich der Kohlenstaub. Zehn Männer wurden aus dem Schacht Esther herausgebracht, Schacht 4. Und elf Männer blieben zurück in der Dunkelheit. Sie lagen immer noch dort hinter zugemauerten Schachteingängen.

Es hatte knallharte Konkurrenz zwischen den Kings Bay-Schächten und der Kohleförderung in Longyearbyen geherrscht – es gab nicht genügend Platz für beide Betriebe in dem politischen Ränkespiel auf dem Festland. Trotzdem führte die Bevölkerung von Longyearbyen mit den Überwinterern in Ny-Ålesund einen verbissenen Kampf um das Recht, dort bleiben zu dürfen, wo sie sich ein Zuhause geschaffen hatten. Mit ihrem Mut. Ihrer Standhaftigkeit. Doch alles war vergebens. Das Unglück in Kings Bay im Jahr 1962 ließ den Leuten auf dem Festland keine Ruhe, es führte zu einem Schuldgefühl, das nicht verschwand. Im Jahr darauf wurden die Gruben in Ny-Ålesund dann geschlossen.

Später wurde die Sicherheit in den Schächten in Longyearbyen verbessert. Es gab keine großen Explosionen mehr. Die Ausrüstung wurde sicherer, die Routinen gründlicher. Aber der Beruf eines Bergmannes ist nie ganz sicher. Dazu ist der Berg viel zu unberechenbar. Leute starben weiterhin in der Finsternis in den niedrigen Stollen. Und die Angst hing über den Häusern in dem kleinen Polarort und warf ihre Schatten auf das tägliche Leben der Menschen dort.

Der Steiger fuhr Steinar ins Krankenhaus und brachte ihn in den ersten Stock zur Anmeldung, ließ ihn dort dann aber allein zurück. Er ging offensichtlich nicht davon aus, dass Steinar ernsthaft verletzt war. Er murmelte etwas vom Büro und versprach zurückzukommen, sobald die ärztliche Untersuchung beendet war. Nach einer kurzen ersten Untersuchung, die in einem prüfenden Blick von Schwester Berit in der Rezeption bestand, durfte der neue Ingenieur im Wartezimmer auf einem abgenutzten Sofa Platz nehmen und warten.

Es saßen noch zwei andere im Zimmer. Beides Frauen, keine mehr wirklich jung. Sie sahen Steinar von der Seite an, unterhielten sich aber leise weiter miteinander. Steinar interessierte das nicht. Er saß da und starrte in die Luft, bis Schwester Berit in der Tür erschien und ihm zunickte. Die Frauen folgten ihm mit ihren Blicken, bis er durch die Tür war.

Der Arzt sprach freundlich mit ihm, während er sich die Wunden anschaute. »Steinar Olsen. Sie sind gerade erst angekommen, nicht wahr? Letzte Woche erst, hat mir Steiger Lund gesagt. Und Sie haben Ihre Familie mitgebracht? Ja, so soll es sein. Longyearbyen wird ja immer normaler, fast wie jede andere größere Stadt auf dem Festland. Und in der Finnmark gibt es Orte, die ein raueres Klima haben als wir hier. Wie gefällt es denn Ihrer Frau hier?«

»Gut.«

»Schön! Jetzt geht es ja auch auf hellere Zeiten zu. Das ist eine gute Zeit, um herzukommen. Ruhig und friedlich. Die Touristen kommen mitten im dunklen Winter noch nicht. Aber zum Frühling hin, das werden Sie sehen. Dann wimmelt es in der ganzen Stadt von ihnen. Das ist vielleicht nervig. Immer die gleichen Fragen, wie wir hier oben leben, wo sie Eisbären sehen können, wo sie einen Schneescooter mieten können. Und wo es zum Alkoholladen geht. Ich selbst bin letztes Jahr im Frühling hergekommen. Und Sie sollen rüber nach Svea? In Schacht 7 arbeiten?«

Steinar konnte nicht nicken, da der Arzt schnell die Wunde auf der Stirn gesäubert hatte und sie jetzt mit geschickten Händen nähte. »Ja, das hat bestimmt wehgetan«, sagte er, als wäre Steinar eigentlich ein Weichei, das mit etwas vollkommen Lächerlichem angekommen wäre. »Haben Sie den Helm abgenommen?«

»Nein.« Steinars Stimme war sicher.

»Nein.« Der Arzt war fertig und trat einen Schritt zurück, in erster Linie, um seine Handarbeit aus der Entfernung zu bewundern. »Nein, das haben Sie wohl nicht. Bitte setzen Sie sich jetzt auf, dann schauen wir uns mal Ihr Bein an.«

Der Steiger hatte vom Büro des Direktors der Bergbaugesellschaft aus angerufen und mitteilen lassen, dass er sich ein wenig verspäten würde. Steinar sollte doch ins Café Schwarzer Mann rübergehen und dort eine Tasse Kaffee trinken, wenn er wollte. Dann könnte der Steiger ihn dort später aufsammeln. Steinar war klar, dass die Führung durch Schacht 7 nicht auf den nächsten Tag verschoben werden würde. Und er wusste, dass der Steiger ihn fragen würde, was denn eigentlich passiert sei.

Es war der Steiger selbst, der ihn schließlich in der Grube herumführte. Und das war eine andere Welt als die, in der er früher am Tag gewesen war. Breite, beleuchtete Gänge, übersichtlich ausgeschildert mit Schildern, die zeigten, wie weit man sich im Berg befand. Stützen entlang der Wände und Bolzen in der Decke. Und hoch genug, dass sie den ganzen Weg hinein aufrecht sitzen konnten.

Der Steiger fuhr mit dem Grubenjeep bis ans Schachtende, wo sich die gewaltige Abräummaschine wie ein blindes, prähistorisches Tier in den Kohlenflöz hineingrub. Es sah aus, als fräßen sich die rotierenden Trommeln in Kitt hinein. Aber es war offensichtlich, dass irgendetwas nicht lief, wie es laufen sollte. Die Maschine stoppte, als der Maschinenführer sah, dass der Steiger zurückgekommen war. Eine Gruppe sammelte sich um sie, offensichtlich müde von der Schicht, in schmutzigen Overalls, mit schwarzen Ringen vom Kohlenstaub um die Augen.

»Wir nähern uns. Sollen wir weitermachen oder sollen wir aufgeben?«

Der Steiger wandte sich Steinar Olsen zu. »Da haben wir den neuen Grubeningenieur. Wir können uns ja mal anhören, was er zu sagen hat.«

Er lächelte kurz und erwartete offensichtlich keine Antwort. Aber Steinar war eifrig darauf bedacht, einen guten Eindruck zu machen. »Worum geht es? Was klappt denn nicht?«

Einer der Männer trat näher, zog seinen Handschuh aus und streckte ihm eine Hand entgegen. »Guten Tag, ich bin der Vormann der Tagesschicht. Du weißt wohl, dass die Kartierung des Bergs einige Hohlräume in dieser Strosse aufzeigt. Wir nähern uns jetzt diesem Punkt. Und da fragen wir uns, ob wir nicht lieber aufhören sollten. Es könnte riskant sein, weiterzumachen. Wir könnten einen ziemlichen Steinschlag kriegen. Und wir wissen nicht, ob Gas in den Hohlräumen ist.«

»Andererseits«, warf der Steiger ein, »ist der Flöz hoch und gut. Es wäre schade, so viel Kohle zurückzulassen. Und wir wissen, dass natürliche Risse dieser Größe im Berg nicht üblich sind. Das Wahrscheinlichste ist aber doch, dass die Kartierung nicht stimmt.«

Der neue Grubeningenieur sah von einem zum anderen und versuchte zu begreifen, wovon sie redeten. Aber das Einzige, was er verstanden hatte: Es bestand die Gefahr eines Erdrutsches. Und er wollte nicht zum zweiten Mal an diesem Tag einem Steinschlag ausgesetzt sein. Er tat selbstsicherer, als er war: »Ich weiß es nicht«, sagte er. »Aber ich glaube, ich würde mir gern die Messungen ansehen, bevor ich irgendeinen Entschluss fasse.«

Das war offensichtlich eine Antwort nach dem Geschmack der Kumpel. Sie nickten und murmelten ihre Zustimmung. Und als Steinar Olsen mit ihnen zurück in den Umkleideraum ging, spürte er ein warmes Gefühl der Kameradschaft. Er unterhielt sich eifrig mit dem Vormann, während sie sich umzogen.

»Warum hast du heute Morgen denn so laut in der Grube geschrien?«, grölte plötzlich eine Stimme quer durch den Raum. Steinar Olsen drehte sich um und entdeckte Lars Ove. »Meine Güte, du hast uns ja zu Tode erschreckt.«

Es wurde still im Umkleideraum. Die Kumpel, die sich eben noch verhalten hatten, als wäre er einer von ihnen, zogen sich ein wenig zurück und verstummten.

»Was redest du da? Du warst doch schuld daran, dass wir unter den Überhang gefahren sind.« Es war Kristian, der sich neben Lars Ove gestellt hatte.

Steinar Olsen sagte, wie es gewesen war. »Ich habe eine Gestalt gesehen, die den Grubengang entlanggekrochen kam. Und ich habe ihm zugerufen, weil das gefährlich ist. Ich meine, ein Mann ganz allein so weit unten.«

Es war immer noch mucksmäuschenstill im Raum.

»Der sechste Mann«, sagte zum Schluss jemand leise.

»Scheiße, das war kein sechster Mann.« Kristian spuckte in Richtung Waschbecken aus und stieß Lars Ove in den Rücken, obwohl er es gar nicht gewesen war, der das Gespräch darauf gebracht hatte.

Die Männer der Schicht verschwanden langsam, ohne noch etwas zu sagen, in den verbeulten Bus, der sie hinunter nach Longyearbyen bringen sollte. Kristian blieb auf dem Weg nach draußen neben dem neuen Grubeningenieur stehen. »Bist du total bescheuert?«, zischte er leise. »Glaubst du etwa an Gespenster? Viele blamieren sich an ihrem ersten Arbeitstag unter Tage. Aber dir ist jedenfalls anzurechnen, dass du nicht gepetzt hast. Wir wissen, dass du dem Steiger kein Wort darüber gesagt hast, dass wir im alten Stollen waren. Und das werden wir nicht vergessen, Lars Ove und ich.« Er zwinkerte Steinar zu. »Schon möglich, dass wir etwas wissen, was sich für dich lohnen könnte. Schon möglich, dass du mit uns ein saftiges Zubrot verdienen kannst.«

KAPITEL 4

Die Suche

Donnerstag, 22. Februar, 17.15 Uhr

Knut schaute auf seine Armbanduhr, es war bereits Viertel nach fünf. Ella war jetzt seit mehr als einer Stunde vermisst, jedenfalls wenn man von dem Moment an rechnete, als die Mutter angefangen hatte, nach ihr zu suchen. Aber es konnte sich auch um eine viel längere Zeit handeln. Überraschenderweise stellte es sich als schwierig heraus, genaue Auskünfte von den Angestellten im Kindergarten zu erhalten, wann sie sie das letzte Mal gesehen hatten.

»Sie ist ja jeden Tag im Kindergarten«, erklärte Ingrid Eriksen in einem entschuldigenden Ton. »Da ist es nicht so leicht, sich daran zu erinnern, wann genau man sie am Nachmittag gesehen hat.«

Sie saßen immer noch in der Küche der Familie Olsen in deren Haus in Blåmyra. Ellas Mutter sah verschreckt und unglücklich aus und verfolgte nur zum Teil die gewissenhafte Rekonstruktion des vorliegenden Tages. Sie hatte die Arme um sich geschlungen, als würde sie frieren, wiegte sich auf ihrem Stuhl vor und zurück und warf immer wieder die gleichen Fragen ein: »Sollen wir nicht lieber los und sie suchen? Es ist doch krank, das Kind mitzunehmen, ohne mir Bescheid zu sagen. Wir müssen Steinar finden. Wollen wir sie nicht suchen? Wenn er nun ...«

Langsam und vorsichtig fügte Knut gemeinsam mit Ingrid Eriksen das Puzzlespiel aller Ereignisse zusammen. »Habe ich es richtig verstanden, dass Ella heute schon einmal vermisst worden ist? Und Sie sagen, das ist früher schon häufiger vorgekommen, also, dass sie und andere Kinder eine Zeitlang vermisst worden sind?«

Tone Olsen starrte die Kindergartenleiterin verwirrt an. »Ella ist im Kindergarten gesucht worden? Das hat mir niemand gesagt. Wann war das denn?« Ihr Blick war wieder lebendiger geworden, fast war darin ein Funken Hoffnung zu entdecken. Aber was konnte für sie so hoffnungsvoll an der Tatsache sein, dass ihre Tochter schon mehrere Male verschwunden gewesen war?

Ingrid Eriksen schien peinlich berührt zu sein und ließ ihren Blick nicht von dem bunten Kalender mit Kochrezepten aus Griechenland los, der an der Wand über dem Kühlschrank hing. »Sie war ja nicht lange weg. Vielleicht eine Viertelstunde oder so. Aber wir haben uns immer wieder den Kopf zerbrochen, wo die Kinder nur bleiben. Das kommt immer wieder mal vor, vor allem, wenn wir sie vom Spielplatz wieder reinholen, dass eines oder ein paar sich verstecken. Aber wir wissen nicht, wo.«

»Und jetzt im Winter ist es immer so ein Aufwand, Kinder, die ausgezogen werden müssen, Kinder, die aufs Klo müssen, Kleider und Stiefel überall. Erst wenn wir sie auf die beiden Gruppen verteilt haben, dann haben wir die vollständige Übersicht.« Tone Olsen war wieder in sich zusammengesunken. Sie hatte offensichtlich etwas anderes erhofft. »Ella war gegen halb drei drinnen. Dessen bin ich mir ganz sicher. Was vorher gewesen ist, das spielt doch wohl keine Rolle, oder? Wollen wir nicht lieber nach Steinar suchen? Er ist doch schuld an allem. Aber er liebt Ella, er wird für sie sorgen, da bin ich mir sicher.« Wieder begann sie auf ihrem Stuhl hin und her zu wippen.

Knut schaute die Kindergartenleiterin an, doch diese schüttelte kaum merkbar den Kopf. Da gab es etwas hinsichtlich der Kinder, was sie nicht erzählt hatte, und was sie nicht hier und jetzt sagen wollte. Es musste warten, bis sie allein waren. Außerdem war Knut der gleichen Meinung wie die Mutter. Höchstwahrscheinlich war es Steinar Olsen, der Ella abgeholt hatte.

»Ich glaube, Sie haben Recht.« Er lächelte aufmunternd. »Wir müssen uns auf die Suche machen. Aber wir haben ja schon viel herausgefunden, nämlich die Orte, wo Ella nicht ist. Sie ist nicht mit anderen Kindern nach Hause gegangen. Sie und ihr Vater waren nicht in einem der Cafés oder Restaurants in der Stadt. Und das gibt uns bessere Chancen, sie schnell aufzuspüren. Fallen Ihnen noch andere Orte ein, wo die beiden sein könnten?«

Sie saßen wieder im Dienstwagen des Regierungsbevollmächtigten. Knut fuhr langsam und systematisch all die wenigen Straßen ab, die ein Wegenetz im Zentrum des Ortes bildeten. Aber nirgends war Steinar Olsens weißer Subaru zu sehen. Knut wurde noch langsamer, als sie an ein paar großen Werkstätten und Lagerhallen auf der Uferseite des Grube-7-Wegs entlangfuhren.

»Könnte Steinar sie mit zu den Hundezuchtstationen im Adventdalen genommen haben? Kennt ihr Berit und Karl vom Svalbard Villmarkssenter?« Er wandte sich über die Schulter an Tone, die auf der Rückbank saß und zu beiden Seiten aus dem Fenster spähte. Doch diese schüttelte den Kopf. »Nein, wir sind ja erst vor Kurzem hergezogen, erst vor ein paar Monaten. Wir kennen noch nicht so viele hier in der Stadt. Aber er könnte sie ja dorthin mitgenommen haben, um ihr die Hunde zu zeigen?« Sie klammerte sich eifrig an jede neue Möglichkeit, die Knut ihr bot.

Doch auch vor der neugebauten Touristenanlage mitten auf der großen Ebene im Inneren des Adventdalen stand kein weißer Subaru. Trotzdem stiegen sie aus und gingen zum Zaun. Die Ruhe erschien bedrohlich, unnatürlich. Die Hunde lagen in ihren Hütten oder zusammengerollt draußen im Schnee, ohne einen Laut von sich zu geben, die Schnauze unter dem Schwanz verborgen, ein halb geöffnetes Auge wachsam auf die Personen hinter dem Zaun gerichtet. Das Zelt mit der großen Holzkonstruktion neben der Hundezucht lag still und dunkel da.

»Es sieht nicht so aus, als ob hier jemand wäre«, sagte Ingrid leise. Tone drehte sich wortlos um und ging zurück zum Auto. Sie setzte sich wieder auf die Rückbank und verbarg ihr Gesicht.

Der Weg weiter ins Adventdalen hinein lag wie ein Fluss aus Licht in der Polarnacht vor ihnen. Ab und zu tauchte ein eingefrorenes, dunkles Haus im Licht der Scheinwerfer auf und verschwand wieder hinter ihnen. Niemand wohnte hier, es gab nur Arbeitsbaracken und Forschungsstationen. Schließlich kamen sie im Bolterdalen an, von wo aus der Weg den Berg hinauf zum Schacht 7 führte. Knut zögerte, und Ingrid Eriksen warf ihm einen kurzen Blick zu. Dann fuhr er doch den engen Weg weiter, der sich in Haarnadelkurven den steilen Fels hinaufwand. Natürlich stand Steinars Wagen nicht vor den Toren zum Bergwerk. Er hatte es auch nicht anders erwartet. Aber jetzt waren sie zumindest sicher.

Bevor sie den Wagen wieder vor dem Reihenhaus in Blåmyra anhielten, fuhren sie noch als Letztes die ganze Uferstraße bis zum Flugplatz ab und nahmen auf dem Rückweg den nur wenig benutzten Weg vorbei am ältesten Kraftwerk von Longyearbyen. Es gab Hunderte von Orten, wo sie sein könnte, im Schatten von Schneewehen, in aufgegebenen Betrieben und alten Schuppen. Knut fiel auf, dass er diese Häuser sonst nie bewusst wahrgenommen hatte. Erst jetzt, auf der Suche nach einem möglichen Versteck, sah er, dass Longyearbyen ein wahres Labyrinth geheimnisvoller Schlupflöcher bot.

Vor dem Haus blieben sie im Wagen sitzen. »Ja, soviel ist also klar«, sagte Knut schließlich mit bemühtem Optimismus. »Sie laufen nirgends auf der Straße herum. Dann bleibt uns nur noch, Freunde und Bekannte zu befragen. Wen kann er mit Ella besucht haben, was meinen Sie?«

Doch der Freundeskreis der Familie Olsen war überschaubar. »Wir sind doch erst vor Kurzem hergezogen.« Tone war auf dem Rücksitz zusammengesunken und sah erschöpft aus. »Steinar hat ein paar Kumpel, die in Schacht 7 arbeiten. Mit denen macht er ab und zu am Wochenende eine Scootertour. Und wir haben mehrere unserer Nachbarn getroffen, aber wir kennen sie nicht so gut, dass man sie einfach besuchen würde. Ich bin im Sonnenfestkomitee und war auf ein paar Treffen dort, aber…« Ihre Stimme brach vor Kummer.

Ein paar Telefongespräche später hatte Knut die Namen der Kumpel aus der Zeche erfahren. Doch der eine ging nicht an sein Handy, und der andere – Lars Ove Bekken – hatte keine Ahnung, wovon Knut da redete. Er hatte Steinar Olsen seit Wochen nicht mehr gesehen, wie er versicherte. Die Leiterin des Sonnenfestkomitees, eine ältere Dame, die schon seit Anfang der Siebziger in Longyearbyen lebte, war die Einzige von allen, mit denen Knut gesprochen hatte, die von dem Anruf ehrlich erschüttert war. »Was? Hat Steinar Olsen Ella einfach aus dem Kindergarten mitgenommen, ohne der Mutter etwas zu sagen? Das ist ja wohl die Höhe.« Es war deutlich zu hören, wie empört sie die Luft durch die Nasenflügel ausstieß. »Ich wünschte, ich könnte etwas anderes sagen, aber sie sind natürlich nicht bei mir. Aber was kann man denn da machen? Und ihr habt schon in der ganzen Stadt gesucht?«

Sie hörte sich so besorgt an, dass es Knut Furcht einflößte. Er schaute schnell auf die Uhr. Inzwischen war es schon halb sieben.

Sie gingen zurück ins Reihenhaus, was sollten sie sonst tun. Tone war die Erste auf der Treppe und setzte sich gleich im Wohnzimmer hin, ohne Stiefel oder Daunenjacke auszuziehen. Es schien, als wäre das nicht mehr ihr Zuhause, als wäre sie nur zu Besuch hier.

»Magst du uns einen Kaffee kochen?«, fragte die Kindergartenleiterin in bewusst alltäglichem Ton. »Vielleicht hast du ja auch ein paar Kekse oder so? Seit heute Mittag hat keiner von uns etwas zu sich genommen.«

Tone sah sie verständnislos an, doch dann stand sie auf und ging in die Küche. Knut schaute Ingrid Eriksen an. »Was hat es mit diesem Verschwinden auf sich? Kinder, die jedes Mal für ein paar Minuten weg sind und dann von allein wieder auftauchen?«

Sie schüttelte langsam den Kopf. »Ehrlich gesagt weiß ich nicht, was ich davon halten soll. Der Kindergarten befindet sich ja in einem neuen Gebäude. Einfach und praktisch eingerichtet. Da dürfte es nicht möglich sein, dass Kinder weglaufen. Die Türen sind verschlossen, sowohl zum Fußweg hin als auch zum Spielplatz auf der anderen Seite. Und um den Spielplatz herum ist ein hoher, dichter Bretterzaun. Auf der anderen Seite vom Spielplatz steht ein Schuppen, zur Straße hin. Aber dort haben wir mehrfach gesucht, da verstecken sie sich nicht. Dessen sind wir uns ganz sicher.«

»Wann verschwinden sie denn, wenn ihr drinnen seid oder draußen?«

Ingrid Eriksen errötete. »Das hört sich vielleicht so an, als hätten wir die Kinder nicht unter Kontrolle«, sagte sie. »Aber dem ist nicht so. Das passiert höchstens, wenn wir sie an- oder ausziehen auf dem Flur. Das ist nicht so einfach, wenn man eine Schar von sechzehn kleinen Kindern in ihre Gruppen lotsen muss. Wir sind uns nicht sicher, aber wir nehmen an, dass sie sich verstecken, wenn sie reinkommen sollen. Merkwürdig ist nur, dass wir sie nicht finden. Es ist einfach unmöglich, dass sie irgendwo im Haus sein könnten. Wir haben überall gesucht. Und das Gleiche gilt für draußen. Es ist, als wären sie plötzlich unsichtbar.«

»Aber vorhin haben Sie gesagt, dass es irgendwelche Spuren im Schnee auf dem Weg hinter dem Kindergarten gibt?«

»Ja, einen Moment lang hatte ich Angst, dass Ella mit jemandem mitgegangen sein könnte. Aber auch das ist nicht möglich. Die Türen können von außen nur mit einem Schlüssel geöffnet werden, und das Schnappschloss auf der Innenseite sitzt so hoch, dass kein Kind drankommt. Und außerdem war sie ja nach ein paar Minuten wieder da – genau wie die anderen Kinder vor ihr.«

Knut dachte nach. »Als Sie mitbekamen, dass Ella heute zum zweiten Mal verschwunden war, haben Sie da den Schuppen auf dem Spielplatz noch einmal durchsucht?«

»Nein«, antwortete sie, plötzlich weiß im Gesicht. »Nein, das habe ich nicht.«

Knut parkte den Wagen auf dem Parkplatz nahe beim Kindergarten. Es war noch kälter geworden. Der Schnee fiel so sachte, dass die Eisnadeln fast nur als ein Glitzern in der Luft vor dem Licht der Straßenlaternen zu erkennen waren. Die Konturen der beiden Spuren, die die Kindergartenleiterin gesehen hatte, waren teilweise immer noch dicht neben der Schneewehe den

Weg entlang zu erkennen. Die großen Fußabdrücke schienen vom Marktplatz mit den Geschäften zu kommen und weiter hinunter zum Polarhotel zu führen. Aber setzten die kleinen Abdrücke erst am Kindergarten ein? Und waren die beiden, Kind und Mann, miteinander gelaufen? Konnte es nicht so sein, dass zwei Spuren sich zufällig nebeneinander befanden?

Knut ging ein Stück den Fußweg hinauf. Um die Treppe vorm Kindergarten herum gab es jede Menge von Abdrücken, große und kleine, kein Wunder, nachdem die Eltern ihre Kinder abgeholt hatten. Am oberen Ende des Hauses hatte jemand einen Schlitten über die Schneewehe gezogen und dadurch Schnee auf den Weg geschoben. Und oberhalb der Schlittenspur führten viele Fußspuren zu den Geschäften.

Er drehte sich um, ging in die andere Richtung. Hier gab es weniger Spuren, aber er war sich klar darüber, dass jetzt auch sein eigener Abdruck im Schnee zu sehen sein würde. Auf halbem Weg zwischen Kindergarten und Polarhotel bogen die beiden Spuren vom Fußweg ab und führten am neuen Krankenhaus vorbei. Hier verschwanden sie.

Nur widerwillig öffnete er die Tür zum Kindergarten und ging hinein. Er war noch nie hier gewesen, die Raumeinteilung war einfach, und die Gruppenräume für die älteren Kinder zwischen vier und sechs Jahren waren leicht zu finden. »Schacht 2« stand mit großen, kindlichen Buchstaben an der Tür. Die Deckenleuchte im Raum brannte nicht. Im Halbdunkel konnte er den großen Tisch mit den vielen Kinderstühlen drum herum erkennen, Kisten mit Buntstiften, Kinderzeichnungen, Plastikspielzeug, Teddybären und Puppen. Knut fühlte sich wie ein Eindringling an einem Ort, an dem er nichts zu suchen hatte. Er selbst war nie in einen Kindergarten gegangen. In dem kleinen Ort im nördlichen Østerdalen, aus dem er stammte, gab es damals gar keinen. Er hatte mit seinen Freunden draußen gespielt, mit Tannenzapfen, Steinen, selbstgebastelten Angelruten und allem, was ihm die Natur um ihn herum geboten hatte. Diese Welt aus pastellfarbenem Spielzeug und Möbeln, passend für die Kleinen, war ihm verschlossen. Er hatte keine Ahnung, wonach er suchen sollte.

Der dunkle Flur führte zur Tür hinaus zum Spielplatz auf der anderen Seite des Hauses. Er schloss auf und ging hinaus auf die Treppe. Die Laternen an der Autostraße hinauf nach Blåmyra warfen nur einen schwachen Schein auf die Schneewehen auf dem Spielplatz. Dort oben konnte er in der Ferne eine Ecke des Reihenhauses sehen, in dem Familie Olsen wohnte.

Knut war sich klar darüber, dass er sich das nur einbildete, aber er war der Meinung, der Schuppen hätte etwas Bedrohliches an sich. Er lag in seinem eigenen Schatten dort, mit Schnee bis fast ans Dach hoch, die Tür geschlossen. Jetzt, wo er allein war, konnte er es zulassen, in Erwägung zu ziehen, dass Ella tot war. Auf dem Festland gab es Kindstötungen. Warum nicht auch auf Spitzbergen? Aber es war kein Mensch im Schuppen, weder tot noch lebendig. In einer Ecke lag ein Stapel mit Rutschbrettern, in einer anderen Ecke stand eine Kiste mit Spaten und Besen in Kindergröße. Der Boden war von Schnee und Kies bedeckt. Die Kälte erschien hier drinnen noch intensiver.

Hinter dem Schuppen lag der Schnee tief im Schatten. Knut fiel auf, dass es möglich war, bis an den oberen Rand des Bretterzauns zu klettern, auch kleine Kinder konnten das schaffen. Viele Abdrücke von Kinderschuhen und Rutschbrettern zeigten, dass es genau das war, was die Kinder taten. Er kletterte selbst hinauf und schaute auf der anderen Seite hinunter. Dort waren deutliche Vertiefungen im Schnee zu sehen. Eine Linie tiefer Spuren führte zur Autostraße. Jemand war zu Fuß von der Straße her gekommen und hier stehen geblieben, hinter dem Bretterzaun.

Knut schloss beide Türen wieder und ging zurück zum Parkplatz. Der schwarze Dienstwagen stand immer noch dort. Die Läden waren geschlossen, die Leute größtenteils nach Hause gegangen. Er setzte sich auf den eiskalten Fahrersitz und drehte den Zündschlüssel. Die Scheibenwischer fegten eine federleichte Schicht von Schneekristallen fort, die sich auf der Windschutzscheibe niedergelassen hatten.

KAPITEL 5

Eine gebieterische Dame

Da mühen sich ab arbeitende Scharen
von zuverlässigen und zähen Mann.
Sie trotzen den tausend Gefahren,
sie treiben die Kohle voran.

Montag, 15. Januar, 19.00 Uhr

»Könnte ich die Stimmzettel mal sehen?« Trulte Hansen ahnte, dass ihre Frage peinlich war. Aber ihr Wunsch zu verstehen, was da schiefgelaufen war, war größer. Die Freundinnen schauten weg, und der Büroleiter von der staatlichen Svalbard Samfunnsdrift, der einzige Mann im Komitee dieses Jahres, starrte sie ungläubig an.

»Nein, das kannst du natürlich nicht«, sagte er verärgert. »Das ist ja gerade der Witz bei einer schriftlichen Abstimmung.«

»Aber darüber steht nichts in den Satzungen. Da steht schriftlich, aber nicht geheim.« Trulte dachte gar nicht daran, klein beizugeben. Da musste ein Fehler aufgetreten sein. Jemand musste falsch verstanden haben, worüber hier abgestimmt wurde.

Das Sonnenfestkomitee hielt seine erste Sitzung in diesem Jahr mitten in Longyearbyen ab, in einem Büro im Verwaltungsgebäude. Es war Mitte Januar, und langsam war es an der Zeit, mit den Planungen anzufangen. In nicht einmal zwei Monaten, jedes Jahr am 8. März, trat die Sonnenscheibe über den

Horizont, und das Licht traf auf die oberste Stufe der Treppe zum alten Krankenhaus. Das war das offizielle Zeichen für die Stadt, dass der Frühling gekommen war. Die Feier zum Sonnenfest war eine große Sache mit einem Zug durch die Straßen, Spiele für die Kinder auf dem Marktplatz, Tanz in der Sporthalle und einem Konzert mit einem Orchester aus Oslo. So ein Komitee konnte doch nicht irgendjemand leiten.

Trulte Hansen war neun Jahre lang die selbsternannte Leiterin gewesen. Es war selbstverständlich, dass sie sich auch dieses Jahr wieder für diesen Posten bewerben würde. Das wäre das Beste für alle. Sie hatte die Verbindungen, kannte die Leute, wusste um die Probleme. Es war ganz einfach ein Fehler, dass das Komitee stattdessen diese junge, hübsche und sehr engagierte Frau des Hubschrauberpiloten bei Airlift gewählt hatte.

Das musste an einigen der Neuen im Komitee liegen, beispielsweise an der neuen Lehrerin in der Grundschule. Ja, wenn sie tatsächlich für Frau Bergerud gestimmt hatte, dann wollte Trulte ihr mal erzählen, das sie selbst im Beirat der Schule saß. Wer Trultes Rolle in Longyearbyen unterschätzte, würde es schon zu spüren bekommen. Und trotzdem fühlte sie, wie erste Wellen einer Gänsehaut über ihren Rücken liefen, verursacht durch eine Furcht, die sie noch gar nicht beim Namen nennen konnte.

In der Stille, die entstand, nutzte Frau Bergerud die Gelegenheit, das Wort zu ergreifen. Sie schlug vor, die Kinderspiele vom Marktplatz hinunter zum Kindergarten Kullungen zu verlegen. »Es kann für die Kleinen ja ziemlich kalt werden«, sagte sie und schaute sich lächelnd am Tisch um. »Am 8. März ist schließlich immer noch Winter.« Als wenn sie etwas davon verstehen würde. Sie war doch erst im Oktober letzten Jahres mit ihrem Mann zugereist.

»Aber sie hat keine Zeit vergeudet«, dachte Trulte und wechselte mit einigen ihrer Freundinnen heimlich Blicke. Alle wussten, dass Frau Bergerud ein Verhältnis mit dem neuen Mann auf der Polizeistation hatte. Sie war erst wenige Tage auf Spitzbergen, als jemand sie bereits sah, wie sie aus seiner Wohnung kam. Die arme Frau Hanseid, die so ein netter und angenehmer Mensch war.

Es war schon spät, als das Sonnenfestkomitee seine Tagesordnung abgearbeitet hatte. Frau Bergerud wurde, gegen Trultes heftige Proteste, auch noch zur Verantwortlichen für die Aktivitäten und die Spendensammlung für humanitäre Zwecke gewählt. Danach war das kleine Häufchen an Frauen nicht sehr gesprächig, als sie den Fußweg zum Markt hinaufgingen.

Plötzlich löste sich eine dunkle Gestalt aus den Schatten hinter der Bronzestatue des Bergbauarbeiters. Frau Bergerud stieß einen Schrei aus, eher überrascht als verängstigt. »Kann man da nicht etwas machen?«, fragte sie verärgert. »Er sieht ja aus wie ein Penner. Und wieso schleicht er hier so herum?«

»Er hat das Recht, auszusehen, wie er will. Das gleiche Recht wie alle«, erwiderte eine der Damen streng.

»Ja, aber er erschreckt die Leute ja zu Tode. Ich habe gehört, dass er auch vor den Fenstern steht und hineinguckt, wenn die Leute sich abends ausziehen.«

»Das jedenfalls stimmt nicht.« Trulte mischte sich empört in die Diskussion ein. »Per Leikvik hat ein Leben lang in den Gruben geschuftet. Und dass er so geworden ist, das liegt an einem Unfall. Der Mann hat überhaupt nichts Böses an sich. Und solch dummes Gerede über ihn will ich gar nicht hören, auch wenn du neu hier bist und nicht viel von unserem Leben hier kennst. Außerdem sind die Leute normalerweise vernünftig genug, in der dunklen Zeit die Rollos runterzuziehen und nicht nackt am Fenster zu stehen und sich zu zeigen.«

Jetzt habe ich es ihr aber gegeben, dachte Trulte und unterdrückte mit Mühe ein zufriedenes Lächeln.

Trulte Hansens Ehemann gehörte zu denjenigen, die bei der großen Grubenexplosion vor fünfzehn Jahren ums Leben gekommen waren. Im Laufe der Jahre war sie offenbar über die größte Trauer hinweggekommen. Aber sie sprach nur selten über die schrecklichen Stunden, in denen sich Verzweiflung und Hoffnung miteinander vermischt und sich gegenseitig hochgeschaukelt hatten. Drei Männer starben unter dem Überhang, der auf die Grubenwehr hinabgestürzt war. Zwei Männer lagen hinter dem Steinschlag, verbrannt und tot, ein Anblick, der jedem lebenden Menschen erspart bleiben sollte.

Später wurden Fragen laut hinsichtlich der unverantwortlichen Gefahr, der sich die Rettungsmannschaften im Berg aussetzten. War es das wert, dass drei Männer starben, um einen zu retten? Doch die Kumpel zweifelten keine Sekunde daran. Das hatte etwas mit einer Abmachung zu tun, die niemand außerhalb der Zeche verstand. Tagein und tagaus gingen sie zur Arbeit in den Berg. Sie schwiegen über ihre Angst vor Unglücken, über das Knacken im Hangenden, über die Angst, die ihnen wie ein weiterer Kumpel während der Schicht folgte. Und sie hielten aus einem einzigen Grunde aus – sie wussten, dass ihre Kumpel niemals einen der ihren drinnen in den dunklen Stollen liegen lassen würden, wenn es nur irgendwie möglich war, ihn herauszuholen.

Nur ein einziger der eingeschlossenen Kumpel kam lebendig heraus – Per Leikvik. Sein Gesicht und ein Arm waren so verbrannt, dass stellenweise nur noch Blut und rotes Fleisch übrig waren. Das eine Bein war im Ober- und Unterschenkel so oft gebrochen, dass die Ärzte, die ihn im Krankenhaus von Tromsø operierten, stundenlang nichts sagten. Doch er lebte.

Sein Hinterkopf war teilweise von einem herabfallenden Felsblock zertrümmert.

Er lag mehrere Wochen im Koma. Gehirnspezialisten hatten seinen Arbeitskameraden erklärt, dass er wahrscheinlich nicht überleben würde, auch wenn er häufig lächelnd dalag, so gut, wie er es mit dem verbrannten Gesicht konnte. Doch eines Tages hatte er die Augen aufgeschlagen und angefangen zu sprechen. Niemand verstand viel von dem, was er sagte. Er stotterte plötzlich heftig. Und diejenigen seiner Freunde, die überzeugt davon waren, das würde vorübergehen, irrten sich.

Er bekam wieder Arbeit bei Store Norske. Die Direktion ging davon aus, dass er nicht wieder in die engen Stollen hinunter wollte, deshalb boten sie ihm einen Job als Mädchen für alles über Tage beim Schacht 7 an. Im Laufe der Jahre vergaßen viele, dass Per Leikvik früher einmal ein tüchtiger Bergmann gewesen war, respektiert und beliebt. Es geschah immer häufiger, dass er wie der Dorftrottel behandelt wurde. Das vernarbte Gesicht und der halb hinkende, halb schleppende Gang machten es nicht besser. Er konnte so manch einem schnell Angst einjagen, noch schneller konnte man sich über ihn lustig machen. Auch konnte er nicht so reden, dass die Leute ihn verstanden.

Doch jedes Mal, wenn Per Leikvik Trulte auf dem Weg vom oder zum Marktplatz begegnete, trat er zur Seite, zog seine dicke, abgewetzte Pelzmütze vom Kopf, ganz gleich, wie kalt es war, und blieb stehen, mit geradem Rücken, bis sie vorbei war. Trultes Mann war der Erste, der unter der Steinlawine begraben wurde, als die Grubenwehr sich an den Ort vorgekämpft hatte, an dem Per Leikvik mit schrecklichen Schmerzen und großen Verbrennungen lag.

Als die kleine Gruppe gutgekleideter Damen an der Straße ankam, stand dort einer der beiden Taxibusse von Longyearbyen bereit und wartete auf Trulte. Sie wohnte ganz oben in Blåmyra mit einem fantastischen Blick über das ganze Longyeartal. Die übrigen Damen blieben stehen und schauten den roten Rücklichtern des Taxis nach, das im aufwirbelnden Schnee verschwand. Frau Bergerud hatte mit keiner Miene gezeigt, dass sie mitfahren wollte, obwohl sie doch in der Nähe von Trulte wohnte.

»Warum lebt sie eigentlich immer noch oben in Blåmyra?«, fragte Frau Bergerud in die Luft, ohne jemanden direkt anzuschauen. »Da wohnen doch nur Kumpel und Junggesellen. Dauernd Krach und Besäufnisse. Im Frühling werden wir näher ins Zentrum ziehen. Wir haben eine Wohnung in einem der neuen Häuser bekommen.«

Keine der anderen Frauen antwortete. Doch sie dachten sich das ihre. Ach, will sie umziehen? Wo sie sich dann wohl treffen – wenn es noch bis zum Frühling anhält. Und wo treffen sie sich jetzt eigentlich? Jedenfalls nicht in Blåmyra, sonst hätte Trulte sie bestimmt gesehen. Nein, Frau Bergerud und der junge Polizeibeamte hatten wohl einen Ort gefunden, der vor neugierigen Blicken geschützt war. Aber wo?

Als Trulte auf der Kuppe von Blåmyra ausstieg, stellte sie sofort fest, dass etwas Merkwürdiges in dem Haus direkt gegenüber ihrem vor sich ging. Ein Polizeiwagen stand mit laufendem Motor davor. Aus dem Auspuff quollen weiße Wolken heraus; was war da los?

Der Polizeibeamte Hanseid stand an der Treppe zur Haustür von Steinar und Tone Olsen. Trulte wagte sich noch ein paar Schritte näher. Und da entdeckte sie Steinar Olsen, der mitten auf der Treppe saß. Auf seinen Knien lag ein Gewehr. Tone und die Tochter waren nirgends zu sehen.

Trulte fragte sich, ob der Polizist wohl bewaffnet war, hoffte es jedoch nicht. Das konnte sonst böse enden. Sie ging noch einige Meter näher heran, so nah, dass sie hören konnte, was gesprochen wurde.

»... einer der Nachbarn hat angerufen. Seit Stunden ist schon Lärm aus dem Haus zu hören. Der Nachbar hat gesagt, es hörte sich so an, als würdest du deine Frau schlagen. Stimmt das?«

Von der Treppe war nur ein Brummen zu hören, eine Mischung aus trunkenem Gemurmel und Fluchen.

»Das ist jetzt das dritte Mal in diesem Monat, dass bei uns Beschwerden über dein Benehmen eingehen. Du verstehst doch sicher, dass das mit diesem Lärm und dieser Sauferei nicht mehr so weiter geht, auch wenn deine Familie es anscheinend noch erträgt.«

Trulte schüttelte den Kopf. So ging man nicht mit einem besoffenen Mann um. Zumindest nicht, wenn er mit einer Mauser auf dem Schoß dasaß. Der neue Beamte schien Angst zu haben. Trulte, die als Köchin bei Svea gearbeitet hatte, einem Betrieb, der fast ausschließlich Männer beschäftigte, hatte mehr Reibereien geschlichtet, als sie zählen konnte.

»Lege die Waffe weg, sonst muss ich dich mit ins Büro nehmen«, sagte Hanseid und ging einen Schritt näher zur Treppe.

Steinar Olsen nuschelte etwas und hob das Gewehr, so dass es auf den Polizisten gerichtet war.

»Was sagst du? Du kannst doch nicht mit einer geladenen Waffe auf einen Beamten zielen!«

»Das war bestimmt diese Scheißalte, die gequatscht hat, stimmt's? Diese alte Fotze, die da unten wohnt.« Steinar Olsen sprach plötzlich ganz deutlich. Er war aufgestanden und wedelte mit dem Gewehr in Richtung des Hauses, in dem das Ehepaar Bergerud wohnte. »Und dann kommst du natürlich gleich angekrochen, du beschissener Bergen-Schwanz. Die ganze Stadt weiß doch, was ihr da treibt.«

Hanseid bekam vor Wut einen roten Kopf, wollte noch näher treten. Doch er rutschte auf den vereisten Treppenstufen aus, fiel hin und blieb für einen Moment im Schnee liegen. Dann kam er auf ein Knie hoch und griff nach der Waffe.

Aber Trulte war schneller. Sie eilte mit festen Schritten an dem Beamten vorbei, auf die Treppe. »Steinar, was machst du da, du Dummkopf. Denk lieber an deine Frau, die bestimmt vollkommen verängstigt in der Wohnung hockt. Und was ist mit deiner Tochter?« Sie redete in einem fort, laut und wütend.

Steinar blieb der Mund offen stehen. Er hatte Trulte vorher gar nicht gesehen. Doch statt nach dem Gewehr zu greifen, packte sie ihn bei den Haaren und gab ihm ein paar feste Schläge in den Nacken. Der Angriff kam so unerwartet, dass Steinar Olsen das Gewehr fallen ließ und sich an den Kopf fasste, um die Schläge abzuwehren. »Was habe ich dir denn getan? Hör auf damit!«

Trulte schob das Gewehr mit dem Fuß die Treppe hinunter. Es landete im Schnee direkt neben dem Beamten Hanseid. »So macht man das«, sagte sie mit einem Hauch von Triumph in der Stimme.

KAPITEL 6

Suche

Donnerstag, 22. Februar, 19.30 Uhr

»Oh, Entschuldigung«, sagte Erik Hanseid und schaute auf. »Wir wollten euch nicht außen vor lassen. Anne Lise und ich haben nur überlegt, was zu tun ist. Wir sind uns doch wohl alle einig, dass wir so schnell wie möglich in Gang kommen müssen, nicht wahr?« Er stand über die Regierungsbevollmächtigte gebeugt, die an ihrem Schreibtisch saß und in Knuts eilig verfassten Notizen blätterte. Sie hatten so leise miteinander gesprochen, dass weder Tom Andreassen noch Knut etwas hatten verstehen können.

Anne Lise und ich, dachte Knut. Doch er versuchte sich seine Verärgerung nicht anmerken zu lassen. Laut sagte er nur, dass es wichtig sei, die richtigen Dinge in der richtigen Reihenfolge zu tun. Gerade weil es so eilte. »Und ich bin ja wohl derjenige, der die Ermittlungen führt, da ich der Wachhabende bin und bei mir die Suchmeldung eingegangen ist, oder?«

Tom Andreassen, der amtierende Leiter des Polizeireviers, war sich klar über die Konkurrenz zwischen den beiden Polizisten, wusste aber nicht, was eigentlich dahintersteckte. Beide waren neu. Knut war im Vorjahr als Sommerverstärkung gekommen, und Erik Hanseid war ein paar Monate vor Weihnachten eingestellt worden. Sie waren beide gewissenhaft und erfüllten ihre polizeilichen Aufgaben korrekt. Hanseid zeigte Ambitionen, er war auf eine Beförderung bedacht. Während Knut seine Begeisterung für Spitzbergen mittlerweile verloren hatte. Er hatte Tom Andreassen anvertraut, dass er bereits bereute, sich um die Stelle beworben zu haben, und gern wieder aufs Festland zurück wollte, am liebsten nach Drevsjø, wo er herkam. Deshalb sollte es eigentlich keine Interessenskonflikte zwischen den beiden jungen Beamten geben, und es war schwer zu sagen, warum sie sich so gar nicht verstanden. Tom Andreassen tröstete sich mit der abgedroschenen Floskel, dass die Chemie nicht stimmte. Das passte fast immer.

»Soweit ich weiß, hat mir bisher noch niemand die Ehre entzogen, leitender Polizeichef zu sein, auch wenn es nur vorübergehend ist.« Er sagte das in einem lockeren, scherzenden Ton. Tom Andreassen, der Diplomat. »Ich denke, wir halten uns an die Routinen. Und nach denen werde ich die Suchaktion leiten.« Er trat an Anne Lise Isaksens Schreibtisch und nahm Knuts Notizen in die Hand. »Bis jetzt haben wir keine offizielle Anzeige. Aber es wird nach einer oder mehreren vermissten Personen gesucht.«

»Eine Suche«, sagte Knut. »Eine Regierungsbevollmächtigte, ein polizeilicher Leiter und zwei Beamte. Nicht gerade ausreichende Ressourcen.«

Die Regierungsbevollmächtigte seufzte schwer. »Ich sehe keine andere Möglichkeit, als dass wir beim Roten Kreuz und bei der Feuerwehr um Freiwillige anfragen. Einige der Eltern vom Kindergarten werden sicher auch bereit sein, bei der Suche zu helfen. Andererseits sollten wir vielleicht nicht zu viele in die Sache einbeziehen... Ich meine, wir können doch nicht sicher sein, oder? Wir dürfen keine Möglichkeit außer Acht lassen.«

Alle sechzehn Familien, die Kinder im Kindergarten Kullungen hatten, waren befragt worden, inwieweit sie Ella gesehen hatten, als sie ihr Kind dort abholten. Leider ohne Ergebnis. Keinem war sie aufgefallen. Was jedoch nichts bedeutete, wie sie alle versicherten. Es war nachmittags immer ziemlich hektisch.

Knut kam auf die Spuren im Tiefschnee vor dem Zaun um den Spielplatz zu sprechen. »Man darf vielleicht nicht ganz außer Acht lassen, dass die Spuren auch von einem Kind stammen können. Aber sie sehen eher aus wie die Spuren einer erwachsenen Person. Ich kann mir auch nicht vorstellen, wie ein Kind so hohen Schnee überwinden könnte. Er muss zum Weg hin gut und gern mehr als einen Meter tief sein.«

Erik Hanseid sah ihn an und sagte mit rollendem R und langsamer Stimme: »Nimm es nicht so schwer, dass du uns davon vorher nichts gesagt hast. Ein Kind wird nicht allein aus dem Kindergarten weglaufen. Und sich zumindest nicht durch so viel Schnee kämpfen. Immer vorausgesetzt, dass es sich nicht bedroht gefühlt hat.«

»Aber ich habe doch berichtet… Anne Lise?« Warum gab ihm Erik Hanseid immer wieder das Gefühl, sich rechtfertigen zu müssen? Und seit wann war der neue Kollege denn ein Experte darin, was Kinder dachten?

Hanseid beachtete Knuts Feindseligkeit gar nicht. Gut ausgerüstet mit der Selbstsicherheit eines eingeborenen Bergensers gefiel es ihm fast, wenn ihm widersprochen wurde. Außerdem übernahm er gern die Leitung. Und wenn Knut immer mal wieder wütend aufbrauste, weil er sich ungerecht behandelt fühlte, war es kein Problem, als sicherer, erfahrener Polizeibeamter aufzutreten.

Tom Andreassen verhinderte eine weitere sinnlose Diskussion. »Es gibt drei mögliche Gründe, warum Ella verschwunden sein kann. Sie kann von ihrem Vater abgeholt worden sein, sie kann von sich aus allein weggegangen sein, oder sie ist von einer unbekannten dritten Person abgeholt oder entführt worden. Wobei ich Letzteres für unwahrscheinlich halte.

Aber es ist kalt draußen, und wir haben nur wenig Zeit. Das Wichtigste ist jetzt, herauszufinden, ob sie sich verlaufen haben kann oder irgendwo gestürzt ist und vielleicht tief in einer Schneewehe liegt.«

»Laut Mutter und Kindergartenleiterin ist sie warm angezogen. Diese Schneeanzüge der Kinder heute sind dick und mit Fleece gefüttert. Und sie hat eine Fellmütze auf, die unter dem Kinn zugebunden wird und auch das Gesicht gut schützt. Sowie dicke Wollsocken und Lederstiefel, die mit Schafwolle gefüttert sind. Auch wenn es hundekalt draußen ist, so glaube ich schon, dass sie es in dieser Kleidung mehrere Stunden im Freien schafft.«

»Wenn das Mädchen allein weggelaufen ist, dann kann sie nicht weit gekommen sein. Wir müssen jeden Millimeter der Schneewehen entlang der Wege untersuchen, mit Ausgangspunkt Kindergarten. Unberührten Schnee können wir links liegen lassen. Zum Glück hat es seit heute Nachmittag so gut wie nicht geschneit. Ich schlage vor, du bleibst hier und koordinierst die Aktivitäten, Anne Lise.« Er vermied es zu sagen, dass die Regierungsbevollmächtigte das Telefon übernehmen sollte – obwohl es das war, was er eigentlich meinte. Jeden Moment konnte ein Anruf im Amt eintreffen und verkünden, dass Ella Olsen gefunden worden war.

Alle wollten möglichst schnell mit der Suche beginnen. Doch Erik Hanseid konnte seinen Mund nicht halten: »Und vergesst nicht, Knuts Spuren zu berücksichtigen«, sagte er über die Schulter zu den anderen, als er als Erster das Büro verließ.

Nach kurzer Zeit waren die freiwilligen Suchmannschaften bereit und konnten sich auf den Weg machen. Sie waren mit Karten und Listen über die in Frage kommenden Gebiete und

Schneewehen, die mit Lawinenausrüstung untersucht werden sollten, ausgerüstet worden, die in aller Eile im Amtsbüro fotokopiert worden waren. Zwei der Freiwilligen hatten Hunde dabei. »Die sind zwar nicht speziell dafür ausgebildet«, erklärte einer von ihnen entschuldigend. »Wir hatten nicht das Geld, sie zur Ausbildung aufs Festland zu schicken. Aber ein Hund wittert auf jeden Fall deutlich mehr als ein Mensch. Es kann nicht schaden, sie dabei zu haben.«

Knut hatte jedoch so seine Zweifel. Er nahm den Leiter vom Roten Kreuz beiseite. »Kannst du den Leuten einschärfen, dass sie sich nicht in den Bereichen herumtreiben sollen, in denen der Schnee unberührt ist? Momentan ist es natürlich unsere erste Priorität, nach Ella zu suchen, das ist mir auch klar. Aber es ist möglich, dass wir in ein paar Stunden nach anderen Spuren suchen müssen – Fußabdrücken, Autospuren, was auch immer –, und deshalb sollten wir ein wenig vorsichtig vorgehen. Und kannst du drauf achten, dass keiner die Spuren auf dem Spielplatz und hoch zur Autostraße nach Blåmyra zerstört? Dort würde ich am liebsten selbst die Suche übernehmen.«

Er blieb stehen und schaute den Suchmannschaften nach, die sich jeweils in ihre Richtung vom Kindergarten aus entfernten. Es war nicht zu vermeiden, dass vorbeigehende Passanten neugierig wurden. Keiner konnte sich erinnern, dass eine derartige Suche jemals im Zentrum von Longyearbyen durchgeführt worden war. Aber die Mannschaften hatten Order erhalten, so wenig Information wie möglich herauszugeben, um unnötige Spekulationen zu vermeiden.

Nach kurzer Zeit war er allein. Er schaute sich die Spuren im Schnee vor dem Zaun an. Diese Stille und Dunkelheit auf dem verlassenen Spielplatz, die Straßenlaternen, die ihre Kreise gelben Lichts auf den schneebedeckten Hügel zeichneten, die Geräusche der Menschen, die über den Schnee davongingen, ihre gedämpften Stimmen – ein Gefühl, dass das alles sinnlos war, überkam ihn. Knut glaubte nicht, dass Ella irgendwo in einer Schneewehe lag und vergeblich versuchte, wieder herauszukommen. Nicht, dass er sich so ein Szenario nicht vorstellen konnte. Knut selbst hatte erlebt, wie es war, in mehr als mannshohen Schnee zu fallen, und wusste, wie schwierig es war, wieder an die Oberfläche zu gelangen. Aber das war hier nicht passiert. Sie hätte um Hilfe gerufen. Jemand hätte sie gehört.

Und dann war da diese tiefe Rinne im Schnee. Jemand hatte sich die Mühe gemacht, sich von der Straße her vorzukämpfen, bis zum Kindergarten. Jemand hatte am Zaun gestanden und die Kinder beobachtet. Das musste nichts mit Ellas Verschwinden zu tun haben. Aber etwas geschah um den Kindergarten herum, das die Beschäftigten dort nicht unter Kontrolle hatten. Knut war überzeugt davon, dass es wichtig war, das so schnell wie möglich herauszufinden. Hoffentlich handelte es sich um etwas vollkommen Harmloses, das nur zufällig im Zusammenhang mit Ellas Verschwinden ans Licht gekommen war. Aber falls die beiden Dinge doch zusammenhingen, konnte es eine kritische Situation sein, um die sich die Polizei kümmern musste.

Es ging auf neun Uhr zu. Von Longyearbyens Bevölkerung waren nicht mehr viele draußen. Die Läden hatten schon seit mehreren Stunden geschlossen, die Temperatur fiel immer weiter und näherte sich achtundzwanzig Grad minus. In den zahlreichen Häusern und Wohnungen war es Zeit für die Fernsehnachrichten. Den Menschen wurden die Augen schwer, sie dösten in ihren Sesseln, eine Tasse Kaffee in der Hand. Doch einige Familien brachten ihre Kinder mit besorgtem Blick noch schnell vorher ins Bett, froh, dass es keine aktuellen Nachrichten von Spitzbergen gab.

Am Rand von Longyearbyen hatten die Suchmannschaften das Ende des abgesprochenen Gebiets, das überprüft werden sollte, erreicht. Diejenigen, die die alte Straße an der Kirche und der Telegraphenstation bis zur stillgelegten Seilbahnzentrale abgingen, waren die Letzten. Es war jetzt richtig dunkel geworden, und die Suchmannschaften hatten Taschenlampen benutzen müssen, um über die schneebedeckte Tundra sehen zu können. Am alten Friedhof, auf dem vereinzelt weiße, wettergegerbte Kreuze schief aus dem Schnee herausragten, meinten die Leute eine Spur im Schnee entdeckt zu haben, die von einem kleinen Kind herrühren konnte. Doch dann stellte sich heraus, dass sie von einem Rentier stammte.

Anne Lise Isaksen saß hinter dem Schreibtisch in ihrem Büro und hatte genügend Zeit, Zweifel aufkommen zu lassen. Hatte sie diesen Fall richtig behandelt? War es in Ordnung, dass die Regierungsbevollmächtigte hier saß? Oder hätte sie in anderer Form etwas beitragen können? Sie fühlte sich unsicher und ihrer Aufgabe nicht gewachsen. Natürlich hatte sie ihre formalen Kompetenzen, auf die sie sich stützen konnte, ihre Erfahrungen sowohl aus dem Justizministerium als auch aus der praktischen Polizeiarbeit. Aber hier auf Spitzbergen lief nichts nach Plan ab. Nichts war typisch oder routinemäßig. Und als Regierungsbevollmächtigter stand man immer im Fokus. Er hatte schon recht gehabt, ihr verstorbener Vorgänger Berg, wenn er sich ab und zu in aller Vertraulichkeit über die Last all der Verantwortung beklagt hatte, die dieser Job mit sich brachte. Dass man nicht eine Runde durch den Ort drehen konnte, ohne den musternden Blicken aus vorbeifahrenden Autos zu begegnen, sich nie ins Café setzen konnte, ohne dass sich ein lastendes

Schweigen ausbreitete. Auf jeden Fall konnte man es sich nie erlauben, ein Glas Bier allein in einer der Kneipen zu trinken, ohne am nächsten Tag mit Gerüchten hinsichtlich vermutlicher Depressionen oder einem beginnenden Alkoholproblem konfrontiert zu werden. Sie seufzte und schaute auf die halb geöffnete Tür zum dunklen Flur hin. Hätte sie lieber nicht angefangen, an den verstorbenen Regierungsbevollmächtigten Berg zu denken.

Mindestens einmal stündlich rief Anne Lise Isaksen bei Tone Olsen an. Ellas Mutter war nicht allein. Sie hatte Gesellschaft von der Kindergartenleiterin und zwei ihrer Kolleginnen. Trotzdem war sie es jedes Mal, die ans Telefon ging. Leider hatte die Regierungsbevollmächtigte nur herzlich wenig zu erzählen. Sie informierte die Mutter, dass die Suche im Gange war. Es ging nur langsam voran, weil die Mannschaften in der Nähe des Kindergartens besonders sorgfältig vorgingen. Andererseits konnten sie allein durch den Augenschein große Areale unberührten Schnees auf den offenen Geländen zwischen den Straßen ausschließen, ebenso wie lange Strecken mit festgetretenem Schnee neben den Wegen.

Ellas Mutter schwankte zwischen Enttäuschung, dass ihr Kind nicht gefunden worden war, und Erleichterung, dass die Regierungsbevollmächtigte ihr keine schlechten Nachrichten zu überbringen hatte. Beide Frauen gaben sich Mühe, die Gespräche mit Worten einzuleiten, die sie beide beruhigten – und die Wiederholung der Floskeln hatte in einer Situation, in der die nächste Nachricht schrecklich sein konnte, etwas Therapeutisches an sich, die Versicherung, dass alle nach besten Kräften arbeiteten, nur mit dem einen Ziel: Ella lebendig nach Hause zu bringen.

Doch das Gespräch gegen neun Uhr brachte eine Wende. Tone Olsen war endlich eingefallen, was sie im Kinderzimmer irritiert hatte. Ellas Kuscheltier, ein mit der Zeit ziemlich abgegriffener Bukowski-Teddy, den der Vater ihr früher geschenkt hatte, war nicht zu finden. Er lag normalerweise immer unter ihrer Bettdecke. Jeden Morgen erklärte Ella das Gleiche: »Der Teddy ist immer so müde, er hat keine Lust, heute mit in den Kindergarten zu gehen.« Die Mutter war sich ganz sicher, dass der Teddy auch an diesem Tag nicht in Ellas Rucksack mitgenommen worden war. Aber jetzt war er verschwunden.

Die Regierungsbevollmächtigte hatte gerade den Hörer aufgelegt, als es schon wieder klingelte. Es war der Wachhabende von Radio Spitzbergen im Flughafentower.

»Sag mal, was ist denn bei euch los? Ich habe sowohl den Notruf als auch die Telefonzentrale angerufen, aber bin nicht durchgekommen. Immer nur Besetztzeichen. Und deshalb habe ich jetzt die Durchwahl ins Amtsbüro gewählt. Du sitzt in deinem Büro, obwohl es gleich neun Uhr abends ist. Was geht denn da vor sich?«

Der Funker redete weiter, ohne eine Antwort abzuwarten. »Na, geht mich ja nichts an. Aber ich dachte, es wäre doch wichtig, euch eine Nachricht von ein paar Schneescooterfahrern aus Barentsburg zu übermitteln, die auf dem Heimweg sind. Die haben auch schon versucht, den Wachhabenden anzurufen, sind aber auch nicht durchgekommen. Weißt du vielleicht, wo er ist?« Es gelang ihm nicht, den neugierigen, fragenden Ton in der Stimme zu unterdrücken. Doch Anne Lise Isaksen reagierte gar nicht darauf.

»Nun ja, wie gesagt. Diese Schneescooterfahrer haben mich angerufen, weil sie eine Eisbärenmutter mit zwei Jungen gesehen haben. Es sieht so aus, als wenn die Bären auf dem Weg nach Vestpynten und auf den Flugplatz zu sind. Es könnte sein, dass sie auf die Idee kommen, durch Longyearbyen marschieren zu wollen. Sie wissen schon, der Essensgeruch aus den Restaurants. Und dann muss wohl jemand von euch kommen und sie verjagen, was? Dass die Bärin nicht mit ihren Jungen durch die ganze Stadt wandert. Das könnte sonst ziemlich gefährlich werden für Leute, die draußen unterwegs sind.«

KAPITEL 7

Heimlich

Dienstag, 19. Dezember, 14.20 Uhr

Der Polizeibeamte Erik Hanseid war bereits seit zwei Monaten auf Spitzbergen, als seine Frau Frøydis ankam. Sie hatte lange gezögert, herzuziehen, konnte sich nicht entscheiden. Doch als sie schließlich im Flugzeug nach Longyearbyen saß, gab es kein Zurück mehr.

Aber etwas war anders. Anfangs glaubte sie, es hätte etwas mit dem Ort an sich zu tun, der Kälte und Dunkelheit und der gewaltigen Natur. Als sie die Gangway hinunterstieg und den riesigen Hangar und die winzigen Passagiere sah, die sich wie Ameisen in einer Reihe auf eine kleine Tür neben den gigantischen Toren zu bewegten, ergriff sie für einen Augenblick Panik. Die Lichter des Flugplatzes blendeten sie. Anfangs konnte sie gar nichts erkennen, sah nur eine schwarze Wand. Das Ganze sah aus wie eine Szene aus einem Kriegsfilm in einem fremden Land. Sie spürte zunächst nicht einmal den beißenden Wind.

Ihr Mann begrüßte sie in der Ankunftshalle. Nahm sie in die Arme und rieb ihr über den Rücken, als wollte er verhindern, dass sie fror.

»Trägst du immer die Uniform?«, fragte sie. Er sah so fremd aus.

Er lächelte ihr zu, ein breites Willkommenslächeln. Herzlich, als wäre sie ein Gast. »Weißt du, das ist üblich hier auf Spitzbergen. Und außerdem ist es ja eigentlich gar keine richtige Uniform.« Er strich mit der Hand über die gefütterte schwarze Jacke mit dem Dienstabzeichen auf der Schulter.

Sie standen am Transportband in der primitiven Halle mit dem nackten Betonboden und den schmutzigen Leichtbauwänden, die früher einmal weiß gewesen waren. Ihre Koffer waren fast die Letzten. Er trug sie hinaus zu einem schwarzen großen Wagen mit »Sysselmannen« in weißen Buchstaben auf den Seiten. Er redete munter in einem fort. Erzählte ihr, was sie machen wollten, dass er sich für den Rest des Tages freigenommen hatte und sie hoch in die neue Wohnung bringen wollte, die sie glücklicherweise hatten kriegen können. Dass er seine Sachen aus seinem Zimmer aber noch nicht dorthin geschafft hatte. Sie konnte selbst entscheiden, wie ihr neues Heim möbliert werden sollte. Doch dabei schaute er sich die ganze Zeit um.

»Erwartest du noch jemanden?«, fragte sie.

Sie fuhren die enge, schmutzige Straße nach Longyearbyen. Und plötzlich sah sie die Berge. Wie die Gesichter von Riesen, die kleine Insekten studierten. Und den Fjord – weiß und ruhig wie ein Teppich. Überwältigend groß. Weiter ins Land hinein klammerten sich die Häuser an die Bergwände, um nicht aufs Eis zu stürzen.

Die Straße schlängelte sich über die unendlich weiße Ebene. Aber auch auf der anderen Fjordseite entdeckte sie ein paar vereinzelte Häuser. »Wer wohnt denn da?«, fragte sie verwundert.

»Da? Niemand, das sind nur ein paar verfallene Bruchbuden, die noch von den englischen Bergbaugruben um die Jahrhundertwende stammen. In denen wohnt niemand mehr.«

Ein weites Tal breitete sich vor ihnen aus, und da lag der Ort, an dem sie vielleicht für mehrere Jahre leben sollte. Er musterte sie, als sie am Kai vorbeifuhren und sich Longyearbyen rechts von ihnen zeigte. »Ist das nicht schön? Es sieht aus wie ein Diamant, findest du nicht? Mit all den funkelnden Lichtern.« Sie erwiderte nichts darauf, denn ihr erschien die kleine arktische Stadt eher öde und unwirklich. Als läge sie nur wie auf Abruf dort, in der Erwartung, dass eine große Lawine von den Gebirgswänden sie unter sich begraben würde.

Sie fuhren eine lange Anhöhe hinauf, zwischen zwei Reihen rotgestrichener Häuser hindurch. Er blieb vor dem obersten Haus stehen. Es lag im Dunkel, eine kleine Schneewehe bedeckte die Treppenstufen.

»Tut mir leid«, sagte er bedauernd. »Ich hätte zumindest die Treppe freischaufeln sollen. Aber ich wohne ja noch unten im Amtsgebäude in einem Zimmer. Solange ich allein war, war es einfacher so. Und die Straßenlaterne ist anscheinend kaputt.« Beide legten den Kopf in den Nacken und schauten die dunkle Lampe an.

Er brauchte nur wenige Minuten, um die Treppe freizukriegen, trotzdem begann sie in ihrem neuen Daunenmantel bereits vor Kälte zu zittern. Die Koffer standen neben ihr. Sie fühlte sich vollkommen verloren. Aber er lief mit leichten Schritten die Stufen hinauf und schloss die Tür auf. Ein hübscher Bursche in seiner schwarzen Jacke. Wieso fror er nicht? Sie nahm sich einen der Koffer und schleppte ihn zum Treppenabsatz.

»Nein, warte, lass mich ...«

Und dann waren sie drinnen. Er drückte auf den Lichtschalter. Nichts passierte. »Na so was, ist die Lampe hier auch kaputt?« Sie tasteten sich durch einen dunklen Flur, eine Treppe hinauf, wo die Straßenlaterne auf der anderen Hausseite durch ein Fenster hereinleuchtete und Schatten auf den Treppenstufen zeichnete. Gingen ins Wohnzimmer. Er stellte die Koffer ab. Aber auch hier wollte die Deckenleuchte nicht brennen. Und es war kalt. Kleine Frostwolken traten aus seinem Mund, als er sprach.

»Frøydis, tut mir wirklich leid. Aber ich muss vergessen haben, Svalbard Samfunnsdrift anzurufen, damit sie den Strom einschalten.« Er lief in die Küche, öffnete die Schranktüren, eine nach der anderen. Und schließlich hatte er Glück, fand ein paar Kerzen, die er auf einen Teller stellte und mit einem Feuerzeug anzündete. »So, das ist besser. Jetzt wird es gemütlich.«

»Wieso hast du ein Feuerzeug in der Tasche? Hast du angefangen zu rauchen?«

Er drehte sich um, lächelte sie freundlich, geradezu höflich an. »Weißt du was? Ich werde eben ins Büro fahren und von dort bei Samfunnsdrift anrufen. Die werden innerhalb der nächsten Minuten den Strom einschalten. Bleib du solange hier. Und auf dem Rückweg fahre ich beim Laden vorbei und kaufe etwas zu essen ein.« Schon war er aus der Tür und die Treppe hinunter, noch bevor sie sich hatte fassen und protestieren können.

Sie ging ins Wohnzimmer und setzte sich auf einen der Koffer. Es gab keine Möbel hier drinnen. Er wohnte hier nicht. Nach einigen Minuten stand sie auf und ging in der Dunkelheit umher, von einem Zimmer zum anderen. Nirgends gab es Möbel. Alles war kalt und leer. Es beschlich sie das Gefühl, dass irgendetwas nicht stimmte. Dass er sie gar nicht erwartet hatte.

Das Weihnachtsfest in Longyearbyen war immer herzlich und schloss alle Bewohner und Gäste ein, und auch dieses Jahr war es nicht anders. Der Gottesdienst am Heiligabend war wie immer rührend schön, die Kirche bis auf den letzten Platz besetzt. Der Kinderchor sang einigermaßen schön, auch wenn einige der Jüngsten aus dem Kullungen-Kindergarten wie üblich mehr daran interessiert waren, sich gegenseitig Fratzen zu schneiden, als zu singen. Da war ein Kichern und Flüstern zu hören, das manchmal den Gesang zu übertönen drohte.

Die Leute saßen auf dem Gestühl aus den Siebziger Jahren, das mit grünem, kratzigem Wollstoff bezogen war. Frøydis, die bei den Staatsangestellten und ihren Ehepartnern saß, fand trotz allem, dass der Kinderchor ein seltsames Bild abgab. Die Kinder in ihren besten Festtagskleidern, mit aufgeregten Gesichtern und funkelnden Augen. Und vor ihnen der alte Grubenarbeiter mit dem schiefen Gesicht voller Brandnarben, wie ein großer, dunkler Baumstamm.

Dieses Jahr hielt sich Per Leikvik an das sorgfältig gewählte Repertoire und sang nur die Psalme, die der Pfarrer ausgesucht hatte. Sein fast unwirklich reiner Tenor stieg in Spiralen in dem kargen Kirchenraum empor. Die Kerzen am Tannenbaum leuchteten, Blumen, die am Vortag mit dem Festlandsflugzeug gekommen waren, dufteten süß. Die Leute lächelten Frøydis zu, und sie erwiderte ihr Lächeln.

Diejenigen, die schon lange in Longyearbyen lebten, wussten, dass das schreckliche Grubenunglück vor vielen Jahren indirekt Ursache für Per Leikviks Gesangsstimme war. Und die Gemeinde vergaß für ein paar Minuten, dass der alte Kumpel fast eine Art Dorftrottel geworden war – alles nur aufgrund seiner schweren Kopfverletzungen. Nach dem Krankenhausaufenthalt auf dem Festland stotterte er so heftig, dass die wenigsten verstanden, was er sagen wollte. Aber andererseits war er mit einem absoluten Gehör und der schönsten Tenorstimme zurückgekommen, die sie je gehört hatten.

Nicht immer war er bereit, seine neuen Künste zur Verfügung zu stellen, weder bei kirchlichen noch bei allen anderen Anlässen. Es kam vor, dass er zu einer etwas derberen Liedauswahl überging. Und bedauerlicherweise kannte er eine ganze Menge aus dieser Sparte. »Wir dürfen nicht vergessen, dass er nicht ganz richtig im Kopf ist«, sagten die Gutmütigsten dann. »Man darf ihm nicht böse sein. Er meint es ja nicht so.«

Doch nicht alle hatten so viel Geduld mit dem einsamen Mann, der so oft durch Longyearbyen wanderte. »Das macht er mit Absicht«, schimpften diejenigen, die das Pech hatten, auf den Grubenarbeiter in einem seiner finsteren Momente zu stoßen. »Per kann ziemlich hinterhältig sein. Lasst euch nicht täuschen, nur weil er euch leidtut.« Doch während des Weihnachtsgottesdienstes in diesem Jahr war alles gut gegangen, vielleicht lag es am Kinderchor, mit dem er zusammen sang. Per Leikvik mochte Kinder gern.

Nach dem Kirchenbesuch gab es im Amtsgebäude einen kleinen Empfang mit Punsch und Kuchen. Und Silvester aß das Ehepaar Hanseid zusammen mit ein paar Freunden des Gatten im Restaurant im Polarhotel. Alle amüsierten sich und unterhielten sich blendend, und Frøydis trank sogar zum Kaffee einen Cognac, obwohl sie eigentlich keine starken Getränke mochte. Als sie nachts zu Fuß zurück in ihre Wohnung oben in Lia gingen, tanzte das Nordlicht über den Himmel.

Freitag, 5. Januar, 17.45 Uhr

Bereits in den ersten Tagen vom Januar wurde deutlich, dass die kleine Polizeistation ernsthaft unterbesetzt war. Es verging kaum ein Abend, an dem Erik Hanseid nicht Überstunden machen musste. Die Fälle stapelten sich, wie er erklärte.

»Welche Fälle denn?«, fragte sie vorsichtig. »Man sollte nicht glauben, dass es auf Spitzbergen so viel Kriminalität gibt.«

»Wir erzählen ja nicht alles der Spitzbergen-Post«, murmelte er draußen im Flur, während er sich die dicke schwarze Jacke anzog. »Meistens sind es sowieso nur Kleinigkeiten, ein Schneescooter, der gestohlen wurde, ein Einbruch in einer

Hütte, Vandalismus oder Familienstreitigkeiten. Aber der ganze Papierkram muss gemacht werden. Und das kostet Zeit, weißt du. Ich bin in ein paar Stunden wieder zu Hause.« Und damit verschwand er durch die Tür.

Durch einen Zufall erfuhr sie, dass er sie betrog. Die beiden jungen Frauen, die ihn verrieten, kannte sie nur vom Aussehen her. Sie standen vor ihr in der Kassenschlange im Supermarkt und plapperten unbeschwert über eine Frau, die mit einem der Piloten von Airlift verheiratet war und lieber besser auf ihren Ehemann aufpassen sollte – so fesch, wie er aussah –, statt mit dem einer anderen herumzumachen. Vielleicht hätte Frøydis diesen gedankenlosen Tratsch gar nicht mit Erik in Verbindung gebracht, wenn nicht eines der Mädchen seinen Vornamen erwähnt hätte. Und nicht einmal da begriff sie, das kam erst, erst als die andere Frøydis entdeckt und der Freundin darauf warnend einen Arm in die Seite gestoßen hatte.

Sie tat, als wenn nichts wäre. Als sie an der Kasse an der Reihe war, legte sie ihre Waren vorsichtig und behutsam aufs Laufband. Lächelte und bemerkte, dass die Meteorologen wärmeres Wetter angekündigt hatten. Regen im Januar auf Spitzbergen, konnte das möglich sein?

Die ersten Tage im Januar waren ein tiefer schwarzer Brunnen, in den die Bewohner von Spitzbergen fielen, und keiner konnte ihm entkommen. Vielleicht lag es an dem Kontrast zu den Weihnachtsfeiern – als die Stadt wie das gemütliche Haus der Lieblingstante auf dem Lande dalag, gut eingehüllt in weiche Daunendecken aus weißem Schnee. Die Leute hatten gut gegessen und getrunken. Sie hatten es sich zu Hause gemütlich gemacht, einander besucht. Schon der geringste Grund für eine Verabredung war gut genug gewesen. Die dunkle Zeit war gar nicht so übel, nicht wahr? Wenn man nur so weitermachen könnte.

Doch dann war jäh Schluss, und der Alltag war wieder eingekehrt. Diese dunkle Zeit war mürrisch, unvorhersehbar, der dritte der vielen Winter in den Polargebieten. Von einem Tag auf den anderen war außerhalb der eigenen vier Wände fast alles verändert. Ein grauer Wind aus dem Süden fegte kalten Regen durch den Ort, der alles in Eis erstarren ließ, er drang durch geschlossene Türen und brachte die Menschen dazu, die Kachelöfen emsig zu befeuern und Holz im Kamin nachzulegen. Zumindest die, die das Glück hatten, einen Kamin zu besitzen. Doch der Regen fegte wie ein Fluch über alle hinweg, die ihre Nase vor die Tür steckten. Das Eis auf dem Boden wurde schwarz und schluckte alles, was es an Licht noch gab.

Nichts fand mehr statt, weder bei der Arbeit und schon gar nicht, wenn man erst einmal zu Hause war. Die Leute lagen auf dem Sofa, machten einen kleinen Mittagsschlaf, bis es an der Zeit war, ins Bett zu gehen.

Im Büro des Regierungsvertreters kamen sie schon gähnend zur Arbeit, begannen den Tag mit großen Thermoskannen voll Kaffee, besuchten einander in den Arbeitszimmern und ließen sich auf die Bürostühle sinken.

»Na, gibt es etwas Neues? Ist was passiert?«

Doch es gab nichts Neues, über das man hätte reden können. Und vor den spiegelschwarzen Fenstern geschah auch nichts. Es schien, als wäre der gesamte Ort Longyearbyen tausend Faden tief in ein Meer versenkt worden, von dem noch nie jemand etwas gehört hatte. Sie waren verloren, und alle ausgesandten Signale kamen wie ein Echo wieder zurück.

Frøydis Hanseid und Tor Bergerud begegneten sich zum ersten Mal an einem der finstersten Tage des Winters vor dem

Supermarkt. Es war gleich Anfang Januar, die Weihnachtsdekoration hing noch in den Schaufenstern, verstaubt und fremd, wie nicht eingelöste Versprechen nach einem Fest, das schon viel zu lange gedauert hatte.

Der erste Monat des Jahres konnte in der Arktis kalt, dunkel und schön sein. Aber die ersten Tage dieses Jahres lagen mitten zwischen zwei Kälteperioden. Warme Strömungen vom Atlantik zogen in einem schmalen Korridor zwischen zwei Hochdruckgebieten in den Norden und brachten schneidenden Regen über die kleine arktische Stadt. Innerhalb nur weniger Stunden war der Boden mit einer dicken, nassen Schicht Schneematsch bedeckt. Von den großen Schneewehen, die sich zu beiden Seiten der Wege aufgetürmt hatten, waren nur noch Reste übrig, schmutziggraue Haufen wie die Knochen eines prähistorischen Schlangensauriers. Es war kaum möglich, sich zu Fuß vorwärts zu bewegen. Die wenigen Fußgänger mühten sich breitbeinig mit steifen Bewegungen ab voranzukommen, immer in der Erwartung, jeden Moment auf dem unsicheren Untergrund auszurutschen.

Frøydis fiel vor dem Laden hin, mit zwei Plastiktüten voller Lebensmittel in den Händen. Alle in ihrer Nähe sahen zu. Einige mussten sogar schmunzeln. Da lag sie also. Die Hände hatte sie sich am Eis aufgescheuert. Ihr Hosenboden war vollkommen durchnässt. Ihr Einkauf kullerte aus den Tüten und lag verstreut um sie herum.

Er blieb stehen und half ihr auf. »Bist du nicht Frøydis Hanseid?«, fragte er, obwohl er genau wusste, wer sie war. Sie lächelte, in erster Linie, weil ihr die Situation peinlich war, und dann fing sie an zu weinen.

»Aber Frøydis. Hast du dir wehgetan?«

Sie wischte sich die Tränen ab, und er half ihr, ihre Kleidung abzubürsten, die Einkäufe einzusammeln, die nass und schmutzig vom Schneematsch waren, und sie wieder in die Tüten zu packen. Dann gingen sie ins Café Schwarzer Mann. Er fasste sie unter den Arm und geleitete sie ins Café, als hätte sie einen Unfall gehabt. Im Lokal war es halbdunkel, Teelichter auf den Tischen, die Lampen an der Decke waren nicht eingeschaltet. Warm wie in einer Höhle, so wie es meistens in den Häusern in der dunklen Zeit war.

Nachdem sie sicher an einem der Tische ganz hinten im Raum saß, ging er an den Tresen und kaufte Kaffee und Waffeln mit Sahne und Erdbeerkonfitüre. Zunächst behauptete sie, sie wolle nichts essen. Doch nachdem sie eine Weile gesessen hatten, hatte sie doch alles in sich gestopft. Anfangs wussten beide nicht, was sie sagen sollten, abgesehen davon, dass das Wetter schlecht war und die rutschigen Straßen lebensgefährlich.

Sie wärmte sich die Hände an dem dicken Porzellan der Tasse. Der Kaffee duftete stark und süß. Es lag eine freundliche und intime Stimmung über dem Tisch. Sie hatte das Gefühl, eine ganz andere zu sein.

Nach einer Weile unterhielten sie sich über alles Mögliche. Er war überrascht, wie einfach das Gespräch lief. Als sie das Café betreten hatten, bereute er seinen Vorschlag eigentlich schon. Es hätte doch gereicht, ihr wieder auf die Beine zu helfen, ihre Einkäufe einzusammeln und ihren Mantel abzubürsten. Wenn ihn jetzt einer seiner Kollegen von Airlift so sah? Er lächelte die verkrampfte kleine Person auf der anderen Tischseite an.

Das Café war fast leer. Nur zwei ältere Damen saßen an einem der Fenstertische. Er kannte sie, kam aber nicht auf ihre Namen. Sie schienen außerdem vollkommen mit sich selbst beschäftigt zu sein. Sicher mit irgendwelchem Tratsch.

»Nein, jetzt muss ich aber sehen, dass ich nach Hause

komme«, sagte sie. Meinte es aber nicht. Ihr war ganz schwindlig von dem unerwarteten Gefühl, es so gemütlich zu haben.

»Ist es denn so eilig?«, hörte er sich selbst fragen.

Sie blieben fast eine Stunde sitzen, und er ging mehrere Male, um Kaffee nachzuschenken. Die schwache, silbergraue Beleuchtung des Tages verschwand, die Fenster wurden zu schwarzen Spiegeln.

»Nein, jetzt...«, sagte sie und lächelte verlegen. Sammelte ihre Sachen zusammen. Er hörte zu seiner eigenen Überraschung, wie er ihr anbot, sie nach Hause zu fahren. Sie verließen den Raum. Er trug ihre Plastiktüten mit den Waren. Am Fenstertisch drehten sich die beiden älteren Damen nach ihnen um.

»Hast du das gesehen, Trulte?«

»Na, und ob. Du glaubst doch nicht...?«

Die andere Dame überlegte kurz. Doch der Gedanke war zu gewagt. »Nein, ehrlich gesagt...«

Trulte versuchte durch die Fenster auf den Parkplatz zu sehen. »Vielleicht wissen sie gar nicht, was ihre Ehepartner treiben? Vielleicht treiben es alle vier heimlich?«

KAPITEL 8

Nachtwache

Donnerstag, 22. Februar, 21.30 Uhr

Knut und der Leiter des Roten Kreuzes fuhren mit ihren Schneescootern zwischen dem Flugplatz und dem Kohleverladekai hinaus auf den Fjord, um die Eisbärin mit ihren Jungen von der Stadt wegzujagen. Der Mond leuchtete auf das Meereseis und zeichnete die kleinste Schneewehe mit einem Relief gegen das flache Eis ab. Trotzdem fuhren sie langsam und vorsichtig. Selbst durch die dicken Scooteranzüge spürten sie, wie kalt es war. Knut war dankbar für die angewärmten Handgriffe und die Hitze, die von der Maschine auf die Stiefel ausstrahlte. Er hatte immer noch Schmerzen von den Frostschäden, die er sich früher im Winter zugezogen hatte.

Es erschien ganz selbstverständlich, dass der Leiter des Roten Kreuzes die Führung übernahm. Es war geplant, die Bären auf die Reveneset zuzujagen, damit sie dann weiter gen Norden zum Billefjord liefen. Aber nachdem sie die Bären entdeckt hatten, hatte er es nicht mehr eilig, sich ihnen zu nähern. Er hielt den Schneescooter an, ließ ihn aber im Leerlauf weiterbrummen und bedeutete Knut, es ihm nachzutun.

»Guck mal!« Er zeigte auf ein paar schwarze Flecken hinter den drei gelben Schatten, die sich langsam über das Eis fortbewegten.

Knut schob sein Visier hoch, drückte den Wollschal hinunter und kniff die Augen zusammen. Wegen der Kälte hatte er seine Brille nicht aufgesetzt. Sie lag in einer der Innentaschen des Scooteranzugs.

»Leute?«

»Es sieht so aus.« Der Leiter des Roten Kreuzes blieb rittlings auf seinem Scooter sitzen.

Knut überlegte. »Was machen wir? Wir können die Bärin nicht von dieser Seite aus treiben. Sonst läuft sie schnurstracks auf die anderen Scooterfahrer dort drüben zu.«

Ihr frostiger Atem stieg in kleinen weißen Wolken aus Eiskristallen um ihre Köpfe herum auf. Schon in der kurzen Zeit, die sie erst still standen, konnte Knut spüren, wie die Kälte ihm ins Gesicht biss.

»Entweder, wir fahren raus aufs Eis und umrunden die Bären, oder wir fahren am Uferrand entlang zurück.« Harald Enebackk klappte das Visier seines Helms wieder vors Gesicht und drückte das Handgas.

Er entschied sich, rauszufahren, auch wenn diese Route länger war und die beiden Schneescooter bis auf den Eisrand zum offenen Meer hin zwang. Und es dauerte auch gar nicht lange, da konnte Knut sehen, wie der Schneescooter vor ihm anfing, hin und her zu schlingern. Hohe Wellen drückten in die Fjordmündung und hatten das Eis in dicke Schollen gebrochen, die gegeneinander drückten. Was von innen als sichere, zusammenhängende Eisfläche erschienen war, bestand in Wirklichkeit aus kleinen Eisstückchen, die wohl nicht mehr als ein paar Meter Durchmesser aufwiesen. Die Schollen bewegten sich langsam und rieben aneinander.

Schweißtropfen liefen ihm das Rückgrat hinunter. Knut versuchte seinen Schneescooter in der Spur vor ihm zu lenken. Es ging nur unerträglich langsam voran. Aber nach einigen unsicheren Minuten stießen sie zu den drei Gestalten, die dort draußen mitten auf dem Meereseis standen, jeder neben seinem Scooter. Der Größte von ihnen hatte den Helm abgenommen. Es war Hugo Halvorsen, der sechzehn Jahre alte Sohn eines der Chefs von Store Norske. Der Rote-Kreuz-Chef nickte ihm zu, ohne etwas zu sagen. Die beiden Neuankömmlinge blieben auf ihren Fahrzeugen sitzen und musterten die Bären, die sich, unbeirrt vom Lärm der Schneescooter, langsam in den Fjord hinein bewegten.

Knut kannte Hugo Halvorsen von früher, betrachtete aber neugierig die anderen beiden Jugendlichen. Die eine war ein fünfzehn Jahre altes Mädchen, das bereits mehrere Male im Verlaufe des Winters von der Polizei aus den verschiedenen Kneipen Longyearbyens nach Hause gebracht werden musste. Der andere war ein Freund von Hugo, ein blonder, ziemlich klein geratener Junge, der ebenfalls schon Bekanntschaft mit den Polizeibeamten gemacht hatte. Als Knut seinen Blick hob und dem von Hugo begegnete, schaute er in ein ironisches, fast höhnisches Grinsen.

Das Mädchen hatte Knut entdeckt und als Polizisten wiedererkannt. »Wir machen nichts Verbotenes hier«, erklärte sie angriffslustig.

Knut lächelte. »Nun, ich bin mir nicht sicher, ob da alle meine Kollegen zustimmen würden. Ihr wisst ja wohl, dass es nach dem neuen Umweltgesetz verboten ist, Eisbären zu provozieren.«

»Aber wir stehen doch nur hier. Mari hat noch nie Eisbären gesehen, und wir wollten nur…« Der blonde Junge drehte sich mit einem wütenden Blick zu ihm um.

»Das habe ich bemerkt…«, fuhr Knut ruhig fort, »…dass ihr die Bären nicht gejagt habt. So wie ich die Situation sehe, habt ihr euch mustergültig verhalten. Ihr habt angehalten, damit der Lärm der Scootermotoren die Tiere nicht erschreckt. Ganz nach Vorschrift, so, wie es gemacht werden soll.«

Der Leiter des Roten Kreuzes nickte. Aber er ließ die drei gelblichen Gestalten draußen auf dem Eis nicht aus den Augen.

»Wir gucken nur«, sagte Hugo Halvorsen leise.

»Was meinst du, wo die hinwollen?« Zum ersten Mal, seit sie angehalten hatten, wandte sich der Rote-Kreuz-Leiter an die Jugendlichen. Er sprach Hugo Halvorsen wie einen Gleichaltrigen an.

»Nach Norden.« Hugo zeigte mit ausgestrecktem Arm. »Die wollen in den Fjord hinein, und da werden sie sicher nichts zu fressen finden. Aber vielleicht wissen sie ja mehr als wir? Vielleicht wird das Eis im Norden bald aufbrechen? Die sind bestimmt auf dem Weg zum Wijdefjord. Da findet man im Frühling immer viele Bären, wenn die Ringelrobben ihre Jungen auf dem Seeeis werfen.«

Noch während sie sprachen, hatten sich ihnen die Bären genähert. Die Bärenmutter hatte sie endlich entdeckt. Sie hob den Kopf und witterte. Hugo beugte sich vorsichtig vor und löste die Scooterbremse. Die Bärin blieb eine Weile mit gesammelten Pfoten stehen, eine vertraute Silhouette von vielen Kristall- und Porzellanfiguren. Die Jungen trotteten unbeirrt weiter.

»Sieht nicht gut aus«, sagte der Rote-Kreuz-Chef leise. »Sie wird nervös, wenn die Jungen sich nicht dicht bei ihr halten. Ich glaube, wir sollten uns ein wenig zurückziehen.« Doch dazu war es bereits zu spät. Die Bärin setzte sich plötzlich in Bewegung – zuerst mit einigen langsamen Schritten, dann nahm sie Tempo auf und galoppierte auf sie zu.

»Hugo! Hugo-o, was machen wir jetzt?« Das Mädchen sprang auf ihren Scooter und drückte den Gashebel. Aber sie hatte vergessen, die Bremse zu lösen. Der Motor brüllte laut hustend auf und erstarb dann.

»Scheiße«, fluchte Hugo Halvorsen und schaute die beiden Erwachsenen an. »Die Alte scheint wütend zu sein. Wäre wohl nicht schlecht, wenn ihr eure Gewehre rausholt.«

Der Mann vom Roten Kreuz hatte bereits seine Rifle hinten vom Schneescooter gelöst. Aber die Bärin lief schnell, war wohl nur noch höchstens fünfzig Meter von ihnen entfernt. Knut fummelte an seiner Waffe, schaffte es schließlich, die Sicherung zu lösen.

»Nicht schießen!« Hugo Halvorsen drückte das Gas seines Schneescooters runter, dass der kräftige Motor aufheulte. Der schwarze Thundercat machte einen Satz nach vorn auf dem Eis. Dann lenkte Hugo ihn direkt auf den großen Eisbären zu.

»Was hat der denn vor?«, rief Knut seinem Mitstreiter zu. »Will er den Bären über den Haufen fahren?«

Der Thundercat machte einen kleinen Bogen um die Bärin herum und fuhr mit nur wenigen Metern Abstand an ihr vorbei. Die Bärin zuckte zusammen und erhob sich auf die Hinterbeine, um sich jedoch gleich wieder auf alle Viere fallen zu lassen. Aber Hugo Halvorsen ging nicht vom Gas runter. Er setzte seine wilde Fahrt fort, direkt auf die beiden Jungen zu. Die kleinen weißen Knäuel fingen an, emsig übers Eis zu laufen, weg von der Mutter. Erst als er sie fast eingeholt hatte, ging er ein wenig vom Gas, jagte sie aber weiter in gemäßigtem Tempo vor sich her.

Die Bärenmutter war stehen geblieben und witterte in der Luft. Aber nur kurz. Dann setzte sie sich in Bewegung, hinter dem Thundercat und ihren Jungen hinterher.

»Sieh dir diese Geschwindigkeit an! Scheiße, gleich holt sie Hugo ein!«, rief der blonde Junge. »Sollen wir hinterher?«

Aber der Rote-Kreuz-Chef schüttelte nur den Kopf. Er hatte sein Gewehr gesenkt. Die Bären waren außer Schussweite.

Im letzten Augenblick, kurz bevor die Bärin den Schneescooter erreichte, hatte Hugo Halvorsen sein Fahrzeug in einer scharfen Kurve Richtung Fjord zur Seite gerissen und kam nun in einem weiten Halbkreis zurückgefahren. Die Bärin lief einige Meter neben ihren Jungen her. Da sie aber kein bedrohlicher Lärm mehr jagte, beruhigten die drei Eisbären sich und trotteten nunmehr langsam zur anderen Seite des Fjords.

Knut nickte Hugo Halvorsen zu. »Das war auf jeden Fall gegen das Gesetz. Und das hätte mir gerade noch gefehlt, wenn ich dich deinem Vater in einem schwarzen Sack hätte zurückbringen müssen.«

»Ja. Und jetzt sind sie auf direktem Weg nach Longyearbyen.« Aber der Rote-Kreuz-Chef lächelte. Es hätte viel schlimmer ausgehen können. »Was machen wir? Es wäre nicht besonders schlau, sie noch einmal zu jagen. Eisbären haben Probleme mit einer erhöhten Körpertemperatur. Deshalb bewegen sie sich normalerweise so langsam, auch wenn sie mit die schnellsten Raubtiere sind, die es gibt.«

Hugo Halvorsen kam mit einem Vorschlag. »Könnt ihr sie nicht an Longyearbyen vorbei lotsen? Ihr hab doch in so einer schönen kalten Winternacht sowieso nichts Besseres zu tun, nicht wahr? Oder was soll diese ganze Sucherei zwischen den Häusern und auf den Wegen bedeuten?«

Als sie mehrere Stunden später zurück nach Longyearbyen kamen, lief die Suche immer noch. Knut und der Leiter des Roten Kreuzes fuhren zu den Gebäuden unten am Kai. Die Suche war fast beendet, hatte aber viel Zeit gekostet. Einige Häuser waren gar nicht erst durchkämmt worden, weil offensichtlich war, dass sie seit mehreren Tagen von keinem mehr betreten worden waren. Die Schneewehen hatten sich hoch an Wänden und Türen aufgetürmt, es war keine Fußspur zu sehen. Aber die Lagerhallen, die im Laufe des Tages benutzt worden waren, waren groß und voll mit jeder Menge Kisten, Ausrüstungen und Gerümpel, so dass es Tage dauern würde, alles genau zu sichten. Die Suchmannschaften begnügten sich erst einmal damit, die Regalreihen entlangzulaufen, zu rufen und nach irgendeiner Spur von Leben Ausschau zu halten. Jedes Mal, wenn sie aus einem erwärmten Gebäude herauskamen, schlug ihnen die Kälte wie eine Ohrfeige ins Gesicht. Inzwischen waren sie müde und mutlos.

Der Leiter des Roten Kreuzes ging zu der kleinen Gruppe, um mit ihnen zu sprechen und sie zu einer weiteren Suche die Nacht hindurch zu motivieren. Knut blieb bei laufendem Motor auf dem Schneescooter sitzen. Er hatte keine große Lust, zum Verwaltungsgebäude hochzufahren. Außerdem war es mittlerweile so spät, dass die Polizeibeamten bestimmt nach Hause gegangen waren. Er selbst hätte auch einige Stunden Schlaf gebrauchen können. Aber er hatte auch diese Nacht Wache.

Er blieb sitzen und schaute über die schlafende Stadt. Sie wirkt fast wie ein Aufkleber, dachte er, auf die schwarzblaue Landschaft geklebt. Doch dann dachte er daran, dass es irgendwo hinter diesen dunklen Wänden und hohen Schneeverwehungen ein kleines Kind gab, das nicht bei seiner Mutter zu Hause war. Er hoffte, dass sie es warm hatte. Er hoffte, dass sie schlief und dass jemand auf sie aufpasste.

Ihm kam eine Idee. Sollte er noch einmal im Kindergarten nachsehen? Die Schlüssel der Kindergartenleiterin hatte er immer noch in der Tasche.

Silbermond, Stahlmond. Wie ein Messer, ein funkelnder Krummsäbel, hoch oben an den Nachthimmel gehängt. Das Mondlicht polierte die schneebedeckte Landschaft und ließ ihn die Kälte noch intensiver spüren. Es knirschte selbst bei den vorsichtigsten Schritten, und das Geräusch wurde in der ruhigen Luft weit getragen, über offene Plätze und entlang menschenleerer Straßen. Es war kurz vor drei Uhr nachts. Knut hatte irgendwo gelesen, dass das die gefährlichste Stunde war, sowohl für den Jäger als auch für den Gejagten. Die Stunde, in der das Raubtier nach der Jagd einer langen Nacht ermattet war und das Beutetier erschöpft davon, sich wach halten zu müssen, auf der Hut vor lauernden Gefahren.

Der Kindergarten lag in tiefen Schatten, doch das Mondlicht funkelte, erleuchtete erschreckend weiß den Spielplatz. Spuren von Kinderschuhen, von den Kufen eines Schlittens, von Spiel und Bolzen waren wie Runen auf der Schneefläche abzulesen. Aber unmöglich zu entziffern. Knut ging zur Eingangstür und schloss auf. Wie schon früher an diesem Tag hatte er das Gefühl, an diesem Ort, der so beruhigend nach Puder und Kinderseife, nach Obst, Vanillekeks, Milch und Kakao roch, ein unerwünschter Fremder zu sein. Jetzt war dieses Gefühl noch stärker.

Er ließ die Deckenlampe ausgeschaltet, blieb im Dunkel stehen und schaute den Flur entlang. Das Licht der Straßenlaternen entlang dem Hilmar Rekstens vei sickerte durch die dünnen Gardinen und zeichnete Streifen aus Licht und Schatten auf die Wände. Eine andere Wand lag im Schatten, er konnte vor ihr jedoch einige Kisten und einen einzelnen Bürostuhl erkennen. Er blieb stehen und lauschte. Kein einziges Geräusch. Warum schaltete er die Deckenleuchte nicht ein? Was suchte er hier eigentlich?

Ihm kam in den Sinn, dass sie wie selbstverständlich davon ausgegangen waren, dass keine der Angestellten des Kindergartens etwas mit Ellas Verschwinden zu tun hatte. Sie hatten nicht einen Gedanken in dieser Richtung gehabt. Aber jetzt kam Knut diese Möglichkeit in den Kopf. Er versuchte sich Zusammenhänge vorzustellen, Handlungsmuster.

War das wirklich eine Option? Nein, er schob den Gedanken schließlich wieder beiseite. Trotzdem war dadurch eine Art Angst näher an ihn herangekrochen, hatte sich wie ein struppiges Tier da draußen in der Dunkelheit hinter den geschlossenen Türen herangeschlichen. Ohne Vorwarnung war Knut von einer Erinnerung aus seiner eigenen Kindheit überrascht worden, die er bisher vergessen gehabt hatte. Plötzlich hörte er ein Geräusch. Eine Art vorsichtiges Zischen. Fast wie das unterdrückte Atmen von jemandem, der nicht entdeckt werden wollte.

Da war doch ein Geräusch? Schritte, fast lautlos, über den Flur. Ein Schatten vor einer Wand. Er irrte sich nicht. Jemand war hier im Kindergarten und bewegte sich vorsichtig auf ihn zu. Er schaute sich verzweifelt um. Das Gewehr lag draußen auf dem Schneescooter. Nicht in seinen schlimmsten Träumen hätte er sich vorstellen können, dass er in einem Kindergarten eine Waffe brauchte.

Etwas huschte vorsichtig über den Boden. Bald würde die Gestalt hinter der halb geöffneten Tür zum Vorschein kommen. Sein Blick suchte verzweifelt die Wände ab. Hinter der Tür vor ihm hing ein selbstgestrickter bunter Schal. Er bewegte sich, so vorsichtig er konnte, nahm den Schal an sich. Dann warf er den Schal der dunklen Gestalt um den Hals, die unvermittelt in der Türöffnung zum Vorschein kam. Drückte so fest zu, wie er konnte. Aber die Gestalt war stärker als gedacht. Und größer. Beide Männer wankten in der Dunkelheit hin und her. Knut schlug mit dem Ellbogen gegen die Wand und hätte fast losgelassen. Aber er kämpfte unverdrossen.

Einer von ihnen musste gegen den Lichtschalter gekommen sein. Plötzlich lag der Flur im Licht der Deckenlampe da. Knut ließ den Schal fallen.

»Tom? Was zum Teufel machst du hier?«

Der Polizist hustete und schnappte nach Luft. »Knut? Ich

kann dich ja wohl das Gleiche fragen. Was treibst du denn hier? Willst du mich mit einem Kinderschal erwürgen?«

Sie starrten sich gegenseitig ungläubig an. Tom Andreassen rieb sich die roten Striemen an seinem Hals. »Na, so kann man auch zu einer Beförderung kommen! Den umbringen, der mehr Dienstjahre auf dem Buckel hat.« Beide mussten lachen.

»Aber im Ernst, was wolltest du denn hier? Verfolgst du eine bestimmte Idee?«

»Nein, eigentlich nicht. Nachdem ich mit dem Leiter vom Roten Kreuz die Eisbärin und ihre Jungen aus der Stadt gejagt habe, bin ich noch mal zurückgekommen. Ich wollte eigentlich ins Bett. Doch dann hatte ich das Gefühl, dass ich irgendwas hier im Kindergarten übersehen habe. Und du? Warum bist du hier?«

»Aus dem gleichen Grund wie du. Es ist doch einfach nur schrecklich, sich vorzustellen, dass das Mädchen vielleicht irgendwo eingesperrt sein könnte.«

Der ältere Polizist nahm Knut die Schlüssel aus der Hand und schloss den Kindergarten wieder hinter sich zu. »Aber sag mal, wieso bist du so auf mich losgegangen? Hättest du nicht vorher fragen können ›Wer ist da?‹ oder etwas in der Art?«

Knut versuchte zu erklären. Von den unangenehmen, traumartigen Schatten aus der Kindheit zu berichten. Fast wie eine Art Angst vor der Dunkelheit. Aber dann auch wieder nicht. Etwas, das geschehen war, was er jedoch vergessen hatte. Tom Andreassen schüttelte den Kopf und ging Richtung Parkplatz. »Verdammte Scheiße, was für eine Kindheit hattest du denn?«, sagte er über die Schulter hinweg. »Angst vor einem Kindergarten zu haben…«

Aber Knut blieb wortlos neben seinem Schneescooter stehen und schaute auf das graue Haus mit all den bunten Zeichnungen in den Fenstern.

KAPITEL 9

Wilderei

Freitag, 12. Januar, 14.30 Uhr

Das Blut und die Reste des gehäuteten Körpers befanden sich am Ende einer langen Ebene, vor einem Berghang. Über ihm stieg das Gebirge auf, scheinbar unwegsam. Es schien kein Mond, der Nachthimmel hielt die Landschaft in einem schwarzen Samthandschuh gefangen. Sie hatten ihre Schneescooter in einem Dreieck geparkt, mit der Schnauze nach innen, den Motor im Leerlauf weiterbrummen lassen. Im Licht der Scheinwerfer waren keine Sterne zu erkennen. Es schien also keinerlei Himmelslicht über dieser gesetzlosen Handlung.

Das Rentier hatte zu einer kleinen Gruppe mit zwei Böcken, einer Kuh und einem einjährigen Kalb gehört. Eigentlich hatten sie alle schießen wollen. Aber der erste Schuss hatte sich zu früh gelöst. Die Rentiere waren den Berghang hinaufgerannt, und dieser Bock hier war liegen geblieben. Nicht gerade der Größte, verhältnismäßig mager jetzt mitten im Winter. Nachdem das Fett weggeschnitten war, blieben noch knapp hundert Kilo übrig.

Die drei Männer enthäuteten ihn mit geübten Griffen und zerlegten das Fleisch in passende Stücke, die sie in Plastik wickelten. Sie kümmerten sich nicht um die Reste, die auf dem Schnee liegen blieben, denn sie wussten, dass es sich hier um eine nur wenig besuchte Gegend handelte. »Der Schneefuchs wird das schon regeln, noch ehe die Woche zu Ende geht«, murmelte einer von ihnen hinter dem Wollschal, der den unteren Teil seines Gesichts gegen die Kälte schützte. Die anderen beiden erwiderten auf solche Selbstverständlichkeiten gar nicht erst etwas. Das Wetter verlockte nicht gerade zum Smalltalk. Nachdem sie in Longyearbyen aufgebrochen waren, hatte der Wind an Stärke zugenommen. Es war zwar kein richtiger Sturm, aber er fuhr wie eine Messerklinge über die nackte Gesichtshaut.

Die drei Männer packten schnell das Fleisch auf den Schlitten hinter einem der Schneescooter. Die anderen beiden blieben leer, bis auf die Benzinkanister und ein paar Kisten, auf denen »Notausrüstung« stand. Sie rechneten damit, noch weitere Rentiere im Gebirge zu finden, auf der anderen Seite. Und wenn nicht, war das auch nicht so schlimm. Das Fleisch war nur eine Art Zubrot. Es war der Inhalt der Kisten, der für das Einkommen sorgte.

Zu einer anderen Jahreszeit wären die Reste des Rentiers und die Spuren der Wilderei noch lange sichtbar gewesen. Aber jetzt mitten im Januar herrschte immer noch schwarze Polarnacht, die mehrere Monate lang dauerte. Man hätte schon direkt über den Kadaver fahren müssen, um ihn zu entdecken. Und außerdem kam hier sowieso niemand vorbei. Die Schneescooterloipe über die Insel hin zu den beliebtesten Ausflugsorten verlief weiter südlich.

Das Schneescooterdreieck löste sich auf, und kurz darauf zog eine Lichterkette am Rand des steilen Abhangs entlang. Wäre da nicht der Motorenlärm gewesen, hätte es verträumt und malerisch aussehen können. Nur die armseligen Reste des Rentiers blieben zurück, ohne verraten zu können, wer da wilderte.

»Jetzt müsst ihr endlich etwas tun!« Die Tür zu Kjell Lodes Büro am Ende des Flurs vor dem Konferenzraum wurde aufgerissen, und ein allseits bekannter Rentierforscher vom Norwegische Polarinstitut kam hereingestapft.

Kjell Lode sagte nichts, schaute nur bedeutungsvoll auf die dicken Fellstiefel, die der Forscher nicht in der Garderobe ausgezogen hatte. Das war ein schwerer Fehler auf Spitzbergen, hier herrschte das geschriebene und ungeschriebene Gesetz, dass man fast alle Lokale auf Strumpfsocken betrat.

»Ich habe euch jetzt seit Jahren immer wieder mitgeteilt, dass hier Wilderei an Rentieren in großem Stil ausgeübt wird. Und dabei rede ich nicht von der Herde, die sich um Barentsburg herum aufhält. Da achten sie zumindest drauf, dass sie nur so viele Tiere schießen, dass die Herde überleben kann. Ich rede von den Rentieren auf der Ostseite, und das weißt du nur zu gut.« Der Forscher bohrte seinen strengen Blick in Kjell Lode, als hätte der bereits protestiert, und ließ sich auf einen der Stühle vor dem Schreibtisch fallen. Der andere Stuhl war bepackt mit Stapeln von Akten und Büchern, die fast umgekippt wären, als der Besucher seine langen Beine ausstreckte.

»Wo ist eigentlich der Umweltbeauftragte?«

»Der hat doch schon vor Monaten aufgehört. Das habe ich dir bereits letztes Mal erzählt, als du hier warst.«

»Aber kommt nicht bald ein neuer? Der Umweltschutz ist das Wichtigste hier auf Spitzbergen. Und die Regierungsbevollmächtigte nimmt das ja wohl nicht so ernst, oder?«

Kjell Lode wippte auf seinem Bürostuhl vor und zurück und betrachtete seinen Besucher. Bin ich dafür verantwortlich?, dachte er. Nein, bin ich nicht. Und habe ich Anne Lise das nicht schon oft genug gesagt? Ja, habe ich.

»Aber dann bist du doch wohl derjenige, der den Umweltbeauftragten vertritt, oder? Irgendjemand muss ja hier die Verantwortung übernehmen. Die Rentiergruppe ist bald nicht mehr überlebensfähig. Ich schätze mal, dass im Laufe der letzten Jahre gut fünfzig Prozent verschwunden sind. Und die

Wilderei scheint nur noch zuzunehmen. Die Täter werden von Mal zu Mal frecher.«

»Und wer sind die Täter? Hast du da was rausgekriegt?« Kjell hörte auf zu wippen und beugte sich interessiert vor.

»Nein. Aber ich wette, um was du willst, dass sie gerade jetzt wieder dabei sind, in den dunkelsten Monaten des Jahres. Und sie haben sich die Herde im Osten ausgesucht, weil die sich in einem unzugänglichen Gebiet befindet, das aber gleichzeitig nicht so weit von Longyearbyen entfernt liegt.«

Der Denkmalschutzbeauftragte nickte nachdenklich. »Da magst du wohl Recht haben. Aber hast du auch weiter überlegt? Wo bleibt das Fleisch? Keines der Restaurants hier serviert gewildertes Fleisch. Und wie du selbst sagst, versorgen die Russen in Barentsburg sich selbst. Und es ist eine ganze Menge Fleisch, von der hier die Rede ist. Laut deinen eigenen Berechnungen wohl so zwei-, dreitausend Kilo, oder? Das werden sie in Longyearbyen nicht los, ohne dass etwas durchsickert. Also, wo geht das Fleisch hin?«

Kjell Lode hatte das Gefühl, langsam alt zu werden. Er hätte dem Rentierforscher eigentlich vorschlagen sollen, mit ihm gemeinsam auf die Ostseite fahren und nach den Kadavern zu suchen. Was natürlich zu dieser Jahreszeit ein schwieriger Job war. Aber wenn sie genug Geduld aufbrachten und ein bisschen Glück hatten, dann würden sie schon etwas finden. Vielleicht sogar die Spuren von Schneescootern, denen sie folgen konnten, um herauszufinden, woher diejenigen kamen, die hier ihr böses Spiel trieben. Aber das jetzt im Januar? In der Dunkelheit und Kälte draußen in den fast unpassierbaren Gebirgspässen im Osten? Nein, danke, das war nichts für ihn. So leid es ihm tat.

Die Regierungsbevollmächtigte selbst fuhr nur selten hinaus, sie konnte sich hinter ihrem Posten als oberste Beamtin im Büro und Verbindungsperson zum Justizministerium in Oslo verstecken. Was sie nie zugeben würde, aber ein Naturmensch war sie ganz offensichtlich nicht. Mit ihr eine Scootertour zu veranstalten, war fast gefährlich, wie Erik Hanseid gespöttelt hatte, der ganz im Gegensatz dazu draußen war, sobald sich die Gelegenheit bot. Das war ein richtiger Cowboy, der neue Polizist. Wohingegen Tom Andreassen natürlich der erfahrenere Beamte war, der in den fünf Jahren, die er hier auf Spitzbergen lebte, schon so ziemlich alles durchgemacht hatte. Und dann war da noch Knut Fjeld. Der etwas zu draufgängerisch war, ziemlich verwegen auf seinem Schneescooter in Gebieten, die andere lieber mieden. Aber jetzt humpelte er mit seinen Frostschaden ziemlich herum, nachdem er anderthalb Zehen seines linken Fußes verloren hatte.

»Ich glaube, es kommt ein Sturm auf.« Kjell Lode erhob sich und trat ans Fenster, das auf den Parkplatz vor dem Verwaltungsgebäude zeigte. So vermied er den halb resignierten, halb mitleidigen Blick des Rentierforschers.

Am späten Sonntagabend kehrten Steinar Olsen und seine beiden Kumpel von einem im Vorhinein lautstark angekündigten Ausflug ins Sassendal zurück. Sie donnerten mit fast leeren Schlitten durch die Stadt, ohne sich wirklich an die ausgeschilderten Scooterwege zu halten. In den Häusern zum Blåmyra hinauf drehte sich der eine oder andere verärgert im Bett um und überlegte, ob es sich lohne, aufzustehen und nachzusehen, wer sich da so rücksichtslos verhielt. Aber es blieb bei dem Gedanken.

Trulte, die im Reihenhaus direkt gegenüber der Familie Olsen wohnte, war noch nicht im Bett. Sie hatte nach einem Nähclubtreffen mit Freundinnen noch in der Stube und der Küche aufgeräumt. Die Sofakissen gerichtet, Krümel aufgefegt, eine vergessene Kaffeetasse weggeräumt. Sie nannten sich Nähclub, aber in erster Linie ging es um gemeinsames Essen und Unterhalten. Heute hatte Trulte ihre berühmte gestürzte Torte mit Nüssen und Sahne gebacken. Die Damen hatten alles aufgegessen und sehnsüchtig nach mehr Ausschau gehalten. Nur zwei hatten überhaupt Handarbeiten mitgebracht. Eine von ihnen strickte einen Schal mit vielen Zöpfen und komplizierter Maschenfolge. Aber sie hatte bereits aufgegeben, bevor der Kaffee auf dem Tisch stand. Und Frau Hanseid war mit einer hübschen Stickarbeit für ihre Tracht beschäftigt. Es war ihr erster Abend im Nähclub, und Trulte fand, sie hatte sich mustergültig benommen. Hatte selbst nicht viel geredet, aber den anderen zugehört, genickt und immer an der richtigen Stelle gelächelt.

Frau Bergerud war nicht eingeladen gewesen, obwohl sie nur wenige Häuser unterhalb von Trulte wohnte. »Sie wird bald wegziehen«, hatte Trulte erklärt. »Ihr Mann und sie haben ein Haus unten am Hilmar Rekstens vei gefunden. Ohne lange Wartezeit, nur weil er Pilot bei Airlift ist.« Frau Hanseid hatte von ihrer Stickerei aufgeschaut und zustimmend genickt.

Aber jetzt waren alle schon lange wieder zu Hause. Trulte pusselte ruhig und zufrieden herum und räumte nach einem geglückten Abend ihre Wohnung auf – bis sie fast die Kaffeetasse hätte fallen lassen, so sehr zuckte sie zusammen beim plötzlichen Lärm eines Schneescooters, der vorbeibrauste. Sie eilte ans Fenster und blieb etwas seitlich hinter der Gardine stehen. Natürlich. Es war Steinar Olsen, der so spät heimkam. Und wie es schien, hatte er es nicht eilig, ins Haus zu kommen. Dagegen entdeckte Trulte weiter die Straße hinunter einen Mann, der eilig die Treppen von Bergeruds Haus hinuntersprang. Das war der neue Polizeibeamte, Erik Hanseid. Was natürlich nicht unbedingt etwas Böses zu bedeuten hatte. Bergerud selbst konnte ja auch zu Hause sein. Aber war es nicht trotzdem etwas merkwürdig, dass der Polizist Hanseid zwei Häuser weiter zu Besuch war und nicht mit seiner Frau zusammen nach Hause nach Lia gegangen war?

Steinar Olsen fuhr den Schneescooter die letzten Meter hinauf zum obersten Reihenhaus und drehte den Zündschlüssel um. Eine angenehme Stille legte sich über die Häuser, und bald schliefen alle, die einen Moment vorher vom Motorenlärm aufgeweckt worden waren, wieder weiter. Er nahm den Helm ab und hängte ihn über den Lenker. Packte seinen Rucksack, der hinten auf dem Schlitten festgebunden war. Machte den Schlitten frei und schob ihn auf seinen Platz neben dem kleinen Anbau. Steinar Olsen zog die Zeit in die Länge, er fürchtete sich ein wenig davor, zu seiner Frau und seinem Kind ins Haus zu gehen. Obwohl Ella sicher schon schlief. Aber er war sich nicht sicher, ob Tone nicht auf ihn wartete.

Er hatte versprochen, rechtzeitig am Sonntagabend zurück zu sein, so dass sie noch zu dritt etwas hätten unternehmen können. Tone hatte vorgeschlagen, sie könnten ja einen Zeichentrickfilm auf Video gucken, und dann könnte sie Kuchen backen und Kakao kochen. Das Ehepaar war in einer Versöhnungsphase, nachdem die Sozialarbeiterin in Tromsø, die sie betreut hatte, vor lauter Verzweiflung fast die Flinte ins Korn geworfen hätte. So viel Verbitterung hatte sie nur selten zwischen zwei Menschen erlebt. Schließlich hatte sie vorgeschlagen, eine Pause mit den Therapiesitzungen einzulegen. Was auch gut passte, da sie ja nach Spitzbergen ziehen wollten. Außerdem sollten sie erst einmal nicht so viel über ihre Beziehung nachdenken, sondern versuchen, eine Freundschaft zueinander aufzubauen, hatte sie mit überzeugender Stimme erklärt. Alle drei hatten vor lauter Erleichterung zugestimmt, dass das eine ausgezeichnete Idee sei.

Aber schon am ersten Wochenende nach dem beschlossenen Waffenstillstand war Steinar mit seinen Kumpels weggefahren. Der Ausflug war schon so lange verabredet gewesen, dass er nicht einfach hatte absagen können, hatte er Tone erklärt. Schließlich war es Kristians Geburtstagsfeier, hatte er gelogen. Außerdem hatte er hinzugefügt, dass er hoffe, sie freue sich, dass er bereits Freunde in Longyearbyen gefunden habe.

Steinar Olsen blieb vor dem Haus stehen. Wie viel leichter wäre es gewesen, wären Tone und die Kleine in Tromsø geblieben. Es gefiel ihm auf Spitzbergen, aber er musste zugeben, dass ihm ein Junggesellenleben hier noch besser gefallen hätte. Hinten in der Schneescootertasche lag eine halbleere Schnapsflasche. Er holte sie heraus, trat unbewusst in den Schatten des Anbaus und nahm sich einen kräftigen Schluck, bevor er hineinging.

Tone schlief und hatte die Tür zum Schlafzimmer im Erdgeschoss geschlossen. Im Zimmer daneben lag Ella, den Teddy im Arm. Sie hatte die Bettdecke weggestrampelt, er legte sie vorsichtig wieder um sie herum. Er fühlte sich wie ein Fremder, fast wie ein Spanner.

Das Haus war still und atmete langsam im Rhythmus der beiden schlafenden Menschen. Steinar blieb noch im Wohnzimmer sitzen und guckte Fernsehen, den Ton ganz leise gestellt. Tone hatte ihm nicht einmal etwas von dem Essen übrig gelassen. Er schmierte sich ein paar Brotscheiben, holte sich eine Büchse Bier aus dem Kühlschrank und war noch ein paar Mal draußen an der Scootertasche. Und schließlich war er müde genug, um ins Bett zu gehen.

Am nächsten Morgen wachte Steinar Olsen früh mit heftigen, stechenden Kopfschmerzen auf, die hinter den Augenhöhlen festsaßen. Er schaute auf die Uhr. Es war erst kurz nach fünf.

Im Bett neben ihm schlief Tone tief und fest. Er schlich sich hinaus und die Treppe zur Küche hoch. Konnte er sich ein Bier erlauben? Nein, besser nicht. Er war sich sehr wohl im Klaren darüber, dass der Steiger wusste, dass er die Schäden eines späten Abends hin und wieder mit Bier reparierte, bevor er zur Arbeit ging. Der Steiger hatte dem Direktor bisher nichts gesagt, hatte ihm gegenüber dafür aber umso deutlichere Anspielungen gemacht.

»Abmahnungen sind nicht so schön in der Personalakte«, hatte er vor ein paar Tagen aus heiterem Himmel zu Steinar gemeint, als sie beide allein im Grubenjeep auf dem Weg zur Schachtwand waren. »So was hat die Tendenz, an dir hängen zu bleiben. Und wenn was passiert, dann kannst du leicht der Schuldige sein.« Der Steiger warf ihm einen vorsichtigen Blick von der Seite zu. »Du bist häufig mit den Hauern zusammen? Kristian und Lars Ove?«

»Ist das nicht in Ordnung? Sind sie nicht gut genug für uns Ingenieure?«, entgegnete Steinar mürrisch. Den Proletarierton der beiden Veteranen hatte er schnell angenommen.

Der Steiger hielt es für das Beste, das Thema zu wechseln. »Du weißt doch noch, an dem ersten Tag, als du in Schacht sieben warst. Und ihr in den stillgelegten Grubengang gefahren seid. Stimmt es, dass du da jemanden gesehen hast? Ich meine, war da wirklich ein Mensch? Nicht nur solche Schatten, Gespenster und so ein Quatsch?«

Aber Steinar hatte nie verraten, dass die drei Kumpel in den alten Schacht gefahren waren. Deshalb antwortete er gar nicht, und die beiden im Grubenjeep fanden keinen neuen Gesprächsstoff, bis sie am Abbruch ankamen.

Dort gab es wieder Probleme. Der Vormann hatte hohe Werte an Methangas gemessen. Der Kohlenbruch in Strosse 12 war wegen der befürchteten Hohlräume in der Nähe gestoppt worden. Und jetzt sah es so aus, als müsste auch die neu geöffnete Strosse 13 aufgegeben werden, zumindest für eine gewisse Zeit.

Aber die Store Noske war der Meinung, dass sie eine genaue Übersicht über die Lage der alten Schächte hatte. Und laut ihren Anweisungen deutete nichts darauf hin, dass sie so nahe am Abbau in Schacht 7 lagen. Und die Geologen schlossen aus, dass die Hohlräume natürliche Risse im Gebirge sein konnten. Niemand verstand so recht, was da vor sich ging. Der Steiger brach deshalb die Förderung ab, bis die Geologen und Ingenieure herausgefunden haben würden, was zu tun war.

Nachdem er im Bergwerk fertig war, fuhr Steinar Olsen nicht direkt nach Hause. Er war zu einer Eilsitzung der Troika gerufen worden, wie Kristian sie nannte, wodurch sie sich noch mehr als Gemeinschaft fühlten, über die gemeinsamen finanziellen Interessen hinaus. Sie saßen ganz hinten im Lokal, in einer Ecke des Cafés Schwarzer Mann. Die anderen Tische waren leer, bis auf den großen runden Tisch mit einem Sofa an der Wand. Dort hockten immer die alten Weiber oder Touristen, wie Kristian verächtlich sagte. Und ganz richtig, so war es auch heute. Drei verschreckte Leute aus dem Süden hatten sich aus ihren vielen Schichten neuer Sportkleidung geschält und unterhielten sich jetzt viel zu laut.

»Das sind Gutachter«, sagte Kristian, er wusste Bescheid. »Das sind Norweger. Und norwegische Touristen kommen nicht so früh im Januar hierher. Wenn sie nicht total verrückt im Kopf sind, solche Winterschamanen oder so.« Er war immer noch wütend auf Fremde, nachdem eine der beiden Reiseunternehmen auf Spitzbergen Kontakte mit einer kleinen Gruppe alternativ denkender Menschen von Karlsøy in

Tromsø aufgenommen und sie hierhergebracht hatte. Aber das Wichtigste war jetzt, dass von niemandem gehört werden konnte, worüber die drei zu reden hatten.

Kristian beugte sich über den Tisch vor. »Der Kapitän von der ›Ishavstrål‹ hat gestern Abend über Radio Spitzbergen angerufen. Er will die Ware jetzt haben. Nicht, dass er fürchtet, die Regierungsbevollmächtigte könnte etwas ahnen. Aber was das Norwegische Polarinstitut angeht, da ist er sich nicht so sicher. Dieser verfluchte Rentierforscher.«

»Vielleicht sollten wir uns an die Ware halten, die in den Süden soll? Und auf das Fleisch verzichten?« Lars Ove sah nachdenklich aus. Die drei Männer saßen eine Weile schweigend da. Tranken Kaffee und schauten sich um.

»Aber das wäre total schade.« Steinar war in der Regel vorsichtig damit, in ihren Gesprächen Stellung zu beziehen. Die beiden Kumpel wurden schnell sauer. Aber dieses Mal hatte er den Nagel auf den Kopf getroffen.

»Ja, verdammt schade«, stimmte Kristian zu. »Das wären ja mindestens fünfzig-, sechzigtausend extra für jeden von uns pro Saison.«

»Vielleicht sollten wir für dieses Jahr aufhören? Das abliefern, was wir versteckt haben, und die letzten Waren übergeben, die geschmuggelt werden sollen, und ...« Lars Ove sah immer noch ängstlich aus, wurde aber resolut von Kristian unterbrochen. »Scheiße, du sollst doch nicht ›schmuggeln‹ sagen. Nicht einmal, wenn du glaubst, dass uns niemand hört. Bei uns heißt das ›Ware‹ und nicht ... du weißt schon. Und ›Transport in den Süden‹ und nicht ›schmuggeln‹.

Jetzt hat er es selbst zweimal gesagt, dachte Steinar und fragte sich, ob Kristian wirklich so schlau war, wie er selbst immer glaubte. Aber da er auf jeden Fall deutlich brutaler war als er selbst, hielt Steinar lieber den Mund.

Kristian gab zu verstehen, dass das Gespräch beendet war. »Dann sind wir uns einig. Wir erledigen den restlichen Transport zum Sorgfjord an diesem Wochenende.«

»Aber... aber da kann ich nicht«, stotterte Steinar. »Ich... wir haben eine Abmachung, weißt du, Familienangelegenheiten.«

»Familienangelegenheiten?« Kristian spuckte fast aus. »Fa... mi... lien... angelegenheiten? Scheiße, was meinst du denn damit? Willst du etwa nicht mitkommen? Willst du uns das sagen? Verdammt noch mal, was glaubst du, wofür wir dich bezahlen? Doch nicht dafür, dass du zu Hause sitzt und mit deiner Alten Händchen hältst. Oh nein, mein Lieber. Du kommst mit und gehst das gleiche Risiko ein wie Lars Ove und ich. Hier geht es um ziemlich viel Zaster. Und wir rechnen mit dir, vergiß das nicht!«

Steinar duckte sich und murmelte etwas, was die anderen als Zustimmung auffassten. Aber eigentlich suchte er verzweifelt nach einem Weg aus den Abmachungen, ohne die anderen zu verärgern. Kristians Drohungen waren in letzter Zeit immer heftiger geworden. Steinar fürchtete sich vor den Gewaltausbrüchen des Hauers. Es sah nicht so aus, als würde er Steinar so einfach davonkommen lassen.

KAPITEL 10

Die Seilbahnzentrale

In des Berges Tiefe drinnen
schuften sie fürs täglich Brot.
Doch oft können sie ihm nicht entrinnen,
ihrem schweren, schnellen Tod.

Freitag, 23. Februar, 06.30 Uhr

»Lund Hagen.«

Selbst so früh am Morgen hörte sich der Leiter der Kriminalpolizei wach und munter an. Knut informierte ihn mit wenigen Sätzen über den Stand der Dinge. Er war gegen sechs Uhr aufgestanden und hatte sich mit seinem Handy und den inzwischen fleckigen und zerknitterten Notizen an den Küchentisch gesetzt. Aber dann hatte er doch noch eine halbe Stunde mit dem Anruf gewartet.

»Tut mir leid, dass ich so früh anrufe. Und dann noch privat. Aber ich dachte, du könntest uns vielleicht helfen.«

Lund Hagen unterdrückte ein Gähnen. »Hast du gedacht, soso.«

Dann blieb es still am anderen Ende der Leitung. Knut konnte schlurfende nackte Füße hören, Geräusche, die darauf hindeuteten, dass Lund Hagen sich eine Zigarette ansteckte. »Ist das nicht eine ziemlich einfache Sache? Ihr glaubt also, der Vater hat das vermisste Kind im Kindergarten abgeholt, ja? Aber ihr findet ihn nicht und folglich auch nicht das Kind. Habe ich das richtig verstanden?«

»Ja, wir können keine andere logische Erklärung dafür finden, dass das Mädchen weg ist. Und die Leute, die die Eltern kennen, sagten, sie könnten sich schon vorstellen, dass der Vater so etwas tut, um der Mutter einen Schreck einzujagen.«

»Hm.« Wieder war es für einige Sekunden still in der Leitung. »Ich kenne Longyearbyen natürlich nicht so gut wie ihr. Aber wenn man bedenkt, dass ihr dort viel isolierter lebt als in einer normalen Kleinstadt hier auf dem Festland, wirkt es schon merkwürdig. Und ihr habt trotz intensiver Suche überhaupt nichts gefunden? Falls sie noch spätabends in der Stadt unterwegs gewesen wären, also nach der Schlafenszeit, dann hätten sich doch bestimmt Leute gemeldet.«

Lund Hagen hatte sich auf einen Sessel im Wohnzimmer gesetzt. Er schaute resigniert auf die blattlosen schwarzen Bäume vor seinem Haus in Nordstrand. Wäre er nicht geweckt worden, hätte er noch mindestens eine Stunde länger geschlafen, bevor er sich der langen Autoschlange angeschlossen hätte, die durch den grauen Schneematsch Richtung Oslo-Zentrum fuhr. Aber er wusste, dass es nicht oft vorkam, dass die Polizeistation auf Spitzbergen die Kripo um Hilfe bat. Und irgendetwas stimmte nicht an dem, was Knut berichtete. Irgendetwas irritierte ihn tief im Unterbewusstsein.

»Nun ja, Knut. Dann müssen wir wohl rüberkommen. Ich werde mal schauen, wer von den Ermittlern frei ist. Aber die Formalitäten musst du vorher regeln. Ich kann als Leiter der Mordkommission natürlich den Apparat von unserer Seite aus in Gang setzen. Aber es ist besser, wenn der Regierungsbevollmächtigte die Sache formal als mögliche Entführung deklariert und um Beistand bittet. Wenn ihr denn glaubt, dass es sich um eine solche handelt?«

»Ich werde das regeln.« Wobei Knut sich gar nicht so sicher war. Vielleicht war es dumm gewesen, Lund Hagen anzurufen.

Es wäre blöd, Steinar Olsen grundlos unter Verdacht zu stellen. Und was würde Tom Andreassen dazu sagen, dass er mitten in der Suchaktion und ohne dass der Verdacht, eine kriminelle Handlung könnte dahinterstecken, bestätigt worden war, um Hilfe bei der Kripo angefragt hatte?

Er hörte Lund Hagen nur halb zu, während dieser weiter laut nachdachte. »Merkwürdig ist es ja schon. Denn trotz allem seid ihr auf Spitzbergen, Knut. Wie viele Häuser gibt es, in denen sie sich versteckt haben können? Mir ist schon klar, dass es viel Zeit kosten wird, alle Häuser zu durchsuchen und dann noch die Jagdhütten, die weit verstreut liegen. Aber inzwischen hättet ihr sie eigentlich gefunden haben müssen.« Jonas Lund Hagen schloss die Augen für einen Moment bei dem Gedanken an die anstrengende Suchaktion, die sie im Sommer letzten Jahres bei Ny-Ålesund durchgeführt hatten. »Und ihr habt keinerlei Spuren gefunden? Es kann doch gar nicht so viele Orte geben, an denen man suchen kann.«

»Das haben wir letztes Jahr auch gesagt«, erwiderte Knut. »Glaub mir, die gleichen Gedanken sind mir auch gekommen. Und das Gleiche haben wir gesagt, als wir den niederländischen Touristen oben bei Ny-Ålesund nicht gefunden haben.«

Einen Moment lang schwiegen beide. »Stimmt schon, Knut. Aber der war tot. Es ist einfacher, eine tote Person zu verstecken. Oder willst du damit sagen, dass du...? Sucht ihr nach zwei Leichen?«

Die gesamte Polizeiabteilung war um sieben Uhr ins Büro der Regierungsbevollmächtigten bestellt worden. Tom Andreassen hatte bereits mit dem Briefing begonnen, als Knut mit einer Kaffeetasse in der Hand den Konferenzraum betrat. Die Müdigkeit war ihm anzusehen.

»Wir sind die meisten Lagerhallen und Gebäude, die leer

stehen, durchgegangen. Einige vom Roten Kreuz sind heute Nacht zu diversen Hütten in der näheren Umgebung gefahren. Mehrere davon werden von den Bergarbeitern als Wochenendhütte benutzt. Die Suchmannschaften haben die Order, sich neutral zu verhalten, wenn sie Steinar und das Mädchen finden. Aber die Zeit ist knapp, wir müssen jetzt offizielle Hausdurchsuchungen aller Büros, Wohnhäuser und Wohnungen durchführen.« Er seufzte. »Das bedeutet reichlich Arbeit. Zum Glück haben die Feuerwehrleute eine gute Übersicht über die Bebauung. Außerdem müssen wir Store Norske informieren und mit den Zuständigen dort sprechen. Wir müssen eigentlich mit jeder einzelnen Person in Longyearbyen reden.«

Das Telefon mitten auf dem großen Konferenztisch klingelte. Die Polizisten schauten es an, als fürchteten sie einen Anruf, den sie unbedingt vermeiden wollten. Schließlich nahm Knut den Hörer ab.

Er hatte erwartet, dass es jemand von den Suchmannschaften war, aber es meldete sich die Sekretärin von der Rezeption. Der Redakteur der Spitzbergen-Post wollte unbedingt mit der Regierungsbevollmächtigten persönlich sprechen. »Dann will er was sagen«, meinte Tom Andreassen. »Der ruft die Bevollmächtigte nicht um sieben Uhr morgens an, wenn er nicht etwas weiß, von dem er annimmt, dass wir es nicht wissen.«

Lund Hagen saß in seinem Büro in dem noch menschenleeren, morgenstillen Kripo-Gebäude und ging die Listen laufender Fälle auf dem Computerschirm durch. Es sah so aus, als würde das Los auf Jan Melum fallen, was den Flug nach Longyearbyen betraf. Aber dem Chef der Mordkommission fiel es nicht leicht, ihn anzurufen. Nicht nur, weil er eine Woche Winterurlaub hatte, sondern auch, weil Melum deutlich gesagt hatte, dass er nichts mit Fällen zu tun haben wollte, in denen

Kinder beteiligt waren. Lund Hagen hatte ihn nie gefragt, warum. Aber es hing mit einem Fall zusammen, den er bearbeitet hatte, bevor er zur Kripo gekommen war.

Was war mit der neuen Ermittlerin, die gerade bei der Mordkommission begonnen hatte? Wie hieß sie noch ... Veronica? Nein, Harriet. Sie hatte alle Tests mit Bravour bestanden, und es hieß, sie sei äußerst klug und gründlich. Aber Lund Hagen war klar, dass es nichts half. Sie war noch ganz neu, hatte noch nie eine Tatortermittlung geleitet, und soweit er wusste, war sie auch noch nie auf Spitzbergen gewesen.

Es musste Jan sein. Der hatte genügend Erfahrung aus den letzten Ermittlungen in einer Mordsache auf Spitzbergen. Und er war einer der besten Ermittler bei der Kripo. Außerdem war das hier ja gar keine Mordsache, es ging nur um ein kleines Mädchen, das verschwunden war. Gut möglich, dass die Sache schon geklärt war, bevor das Flugzeug vom Festland überhaupt gelandet war.

Lund Hagen griff mit einem Seufzer zum Telefonhörer. Jan Melum musste augenblicklich informiert werden, sollte er noch vor dem Abflug um neun Uhr auf dem Flughafen Gardermoen sein.

»Steinar Olsens Wagen.« Der Redakteur der Spitzbergen-Post redete laut. Anne Lise Isaksen hatte das Telefon auf laut gestellt, und die Journalistenstimme hallte durch das Konferenzzimmer. »Das ist ein weißer Subaru, nicht wahr? Ungefähr fünf Jahre alt. Er hat ihn gebraucht gekauft und ist ziemlich angeschmiert worden. Hat viel zu viel bezahlt. Das Auto war mehr in der Werkstatt als auf der Straße.«

»Ja«, bestätigte Anne Lise Isaksen. »Das kann stimmen. Wir haben nach dem Wagen gesucht. Wo haben Sie ihn gesehen?« Ihre Stimme war neutral.

Doch der Redakteur wollte einen Gegenwert für seine Informationen. »Was können Sie bis jetzt über die Suchaktion sagen? Haben Sie Spuren der beiden Vermissten gefunden? Alles deutet ja wohl darauf hin, dass es sich um einen Unfall handelt, oder?«

»Sie wissen genauso viel wie wir. Wir suchen nach Ella Olsen und ihren Vater. Und es gibt nichts, was darauf hindeutet, dass es sich um eine strafbare Handlung handelt. Am wahrscheinlichsten ist wohl, dass sie in irgendeine Hütte gefahren sind und gar nicht wissen, dass wir nach ihnen suchen.«

Der Redakteur war mit dieser Antwort nicht zufrieden. »Okay, in Ordnung. Ich kann gern schreiben, dass Sie das gesagt haben, ›for the record‹. Aber Sie wissen so gut wie ich, dass die Truppe vom Roten Kreuz nicht mit Suchmannschaften und Hunden in den Schneeverwehungen unterwegs gewesen wäre, wenn da nicht ein Verdacht bestünde.«

»Wir haben keinen Grund zur Annahme, dass...«

»Und außerdem«, fuhr der Redakteur mit triumphierender Stimme fort, »wenn Steinar Olsen und seine Tochter einen Ausflug in irgendeine Hütte unternommen haben, warum steht dann sein Schneescooter vor dem Reihenhaus und sein Wagen an der Seilbahnzentrale?«

Es war erst einige Jahre her, seit die Store Norske beschlossen hatte, dass die Kohle aus den Stollen nicht mehr mit Loren transportiert werden sollte, die hoch über der Erde an Seilbahnen kreuz und quer über den Häusern hingen. Stattdessen wurden jetzt Lastwagen benutzt, die zum Löschkai fuhren. Die Entscheidung hatte weitreichende Bedeutung. Der größte Teil der Bergwerksleitung war in einer vom Kohlebergwerk geprägten Ortschaft im Schatten der riesigen Holzpfähle aufgewachsen, die die Drahtseile hielten. Das Geräusch der großen

Metallhaken, die an den Drähten entlangrutschten, der Klang der Loren, die an den Wendepunkten weitergeleitet wurden, das Poltern, wenn sie ihr Ziel erreicht hatten, und der Kohlenstaub, der über die Stadt fegte und den Schnee unter den Seilbahntrassen verrußte. Solange die Seilbahn lief, wusste man genau, welcher Wochentag war. An den Sonntagen standen die Loren aus Respekt vor dem Gottesdienst einige Stunden still.

Die Drahtseilbahnzentrale lag auf Skjæringa, hoch über dem Verwaltungsgebäude – ein gigantisches Bauwerk, oder eher gesagt, eine riesige Maschine. Es erhob sich an seiner höchsten Stelle mehr als zwanzig Meter über die Erde wie eine Art wahnsinnige, fremdartige Konstruktion auf hohen Insektenbeinen und mit jeder Menge Stahldrähten, die in alle Richtungen über die Stadt liefen, wie ein riesiges Spinnennetz. Die Loren konnten jeweils siebenhundert Kilo Kohle aufnehmen, und die Seilbahn konnte vierhundert Loren am Tag zu den Kohlehalden unten am Hotellneset befördern.

Doch dann wurden die alten Stollen geschlossen, einer nach dem anderen. Zeche 1, der alte Amerikanerstollen, der bereits 1906 von John Longyear geöffnet und 1916 von Store Norske übernommen worden war. 1920 hatte eine Kohlenstaubexplosion hier Teile von Longyearbyen in einem gewaltigen Lichtblitz aus dem Stollenmund erhellt. Natürlich wurde sie danach geschlossen. Eine Zeche, die 26 Mann an einem einzigen Tag in den Tod schickte, war zu gefährlich. Eine Zeche, die alle zum Teufel wünschten, hatte sie ihnen doch so viele Probleme und dabei so wenig Kohle beschert. Aber trotz allem war das die Grundlage für die Store Norske Kohlekompagnie.

Mit der Zeit wurde der Kohleabbau erweitert, und die Anlagen über Tage wuchsen an den steilen Berghängen. Heute war nicht mehr viel von ihnen übrig. Nur die gespenstigen, fast unwirklichen Konstruktionen zusammengefallener Hölzer waren hoch über der Stadt zu sehen. Dunkle Gehäuse für Ängste, die schon vor langer Zeit zusammen mit den Menschen, die an sie glaubten, weitergezogen waren.

Nach einer Weile gab es nur noch Zeche 7, die in Betrieb war, und die Entfernung vom Platåfjell ganz hinunter bis zur alten Seilbahnzentrale war zu lang und unpraktisch für die Beförderung per Seilbahn. Es lohnte sich nicht mehr, das alte Transportsystem aufrechtzuerhalten.

Die Bewohner von Longyearbyen hatten so manche Nacht das Poltern der Loren verflucht, die über ihren Köpfen entlangzogen. Doch als die letzte Lore sicher wieder an der Seilbahnzentrale angekommen war und für ungewisse Zeit weggehängt und verstaut worden war, da war es so unheimlich still geworden. Und noch lange nachdem das metallische Quietschen vergessen war, erinnerte die Stille des Nachts die Menschen an einen Verlust, über den sie nicht offen sprachen. Das ist der Lauf der Zeit, sagten sie sich gegenseitig mit trauriger Miene, Longyearbyen ist eben nicht mehr in erster Linie eine Bergwerksstadt.

Bei Store Norske hatten sie nicht das Herz, die alte, treue Seilbahnzentrale abzureißen, über die sie vorher so oft geflucht hatten. Im Kontrollraum, dort, wo die Weichen für die Loren gestellt wurden, wurde den ganzen Winter hindurch weiterhin geheizt. Und ab und zu konnten Passanten, die zufällig vorbeikamen, ein Licht hinter den Fenstern dort hoch oben erahnen. Zwar wussten die Zuständigen bei Store Norske, dass es sich nur um eine Schreibtischlampe auf einem Schreibtisch im Kontrollraum handelte. Trotzdem sah es so aus, als stünde das Gebäude dort ruhig in der Kälte und Winterdunkelheit und wartete.

Tom Andreassen und Erik Hanseid nahmen das Fahrzeug mit dem Vierradantrieb. Der Weg hinauf zur Seilbahnzentrale wurde den ganzen Winter über vom Schneepflug freigehalten. Doch vor einem verlassenen Lagergebäude, das sich ein Stück unterhalb der Weichenstation selbst befand, lagen hohe Schneewehen. Es waren keine Spuren im Schnee zu entdecken. Die Zentrale erhob sich über den hohen Metallstreben, die mit groben Beschlägen und riesigen Schrauben und Muttern errichtet waren. Es gehörte schon schweres Geschütz dazu, dem Gewicht voll beladener Loren in schneller Fahrt standzuhalten. Die wenigen Fenster in den Wänden des riesigen Gebäudes lagen hoch über der Erde. Sie waren dunkel. Der weiße Subaru von Steinar Olsen war nirgends zu sehen. Aber im Schnee zwischen der Straße und der Seilbahnzentrale und um die Eisenleiter herum, die in die Zentrale führte, gab es die Spuren vieler Füße. Und mehrere Autoreifenabdrücke.

Die beiden Polizisten blieben an ihrem Wagen stehen und musterten die Umgebung und den Boden. An der Eingangstür gab es keine Lampe, wie auch um das ganze Gebäude herum nicht, die nächste Straßenlaterne leuchtete nicht so weit. Aber der Mond hing hoch am Himmel und verstrahlte sein Licht, gespenstisch und kalt, zeigte die riesigen Eisenbeine und den Metallkörper mit der Zentrale drinnen über ihnen.

»Wenn er hier ist, muss er uns gehört haben«, sagte Tom Andreassen und stieß weiße Frostwolken aus dem Mund. »Wo kann der Subaru sein?«

»Bleib hier!« Hanseid ging mit großen Schritten um das Holzgebäude herum. Andreassen blieb unruhig am Wagen stehen. Weiter unten im Ort hatte der Morgenverkehr eingesetzt. Autoscheinwerfer blitzten entlang der Straßen auf. Aber hier oben war es still, kein Geräusch aus dem Tal drang bis hier herauf. Was würde er tun, wenn Steinar Olsen plötzlich die Tür öffnete und auf die Treppe trat? Hatten Vater und Tochter sich hier drinnen versteckt? Was ging eigentlich im Kopf dieses Kerls vor?

Hanseid kam aus der entgegengesetzten Richtung. Er bürstete sich den Schnee von den Hosenbeinen und schüttelte den Kopf. Nirgends ein Lebenszeichen. Kein Auto hinter dem Lagerhaus, weder ein weißer Subaru noch ein anderes. »Jedenfalls ist er nicht im Schuppen hier«, sagte er. »Und wenn er hier in der Gegend gewesen ist, dann ist er mittlerweile wieder weg. Der Redakteur muss sich getäuscht haben. Ist es nicht möglich, dass jemand von Store Norske hier war, um nachzusehen, ob alles in Ordnung ist?«

»Auf jeden Fall müssen wir das untersuchen.« Andreassen richtete sein Augenmerk auf die große Zentrale über ihren Köpfen.

»Ja, können wir ja schnell mal tun.« Hanseid ging bereits auf die Eisenleiter zu. »Du kannst hierbleiben. Es wird nicht lange dauern. Ich laufe eben hoch.«

»Ich bin nicht behindert, wenn du das denkst«, erwiderte Tom Andreassen verärgert. Er fing an, kalte Füße vom Herumstehen und Warten zu bekommen. Was war mit Hanseid los? Auch dem größten Eifer, sich hervorzutun, waren gewisse Grenzen gesetzt. »Ist abgeschlossen?«

Doch die Tür zum Treppenaufgang ließ sich problemlos öffnen. Im Raum dahinter fanden die beiden Polizisten keinen Lichtschalter, mussten sich also im Dunkeln eine Treppe hinauftasten. Als sie dann die Tür zu der kleinen Plattform im ersten Stock öffneten und die Eisenleiter bestiegen, die weiter in die Seilbahnzentrale selbst führte, schien es draußen fast hell zu sein.

Die Leiter schaukelte bei jedem Schritt, den die beiden Männer hinaufstiegen. Hanseid ging voran. Tom Andreassen konzentrierte sich darauf, nicht nach unten zu sehen. Die Kälte des Metalls am Handlauf drang bald durch die Lederhandschuhe. Ein kalter Windzug strich ihm bedrohlich über das Gesicht.

»Ist die sicher?«, fragte er leise. Doch Hanseid antwortete nicht.

Schließlich waren sie oben angekommen. Hanseid drückte eine Eisenluke hoch, die sich über ihren Köpfen abzeichnete. Auch sie war unverschlossen. Sie öffnete sich mit einem schneidenden metallischen Geräusch. Dann gelangten sie auf eine Plattform vor der niedrigen Tür, die in die Seilbahnzentrale selbst führte. Und auch diese Tür leistete keinen Widerstand.

»Sollte das hier nicht abgeschlossen sein?« Tom Andreassens Stimme klang nervös. Und immer noch sprachen sie ganz leise. Obwohl sie doch wussten, dass es ein Wunder wäre, wenn jemand, der sich außer ihnen in diesem Gebäude befand, nicht das Quietschen der Metallleiter gehört hätte.

Tom Andreassen blieb stehen und schaute sich mit offenem Mund um. Die riesige Halle erstreckte sich vor ihm mit ihren Fluren und Abzweigungen in alle Richtungen. Es war einer der trübsinnigsten Räume, die er je gesehen hatte. Die Wände bestanden nur aus Wellblech, das in einer abstoßenden grauen Farbe gestrichen war, schmutzig und inzwischen abgeblättert. Hoch über ihren Köpfen schwebten Metallbrücken, große Eisenbalken, Drähte und Kabel. Aber das Skelett des Gebäudes an sich war aus Holz, grob zusammengezimmert und von Kohlenstaub und Feuer fleckig. An den Wänden standen alte Metallspinde, ausrangierte Loren verschiedener Größen und ein rotgestrichener aufgebrochener Container mit einem Haufen Metallschrott neben sich. Es gab nur wenige Fenster, die von gitterähnlichen Sprossen durchzogen waren. Selbst in dieser intensiven Kälte roch es bittersauer nach Kohlenstaub und Motorenöl.

»Mein Gott«, sagte er und trat ein paar Schritte weiter in den Raum. »Niemand, der bei Verstand ist, würde ein Kind mit hierherbringen.«

Der Boden in der Seilbahnzentrale bestand aus schmalen Holzbohlen, die direkt auf die Eisenplatten gelegt waren, aber sie waren vom Kohlenstaub so verdreckt, dass man kaum erkennen konnte, dass sie einmal gestrichen worden waren. Tom Andreassen ging vorsichtig weiter in den Raum und holte gleichzeitig die Taschenlampe heraus, die er in der Jackentasche hatte. Doch der scharfe Lichtstrahl nützte nichts. Die Zentrale war so riesig, dass der kleine Lichtkegel nur Details an den Wänden direkt neben ihm aufdeckte.

Es knackte in den Holzplanken, aber der Boden schien sicher zu sein. Ein paar Schneehaufen waren aus den offenen Luken, durch die früher die Loren auf die richtigen Seile gerutscht waren, hereingeweht worden. Die Weichenstation selbst lag hoch oben unter dem Dach, nur als Umriss von Balken und Metallkonstruktionen in der Dunkelheit zu erahnen. Die Lache einer schwarzen Flüssigkeit hatte Flecken auf den Holzbrettern neben dem zerbeulten Container hinterlassen. Tom Andreassen spürte, wie sein Atem vor Furcht schneller ging. Konnte das möglich sein? Er weigerte sich, den Gedanken zu Ende zu denken. Und kurz darauf konnte er sehen, dass es sich um Motorenöl handelte, das aus einem kaputten Behälter ausgelaufen und in der Kälte erstarrt war.

Erik Hanseid war an der Tür zur Eisenleiter stehen geblieben. Er war nur als Schatten zu erkennen. »Tom, du siehst doch wohl auch, dass hier niemand ist«, rief er. »Es hat keinen Sinn, weiter zu suchen. Komm, ziehen wir uns zurück. Das ist eine Sackgasse. Mögen die Götter wissen, was der Redakteur gesehen hat. Vielleicht war das nur ein Bluff, um mit der Regierungsbevollmächtigten in Kontakt zu kommen und nach Neuigkeiten zu fragen. Nun komm schon, Tom, ich friere.«

Aber aus dem Augenwinkel heraus hatte Tom Andreassen ein schwaches Licht gesehen. Vorsichtig ging er um den Container herum und entdeckte einen kleineren Raum, aus Holzplanken und Wellblechplatten mitten in der Zentrale erbaut. Die obere Hälfte der Wände bestand aus Fenstern. Der kleine Verschlag sah aus wie eine Art Arbeitsraum. Durch eines der Fenster fiel der schwache Schein einer brennenden Lampe.

»Komm mal her, Erik. Hier ist so ein Verschlag mitten im Raum. Und da drinnen brennt Licht.« Tom Andreassen verschwand hinter dem Container.

Hanseid folgte ihm widerstrebend. »Das muss der Kontrollraum sein. Von hier aus wurde der Kohlentransport aus den Gruben runter zum Verladekai bei Hotellneset gesteuert. Aber die Zentrale ist doch seit vielen Jahren stillgelegt. Da ist bestimmt abgeschlossen, damit keiner reingeht und die ganze Elektronik kaputt macht. Vergiss es. Die Kleine ist bestimmt nicht da drinnen. Und Steinar Olsen auch nicht.«

Hanseid hatte Tom Andreassen beim Arm gefasst, doch der riss sich mit einem Ruck los. »Jetzt hör mal zu, Erik. Wir werden jede Kiste und jede Ecke in diesem verfluchten Raum untersuchen. Und wir bleiben hier, bis ich sage, dass wir gehen, ganz egal, wie kalt es ist.«

Die Tür zu dem kleinen Büro stand offen. Drinnen war es angenehm warm, zumindest im Vergleich zu dem Rest der Seilbahnzentrale. Entlang einer Fensterwand befand sich eine lange Arbeitsplatte mit Kontrolltafeln und anderen Instrumenten. Das Licht, das Tom Andreassen von draußen gesehen hatte, stammte von einer Arbeitslampe, die sich über eine der Instrumentenpaneele neigte. Ein altes, abgenutztes Sofa aus braunem Leder stand an der Rückwand. Vor dem Sofa gab es einen niedrigen Couchtisch. Eine Kaffeemaschine befand sich auf einem Aktenschrank. Es lagen Stapel alter Archivmappen und verstaubte Papiere auf der Arbeitsplatte. Aber auf dem Couchtisch standen auch eine leere Sektflasche und zwei Plastikbecher mit Stiel.

»Was zum Teufel...« Andreassen ging zum Sofa. Über der einen Lehne lag eine Wolldecke, die noch nicht lange hier in der Seilbahnzentrale gelegen haben konnte. Er nahm sie in die Hand. Die Decke war neu und anscheinend sauber. Ein leichter Parfümgeruch breitete sich im Raum aus. Er legte sie zurück. »Bei allen...Was geht denn hier vor sich?« Er schüttelte ungläubig den Kopf. »Na, das wird ja wohl nicht so schwer herauszufinden sein.«

Erik Hanseid stand an der Tür und musterte seinen Kollegen mit nervösem Blick. Nach einigen Sekunden drehte er sich um und schaute aus den Fenstern auf die dunklen Silhouetten der Drahtseilbahnkonstruktion vor dem Kontrollraum. Er sprach mit leiser Stimme. »Ich hatte gehofft, dass ich hier oben noch hätte aufräumen können, bevor jemand herkommt. Leider muss ich sagen, dass ich es bin, der...«

»Der was?« Andreassen sah ihn verständnislos an.

»Nun ja, du weißt... Ich war vor Weihnachten alleine hier oben. Meine Frau ist doch erst Ende Dezember gekommen. Und Line Bergerud ist ja wirklich süß. Eine richtige kleine Lady. Wir haben uns ab und zu getroffen, nun ja, anfangs zufällig. Aber dann ist es eben so gekommen. Du weißt schon, Tor ist nicht so ganz... nun ja, er schafft es nicht... ja, was soll ich sagen... er hat ihr nichts zu bieten...«

»Und so einen Scheiß glaubst du?« Tom Andreassen war wütend wie schon lange nicht mehr. Er blieb mit geballten Fäusten vor dem Couchtisch stehen. »Verdammt, er ist ein

Kollege von dir. Wart ihr nicht im Winter zusammen am Sorgfjord? Und war er es nicht, der euch nach Hause geholt hat, nachdem ihr wegen schlechten Wetters habt notlanden müssen? Und dann vögelst du seine Frau hier in diesem verdreckten Verschlag?«

Erik Hanseid antwortete hastig, die Worte überschlugen sich: »Du kannst dir doch denken, dass wir uns weder bei mir noch bei ihr treffen konnten. Ich habe ja unten neben dem Büro mein Zimmer gehabt, und Line wohnt gleich neben dieser Tratschtante, die als Touristenführerin arbeitet ... dieser Trulte Hansen. Und ein Hotelzimmer konnten wir uns ja auch nicht nehmen, oder? Und hier waren wir ziemlich sicher, nicht entdeckt zu werden. Ich meine, niemand klettert doch mitten im Winter hier herauf?« Tom Andreassen erwiderte nichts, also sprach Erik weiter. »Aber hör mal, wir müssen daraus doch keine große Sache machen, oder? Wir können doch einfach berichten, dass es hier keine Spuren von Steinar Olsen und seiner Tochter gab. Und dann werde ich heute Abend hier aufräumen. Und so braucht niemand etwas davon zu erfahren.« Erik Hanseid sah seinen Kollegen flehentlich an.

Tom Andreassen verzog sein Gesicht vor Verachtung. Er wollte gerade antworten, als sein Blick auf etwas fiel. Ein gelbliches kleines Ding, das hinter der halb offenen Tür lag. »Da irrst du dich«, sagte er langsam. »Du wirst hier im Raum nichts anfassen. Und so leid es mir für Tor Bergerud auch tut – ihr beide seid mir dabei scheißegal –, so wird das gesamte Büro der Regierungsbevollmächtigten und sicher der größte Teil von Longyearbyen erfahren, was hier vor sich gegangen ist.«

Mit großen Schritten ging er um den Couchtisch herum, schob Erik Hanseid zur Seite und schob die Tür auf, so dass er den Gegenstand zu fassen bekam. Es war ein kleiner gelber Teddy. Auf einem Merkzettel, der an einer Pfote befestigt war, stand etwas mit blauem Filzstift geschrieben. Er drehte sich um und hielt den Zettel unter die Lampe auf der Arbeitsplatte. »Ella«, las er laut vor.

KAPITEL 11

Unsichtbar

Freitag, 19. Januar, 16.30 Uhr

Anne Lise Isaksen saß in ihrem Büro und räumte alte Papiere auf, die schon lange weggeworfen sein sollten. Sie konnte hören, wie auf dem Flur Türen geöffnet und geschlossen wurden, die Leute beendeten ihre Aufgaben für diesen Tag und gingen nach Hause.

Der Büroleiter steckte seine glänzende Glatze durch die Türöffnung und fragte: »Na? Viel zu tun heute?«

Er war ein gewissenhafter, ordentlicher Mann. Aber keiner, mit dem man über Polizeidinge reden konnte. Die Regierungsbevollmächtigte lächelte und wedelte mit den Papieren, die sie in Händen hielt. »Ich muss unbedingt einiges hiervon wegschaffen. Bald sieht man den Schreibtisch unter all den Stapeln ja nicht mehr.«

»Ja, ja. Dann sage ich mal ›Mahlzeit‹.« Und damit verschwand er mit schnellen Schritten den Flur hinunter.

Mit der Zeit verklangen die Geräusche. In der Rezeption klingelte noch einige Male das Telefon, wurde aber nach zweimaligem Klingeln automatisch umgeleitet. Tom Andreassen hatte heute Abend Bereitschaftsdienst. Sie fühlte ein leicht schlechtes Gewissen. Sie waren unterbesetzt, und dass ein Polizist und ein Umweltbeauftragter fehlten, das zehrte so langsam an den Kräften der anderen Beamten. Außerdem hatten sie einen PR-Beauftragten, der mehr auf dem Festland als auf Spitzbergen war. Tom hatte viel zu viel zu tun, da er nicht nur den Leiter der Polizeiabteilung vertrat, sondern auch noch einige der Polizeiaufgaben in der Umweltbehörde übernahm.

Anne Lise Isaksen fiel das Gespräch mit dem Rentierforscher vom Norwegischen Polarinstitut vor einer Woche wieder ein. Sie mussten endlich etwas tun. Der Forscher hatte es deutlich eingefordert. Wenn die Regierungsbevollmächtigte seinen Bericht über mögliche Rentierwilderei nicht endlich zum Anlass nahm, um zu handeln – er hatte noch keine Anzeige erstattet, weil ihm handfeste Beweise fehlten –, dann würde er zur Spitzbergen-Post gehen. Das Norwegische Polarinstitut würde Alarm schlagen, weil sie der umfassenden Umweltgesetzgebung nicht folgten, die von den meisten Politikern auf dem Festland unterstützt wurde.

Sie seufzte. Der Rentierforscher war der Meinung, das illegale Abschlachten ginge östlich von Longyearbyen vor sich, vielleicht auch nördlich. Er war der Meinung, dass es inzwischen hell genug war, um den Hubschrauber für einen Erkundungsflug loszuschicken. Das Blut müsste als schwarze Flecken auf dem Schnee zu sehen sein, wie er sagte. Aber wen sollte sie losschicken? Es musste wohl der neue Beamte sein, Hanseid. Er erschien kompetent und entschlossen. Der Rentierforscher musste natürlich auch dabei sein, um die Herde zu lokalisieren.

Sie blätterte unkonzentriert in dem Aktenstapel. Vor einigen Wochen hatte sie alles in drei schwarze Plastikkisten sortiert mit der Aufschrift »Eingang«, »Ausgang« sowie »In Bearbeitung«. Aber jetzt waren diese Kisten unter der Last all der eingegangenen Post kaum noch zu sehen. Vieles konnte weggeworfen, einiges zurück ins Archiv geschickt werden, anderes konnte sie an Tom Andreassen weiterleiten. Sie wusste selbst, dass er es dann wiederum weiter an Knut Fjeld gab, der aufgrund seiner Frostschäden an den Füßen möglichst viel Büroarbeit übernehmen sollte, zumindest vorläufig. Und Knut war gnadenlos effektiv. Nachdem er die Stapel durchgearbeitet hatte, gab es nicht viel, was noch eine weitere Bearbeitung erfordert hätte.

All die vertrauten Hintergrundgeräusche verstummten nach und nach. Sie fühlte eine leichte Angst in sich aufsteigen. Vor den Fenstern war Wind aufgekommen. Ab und zu warfen die Windböen Wolken eines Eis- und Schneegemischs knisternd gegen die Fenster. Die Straßenlaternen unten am Kai waren nur als unscharfe Lichtflecken zu erkennen. Große Schneewehen hatten sich auf den Wegen gebildet. Sie stand auf und zog die Gardinen zu, und gleich wurde es gemütlich warm im Büro. Aber der Büroleiter hatte ihre Zimmertür nicht geschlossen, und auf dem Flur draußen malten sich dunkle Schatten an den Wänden ab.

Sie erschauerte und zwang sich, nicht daran zu denken, dass sie in dem großen leeren Gebäude ganz allein war. Zeit, nach Hause zu gehen. Jetzt musste erst einmal genug sein mit Aufräumen. Die Reste der Papierstapel konnte sie morgen noch durchsehen. Außerdem musste sie zusehen, dass sie mit dem Auto nach Hause kam und sich nicht im Schnee festfuhr, der sich gern unterhalb von Skjæringa quer über die Straße legte.

Sie legte einen Stapel Dokumente zurück in die Kiste für noch zu erledigende Post und stieß dabei gegen einen anderen Stapel, der zu Boden fiel. Verärgert hockte sie sich hin, um alle Papiere aufzuheben, und blieb mit einem Stapel Briefe in der Hand sitzen. Sie las den Notizzettel, der auf ihnen klebte. Tom hatte ihn beschriftet. »Wahrscheinlich nur irgendein Quatsch, den uns so ein Spaßvogel geschickt hat«, hatte er geschrieben. »Nichts Konkretes. Zu wenige Informationen, um dem nachzugehen. Ich unternehme nichts, bevor ich nicht etwas von dir höre. Wie du siehst, sind die Umschläge nicht gestempelt, müssen also in der Rezeption abgegeben worden sein. Aber die Sekretärin kann sich nicht erinnern, sie entgegengenommen zu haben.«

Die Umschläge waren an den Briefen befestigt. Sie lagen zuoberst und verdeckten teilweise den Text auf dem obersten Blatt. Nicht, dass besonders viel auf jeder Seite stand. Sie hob den Umschlag hoch. Geschrieben in Times Roman 20 Punkt, dachte sie, ohne es eigentlich zu registrieren. Es stand nur ein einziger Satz dort. Quer über dem Bogen, genau in der Mitte.
»Jemand muss sterben.«

Auf allen sieben Briefbögen. Auf dem letzten Papier, das ganz unten im Stapel lag, war der Text verändert. Aber die gleiche, unspektakuläre Anordnung, der gleiche Schrifttyp.
»Jemand wird sterben.«

Seit Frøydis Hanseid nach Spitzbergen gezogen war, waren mehrere Wochen vergangen, und alles war anders gekommen, als sie es sich gedacht hatte. Sie registrierte oft einen leichten Parfümgeruch am Scooterdress und an der schwarzen Jacke ihres Mannes, die im Flur hingen. Ihres Mannes – des Polizeibeamten.

»Was machst du eigentlich in all den Stunden, die du allein bist?«, fragte er ab und zu. Mit ein wenig Fürsorge in der Stimme. »Kannst du nicht irgendeine Beschäftigung finden? Damit die Tage nicht so lang werden? Ein Hobby. Etwas Nützliches.« Zum Glück hatte Trulte Hansen, die ältere Witwe, die ein paar Häuser weiter wohnte, Frøydis gefragt, ob diese sich vorstellen könne, das Sonnenfest mit vorzubereiten. Deshalb konnte sie Erik antworten, dass sie damit schon sehr beschäftigt sei.

Frøydis hatte erwartet, dass Tor Bergerud nach dem bewussten Samstag Anfang Januar wieder anrufen würde. Aber vielleicht hatte er ja Angst, dass Erik zu Hause sein könnte? Sie überlegte sich verschiedene Möglichkeiten, wo sie sich treffen konnten, und es ganz zufällig aussah. Anfangs ging sie jedes Mal, wenn sie einkaufen war, hinterher ins Café Schwarzer Mann. Aber sie blieb allein an ihrem Tisch sitzen, Tag für Tag. Die Damen an dem runden Stammtisch ganz hinten im Café betrachteten sie mit mitleidiger Miene und kamen schließlich direkt auf sie zu. Es wurde nach einer Weile geradezu peinlich, wie sie dasaß, die Kaffeetasse in den Händen drehte und auf die Eingangstür starrte. Nach einer Weile gab sie die Hoffnung auf, ihn hier zu treffen.

Das Ehepaar Bergerud wohnte nicht weit entfernt. Mehrere Male täglich ging sie an ihrer Wohnung vorbei, machte dabei einen kleinen Umweg auf ihrem Weg hinunter in die Stadt. Die Ausrede, falls sie eine bräuchte, war, dass sie ja kein Auto hatte, das benutzte ihr Mann. Anfangs ging sie schnell an dem besagten Haus vorbei, doch mit der Zeit versuchte sie immer mehr hinter den erleuchteten Fenstern zu erspähen. Wie die meisten Menschen war sich Tor Bergerud nicht bewusst, wie gut sichtbar er in seinen eigenen vier Wänden war. Manchmal stand sie hinter einem riesigen Schneewall und betrachtete ihn lange Zeit, bis ihre Füße gefühllos wurden und sie schließlich gehen musste, um nicht entdeckt zu werden.

Erik Hanseid kam auch an diesem Freitag nicht zum üblichen Feierabend nach Hause. Wie immer war sie diejenige gewesen, die eingekauft hatte. Natürlich, sie hatte ja sonst nichts zu tun. Sobald sie den Flur betreten hatte, registrierte sie, dass er nicht zu Hause war. Diese Stille, vielleicht auch die Dunkelheit im Wohnzimmer, die durch die halb geöffnete Tür zu sehen war. Keine Scooterstiefel in einer Pfütze aus geschmolzenem Schnee, kein Kaffeeduft aus der Küche, keine Lampe, die im Wohnzimmer brannte, und kein Geräusch von Radio oder Fernseher.

Sie stellte die Tüten mit ihrem Einkauf ab und hockte sich hin, um die dicken Winterstiefel aufzuschnüren. Sie hängte die Daunenjacke an einen freien Haken. Warum konnte er nicht einmal zu Hause sein? Sie bekam ganz rote Wangen vor plötzlich in ihr aufsteigender Wut. Zu ihrem eigenen Entsetzen zog sie eine Packung Eier aus der Plastiktüte und warf sie gegen die Wand.

Er rief vom Polizeirevier aus an und erklärte, dass etwas dazwischengekommen war – eigentlich nur eine Bagatelle, aber da sie viel zu wenig Leute hatten... Sie antwortete mit sanfter, alltäglicher Stimme, dass er sich nicht immer so viel Arbeit aufbürden solle und dass er einfach viel zu gutmütig sei. Aber als ihr ein paar Minuten später noch etwas einfiel, was sie ihn hatte fragen wollen, etwas ganz Triviales, und sie versuchte, ihn anzurufen, da nahm niemand das Telefon im Verwaltungsgebäude ab.

Was im Grunde wenig überraschend war. Er war schon lange von Skjæringa weggefahren und mit allem anderen als polizeilicher Arbeit beschäftigt. Line Bergerud hatte angerufen und gefragt, ob sie sich nicht treffen könnten. Um Missverständnisse aus der Welt zu räumen. Sie hatte so ein Gefühl, als würde ihr Mann etwas ahnen und sich wappnen.

Als Erik Hanseid ein paar Stunden später nach Hause kam, hatte Frøydis die kaputten Eier aufgewischt, ein Teller mit Essen stand vor der Mikrowelle bereit, und sie selbst saß still und friedlich in einem Sessel am Wohnzimmerfenster. Er stöhnte über die Arbeitsbelastung, hätte sich das aber sparen können. Sie zeigte ein sonderbares Lächeln und erwiderte unerwartet scharf, dass er selbst daran schuld sei, schließlich sei er ein erwachsener Mann. Er zuckte zusammen, als er ihre Stimme hörte. Hatte sie einen Verdacht? Aber in der hintersten Ecke des Wohnzimmers, in der sie saß und über den Ort schaute, war es dunkel. Er konnte ihr Gesicht nicht erkennen.

Freitag, 26. Januar, 18.00 Uhr

Am Freitag darauf kam Erik Hanseid früh nach Hause und lud Frøydis zum Essen in dem schicken Restaurant im Huset ein. Sie zog sich hübsch an und dachte, neues Spiel, neues Glück. Doch als sie dort ankamen, erkannte sie, warum Erik auf diesem Lokal bestanden hatte. Es war Line Bergeruds Geburtstag. Sie wurde dreißig Jahre alt, und die Gesellschaft hinten im Restaurant war von all dem Sekt, den sie schon getrunken hatte, in lautstarker feuchtfröhlicher Stimmung. Erik musste natürlich hin, um zu gratulieren, und ließ Frøydis mitten im Raum zwischen den Tischen stehen.

Tor Bergerud saß mit dem Rücken zum Raum und sah sie nicht. Und auch als Erik an den Tisch trat, drehte er sich nicht um. Doch als er später aufstand, um zur Garderobe zu gehen und an dem kleinen Tisch neben dem Ausgang vorbeigehen musste, konnte er es nicht vermeiden, er musste sie begrüßen. »Hallo Frøydis. Lange nicht gesehen, viel zu lange ...« Und er zwinkerte ihr zu, warf schelmisch und konspirativ den Kopf zur Seite. Als teilten sie ein Geheimnis miteinander. Sie hätte losheulen können, lächelte jedoch mit feuchtglänzenden Augen, machte sich klein und rief ihm dann doch nach: »Dann ruf mich doch an. Wäre nett, sich mal wiederzusehen. Sag nur Bescheid.«

An der Geburtstagstafel saß Line mit schmalen Augen und verfolgte das Geschehen. Und als Tor Bergerud zurückkam, nach Zigaretten und Alkohol stinkend, beugte sie sich über den Tisch zu ihm vor und warf das lange blonde Haar über den Rücken und legte ihm die Hände in den Nacken. Es wurde ein langer Abend. Frøydis saß oft allein da. Eriks Essen wurde kalt, aber sie ging nicht hin, um ihn zu holen. Sie trank fast die ganze Weinflasche allein leer. Nachdem das Dessert gegessen war, gab es nichts anderes zu tun, als sich auf den Heimweg zu machen. In der Garderobe war es eng. Alle wollten gleichzeitig gehen. Sie balancierte auf einem Bein und versuchte, den anderen Fuß in den Stiefel zu bugsieren. Tor Bergeruds Jacke hing hinter ihr, und als er plötzlich neben ihr stand, verlor sie das Gleichgewicht.

Er lachte. »Dass du dich nie auf den Beinen halten kannst…«

Line begriff sofort, dass etwas zwischen Frøydis Hanseid und ihrem Mann vor sich ging. Und zum ersten Mal seit vielen Jahren wurde sie richtig wütend. Was dachte sich diese mausgraue, langweilige Tussi mit den feuchten Augen und dieser Miene, die nur schlecht ihre Gefühle verbarg, eigentlich? Line drehte sich um und warf ihrem Mann einen gefährlichen Blick zu. Er zuckte nur mit den Schultern und legte ihr einen Arm um die Taille.

Erik Hanseid drängte sich dazwischen und ließ alle Vorsicht fallen. »Wollt ihr noch wohin? Vielleicht können wir uns ja anschließen? Es ist ja noch viel zu früh, um ins Bett zu gehen…«

Hinter ihm erstarrte Frøydis und blieb regungslos stehen, einen Fuß auf dem kalten Boden, den anderen im Stiefel. Die Demütigung schnitt ihr die Kehle zu, sie schluckte und hatte das Gefühl, es wären Glasscherben in ihrem Hals.

Sie hielt es in dem Gedränge in der Garderobe nicht mehr aus. Sie musste raus und vergaß ganz, dass Erik derjenige war, der die Hausschlüssel hatte. Aber er kam ihr nicht hinterher. Er blieb in der Garderobe stehen und scherzte weiter mit Line

Bergerud, die einen ganzen Kreis Männer um sich geschart hatte. Sie sah aus wie eine Flamme, umgeben von tanzenden Schatten. Frøydis mühte sich durch den Schnee zu einem Fenster und schaute von draußen hinein.

In die Stiefel war Schnee gedrungen, der jetzt unangenehm auf der Haut schmolz. Sie setzte sich auf die Steintreppe und zog sie aus. Bürstete die Schneereste von den dünnen Strümpfen. So blieb sie sitzen, direkt auf dem Eis, und schaute hinein. Sie hatte keine Gefühle mehr. Spürte nicht einmal die Kälte. Aber nach einer Weile zog sie schließlich doch die Stiefel wieder an und machte sich auf den Weg. Sie kam gar nicht auf die Idee, auf Erik zu warten, um gemeinsam mit ihm nach Hause zu gehen. Er war nicht mehr wichtig. Dort, wo vorher die Gefühle für ihn gewesen waren, seit der Zeit, als sie sich getroffen, näher kennengelernt und schließlich geheiratet hatten, da war nur noch eine kalte Leere.

Sie ging an der Kirche vorbei, auch wenn es in der anderen Richtung kürzer gewesen wäre, über die Brücke. Aber sie hatte keine Eile, nach Hause zu kommen. Nach einer halben Stunde beharrlicher Wanderung wie ein Automat die leere Straße den Gebirgshang hinauf, kam sie an dem alten Friedhof vorbei. Die kleine Gruppe zugeschneiter weißer Holzkreuze stand krumm und schief da. Ihr fiel ein, wie hoffnungsvoll sie gewesen war, als sie nach Spitzbergen gekommen war. Aber jetzt war alles in ihr tot und still. Und es war noch keine neue Frøydis geboren, die den Platz dort in der Dunkelheit hätte einnehmen können.

Sie ging die Straße bis ans Ende entlang, wo sie sich teilte. Da es ein Freitagabend war, begegnete sie einigen Menschen, die auch unterwegs waren. Aber keiner von ihnen bemerkte Frøydis. Niemand winkte, grüßte oder sagte etwas. Sie registrierten sie gar nicht, obwohl sie direkt an ihr vorbeigingen.

Frøydis hatte bisher noch nie jemanden gehasst. Sie wusste

nicht, wie heftig so ein Hass sein kann, kannte diese heiße Welle nicht, die im Bauch entstand und sich in der Brust bis hinauf in den Hals ausbreitete. Sie hatte keine Ahnung, dass so ein Gefühl, das sie bisher mit Machtlosigkeit und Verlust assoziiert hatte, so bestimmend sein konnte. Ihr war, als liefe sie auf glühenden Kohlen.

Aber niemand bemerkte, dass sie stolperte und dennoch immer schneller die Straßen entlanglief, bis sie in der kalten Luft schmerzhaft nach Atem schnappen musste.

Tom Andreassen wurde telefonisch von jemandem alarmiert, der gesehen hatte, wie sich eine Person ganz oben in Lia merkwürdig benahm. Er schüttelte resigniert den Kopf, seiner Frau zugewandt, die gerade ins Wohnzimmer gekommen war, nachdem auch das Letzte der Kinder endlich eingeschlafen war. Sie war in Longyearbyen aufgewachsen und lächelte, als er ihr erzählte, weshalb er gerufen wurde. »Das muss aber sehr merkwürdig gewesen sein, wenn deshalb jemand anruft. Meine Güte, schließlich ist es Wochenende. Das glaubst du, Tom? Jemand, der in dieser Kälte nackt herumspringt?«

Er schaute sie zärtlich an. »Ich bin zurück, so schnell ich kann. Bestimmt ist es jemand, der einen über den Durst getrunken hat und nicht weiß, wo er ist. Der Nachbar hat einen Schatten gesehen, der um eines der Häuser herumlief, und es sieht so aus, als hätte er durch die Fenster geguckt. Und der Nachbar sagt, dass niemand zu Hause ist, deshalb ... Vielleicht versucht ja jemand einzubrechen? Jedenfalls fand er es ziemlich ungewöhnlich.«

»Ja, ja.« Sie setzte sich aufs Sofa und schaltete den Fernseher ein. »Aber beeil dich. Gleich fängt ein Film mit Clint Eastwood an – Play misty for me. Hast du den schon gesehen?«

Als Tom Andreassen zu dem besagten Haus kam, war der

suspekte Schatten verschwunden. Der Anrufer kam in Hausschuhen vor die Tür, die Winterjacke über den Schultern. Er war verlegen, zeigte aber auf die tiefen Spuren im Schnee.

»Wer wohnt denn da?«

»Da wohnt sogar ein Polizist. Hast du das nicht gewusst? Erik Hanseid und seine Frau.« Der Anrufer war eifrig bemüht, seinen Anruf zu rechtfertigen.

»Aber warum sollte jemand versuchen, bei ihm einzubrechen? Hast du früher schon mal jemanden hier am Haus beobachtet?« Nein, das hatte der Nachbar nicht. Dafür glaubte er jedoch gesehen zu haben, wie jemand das Haus von Tor und Line Bergerud weiter unten auffällig genau gemustert hatte. Beide überlegten, was das zu bedeuten haben mochte, doch dann begann der Anrufer zu frieren und wollte zurück ins Haus.

Tom Andreassen ging die Straße hinunter, um nach möglichen Personen Ausschau zu halten, die sich verdächtig verhielten, doch er konnte niemanden entdecken. Es war ganz still. Ein paar Schneeflocken rieselten aus der Polardunkelheit herab. Die Schatten zwischen den Straßenlaternen waren tiefschwarz. Sicherheitshalber fuhr er noch einige Seitenstraßen ab und schaute sich dort um.

Als er endlich den schwarzen Dienstwagen vor dem Reihenhaus parkte, in dem seine Familie wohnte, war es bereits halb eins geworden. Vorsichtig schlich er sich die Treppe hinauf, vorbei an den Kinderzimmern, in denen die Kleinen in ihren Betten lagen und vernehmbar atmeten. Er zog sich im Dunkeln neben dem Doppelbett aus und schlüpfte unter die Decke, unter der seine Frau bereits in einem geblümten Flanellnachthemd mit dem Rücken zu ihm lag.

»Du kommst aber spät.« Ihre Stimme war verschlafen, kaum noch wach.

»Ja, du weißt ja… Ich bin noch ein bisschen herumgefahren, aber es war alles ruhig in Lia. Möchte nur wissen, wer das war. Es waren Spuren um das Haus herum zu sehen.«

»Wer wohnt denn da?« Ihre Stimme war klarer geworden.

»Die waren nicht zu Hause. Ich habe sicherheitshalber geklingelt. Es dreht sich um das Haus von Erik und Frøydis Hanseid.«

»Wie unheimlich.« Sie war immer noch mitgenommen von dem Film, sie hatte sich nicht getraut, ihn allein zu Ende zu sehen. Er war viel zu schaurig gewesen. »Die arme Frøydis. Du weißt ja, es gibt Menschen, die werden hier in der Stadt benutzt und dann fallen gelassen. Viel zu viele. Nicht alle ertragen das.«

»Hm?«

»Ich meine, es gibt ja nicht so viele in diesem Alter. Die zur Verfügung stehen sozusagen. Und es versteht sich von selbst, dass einige beliebter sind als andere. Und dann werden sie wie berauscht von der Macht, die sie kriegen. Aber das Ganze endet dann in einem kleinen Freundeskreis, in dem jeder schon mal mit jedem zusammen war. Und einige verletzt das mehr, als sie zeigen wollen. Das ist nicht gut, Tom. Früher oder später geht das schief.« Sie drehte sich im Bett um und stützte den Kopf in die Hand.

Aber Tom Andreassen antwortete nicht. Er schlief.

KAPITEL 12

Nordporten

Donnerstag, 25. Januar, 18.30 Uhr

Die drei Fischkutter lagen wie schwarze Geisterschiffe da und wiegten sich in dem dichten Meereseis und den leichten Wellen. Es war Ende Januar, und obwohl es dunkel war, konnte die Mannschaft im Südosten Land erahnen – eine gewaltige schwarze Masse mit einer Art schimmerndem Metallglanz darüber. Das war Eis, der große Gletscher Vestfonna, der das Mondlicht reflektierte und die Landschaft wie das Tor zum ewigen Winter selbst aussehen ließ. Die Krabbenkutter hielten sorgfältig Abstand voneinander. So dicht, wie das Eis überall lag, konnten sie jeden Moment ins Treiben kommen. Gut möglich, dass die Schiffe aufeinander geschoben würden oder im schlimmsten Fall zwischen den Eisschollen zerdrückt.

Der Kapitän der »Edgeøya« stand im Steuerhaus und schaute immer wieder auf die Uhr. Es war besser, den Zeitpunkt, wann die Tide sich drehte, im Auge zu behalten. Sie lagen zu nahe am Land. Er murmelte vor sich hin, dass die Ebbe das Eis mit sich in den Norden ziehen würde und sie damit etwas weiter vom Land wegkämen. Dagegen würde das Eis bei Flut gegen das Land gedrückt werden und mit der Flutwelle die Meerenge hinunter treiben. Und jetzt näherten sie sich dem Zeitpunkt, an dem die Tide sich drehte. Die Flut begann. Aber es hatte keinen Sinn, den anderen beiden Skippern Bescheid zu geben. Er war der jüngste, sein Trawler war der kleinste, und auch wenn das Schiff viel moderner und besser ausgerüstet war als die beiden größeren Schiffe, so war es die Erfahrung, die im Eismeer zählte.

Die Trawler waren voll beladen mit tiefgefrorenen, verpackten Eismeerkrabben. Sie waren auf dem Weg in den Süden zum Festland, um dort ihre Fracht bei einer Fischfabrik zu löschen, damit die Mannschaft anschließend ihre wohlverdiente Mittwinterpause nehmen konnte. Es kam darauf an, schnell hinunterzukommen und noch schneller wieder hoch in die Fanggebiete nördlich von Spitzbergen zu gelangen, damit sie nichts verpassten. Aber bei dem Eis durch Hinlopen fahren? Nein, das Risiko war zu groß.

Der Kapitän der »Ishavstrål« ging ins Kartenhaus, setzte sich ans Funkgerät, nahm das Mikrophon in die Hand und rief seine Kollegen über 2346 MHZ. Hier oben hört mich sowieso keiner, dachte er sich. Seit sie in Ny-Ålesund abgelegt hatten und an der »Amsterdamøya« vorbeigekommen waren, hatten sie keinerlei Schiffsverkehr gesehen. Nördlich von Spitzbergen nach Krabben zu fischen, das war eine Spezialität, die die meisten Seeleute verwegenen Abenteurern überließen.

»Polarjenta, Polarjenta, Polarjenta. Hier ist Ishavstrål, dreiundzwanzigsechsundvierzig. Hört ihr mich?«

Es entstand eine kleine Pause voller elektrischem Knistern. »Ja, ich hör dich.« Der Skipper der »Polarjenta«, einem 87 Fuß langen, abgenutzten und über zwanzig Jahre alten Krabbenkutter, nahm es nicht so genau mit den Formalitäten. »Was willst du denn?« Es gefiel ihm nicht, hier zu liegen und mitten im Packeis aus dem Eismeer zu dümpeln, das sie gegen das Land drückte. Aber die drei Kapitäne hatten vereinbart, in dieser Saison zusammen zu fahren. Und Harald von der »Ishavstrål« hatte noch etwas zu regeln mit irgendwelchen Leuten aus Longyearbyen, die mit Schneescootern und Schlitten Waren bringen wollten, die mit zum Festland rüber sollten.

Das war Haralds Sache, die anderen beiden Skipper mischten sich da nicht ein. Harald bekam immer seinen Willen – ohne dass einer nachfragte. Er besaß den größten Krabbenkutter, und es war immer gut, ihn als Freund in einer Notsituation an der Seite zu haben. Nicht wenige Trawler hatten im Fahrwasser um Spitzbergen herum bereits seine Hilfe oder Assistenz beim Bugsieren in den nächsten Hafen in Anspruch genommen. Aber in diesem Eis Richtung Süden fahren? Den anderen beiden Kapitänen gefiel das nicht.

Harald dachte während des Funkverkehrs laut nach, ohne zu verraten, worum es sich bei seinen Geschäften eigentlich handelte. »Es muss zum Sorgfjord gehen. Scheiße, ich traue mich nicht, Kurs auf Kinnvika im Murchinsonfjord aufzunehmen. Und dann wird es auch kürzer für die, die uns von Süden her entgegenkommen.« Harald war in Harstad geboren und aufgewachsen, konnte aber mindestens genauso breit sprechen wie Jon vom Gryllefjord an Bord der »Polarjenta«. Das gehörte zum Job.

Oddemann von der »Edgeøya« mischte sich ins Gespräch ein. »Das gefällt mir nicht. Sollen wir da alle drei einlaufen? Harald, du darfst nicht vergessen, dass ich den kleinsten Kutter habe. Und ohne Eisverstärkung oder Klassifizierung. Und mit der Førkja ist es das Gleiche«, erklärte er und benutzte dabei den Spitznamen der »Polarjenta«. »Außerdem dreht sich die Tide bald. Und du weißt, wie kritisch das in der Mündung vom Hinlopen ist. Ganz schnell hast du da eine Eiswand, die dir mit fünf, sechs Knoten Fahrt entgegenkommt.«

Wenn er ehrlich war, hatte Harald auch keine große Lust, in den gefürchteten Nordporten einzulaufen. Aber er plante, in den Sorgfjord zu fahren, etwas südlich der Mündung der Hinlopenstraße, um sicher vor möglichen Änderungen in der Strömung der Eisschollen zu sein.

»Ihr könnt hier liegen bleiben«, erklärte er entschlossen. »Ich fahr allein rein. Wenn ihr die nächsten zwölf Stunden nichts von mir hört, dann könnt ihr kommen und mal nachschauen. Aber ruft nicht nach der Polizei, es sei denn, es geht um Leben und Tod. Die können wir hier nicht gebrauchen.«

Es war nicht verboten, in die Hinlopenstraße zu fahren oder dort zu fischen. Noch nicht. Aber sowohl die Regierungsbevollmächtigte als auch das Norwegische Polarinstitut bemühten sich, es unter Naturschutz zu stellen. Neue Naturschutzbestimmungen waren in Arbeit und durchliefen gerade die einzelnen Abteilungen der Ministerien, die ein besonderes Interesse an den Polarregionen hatten. Das Fischereiministerium war nicht besonders interessiert, weder im positiven noch im negativen Sinne. Der Krabbenfang in Hinlopen war zu gering, um eine ökonomische Bedeutung zu haben, höchstens für diejenigen, die ihn betrieben. Mit dem Dorschfang verhielt es sich jedoch ganz anders. Die Küstenwache hatte Bescheid bekommen, die internationale Fangflotte in der Barentssee und in dem Seegebiet weiter im Osten genau im Auge zu behalten. Natürlich würde die Küstenwache auch die kleinen Krabbenkutter beobachten, die nahe an der Küste Spitzbergens fischten. Aber bei zu geringen Ressourcen für die Flugüberwachung und zu wenigen Schiffen, um die riesige Meeresfläche abzudecken, war das fast unmöglich. Nicht einmal die schnellen Schiffe der Küstenwache konnten an zwei Stellen gleichzeitig sein.

Der Chef vom Dienst bei Spitzbergen-Radio saß auf seinem abgewetzten Bürostuhl im Flughafentower und träumte sich durch eine ungewöhnlich langweilige Abendschicht. Das Festlandflugzeug war gelandet und bereits wieder gestartet. Ende Januar herrschte nicht gerade viel Verkehr zwischen Tromsø und Longyearbyen. Ein paar frierende Fluggäste hatten sich gegen die Kälte zusammengekrümmt und waren zwischen Flugzeug und Hangar entlanggeeilt. Aber eine Stunde später war es auf dem Rollfeld wieder still und dunkel. Die Landebahnbeleuchtung wurde ausgeschaltet, nur noch vereinzelte Warnlampen blinkten. Ein bisschen Schnee wirbelte am Ende der Rollbahn auf, ein warnender Hinweis auf das schlechte Wetter, das die Meteorologen von Vervarslinga für mehrere Tage vorhergesagt hatten. »Ja, ja«, seufzte der Wachhabende leise vor sich hin. Wenn es zu einem Schneesturm kam, dann würde es auch viel Betrieb im Funkverkehr geben. Kutter und Netzfischer legten nur ungern am Kai an, warteten, bis ihnen keine andere Wahl mehr blieb. Und manchmal warteten sie zu lange.

Aber noch war das Wetter ruhig. Kalt und klarer Mondschein. Die Sterne bedeckten den Himmel bis zum Horizont mit ihren Lichtpunkten. Er holte sich einen Kaffee und drehte den Ton des Funksenders lauter. Es war meistens ganz nett, in die Kanäle reinzuhören, die für die Unterhaltung zwischen den Schiffen benutzt wurden. Aber über ihren Fang redeten sie nie. Und auch nicht darüber, wo sie sich genau befanden. Wenn ein Trawler ein gutes Fanggebiet gefunden hatte, dann wollte die Mannschaft diesen Glückstreffer in der Regel möglichst lange für sich behalten.

Die »Stålbas« von der Küstenwache war auf dem Weg von Bjørnøya Richtung Norden. Aber sie hatten neue Order bekommen und sollten jetzt einen Umweg östlich um Hopen herum machen, wo drei spanische Kutter lagen, die Dorsch in Netzen mit zu kleinen Maschen fischten, wie behauptet wurde. Zwei Russen und ein norwegischer Trawler lagen nordwestlich von Spitzbergen, und drei norwegische Fischerboote hatten die Nordwestecke umrundet und lagen vor der Mündung von Hinlopen. Er drehte den Empfänger noch lauter. Es hörte sich so an, als planten sie, durch die Enge Richtung Süden zu fahren. Waren sie vollkommen verrückt geworden? Diese Route war der reine Selbstmord bei den Wettermeldungen, die gerade herausgegangen waren. Der Wachhabende biss sich unschlüssig auf einen Fingernagel. Sollte er die Regierungsbevollmächtigte anrufen? Oder hieße das, sich in Dinge einzumischen, die streng genommen nicht zu den Pflichten eines Küstenfunkwachhabenden gehörten?

Der älteste Name der Hinlopenstraße war Vaigat, wie aus einer Karte hervorging, die so alt war, dass es schwer zu erkennen war, dass es sich bei der abgebildeten Inselgruppe um Spitzbergen handelte. Sprachforscher und Historiker hatten sich den Kopf darüber zerbrochen, woher dieser Name kam, noch dazu, da die Schreibweise auffällig wechselte. Weyhegats, Way gat, Waaigat, Vaigat... Man nahm an, dass der Name auf Niederländisch »das Tor, aus dem der Wind kommt« hieß, eine treffende Bezeichnung der südlichen Mündung der Durchfahrt. Vaigat konnte aber ursprünglich auch ein russischer Nachname gewesen sein. Jedenfalls stand dieser Name auf der Mercator-Karte von 1569. Aber nicht viel später tauchten die ersten Seekarten mit dem Namen De Straet van Hinloopen auf, wenn auch falsch platziert, nämlich westlich vom Wijdefjord. Die Passage wurde damals nach Thymen Jacobsz Hinlopen benannt, dem Direktor der Noordsche Compagnie, 1617.

Eines war sicher, die Durchfahrt hatte auf die frühen Entdeckungsreisenden und Kartographen Eindruck gemacht. Bereits von Beginn an waren die Fahrwasser um Nordaustland herum wegen der kräftigen Tidewasserströmungen gefürchtet, nicht zuletzt auch wegen des Packeises, das sich hin und wieder mit mörderischer Geschwindigkeit durch die Enge bewegen konnte, genau in entgegengesetzter Richtung wie der Wind. Und auch heute, viele hundert Jahre später, war die Hinlopenstraße nur schlecht kartographiert, mit heimtückischen Sandbänken und Riffen, die sich jedes Mal, nachdem sie entdeckt und eingetragen worden waren, wieder verschoben zu haben schienen.

Die Ruhe im Kontrollraum oben im Tower wurde plötzlich von einem Anruf per Funk unterbrochen, und der Chef vom Dienst wachte abrupt aus einem angenehmen, aber vollkommen unrealistischen Tagtraum auf. Er räusperte sich einige Male, bevor er zum Mikrophon griff: »Ja, hier ist Radio Spitzbergen. Wer da?«

»Jetzt pass mal auf. Krieg ich nun mein Gespräch oder nicht?«

»Äh, ja. Und wen soll ich vermitteln?«

»Na, die ›Ishavstrål‹, habe ich doch gesagt. Und nicht nur einmal. Was treibt ihr eigentlich da unten in Longya-ar. Habt ihr so schrecklich viel zu tun, dass ihr uns Fischern nicht mal mehr antwortet? Hä?« Die Stimme war eindeutig weiblich, mit breitem Dialekt, aber auch einem etwas fremden Klang, der nicht so leicht einzuordnen war. Aber der Wachhabende wusste genau, wen er da vor sich hatte, die wütende Ehefrau des Skippers der »Ishavstrål«.

»In Ordnung, ›Ishavstrål‹. Und welche Telefonnummer hätte die gnädige Frau gern?«

»Den Krestjan. Den… Krestjan Ellingsen. Seine Nummer weiß ich nicht.«

Magnor seufzte. »Gib mir ein paar Minuten.« Es läutete ziemlich lange bei Kristian Ellingsen, doch schließlich wurde abgehoben. »Die ›Ishavstrål‹ versucht dich zu erreichen«, erklärte der Wachhabende und schaltete weiter.

»Hallo, bist du das, Krestjan? Wir fahren jetzt Richtung Süden. Heute Abend. Kommt ihr?«

»Ja.«

»Es wird der Sorgfjord.«

»Aber...«

»Kein Aber!«

Und damit war das Gespräch beendet. Der Wachhabende übertrug die Daten in sein Logbuch. Anschließend blieb er nachdenklich sitzen, wippte mit dem Bürostuhl, während er mit dem Kugelschreiber auf den Tisch trommelte. Da braute sich etwas zusammen. Irgendwas ging da im Norden vor sich, etwas, das am besten in der finstersten Dunkelheit vor sich ging. Und er meinte auch zu wissen, was das war. Aber sollte er die Regierungsbevollmächtigte anrufen und ihr einen Tipp geben? Da war ja auch die Schweigepflicht. Was sollte er sagen, von wem er die Informationen hatte?

KAPITEL 13

Zeugen

Freitag, 23. Februar, 14.30 Uhr

Die Polizisten gingen davon aus, dass der Ermittler von der Kripo sich als Erstes die Drahtseilbahnzentrale anschauen wollte, nachdem er in Longyearbyen gelandet war. Aber Jan Melum hatte andere Pläne. »Wäre es möglich, die Kinder im Kindergarten zusammenzutrommeln? Ich würde gerne mit denen sprechen, mit denen Ella Olsen meistens gespielt hat.«

Er schaute auf die Uhr. Er hätte sich viele andere Dinge denken können, die er an einem Freitagnachmittag gern getan hätte, und dazu gehörte nicht gerade, in einem eiskalten Auto auf dem Weg vom Flugplatz in die Stadt Longyearbyen zu hocken. Sein Koffer mit der ganzen warmen Sportkleidung, die er seit Jahren nicht benutzt hatte, lag hinten im Auto.

»Das wird ihnen nicht gefallen, weder den Eltern noch dem Personal.« Tom Andreassen war grau im Gesicht vor lauter Schlafmangel. »Und was machen wir mit all denen, die irgendwelche Informationen haben?«

Knut Fjeld hatte am Wochenende Bereitschaftsdienst, er hatte den Notruf aber in die Zentrale umgestellt. Der Anrufbeantworter nahm alle Nachrichten auf, die eintrudelten. So etwas hatte das Polizeirevier noch nie erlebt.

»Wie viele haben denn angerufen?«

»Siebzehn haben wir ernst genommen. Daneben aber noch fünfzig, die so weit hergeholt waren, dass wir ihnen nicht weiter nachgegangen sind.«

»Dann sorgt dafür, dass einer, der die Leute hier im Ort gut kennt, die Hinweise durchgeht, die bisher eingegangen sind, und sortiert sie dann nach Glaubwürdigkeit.«

»Und die Seilbahnzentrale?«

»Das Gebäude muss abgeschlossen und das Gelände abgesperrt werden. Ich bin kein Spezialist in Sachen Spurensicherung, deshalb zweifle ich, dass ich etwas anderes finden werde als das, was ihr bereits entdeckt habt.«

»Aber ...« Tom Andreassen kratzte sich am Kopf und verzog das Gesicht. »Vielleicht habe ich ja etwas übersehen. Ella Olsen ist jetzt seit fast vierundzwanzig Stunden verschwunden.«

»Du hast doch selbst gesagt, dass es nicht wahrscheinlich, ja geradezu unmöglich ist, dass ein so kleines Kind sich aus dem Haus entfernen kann, ohne dass ein Erwachsener dabei ist. Und wir wissen, dass sie von hier weggefahren sind – vielleicht in ein neues Versteck. Es wird nicht einfach sein, das herauszufinden. Soweit ich verstanden habe, habt ihr bereits an allen denkbaren Stellen gesucht. Aber bisher hat noch niemand mit den anderen Kindern im Kindergarten gesprochen. Die könnten ja etwas zu erzählen haben, vielleicht hat Ella etwas gesagt, bevor sie verschwunden ist. Hat sie gewusst, dass ihr Vater sie abholen wollte? Vielleicht hat sie sogar gewusst, wohin sie fahren würden? Deshalb ist es notwendig, möglichst bald mit den Kindern zu sprechen.«

Die Eltern kamen aus allen Richtungen mit ihren Kindern zum Kindergarten. Keiner von ihnen protestierte. Sie konnten sich gut vorstellen, wie Tone Olsen zumute war. Und sie wollten alles tun, was möglich war, um zu helfen, auch wenn sie selbst nicht glaubten, dass die Kinder etwas wissen konnten, was sie den Eltern nicht erzählt hatten. Der Eingangsbereich füllte sich mit Schneeanzügen, Parkas und Stiefeln, und nach einer Weile mussten auch die Zwischenflure als Ablagefläche genutzt werden. Kinder und Erwachsene wurden in den größten Raum verwiesen. Bänke und Stühle wurden aus den anderen Räumen herbeigeschafft. Schließlich war es so voll, dass einige Eltern an den Wänden stehen mussten.

Tom Andreassen hatte Knut gebeten, ihn zum Kindergarten zu begleiten. Jan Melum übernahm selbst die Aufgabe, die Eltern darüber zu informieren, wie die Befragung der Kinder vor sich gehen sollte, und Knut war beeindruckt über die Art und Weise, wie Melum die große Gruppe ängstlicher Eltern und lärmender Kinder dirigierte. »Noch irgendwelche Fragen, bevor wir anfangen?«, schloss er seinen Vortrag ab.

Eine Mutter stieß sich von der Wand ab und fragte: »Wie lange wird das dauern? Wir waren gerade beim Essen, als Sie angerufen haben.« Es sind immer die Verärgerten, die zuerst fragen, dachte Melum. Die Verängstigten kamen in der Regel später, unter vier Augen.

Die meisten Eltern gingen hinaus, und Jan Melum setzte sich auf eine niedrige Bank in einer Ecke des Zimmers. Zu Knuts Überraschung machte er keinerlei Versuch, mit den Kindern zu sprechen, ließ sie frei spielen. Aber er beobachtete sie genau. Nach ein paar Minuten bemerkte Knut auch die kleine Jungsgruppe, die in einer Ecke hockte und vorsichtig zu den Polizisten hinüberschielte. Melum stand auf, ging langsam durch den Raum und hockte sich neben die Kinder auf den Boden.

»Hallo.« Er schaute in eine andere Richtung, zu einem der Erwachsenen, der mit anderen Kindern spielte.

»Äh, hallo.« Sie waren dem Kripobeamten gegenüber auf der Hut.

»Bist du wirklich Polizist?« Es war der Größte, der fragte.

»Ja, bin ich. Und ich bin mit dem Festlandsflugzeug gekommen, um dem Regierungsbevollmächtigten hier zu helfen. Ihr wisst doch, dass Ella Olsen gestern vom Kindergarten nicht nach Hause gekommen ist. Und deshalb brauchen wir jetzt eure Hilfe.«

»Sie is kein Mann, sie is ne Frau.« Die Kinder kicherten. »Diese Bewollmächtigte.«

Melum lächelte auch. »Kann sich einer von euch denken, wo sie sein kann? Ella, meine ich?«

»Kohlenkind, Kohlenkind, komm aus dem Versteck, Kohlenkind, Kohlenkind, warum bist du nur weg, Baparappa, baparappa, baparappa...« Ein Chor fröhlicher Kinderstimmen brummte und sang das Lied.

»Das singt Ingrid immer, wenn wir uns verstecken«, erklärte der Kleinste der Jungs. Er guckte Melum scheu unter seinem langen Pony an. »Und dann kommen wir immer, denn dann kriegen wir einen Keks.«

Melum nickte.

»Ich bin ein Zwilling. Aber Arne Odd sieht mir gar nich ähnlich. Wir ham nämlich zwei Eier, weißt du.« Der Kleinste der Jungs schubste einen anderen, und jetzt konnte Melum die Familienähnlichkeit erkennen. »Also seid ihr nicht eineiig, meinst du?«

Der andere Junge rutschte hin und her. Er war offensichtlich verlegen, wollte aber auch etwas sagen, traute sich nur nicht so recht. »Sie hat festgesteckt. Ich war drin und hab auf die Tür aufgepasst, aber sie is nicht mit den andren reingekommen.«

»Jetzt bist du aber still, du.« Der größte Junge wurde knallrot im Gesicht.

»Aber so war's doch. Sie hat unterm Haus festgesteckt. Ich musste los, weil Heidi mich abgeholt hat. Aber ich hab die Tür nich wieder zugemacht. Dann is sie wohl später reingekommen...« Seine Unterlippe zitterte leicht.

Melum blieb ruhig sitzen und schaute zu Knut hinüber, um sich zu vergewissern, dass dieser das Gespräch mitbekam. Knut nickte kaum merklich. »Du meinst also, Ella saß fest? Wie schafft ihr es denn, unters Haus zu kommen?«

»Och, das is nich schwer.« Der vierte Junge wollte sich auch am Gespräch beteiligen, jetzt, nachdem ihr Geheimnis sowieso verraten worden war. »Das kann ich dir zeigen.« Er stand auf.

In dem Moment klingelte Knuts Handy. Er ging auf den Flur hinaus, um das Gespräch anzunehmen.

»Knut? Hier ist Kjell. Ich sitze im Büro und gehe alle Meldungen durch, die in den letzten Stunden eingegangen sind. Ziemlich viel Mist. Nun ja, nicht gerade Mist. Aber viel, was gar nichts mit dem verschwundenen Kind zu tun hat. Klatsch und Tratsch über Steinar Olsen, über die Verhältnisse in der Familie. Aber zwei, drei Tipps haben nichts mit der Olsen-Familie zu tun. Ich habe mir gedacht, dass ihr vielleicht die Kinder danach fragen könntet. Es gibt da mehrere, die haben einen großen, kräftigen Mann in der Nähe des Kindergartens gesehen. Er hat sich im Schatten der anderen Häuser aufgehalten. Und der Grund, warum er den Leuten aufgefallen ist: Er hat da lange still gestanden, gerade so, als ob er die Kinder beobachtet. Es war ja verdammt kalt, deshalb ist es verständlich, dass sich die Leute fragen, aus welchem Grund sich jemand bis zu einer halben Stunde vorm Kindergarten aufhält.«

»Ganz deiner Meinung. Das hört sich merkwürdig an. Ich werde es Jan sagen. Wir sind gerade etwas näher an ein paar der Kinder herangekommen. Sie fangen an, uns so einiges zu erzählen. Aber...«

Kjell Lode unterbrach ihn. »Ach, und noch eins. Einer der Anrufer hat gesagt, dass er vielleicht weiß, wer dieser Mann, dieser Spanner ist, wie er ihn genannt hat. Er hat sich aber geweigert, mehr zu sagen, wir müssen wohl einmal direkt mit ihm reden.«

Tom Andreassen und Erik Hanseid waren skeptisch und meinten, mit einem Besuch dort würde nur wertvolle Zeit vergeudet. Aber sie fuhren trotzdem hinauf nach Blåmyren, um mit dem Anrufer zu sprechen.

Dieser wohnte im Erdgeschoss eines älteren Wohnblocks und war Junggeselle. Die Wohnung war klein und spartanisch eingerichtet, eher wie eine Jagdhütte. Auf dem Flur standen ein Sack mit Brennholz und diverse Sportutensilien. Vor dem Wohnzimmerfenster hing keine Gardine, und die Wände waren mit Plakaten dekoriert, die fast alle Schneescooter zeigten, bis auf ein Bild aus einem Urlaubskatalog. Pattaya Beach, wie mit großen, gelben Buchstaben auf einem sonnenbeschienenen weißen Strand stand.

Der Mann war sichtlich nervös, als die beiden Polizeibeamten jetzt mitten in seiner Wohnung standen. »Aber ich weiß doch gar nichts«, sagte er und strich sich mit der Hand durch sein schütteres Haar. »Ich wollte doch nur Bescheid geben. Es sind ja alle möglichen Gerüchte in der Stadt im Umlauf.«

Tom Andreassen hob einen Stapel Jagdzeitschriften hoch und setzte sich aufs Sofa. Er nickte Erik Hanseid zu, sich auf einen der Sessel zu setzen, was dieser auch tat. Der Mann setzte sich in den anderen. »Du hast also einen Mann vor dem Kullungen-Kindergarten gesehen, der sich merkwürdig verhalten hat?« Er redete nicht lange um den heißen Brei herum. Das übliche Einleitungsgeplänkel war nicht nötig, denn alle ständigen Bewohner Longyearbyens kannten einander. Deshalb wusste er auch, dass der Mann bei der Post arbeitete. Wahrscheinlich ging er jeden Tag auf seinem Weg von der und zur Arbeit am Kindergarten vorbei. Vor dem Haus stand kein Auto.

Der Mann seufzte und kratzte sich im Nacken. »Ja«, sagte er schließlich. Tom seufzte innerlich. Das würde seine Zeit dauern. »Gut. Und weißt du, wer das war?« Der Mann schaute ihn mit großen Augen an. »Hast du den Betreffenden erkannt?« Erik Hanseid versuchte zu helfen. »War es jedes Mal derselbe?«

»Ja.« Dann sah er wohl ein, dass er schon etwas mehr sagen musste. »Da ist ja nicht viel zu sehen. Nur ein Kindergarten. Ich fand das merkwürdig.«

»Natürlich, ja, klar. Aber kannst du uns sagen, wer es war?« Erik Hanseid schaute zu Tom Andreassen hinüber. Was für ein Gefasel.

Aber Tom Andreassen verstand sich besser auf den Mann, der da vor ihnen saß. Wie viele andere, die nach Spitzbergen gekommen waren und geplant hatten, für ein oder zwei Jahre zu bleiben, und dann doch in dieser öden arktischen Landschaft gestrandet waren, hatte er eine Angst vor sozialen Kontakten entwickelt. Er redete möglichst nur in Einwortsätzen. Wenn die Promille stiegen, dann könnte es dagegen schwierig sein, seinen Redefluss zu stoppen. Vielleicht hatte er in der Nacht zuvor aus geselliger Runde angerufen.

Doch wie auch immer. »Jemand aus einer anderen Stadt?« Tom Andreassen konnte sich nicht vorstellen, dass es ein Zugereister war.

»Ne.« Der Mann seufzte. Andreassen seufzte. Eine Weile saßen sie da, ohne etwas zu sagen.

»Kaffee?«

»Nein, danke. Wir schütten seit mehr als vierundzwanzig Stunden Kaffee in uns hinein, um uns wach zu halten. Aber trotzdem danke.« Wieder Stille. Die Minuten vergingen.

Tom Andreassen versuchte es noch einmal. »Du weißt, dass es sich um eine ernste Sache handelt. Das Mädchen ist seit gestern Nachmittag verschwunden. Und draußen ist es kalt.« Er fragte sich, wie oft er das wohl noch sagen musste, bis der Fall geklärt war. »Wir glauben, dass der Vater sie abgeholt hat, aber das Merkwürdige ist, dass er nicht nach Hause gekommen ist. Und keinerlei Lebenszeichen von sich gegeben hat.«

»Steinar Olsen? Der neue Ingenieur von Schacht 7?«

»Ja, genau.« Andreassen war klar, dass die Frage rein rhetorisch war, um die Denkpause zu verlängern. Der Mann wurde rot im Gesicht. Er fuhr sich wieder durch seine spärlichen Haarsträhnen.

»Er ist auch aus der Zeche, der andere auch.«

Doch damit war dann Schluss. Keine Überredungsversuche, keine noch so verwinkelten Fragen brachten den Alten dazu, mehr zu sagen. Er murmelte nur, dass er schon viel zu viel gesagt habe und nicht herumtratschen wolle und er doch gar nicht wisse, aber...

Jan Melum saß im Kindergarten auf dem Fußboden, die Beine vor sich ausgestreckt. Die Kinder hatten etwas getan, was sie vor den Erwachsenen hatten verbergen wollen. Sie waren offensichtlich auf der Hut, auch wenn das nicht zwingend etwas mit Ellas Verschwinden zu tun haben musste. Schließlich war es Magnus, der von dem sechsten Mann erzählte. Aber der erfahrene Kriminalbeamte verstand den Jungen falsch. Vielleicht nicht so erstaunlich, waren sie in ihrem kleinen Freundesclub ja auch zu fünft. »Dieser sechste Mann, das ist also einer von euch? Ich meine, zusätzlich zu Ella?«

»Wieso denn Ella?«, fragte Magnus verwirrt. »Die is doch weg.« Er schaute Kalle verwundert an. Manchmal konnten diese Erwachsenen aber auch unglaublich schwer von Begriff sein. Wie dumm konnte man denn sein? War dieser Polizist nicht gerade deshalb hier? Weil Ella weg war?

»Ella is weg, sie is verschwunden wie ein Fleck.« Kalle war

keck im Ton, da ihm klar war, dass sie trotz allem seine Hilfe brauchten. Gleichzeitig ärgerte er sich über Magnus, der sich immer hervortun wollte.

»Dann ist dieser sechste Mann also noch ein Kind? Einer von euren Freunden?«

Wie ist das nur möglich, dachte Kalle. Doch er schaute zu Boden und sagte gar nichts. Magnus traute sich auch nicht mehr, etwas zu sagen. Anders als die Zwillinge, die fast zwei Jahre jünger waren als die beiden anderen. Sie konnten vor lauter Eifer nicht still sitzen, wollten dem Polizisten unbedingt erzählen, wer der sechste Mann war. Und so platzte einer von ihnen heraus: »Der sechste Mann, das ist doch der, der mit Kuchen kommt.«

»Kuchen? Das ist Schokolade.« Kalle versuchte die Kontrolle wiederzuerlangen und schaute die Zwillinge böse an. »Ihr könnt doch noch gar nicht richtig reden, ihr seid doch erst vier.«

»Das stimmt nicht. Wir sind fast fünf!«, rief der andere Zwilling empört. »Und der hat doch gefragt, wer der sechste Mann is, darum.«

»Aber, aber...« Kalle war so wütend, dass er anfing zu stottern. »Das stimmt doch gar nicht, das mit dem sechsten Mann. Das is nur so Gerede aus dem Bergwerk.«

»Und von wem kriegen wir dann Schokolade, hä?«, triumphierte Magnus. Endlich konnte er diesem dominanten besten Freund etwas entgegenhalten. »Wie nennst du ihn dann, du?«

Jan Melum schaute zu Knut hinunter, der sich auf einen Stuhl in der Nähe gesetzt hatte. »Hörst du zu?«

Knut nickte und zog seinen Stuhl ein Stück näher heran. Der Kriminalbeamte saß immer noch auf dem Boden. Bis auf die Freundesgruppe waren die anderen Kinder und Eltern nach Hause gegangen. Die Eltern der vier Kinder saßen bei

Ingrid Eriksen in ihrem Büro, beruhigt, dass ihren Kindern bei der Befragung nichts passieren würde.

Melum schaute auf die Uhr. Es war jetzt fast sechs. Aber er wollte die Kinder noch nicht gehen lassen. Er spürte, dass er sich neuen Informationen in dem Fall näherte. »Habt ihr Lust auf eine Pizza?«, fragte er. »Ich kann ja Ingrid mal fragen, ob sie für uns welche besorgen kann.« Unbewusst hatte er angefangen, den sonderbaren Dialekt der Kinder zu kopieren.

»Und Brause«, sagte Kalle. »Ich will eine Cola. Sonst sage ich nichts.«

Knut schüttelte lachend den Kopf. »Du guckst zu viel Fernsehen. Ich werde das mit dem Essen und dem Trinken regeln. Bleib du nur sitzen und unterhalte dich weiter, Jan.« Er erhob sich steif und streckte die Beine. Ging auf den Flur und steckte den Kopf ins Büro der Kindergartenleiterin. »Wir brauchen noch eine Weile. Ich hoffe, das ist in Ordnung.« Als er zurückkam, war es zunächst nicht möglich, etwas Vernünftiges aus den Kindern herauszubekommen. Aber schließlich war die Cola getrunken, und nur noch wenige Pizzastücke, die niemand mehr mochte, waren in der Pappschachtel übriggeblieben.

»Der sechste Mann bringt euch also Schokolade?«, fragte Jan Melum. Die Kinder nickten eifrig, satt und vertrauensvoll. »Arbeitet er im Kindergarten?« Die Jungs kicherten. »Ist er verheiratet mit einer, die hier arbeitet? Oder ist es ein Vater von einem der Kinder hier?« Langsam schauten sie einander unsicher an. »Vielleicht ist es ja der Weihnachtsmann?« Jetzt kullerten sie über den Boden, knufften sich gegenseitig und lachten. »Ne, das is doch nicht der Weihnachtsmann, der hat doch ne rote Mütze und nen weißen Bart. Und das is immer der Papa von Marte, der sich so verkleidet!«

»Versuch was anderes«, schlug Knut leise vor.

»Aber er hat Schokolade für euch dabei? Kuchen?«

»Ja, und Kaugummi. Und Bonbons. Manchmal hat er auch so Lakritz, aber das mag ich nich.« Das war wieder der Kleinere der Zwillinge.

»Und was macht ihr dann? Wenn ihr die Schokolade und das andere bekommen habt?« Jan Melum hatte sich vor dieser Frage gefürchtet. Und auch Knut hielt den Atem an.

»Na, wir essen das auf«, erklärte Kalle und verdrehte die Augen. Also, manchmal … Langsam hatte er keine Lust mehr und wollte nach Hause.

»Ja, klar. Das verstehe ich, aber … Müsst ihr irgendetwas dafür tun, um die Schokolade zu kriegen? Vielleicht etwas, was peinlich oder eklig ist. Oder was weh tut, oder …« Vier Paar Kinderaugen schauten ihn vollkommen verständnislos an. *Gott sei Dank*, dachte der Kripo-Beamte, *das also nicht.*

Er fuhr mit ganz normaler Stimme fort. »Ist es Steinar, den ihr den sechsten Mann nennt, Ellas Papa? Hat er euch gestern Süßigkeiten mitgebracht? Und dann ist Ella vielleicht mit ihrem Papa weggegangen aus dem Kindergarten? Und ihr habt versprochen, nichts zu verraten?«

Aber die Kinder wurden wieder ängstlich und langsam auch müde. Sie fingen an, sich gegenseitig zu knuffen und zu necken. »Hör auf.« »Hör du auf. Fass mich nich an.« Und plötzlich begann der eine Zwilling, Odd, zu weinen.

»Ich war das nicht«, schluchzte er mit dünner Stimme. »Ich konnte nich mehr an der Tür stehen, weil Heidi is gekommen und hat mich geholt.«

»Wo bekommt ihr die Süßigkeiten?«, fragte Knut plötzlich. »Draußen oder im Kindergarten?«

»Draußen!«, antwortete Magnus triumphierend. »Wir haben ne heimliche Höhle. Hab ich doch schon gesagt!«

»Und wie heißt dieser sechste Mann nun? Hat er einen Namen?« Jan Melum war vor Ungeduld ganz verzweifelt.

Aber Knut verfolgte seine eigene Spur. »Was meinst du, kannst du uns die Höhle zeigen?«, fragte er Kalle. »Wir verraten es auch niemandem.«

Vier bunte kleine Gestalten traten zuerst auf die Treppe hinter dem Kindergarten. Dort blieben sie stehen und schauten auf den leeren Spielplatz. »Sieht unheimlich aus«, sagte Magnus. Aber Kalle schnaubte nur verächtlich. Er drehte sich um und winkte entschlossen Jan Melum und Knut zu, dass sie ihm folgen sollten. In dem erleuchteten Fenster des Kindergartenbüros drängten sich Ingrid Eriksen und die Eltern der Kindergruppe zusammen. Jan Melum hatte sie gebeten, drinnen zu bleiben.

Die beiden Polizeibeamten entdeckten das Loch hinter der Treppe sofort. Es war groß genug, dass ein Kind hindurchkriechen konnte, für einen Erwachsenen schien das jedoch unmöglich zu sein. Jan schüttelte den Kopf.

»Wie konnten wir das übersehen? Wir könnten einen Spaten nehmen und aufgraben. Aber mir wäre es lieber, wenn wir es möglichst intakt belassen.«

»Wir müssen es auf jeden Fall versuchen.« Knut sagte nicht laut, was er befürchtete. »Wir müssen wissen, was da vor sich gegangen ist.«

Kalle schaute von einem zu anderen. Wollten die etwa nicht reinkriechen? Jetzt hatten sie so lange von dieser Höhle geredet. Und dann blieben sie einfach davor stehen? »Soll ich reinkriechen?«, fragte er ungeduldig.

»Nein, nein.« Jan Melum musste lächeln. »Es ist wohl am besten, wenn wir zuerst reingehen, weißt du.« Und an Knut gewandt. »Könntest du dir vorstellen ...?«

Der Inselpolizist ging auf die Knie und versuchte sich durch die Öffnung zu zwängen. »Das ist stockfinster da drinnen.«

Die Stimme wurde durch den Schnee gedämpft. »Ich sehe überhaupt nichts.«

Kalle beugte sich zu ihm vor. »Kriech einfach weiter. Dann bist du bald in der Höhle, und da kommt Licht von einem Loch rein, das wir gemacht haben.« Er fühlte sich sehr wichtig und erwachsen. »Ich geh hinterher«, erklärte er dem Kripobeamten, der gar nichts darauf erwidern konnte, so schnell war der kleine dunkelblaue Hosenboden schon hinter Knut in dem Loch verschwunden.

Lange Zeit blieb es still. Schließlich wurden Magnus und die Zwillinge ungeduldig und wollten hinter Kalle hinterherkriechen. Aber sie wurden von Jan Melum gebremst. »Wir bleiben am besten hier.« Und nach einer Weile: »Dann ist Ella also gestern nicht mit euch zusammen ins Haus gegangen? Nachdem ihr Süßigkeiten von dem sechsten Mann bekommen und sie in der Höhle aufgegessen habt?«

Er hatte von den Kindern schließlich erfahren, nach welcher Methode sie vorgingen, dass eines der Kinder dafür sorgte, dass die Tür zum Kindergarten wieder geöffnet wurde, so dass die anderen sich verstecken und noch länger draußen bleiben konnten als die ganze Gruppe. Aber am Tag zuvor war Ella nicht mit ihnen zusammen hineingegangen. Weil sie in einem der Schneetunnel unter dem Haus festgesteckt hatte. Und deshalb hatte einer der Zwillinge die Haustür unverschlossen gelassen. »Das war sehr vernünftig von dir. Wenn man alles bedenkt«, sagte Melum zu ihm. Das kleine, vorher so unglückliche Kindergesicht strahlte vor Erleichterung.

Knut kam wieder herausgekrochen, mit vor Anstrengung und Kälte rotem Gesicht. »Es ist, wie sie gesagt haben. Ein schönes Versteck für Kinder. Für einen Erwachsenen ist es fast unmöglich, da reinzukommen. Ich habe einige Kilo Schnee in den Nacken gekriegt.« Er zog sich die Jacke aus und schüttelte sie.

Endlich durften die Kinder nach Hause fahren. Die Eltern waren neugierig und wollten erfahren, was ihre Kinder da unter dem Kindergarten getrieben hatten. Jan Melum wechselte einen Blick mit Kalle. »Nichts«, sagte er. »Wir haben nur was nachgeschaut.« Kalle fand, das war eine gute Antwort auf so eine dumme Erwachsenenfrage. Er überlegte, ob er vielleicht auch Polizist werden sollte, wenn er erwachsen war.

Die beiden Beamten blieben noch ein paar Minuten im Kindergartenbüro, nachdem die Eltern mit ihren Kindern abgezogen waren. Die Uhr ging auf halb acht zu.

»Nun? Was denkst du?« Der Ermittler von der Kripo sah bereits jetzt müde aus, wie Knut fand.

»Man kann nie wissen. Aber hier deutet nichts darauf hin, dass das kleine Mädchen entführt worden ist. Der Kindergarten hatte sie im Blick bis kurz vor dem Zeitpunkt, als sie vermisst wurde. Eine der Angestellten hat sie auf dem Flur gesehen zu einer Zeit, nachdem alle Kinder am Nachmittag vom Spielplatz wieder reingekommen waren. Also wissen wir, dass sie nicht unter dem Haus geblieben sein kann.«

»Dass wir nie herausgekriegt haben, wo die Kinder sich versteckt haben«, seufzte die Leiterin resigniert. »Mir ist dieses Loch in der Schneewehe nicht aufgefallen. Und ich wäre auch nie auf die Idee gekommen, mitten im tiefsten Winter unter das Haus zu kriechen.«

»Die Welt der Kinder ist anders als unsere.« Jan Melum sah traurig aus. »Sie sehen andere Dinge als wir. Und sie halten Zustände aus, die wir Erwachsene nicht im Traum aushalten würden.«

»Aber was ist mit den Spuren auf der anderen Seite des

Spielplatzes? Diese Rinne im Schnee, die zum Hilmar Rekstens vei hoch führt?« Ingrid Eriksen schaute Knut an. Er hatte mehrere Male betont, dass sich niemand in der Nähe dieser Spuren aufhalten dürfte, bevor sie nicht gründlich untersucht waren.

»Scheiße.« Der Beamte vom Festland richtete sich auf seinem Stuhl auf. »Die hätte ich fast vergessen. Du hast sie in deinem Bericht erwähnt, Knut. Mein Fehler. Wo sind sie, zeigst du sie mir?«

In dem Moment klingelte Knuts Handy. »Ich muss rangehen«, sagte er. »Das ist bestimmt Kjell Lode, der etwas in dem Haufen von Tipps gefunden hat.« Dabei wusste er bereits, dass es nicht der Denkmalschutzbeauftragte war, der anrief. Der Name Hannah Vibe, Krankenschwester und mehr als eine Freundin von Knut, war auf dem kleinen Bildschirm erschienen. Knut ging auf den Flur hinaus.

»Hannah?«

»Knut, mein Gott. Knut, du musst kommen. Sofort.«

»Aber meine liebe Hannah. Was ist denn los? Was ist passiert?«

»Vorm, vorm Laden... komm schnell... es ist schrecklich, Knut. Selbst für mich.« Sie redete unzusammenhängend. Schluchzte. Er hatte sie bisher immer nur als Mensch erlebt, der sich voll unter Kontrolle hatte. Vielleicht mal wütend. Aber nie unter Schock stehend, so wie jetzt. Als Krankenschwester auf Spitzbergen hatte sie schon so einiges gesehen. Unfälle auf Spitzbergen konnten sehr dramatisch vonstattengehen, blutig und heftig.

»Hannah, immer mit der Ruhe. Ich bin in ein paar Minuten bei dir. Aber kannst du mir sagen, was überhaupt passiert ist? Nur ein Stichwort?«

Er hörte ihrem Stammeln zu, der monotonen, abgehackten Stimme, und langsam begriff er, was vor der Einkaufshalle passiert war. Grau im Gesicht lief er zurück ins Büro der Kindergartenleiterin. »Ich muss sofort hoch zum Supermarkt«, sagte er. »Da ist etwas Schreckliches passiert. Ein Auto hat auf dem Parkplatz Feuer gefangen. Und offenbar saß ein Mann drinnen. Seine Kleider brennen.«

Knut lief wieder auf den Flur hinaus, schob hastig seine Füße in die Stiefel und warf sich die Jacke über. Schon von der Treppe aus konnte er die Flammen sehen, die die anliegenden Häuser am Markt erhellten. Ängstliche Schreie waren bis hinunter zum Kindergarten zu hören.

KAPITEL 14

Sorgfjord

Freitag, 26. Januar, 17.30 Uhr

Kristian und Lars Ove fuhren mit so viel Lärm und Krach, wie sie nur machen konnten, aus der Stadt hinaus. Füllten zunächst die Tanks ihrer Schneescooter und die Kanister mit Treibstoff, schauten im Café auf einen schnellen Kaffee vorbei, dann im Karlsberger, der Kneipe, alles mit möglichst lautstarken Gesprächen mit den anwesenden Gästen verbunden. Gepolter, Getrampel rein und raus in dicken Scooterstiefeln. Geräuschvolle Fragen in breitem Longyearbyendialekt nach Steinar Olsen. »Wo ist dieser Scheißkerl nur? Wenn du ihn siehst, sag ihm, dass wir schon los sind. Es ist weit zum Wijdefjord.«

Diverse Kisten wurden aus Kristians Schuppen geholt, wo sie seit mehreren Wochen in der Kälte gestanden hatten. Sie wurden auf Schlitten festgezurrt, Gewehre hinten am Schneescooter befestigt. Es gab kaum einen Menschen in ganz Longyearbyen, der schließlich nicht wusste, dass die drei Kumpel aus Schacht 7 eine Tour zu einer Hütte am Billefjord als erste Etappe geplant hatten, um dann anschließend weiter zu der russischen Bergwerkstadt Pyramiden zu fahren, vielleicht ganz bis zum Wijdefjord. Wer konnte schon sagen, wie weit in den Norden es gehen würde? Da war es kein Wunder, dass sie so viel Treibstoff und Proviant brauchten. Und sie würden erst wieder am späten Sonntagabend zurück sein, da gab es keinen Grund, sich Sorgen zu machen, wenn sie vor Montagmorgen nichts von sich hören ließen. Aber als alle Vorbereitungen überstanden waren und Kristian und Lars Ove nebeneinander mit abgestelltem Motor auf ihren Scootern auf dem Meereseis saßen, da gab es keinen Grund mehr, das Theater weiterzuspielen.

»Er hat also zugesagt, dass er mitkommt?« Kristian starrte vor sich hin.

Lars Ove schielte ängstlich zu ihm hinüber. »Nein, aber er hat versprochen, dass er zur Hütte am Billefjord kommt, dann kannst du selbst mit ihm reden.«

»Er muss mitkommen. Scheiße, wir können doch unmöglich zu zweit mit drei Schlitten fahren. Und wir kriegen nicht das ganze Fleisch auf zwei Schlitten verstaut. Außerdem habe ich die doppelte Menge der anderen Sachen dabei. Zwölf Pappkartons. Die wiegen zwar nicht viel, aber sie nehmen eine Menge Platz weg. Ich sag dir, wenn der nicht mitkommt, dann...« Aber Lars Ove hörte nicht mehr, was Kristian mit Steinar Olsen anstellen wollte, denn dieser klappte sein Visier am Helm hinunter und drehte den Zündschlüssel um, so dass der Motor startete und seine letzten Worte übertönte. Die beiden Schneescooter bogen seitwärts ab und legten sich auf die Trasse Richtung Nordosten. Warum sollten sie sich verstecken. Es wussten doch alle, wohin sie wollten.

Lange bevor sie auf Höhe der früheren russischen Siedlung Pyramiden angekommen waren, waren die sonstigen Scooterspuren immer weniger geworden, und langsam verschwanden sie in einem leichten Schneegestöber, das die Flocken flach übers Eis trieb. So alle zwei Stunden hielten sie an, mal um eine zu rauchen, mal um eine richtige Pause mit Kaffee aus der Thermoskanne einzulegen, die Lars Ove in seiner Scootertasche verstaut hatte. Aber sie ließen sich nie viel Zeit. Sie hatten die Wetterwarnungen für das Wochenende gehört.

Am liebsten wären sie die Nacht über weitergefahren, über den Gletscher Mittag-Lefflerbreen, hinunter zum Austfjord und weiter den Wijdefjord hinaus. Zu dieser Jahreszeit gab es keinen großen Unterschied zwischen Tag und Nacht; um schneller voranzukommen, hätten sie also genauso gut auch die Nacht durchfahren können. Aber sie mussten auf Steinar warten, der im Schacht von dem Steiger und ein paar Bergbauingenieuren aufgehalten worden war, die zu Besuch vom Festland gekommen waren. Sie brauchten einen Treffpunkt, den Steinar erreichen konnte, ohne sich zu verfahren. Und auf der Ostseite des Billefjord, direkt unterhalb des Tyrellfjell, da lag eine alte, verfallene Jagdhütte. Die drei Kumpel waren schon mehrfach dort gewesen.

Brucebyen war eine andere Möglichkeit weiter im Norden, eine Ansiedlung kleiner Holzhäuser von 1920, als ein optimistischer Schotte namens William Spiers Bruce nach vielen Jahren als Polarforscher an dieser Stelle anfing, Kohle abzubauen. Wie so viele andere Geschäftsideen auf Spitzbergen hielt das Unternehmen nur wenige Jahre. Aber die Häuser waren praktisch konstruiert, sie bestanden aus fertigen Teilen, jedes einzelne nummeriert wie ein Set Bauklötze. Vor ein paar Jahren war eine der Hütten restauriert und als Feldstation für den Regierungsbevollmächtigten in Betrieb genommen worden. Es bestand also ein kleines, aber doch existentes Risiko, entdeckt zu werden. Deshalb hatten die drei Bergarbeiter sich dafür entschieden, lieber die verfallene Hütte ungefähr auf halbem Weg zwischen Phantomodden und Kap Ekholm als Treffpunkt auszumachen.

Auf der Karte hatte es nicht so weit ausgesehen, aber sie waren erst spät in Longyearbyen aufgebrochen, und es war schon nach neun Uhr am Freitagabend, als sie endlich ihre Scooter abstellen konnten. Die Hütte war in einem erbärmlichen Zustand. Ein Eisbär hatte draußen sein Unwesen getrieben und die Kohlensäcke zerfetzt. Außerdem hatte er die Tür zum Windfang halb zerschmettert. Als Erstes mussten sie eine hohe Schneewehe wegschaufeln, um überhaupt in die Hütte zu kommen. Aber nach einer Stunde Arbeit stand Lars Ove am Kohleherd und briet Eier mit Speck, Brot und Butter standen auf dem Tisch, und Kristian holte eine Flasche Cognac heraus, aus der er großzügig in die Kaffeetassen einschenkte. Schließlich saßen die beiden Kumpel warm, satt und zufrieden da und warteten auf Steinar. Das dauerte länger, als sie erwartet hatten.

»Kjell?« Die Stimme klang nervös. »Ich glaube, ich habe etwas, das dich interessieren könnte.«

»Ja?« Kjell musste nicht lange fragen, wer da anrief. Es war schon öfter vorgekommen, dass er aus dieser Quelle nützliche Informationen bezogen hatte.

»Wir reden über Schmuggel.«

»Reden wir vielleicht über Rentierfleisch?«

»Schon möglich.«

»Und Tabak? Vielleicht auch Schnaps?«

»Hm. Und über einen Krabbenkutter, der durch die Nordporten auf dem Weg in die Hinlopenstraße ist. Aber ich kann nicht sagen, woher ich das weiß.«

»Was sagst du? Hinlopen? Zu dieser Jahreszeit? Mein Gott, haben die denn die Unwetterwarnungen nicht mitgekriegt?«

»Da ist noch was. Es gehen in der Stadt Gerüchte um, dass drei Bergarbeiter mit vollbeladenen Schneescootern und Schlitten auf dem Weg in den Norden sind. Ist die Frage, was die da zu tun haben. Sogar im Karlsberger fanden sie es merkwürdig, bei einem angekündigten Schneesturm einen Ausflug in den Norden zu machen.«

»Aha.« Es war still am anderen Ende der Leitung. Aber es war eine zustimmende Stille. Kjell wusste nur zu gut, worauf der Funker hinauswollte. »Gab es Kontakt zwischen den verschiedenen Parteien?« Er drückte sich vorsichtig aus, um den Funker nicht in Verlegenheit zu bringen.

»Das kann man so sagen, ja.« Zum Teufel mit der Schweigepflicht, es war wichtig. Nach einer weiteren Pause fragte er: »War das nützlich?«

»Ja, und wie nützlich das ist!«, antwortete Kjell, fast empört.

Die Meeresenge Hinlopen ist mehr als neunzig Seemeilen lang und am breitesten bei Nordporten. Von Verlegenhuken bis Langrunnodden auf Storsteinhalvøya beträgt die Entfernung fünfzehn Seemeilen. Die Seestraße ist bei Sparreneset, südlich des Murchinsonfjords, am engsten, nur fünf Seemeilen breit. Aber am Sørporten ist die Fahrrinne voll mit großen und kleinen Inseln, Klippen und Sandbänken. Vielleicht ist es hier am gefährlichsten, wo das Meereseis zu einer lärmenden Mühle eiskalter Kräfte zusammengedrückt wird. Doch der schwierigste Punkt der Durchfahrt ist schwer auszumachen, weil alles von der Tide, der Windstärke und der Richtung abhängt und natürlich vom Eis.

Der Kapitän der »Ishavstrål« stand selbst am Ruder, als das Schiff in der Nacht vom Freitag auf Samstag von Nordporten aus langsam in die Enge fuhr. Er hielt deutlich Abstand von der Mosselhalvøya und machte einen weiten Bogen um sie herum, so dass er den Sorgefjord mittschiffs vor sich hatte, bis er schließlich die Richtung änderte. »Vor Verlegenhuken gibt es Untiefen«, erklärte er der Mannschaft, die sich im Ruderhaus versammelt hatte. Keiner von ihnen sagte etwas, sie wussten, dass er das gar nicht erwartete.

Der Wind blies kräftig aus Südost, die Tide war gerade von

Ebbe in Flut umgekippt und hatte den Eisengriff des Treibeises gelöst. Das Packeis dümpelte um die Schiffsseite, aber Maschine und Bug der »Ishavstrål« waren darauf ausgerichtet, in Fahrwasser mit Eis zu fahren. Langsam, aber stetig schob der Bug die Schollen beiseite. Tiefer im Sorgfjorden flaute der Wind ab, und das Eis wurde dünner. Der Skipper erhöhte das Tempo auf sieben Knoten.

Endlich meinte der Erste Steuermann, er könne etwas sagen. »Guck dir nur die Westseite an. Flach wie ein Pfannkuchen. Wäre nicht witzig, im Nebel hier reinzufahren. So flach, wie das Land hier ist...« Er zeigte hinaus. »...da könnte man direkt auf Grund laufen, bevor man sich überhaupt versieht. Nicht wahr?«

Sie ankerten an der Festeiskante an der Ostseite des Fjords, an dem abgemachten Platz vor Heclahamna südlich von Crozierpynten. Die Berge ragten steil auf der Halbinsel in die Höhe und verbargen das Mondlicht. Das Schiff war kaum zu sehen, wie es dort im Schatten des fast fünfhundert Meter hohen Heclafjell lag.

»Okay, jetzt machen wir ein paar Stunden Pause. Und dann holen wir den Scooter aus dem Laderaum und stellen ihn aufs Eis. Das ist alles.« Der Tonfall war leicht, die Schultern entspannt, als der Kapitän auf den Hilfsmotor umschaltete.

Steinar kam erst spät in der Nacht in der Hütte am Kap Ekholm an. Kristian und Lars Ove hatten geschlafen, waren jedoch vom Geräusch des Schneescooters aufgewacht.

»Hättest du nicht noch länger trödeln können?«, fragte Kristian sauer. Er stand gebeugt über dem Kohleherd, der kurz davor war, auszugehen, und legte eine Schaufel Kohlen nach.

Steinar blieb mitten im Raum stehen, im Schneescooteranzug, den Helm unter dem Arm. »Scheiße, ich bin so schnell gekommen, wie ich nur konnte. Aber im Berg ist Krise. Der Direktor und der Steiger und ein ganzer Haufen sogenannter Experten waren da. Ich bin erst kurz vor zehn losgekommen. War vorher nicht mal mehr zu Hause. Habe nur meine Ausrüstung gepackt, den Scooter geholt und bin hergefahren.«

»Was für 'ne Krise denn?«, fragte Lars Ove misstrauisch. »Als wir losgefahren sind, gab es noch keine Krise.«

»Oh doch. Die gibt es schon seit mehreren Wochen. Aber ihr kriegt ja nicht alles mit. Übrigens darf ich gar nicht mehr sagen. Der Steiger hat uns Redeverbot erteilt. Allen.«

Kristian hatte das Feuer im Ofen wieder in Gang bekommen und richtete sich auf.

»Pah, das ist doch nur das Übliche. Zu hohe Messwerte. Gas leckt aus Rissen im Berg heraus. Und dann haben sie Angst vor Hohlräumen, die irgend so ein Geologe in seinen Seismodingsbumsdaten gesehen haben will. Jetzt haben sie die Strosse zwölf geschlossen. Viel zu früh, wenn du mich fragst. Da hätte es sich noch eine ganze Weile gelohnt, abzubauen. Aber wenn ihr so einen Schiss habt, dann werdet ihr Strosse dreizehn auch bald schließen, oder? Ich denke, es ist trotzdem noch genug Kohle im Berg.«

Steinar hatte in den letzten Tagen lange genug mit der Leitung zusammengesessen, um über diesen selbstsicheren Ton wütend zu sein. »Auf jeden Fall kann ich nicht mit nach Hinlopen. Das geht nicht. Ich muss morgen wieder in aller Herrgottsfrühe im Schacht sein.«

»Verdammte Scheiße ...« Kristian spürte, wie er die Macht über den neuen Bergbauingenieur verlor. Aber er wusste nicht, was er erwidern sollte. Ihm war klar, dass Steinar nichts gegen den Steiger machen konnte.

Steinar Olsen drehte sich um und ging hinaus, und kurz darauf hörten die beiden in der Hütte, wie sein Schneescooter startete. Kristian lief auf Strumpfsocken hinaus. Steinar hatte den vollbeladenen Schlitten abgekoppelt stehen lassen.

»So ein Mist, was machen wir jetzt?«, fragte Lars Ove. Er zweifelte keine Sekunde daran, dass Kristian einen Ausweg finden würde.

Die Lösung war nicht genial, aber die einzig mögliche. Niemals würde Kristian die Ladung bei der Hütte zurücklassen. Dann könnte er die Regierungsbevollmächtigte gleich bitten, doch nachzusehen, was sie da trieben. Nein, sie mussten alles mitnehmen. So vereinbarten sie, dass sie abwechselnd zwei Schlitten hinter dem Schneescooter herzogen. Damit würde es in den Gebieten, in denen es keine Schneescooterspur gab, nur langsam vorangehen.

Sie brachen sofort Richtung Norden auf. Der helle Mondschein half ein wenig. Aber sich vom Grund des Billefjords über die Gletscher und dann wieder hinunter auf den Wijdefjord vorzuarbeiten war unbeschreiblich anstrengend. Sie fuhren sich im frischen Schnee fest, ein Schlitten kippte um, und sie mussten die gesamte Ladung loszurren, um ihn wieder auf die Kufen stellen zu können – wobei sie in der bitteren Kälte jämmerlich froren.

»Jetzt fehlt nur noch, dass wir einem Eisbären begegnen«, sagte Lars Ove, als sie Seite an Seite auf einem der Scooter saßen und den letzten Schluck lauwarmen Kaffee aus der Thermoskanne tranken.

»So weit ist es nicht mehr«, sagte Kristian. Das hatte er schon vor zwei Stunden gesagt. Und außerdem hatte Lars Ove selbst auf der Karte nachgesehen, wie weit es eigentlich war. Aber er war zu müde und verfroren, um zu antworten.

Auf dem Wijdefjord war das Seeeis glatt, mit einer festen Schicht Harsch drauf. Die beiden Bergleute hatten Probleme, wach zu bleiben, und überlegten, ob sie anhalten sollten, um ein wenig zu schlafen, auf den Scootersitzen liegend. Aber sie zwangen sich lieber, weiterzufahren. Im Laufe des Samstagvormittags erreichten sie endlich die Mosselbukta und fuhren über Land auf die Heclahalvøya.

Sie hielten ihre Schneescooter auf einer Anhöhe über der verfallenen schwedischen Forschungsstation an, die 1899 ursprünglich für eine wissenschaftliche Expedition gebaut worden war. Von hier oben konnten sie keinerlei Lebenszeichen entdecken. Es sah fast so aus, als wäre das Haus in sich zusammengefallen. Die gesamte Südwand bestand nur noch aus einem Haufen Brettern, die das Dach mehr schlecht als recht stützten. Doch dann entdeckte Kristian ein Licht auf der Nordseite der Station. Also waren doch Menschen dort.

Die »Ishavstrål« hatte zwei uralte Schneescooter geladen, und der Koch war der Meinung, dass eine derartige Ausrüstung an Bord nur Unglück brachte. Aber er sagte es nicht laut, zumindest nicht, solange der Kapitän in der Nähe war, der hatte nämlich seine eigenen Pläne mit den Fahrzeugen. Und Harald war bekannt dafür, ein schlauer Fuchs zu sein. Nach einigen Stunden wohltuendem Schlaf in wiegenden Bewegungen zu dem gemütlichen Brummen des Hilfsmotors kam wieder Leben in die Leute, als es Frühstück gab. Der Steuermann ging zum Funkgerät und meldete den anderen beiden Trawlern, dass die »Ishavstrål« am Festeis im Sorgfjord vor Anker lag. Die Schneescooter wurden an den Kran gehängt und aufs Eis gefiert, vier Schlitten folgten ihnen, und der Skipper, zusammen mit drei Mann von der Besatzung, kletterten die Leiter hinunter.

Sie fuhren zur Nordseite der schwedischen Forschungsstation hoch, schaufelten den Schnee weg, der sich unter ein zerbrochenes Fenster gelegt hatte, suchten ein paar Bretter und deckten damit die Öffnung ab. Mitten im Raum stand ein riesiger runder Kohleherd. Nachdem sie ihn und den Schornstein von Eis, Ruß und Dreck gereinigt hatten, konnten sie Feuer machen. Und kurze Zeit später breitete sich der angenehme Duft von frisch gekochtem Kaffee in dem Raum aus, der früher einmal der Aufenthaltsraum der Forscher gewesen war. Und jetzt hieß es nur noch warten. Die vier von der »Ishavstrål« saßen friedlich beieinander und rauchten, ohne viel zu sagen. Sie genossen die Ruhe an Land. Eine lose Planke schlug in dem aufkommenden Wind rhythmisch gegen die Wand. Ansonsten war es still.

Kristian und Lars Ove fuhren den steilen Hang des Heclafjell etwas schneller hinunter, als sie geplant hatten. Aber die Schlitten waren gut verzurrt, so dass sie nichts von ihrer Ladung verloren. Auf steifen Beinen wankten sie in das alte Holzhaus, erschöpft bis auf die Knochen nach der langen Fahrt. Im Gegensatz zu der Kälte draußen war es brütend heiß in dem halbdunklen Raum, in dem das eine Fenster mit Brettern zugedeckt war und das andere sich von Mondlicht und Fjord abwandte. Die einzige Lichtquelle bot die Glut aus der halb geöffneten Luke des Kohleherds.

»Scheiße, ist das 'n Weib hier?«, flüsterte Lars Ove Kristian zu und blieb mitten im Raum stehen. Kristian warf ihm kurz einen Blick zu. »Ja, klar, du weißt doch, das sind lange Monate fern der Heimat, wenn sie nördlich von Spitzbergen fischen.« Er grinste und boxte Lars Ove in den Rücken, dass er weiter ins Zimmer stolperte. »Und dann ist sie auch noch 'ne Ausländerin!« Lars Ove riss die Augen auf, als er den langen schwarzen Zopf entdeckte, der ihr bis zur Taille reichte.

Der Kapitän war am Tisch an der Wand aufgestanden und kam ihnen entgegen. »Lange Tour gehabt?«

»Da kannst du einen drauf lassen. Das sag ich dir. Mir graut schon vor der Rückfahrt.« Kristian reichte dem Skipper eine schwere Plastiktüte, die er aus der Schneescootertasche geholt hatte. »Aber vielleicht können wir uns hier erst mal ein bisschen erholen?«

»Du hast doch bestimmt noch mehr draußen auf dem Schlitten, oder?« Der Kapitän schob eine Hand in die Plastiktüte und zog in Plastik eingewickeltes Rentierfleisch heraus, ein paar Päckchen Zigarettentabak und zwei Flaschen Cognac.

Kristian hatte seinen Scooteranzug ausgezogen und ließ sich schwer auf eine Bank fallen. »Fleisch, Tabak, Schnaps. Alles in Kisten verpackt. Alles fix und fertig draußen auf den Schlitten. Der Marktwert auf den Straßen von Tromsø liegt bei acht-, neunhunderttausend, denke ich mal. Dreißig Prozent für euch und siebzig Prozent für uns.«

»Haben wir nicht fifty-fifty gesagt?«, ließ sich der Steuermann vernehmen.

»Ne, das haben wir nicht.« Kristian grinste. Das gehörte mit zum Spiel. »Wir sind diejenigen, die die Kosten haben. Und das größte Risiko.«

Lars Ove saß schwitzend auf der Bank, fast eingeschlafen. Der Rauch drehte sich dicht unter der Decke. Das Fleisch zischte in der Bratpfanne, vor der das Frauenzimmer stand. Er kniff die Augen zusammen und fing an zu träumen. Als sie um den Tisch ging und ihm etwas auf den Teller legte, roch es süßlich und fremd.

»Hau ihr eins hinten drauf, du«, flüsterte Kristian ihm zu. »Das mag sie.« Der Skipper ließ ein kurzes, trockenes Lachen vernehmen. Der Rest der Mannschaft saß mit unbeweglicher Miene da und folgte dem Geschehen, ohne ein Wort zu sagen.

»Soll ich? Gehört sie denn nicht zu dem da?« Lars Ove zögerte noch.

Der Skipper lachte erneut, und das Frauenzimmer schaute Lars Ove mit einem nicht zu deutenden Blick an, bevor sie sich umdrehte. Schnell schoss seine Hand hervor und klopfte auf die grüne Trainingshose.

»Was zum Teufel nimmst du dir da heraus, du Pferdepimmel?« Die schwarzhaarige Frau drehte sich blitzschnell zu Lars Ove um, ihre Augen funkelten ihn böse an. »Hast du keine Angst um dein Leben, du Pissnelke? Bettelst du um Prügel, oder was soll das?«

Der Dialekt war nicht einzuordnen, aber der Wortschatz war eindeutig. Nie zuvor hatte Lars Ove so eine Kaskade von Flüchen gehört. Sie machte minutenlang weiter, nur unterbrochen von lauten Lachsalven der Mannschaft der »Ishavstrål«. Kristian lachte auch. »Das ist die Frau vom Kapitän«, gluckste er. »Sie ist berühmt hier oben im Eismeer. Hast du noch nie von ihr gehört? Stammt ursprünglich von den Philippinen. Hat zehn Jahre lang in der Fischfabrik in der Finnmark gearbeitet, bis sie Harald kennen gelernt hat. Und sie ist immer dabei, wenn er vor Spitzbergen fischt.«

»Auch wenn es Unglück bringt, Weiber an Bord zu haben«, lachte der Koch und bekam einen gutmütigen Klaps auf den Hinterkopf vom Kapitän.

Kjell Lode rief die Regierungsbevollmächtigte an und berichtete vom Telefongespräch, ließ es jedoch als anonymen Tipp erscheinen.

»Meinst du, wir sollten den Hubschrauber in den Norden schicken und das überprüfen?«, fragte Anne Lise Isaksen unsicher. Es war erst ein paar Wochen her, dass ihr das Amt übertragen worden war, und sie wollte auf keinen Fall einen Fehler machen.

Sie rief Tom Andreassen an. Anschließend den Wachhabenden bei Airlift. Und schließlich rief sie zu Hause bei Erik Hanseid an. Er bekam die Gelegenheit, gut bezahlte Überstunden zu machen, da es schließlich Wochenende war. Und außerdem konnte es ihm nicht schaden, besser mit der Geographie im Norden vertraut zu werden. Es sah ja so aus, als würde er auf absehbare Zeit dem Büro der Regierungsbevollmächtigten erhalten bleiben.

Nördlich von Grönland lag ein Tiefdruckgebiet und sammelte Kraft über dem Inlandeis. In ein paar Stunden würde es sich auf seinen unsteten Kurs Richtung Westen und Norden machen. Bei der Wetterstation für Nordnorwegen schüttelte der diensthabende Meteorologe den Kopf, als er sich die Wetterkarte anschaute.

»Ach du grüne Neune. Jetzt werden sie aber ordentlich durchgeschüttelt, die Krabbenkutter da oben«, sagte er und schaute besorgt seinen Kollegen an. »Was meinst du, sollen wir eine Unwetterwarnung rausschicken?«

KAPITEL 15

Papas Mädchen

Wie entschlossen sie ihre Kluft überstreifen,
dabei bietet sie keine strahlende Pracht,
keine Bügelfalten und keine Schleifen,
dennoch sind sie stolz auf ihre Tracht.

Donnerstag, 22. Februar, 05.20 Uhr

Steinar Olsen saß auf der Bettkante und wusste nicht, was er tun sollte. Jetzt hatte er wirklich Probleme. Der Steiger hatte ihm am Abend vorher gesagt, dass sein Arbeitsvertrag nicht über die Probezeit hinaus verlängert werden würde, wenn er seinen Job im kommenden Monat nicht besser machen würde.

Probezeit? Er war sich gar nicht klar darüber gewesen, dass so etwas im Vertrag stand. Hatte ihn ja nicht einmal gelesen. Ihn nur in eine Schublade des Schreibtisches gestopft, der in einer Ecke im Wohnzimmer stand. Er spürte, wie Angst in ihm aufstieg. Was sollte aus ihm werden, wenn er bei der Store Norske aufhören und von Spitzbergen abreisen musste? Er musste sich zusammenreißen. Dieses Saufen musste ein Ende haben, wie auch die späten Abende und der ganze Mist, den er da zusammen mit Kristian und Lars Ove veranstaltete. Ja, Letzteres war wohl sowieso vorbei, nach allem, was er gehört hatte. Nach der Fahrt zum Sorgfjord, die er nicht mitgemacht hatte, wollten sie wohl nichts mehr mit ihm zu tun haben.

Aber obwohl er beschlossen hatte, sich zu bessern, wachte er an diesem Morgen wieder mit einem dicken Kater und einem schlechten Gewissen auf. Er konnte sich kaum noch an den gestrigen Abend erinnern, nur dass er sich aufs Sofa schlafen gelegt hatte, weil er wütend auf Tone war und nicht neben ihr im Bett hatte liegen wollen.

»Die bräuchte mal richtig eins hinten drauf«, hatte Kristian gemeint, als er von Steinars Eheproblemen gehört hatte. Lars Ove und er hatten den Kumpel nach bestem Wissen unterstützt. Aber sie waren auch beide nicht verheiratet. Und ihnen war die eigene Hilflosigkeit gar nicht bewusst, wenn sie da Abend für Abend mit Steinar zusammenhockten und ihn aufforderten, doch ein Mann zu sein und zu handeln.

In letzter Zeit war die Freundschaft der drei abgekühlt, das Vertrauen nicht mehr vorhanden. Es nützte nichts, wenn Steinar den Kopf einzog und demütig nachfragte. Natürlich sagten Kristian und Lars Ove nicht offen heraus, dass sie Steinar nicht mehr vertrauten. Aber sie gingen ihm aus dem Weg. Und bald war die Saison sowieso zu Ende. Die Krabbenkutter waren mit ihrer offiziellen wie mit der inoffiziellen Ladung Richtung Festland gefahren.

Kristian hatte eine Woche Urlaub genommen und wollte ein oder zwei Tage in Tromsø bleiben, um dort einiges zu regeln. Unter anderem Geld auf sein und Lars Oves Konto einzuzahlen. Er hatte noch keinen Entschluss gefasst, was er mit Steinars Anteil machen wollte. Wahrscheinlich würde er ihn ausbezahlen, aber von so vielen Drohungen begleitet, dass Steinar auf jeden Fall das Maul halten würde. Das arme Schwein war sowieso platt wie ein Eichhörnchen unter den Rädern eines Lasters und hatte genug Probleme zu Hause.

Auf jeden Fall war Steinar nicht mehr einer von ihnen. Kristian und Lars Ove verschwanden gern mal von ihrem Stammtisch in der Kneipe und gingen woanders hin, ohne ihm etwas zu sagen. Plötzlich standen sie am Bartresen, ein paar Minuten später hatten sie sich davongemacht – ohne Erklärung – ins Kroa oder ins Karlsberger. Steinar ging davon aus, dass es mit seiner Absage für die Fahrt zum Sorgfjorden zu tun hatte.

Steinar grämte sich, wie es nur ein einsamer Mann tun kann. Mürrisch und bei jeder Kleinigkeit aufbrausend, immer häufiger vor dem Fernseher hockend mit einer Wodkaflasche unter dem Sofa. Und schließlich hatte Tone genug davon. Sie hatte ihn zur Rede gestellt, gefordert, dass er sich zusammenreiße. Es gab Grenzen für das, was sie ertragen konnte. Vielleicht hatte er ja Tone etwas zu heftig geschüttelt? Plötzlich hatte die Tochter in der Tür gestanden, sie war von all dem Lärm im Wohnzimmer geweckt worden. Sie hatte hysterisch geschrien und nichts, was er anstellte, hatte etwas genützt. Es endete damit, dass Steinar eine verblüffte Ella ohrfeigte, die mitten in einem Schluchzer innehielt und aussah, als ob sie auch aufgehört hatte zu atmen. Und Mutter und Tochter waren die Treppe hinuntergelaufen und hatten sich im Zimmer der Tochter eingeschlossen. Nachdem Ella schließlich eingeschlafen war, kam Tone wieder hinauf ins Wohnzimmer und erklärte mit ruhiger, eiskalter Stimme, dass sie die Scheidung wolle und zurück aufs Festland fahre. Und wenn es nach ihr ginge, solle er so wenig Kontakt zu Ella wie möglich haben.

Er war im Wohnzimmer herumgelaufen, hatte Sachen heruntergerissen, alles, was er in die Finger bekam, zu Boden oder auf Tone geworfen. Aber dieses Mal war sie unerbittlich, mit einem Mut, der ihn trotz der hohen Promille erschreckte. Am Ende war sie ins Schlafzimmer hinuntergegangen, und er hatte sich in den Schlaf gesoffen. War aufs Sofa gefallen, mit einer Wolldecke über dem Bauch, hatte auf die Zierkissen gesabbert. Umgeben von kaputten Gegenständen, zerbrochenen Flaschen und Gläsern.

Verdammt, wie spät war es? Hatte er verschlafen? Draußen

vor den Wohnzimmerfenstern war es dunkel und ruhig. Eisnadeln funkelten unter dem Licht der Straßenlampen. Er setzte sich auf dem Sofa auf, warf die Decke zur Seite und schüttelte sich. War der Strom ausgefallen? Es war so verdammt kalt im Wohnzimmer.

Er rieb sich mit beiden Händen das Gesicht und leerte ein halbvolles Glas, das auf dem Tisch vor ihm stand, mitten zwischen Aschenbechern, leeren Bierdosen und einem Teller mit halb aufgegessenen Brotscheiben. Doch die klare Flüssigkeit war gar kein Wasser. Er japste, als er spürte, wie der Schnaps ihm die Kehle hinunterlief. Und Angst stieg abrupt in ihm auf, als er an den Steiger dachte. Wie spät war es? Wo hatte er seine Armbanduhr gelassen?

Er tastete nach der Fernbedienung für den Fernseher. Nach ein paar Sekunden kam das Bild. Es war zwanzig Minuten nach fünf, Donnerstag, der zweiundzwanzigste Februar.

Die Geduld des Steigers mit dem neuen Bergwerksingenieur – den man nach mehreren Monaten auf Spitzbergen eigentlich nicht mehr als neu bezeichnen konnte – hing an einem seidenen Faden. An einem der nächsten Tage würde dieser mit einem Knall reißen, das wussten sie alle in Schacht 7. Aber das Schlimmste war, dass die Leute inzwischen an den fachlichen Fähigkeiten des Ingenieurs zweifelten. Er hatte so lange im Nebel herumgestochert, dass allen klar geworden war, dass er überhaupt keine Ahnung vom Kohlebergbau hatte. Und jetzt war nicht der Zeitpunkt, den Job zu erlernen. Der Direktor selbst war am Tag zuvor zur Inspektion erschienen, mit einem ganzen Schwanz von Chefs und Experten im Schlepptau. Er war gefürchtet, der Rote Robert, der dabei so freundlich und nachgiebig wirken konnte. Aber wenn man es am wenigsten erwartete, dann konnte er zuschlagen. Die Kumpel würden lieber den langen vereisten Weg vom Berg in die Stadt barfuß zurücklegen, als sich mit dem Direktor anlegen.

Steinar Olsen legte sich wieder aufs Sofa und schlief noch ein paar Stunden, gegen neun Uhr rief er im Personalbüro an und erklärte, dass er krank sei. Magenprobleme, Kopfschmerzen, verstopfte Nasennebenhöhlen, Halsschmerzen. »Die Hälfte der Symptome hätte auch gereicht«, sagte die Schnepfe, die das Telefon abgenommen hatte, eiskalt. »Sollen wir gleich einen Kranz bestellen?« Sie hatte keine Geduld mit Simulanten und konnte genau hören, ob die Leute wirklich krank waren oder logen. Donnerstag, Freitag und Montag waren die beliebtesten Tage, um blauzumachen. Und auch wenn Steinar der Erste war, der anrief, war es nicht unwahrscheinlich, dass im Laufe des Morgens noch mehrere von sich hören lassen würden. Bei dem klaren kalten Wetter gab es wohl einige, die Lust auf ein langes Wochenende und eine Tour mit dem Schneescooter zu einer der Hütten im Norden hatten.

Es war still in der Wohnung. Tone und Ella waren wohl leise aufgestanden, hatten sich angezogen und waren in den Kindergarten gegangen, ohne dass er etwas davon mitbekommen hatte. Steinar litt unter dem fast unerträglichen Gefühl, dass er etwas gemacht hatte, was nicht wieder gutzumachen war. Deshalb fing er an, das Schlimmste von dem Chaos zu beseitigen, das er in der Nacht angerichtet hatte. In gewisser Weise verschwand ein Teil seines Schuldgefühls mit den Müllsäcken, die er zum Container unten an der Straße trug. Verflucht, war das kalt! Bereits nach dem kurzen Ausflug an die frische Luft fror er, dass die Zähne klapperten.

Was sollte er mit dem Tag anfangen? Natürlich war es richtig gewesen, sich krankzumelden. Das Glas mit Wodka hatte sicher dazu geführt, dass sein Promillespiegel wieder aufgefüllt war. Und wahrscheinlich stank er auch nach Alkohol. Der Steiger hätte ihm lebendig die Haut vom Leibe gezogen, wenn er so in den Schacht gekommen wäre.

Aber die Nerven krochen wie winzige Würmer unter der Haut herum. Eine unerträgliche Rastlosigkeit überfiel ihn. Sollte er ins Café Schwarzer Mann gehen, um dort etwas zu essen? Rührei und Schinken, dazu Brot, in ausgelassenem Speck gebraten, starker Kaffee kannenweise. Beim Gedanken daran lief ihm das Wasser im Mund zusammen. Doch das Café öffnete nicht vor zwölf. Vielleicht konnte ein kleines Reparaturpils nicht schaden, um die Wartezeit zu überbrücken?

Ganz hinten in Strosse 12 war eine ganze Versammlung dunkler, verstaubter Overalls und weißer und gelber Helme in dem Licht vieler Kopflampen zu erkennen. Die Schicht hatte an diesem Tag noch nicht begonnen, und der Vormann schaute verkniffen auf den Gasmesser. Der Zeiger stand weit im roten Bereich. Die Männer waren geisterhaft weiß im Gesicht. Überall war eine dicke Schicht Kalkstaub ausgestreut worden. Die schlimmste Katastrophe, die sich ein Kumpel denken konnte. war eine Gasexplosion tief unten in einer Strecke. Aber noch zehnmal schlimmer – nein, hundertmal schlimmer – war eine Kohlenstaubexplosion. Der Kalk sollte verhindern, dass der Kohlenstaub, der natürlich überall in einem Schacht lag, sich bei einer Gasexplosion entzündete.

Die Männer diskutierten, trocken im Mund, mit dem bitteren Geschmack von Kalkstaub. Aber wie sie das Problem auch drehten und wendeten, immer wieder kamen sie zu den gleichen Schlussfolgerungen. Es war zu viel Gas in der Strosse, und es sickerte in den Rest des Schachts aus. Das Gas stammte aus einem Hohlraum im Berg hinter den Kohleflözen. Darin waren sich alle einig. Aber was sollten sie nun tun?

»Wenn es tatsächlich so ist, dass ein bisher unbekannter Teil des alten Schachts sich so weit in den Berg hinein erstreckt, dann wäre es das Beste, wenn wir durchbrechen und die ganze Zeche durchlüften. Also durch das Mundloch vor der alten Zeche reingehen, von dort Ventilatoren hineinbringen und Kabel ziehen und so die Luftzirkulation in Gang bringen, um damit das Gas herauszuziehen«, meinte einer der herbeigerufenen Experten.

Der Steiger war jedoch anderer Meinung. »In der alten Zeche ist seit vielen Jahren niemand mehr gewesen. Der Weg dort hinauf ist schwierig, ich würde fast sagen, unzugänglich. Meiner Meinung nach bleibt uns nichts anderes übrig, als die ganze Strosse zu schließen, vielleicht sogar die ganze Strecke. Wir müssen hier im Schacht einige Ventilatoren installieren mit Röhren, die an die Oberfläche führen. Und dann müssen wir die Messungen genau überwachen. Mit ein bisschen Geduld wird der Gasgehalt nach einer gewissen Zeit auf ein normales Maß zurückgehen. Und dann können wir zurückkommen und hier weiter abbauen.«

»Und in der Zwischenzeit?«, fragte der Direktor ruhig. »Wo willst du abbauen? Wir können die Produktion zum Teil herunterfahren, aber nicht viel. Zumindest müssen wir den Kohletransport zum Kraftwerk unten in der Stadt aufrechterhalten. Sonst lässt sich Schacht 7 nicht mehr halten.«

»Ja...« Der Steiger schob seinen Helm nach hinten und kratzte sich am Kopf. »Das haben wir noch nicht diskutiert. Aber ich fürchte, wir müssen erst mal in einen ganz anderen Teil der Zeche umziehen.«

Der Direktor hatte verkniffen ausgesehen, als er die Chefs aus der Anlage über Tage hinausführte, zu den wartenden Autos. Strosse 12 blieb bis auf weiteres geschlossen. Der Kohleabbau sollte erst wieder aufgenommen werden, wenn der Gasanteil deutlich gesunken war. Vielleicht musste der gesamte Ort aufgegeben werden. Nur der Rote Robert hatte die volle Übersicht darüber, welche ökonomischen Konsequenzen das haben würde und wie gefährlich das für die Zukunft der Zeche war.

Gegen drei Uhr zog Steinar sich an und schob die dicken Wollsocken in seine schweren Lederstiefel. Er setzte sich die gefütterte Ledermütze auf und wickelte sich den Schal um den Hals. Wenn jemand ihn anhalten und fragen würde, ob er denn nicht krank sei, dann konnte er immer noch einen Hustenanfall simulieren, der jedem Grippekranken zur Ehre gereicht hätte. Es musste ja wohl allen klar sein, dass er etwas zu essen brauchte. Er stellte den Wagen am Polarhotel ab und nahm den Fußweg über den Marktplatz zum Café Schwarzer Mann.

Ganz spontan winkte er Ella zu. Sie stand an einem der Fenster des Kullungen-Kindergartens und schaute ganz allein mit traurigem Blick hinaus. Er blieb einen Moment lang stehen und betrachtete die kleine Person da drinnen. Wenn er erst einmal von Kristian bezahlt worden war, dann würde er sie mit sich nehmen in den Süden. Mindestens vierzehn Tage Urlaub. Und dann würde er aufhören zu trinken. In seine Tagträume versunken, fühlte er sich gleich besser. Aber peinlicherweise spürte er, wie ihm die Tränen die Wangen hinunterliefen. Sie erstarrten sogleich zu Eis und brannten auf den Wangen. Vielleicht war er ja doch krank? Ella sah ihn mit großen Augen an, und plötzlich verschwand sie vom Fenster.

Sie hatte ihn falsch verstanden. Er hatte es nicht so gemeint. Aber als er sich umdrehte und ein paar Schritte den Fußweg entlang machte, auf der Höhe des Parkplatzes vor den Räumen der Spitzbergen-Post angelangt war, da kam sie hinter ihm hergelaufen. Mit offenem Schneeanzug, den Schal eilig um den Hals geschlungen, die Bärenmütze schief auf dem Kopf, die Handschuhe in der Hand.

»Papa, Papa! Warte doch auf mich.« Sie blieb neben ihm stehen, mit roten Wangen und keuchendem Atem.

»Aber Ella, mein Mädchen. Du musst dich doch ordentlich anziehen! Es ist kalt draußen. Sonst wirst du noch krank. Wie hast du es denn geschafft, aus dem Kindergarten zu kommen? Hat niemand auf dich aufgepasst? Ist denn die Haustür nicht verschlossen?«

»Doch, aber ich bin hinten raus gegangen. Und dann übern Zaun geklettert. Der Schnee ist da fest, weil da schon mehr gelaufen sind, das ist ganz einfach. Und dann bin ich so schnell gerannt, wie ich nur konnte. Richtig schnell.« Sie schaute ihren Vater stolz an. »Kann ich mitkommen? Wo willst du denn hin? Willst du einkaufen? Können wir eine Schokolade kaufen?«

Ihm kam der Gedanke, dass es vielleicht gar nicht so dumm war, sie mitzunehmen. Tone würde einen Riesenschreck kriegen, wenn sie ihre Tochter abholen wollte. »Passt ihr an deinem blöden Arbeitsplatz denn nicht besser auf die Kinder auf?«, würde er sagen. »Und gerade du als ihre Mutter, die du nur ein paar Meter weiter arbeitest. Ich gehe da nichtsahnend den Weg zur Stadt entlang, um mir was zu essen zu kaufen. Und da kommt das Kind angelaufen, weit weg vom Kindergarten. Vielleicht solltest du nicht so schnell mit mangelnder Fürsorge drohen.« Aber er wusste, das war auch nur so ein Tagtraum. Ella hatte immer noch eine gerötete Wange, die alles bewies.

Sie gingen den Fußweg weiter zum Polarhotel. Es hatte angefangen, leicht zu schneien, kleine silberne Funken im Licht der Straßenlaternen. Es war schneidend kalt, und bald fror Ella an den Füßen. Für einen Moment kam ihm in den Sinn, mit ihr in den Pub zu gehen und Hamburger und Bratkartoffeln zu essen. Er wurde langsam hungrig. Aber er musste einsehen, dass so ein Besuch nur schlecht zu der Krankmeldung passte, die er abgegeben hatte. Deshalb setzten sie sich schließlich ins Auto und fuhren nach Hause. Ella jubelte, als er ihr erlaubte, vorne zu sitzen. Aber als sie die Treppe zur Haustür hochgingen, wurde ihr Gesicht ernst und nachdenklich. Sie gingen in die Küche hinauf.

»Hier stinkt es aber.«

»Ja, Papa war krank, weißt du.«

Sie setzte sich an den Tisch und schaukelte mit den Füßen, vermied, ihn anzusehen. »Mama sagt, du bist ein Alkiker. Und dass sich das nicht ändern wird. Deshalb sollen wir bald wegfahren. Zu Oma, hat sie gesagt.«

»Kümmere dich nicht um das, was Mama sagt.« Er biss die Zähne zusammen und holte langsam Luft. Sie hatte eine Strafe verdient, diese Hexe. Was wäre, wenn sie nicht zu Hause wären, wenn sie angekeucht kam, ganz hysterisch, weil sie das Kind nicht hatte finden können? Und dann würde er ganz unschuldig mit Ella nach Hause kommen, und sie hätten etwas Schönes unternommen, und Ella war fröhlich und zufrieden.

»Ich weiß, wo der Weihnachtsmann seine Werkstatt hat, da arbeiten auch ganz viele kleine Weihnachtswichtel. Wollen wir uns ein paar Brote schmieren und dorthin fahren?« Ihm war eine Idee gekommen. Eine Idee, wo sie sich für ein oder zwei Stunden verstecken konnten. Nur, damit Tone Angst bekam und demütig wurde.

»Oh ja... Gibt es da auch Schokolade?« Ella sprang von ihrem Stuhl. »Beeil dich, Papa, damit wir es schaffen, bevor Mama nach Hause kommt. Aber Basse muss mitkommen. Er hat noch nie Weihnachtswichtel gesehen.«

Die Drahtseilbahnzentrale des Bergwerks lag wie eine Festung auf Stelzen da. Dunkel und massiv. Er parkte den Wagen hinter einem Lagerhaus.

»Ist es hier, Papa?« Ella hob den Blick so hoch zur Eisenkonstruktion, dass sie fast hintenüber fiel. »Ist der Weihnachtsmann nicht zu Hause? Da ist ja kein Licht in den Fenstern.« Im letzten Moment fiel ihr noch Basse ein, und sie holte den kleinen gelben Teddy aus dem Wagen.

Der Weg die glatte, eiskalte Leiter hinauf war lang, und als sie oben in der Zentrale angekommen waren, versuchte Ella die Tränen hinunterzuschlucken. »Papa, ich glaube, ich möchte lieber nach Hause. Ich muss die Wichtel nicht unbedingt sehen. Meine Hände sind kalt.«

»Dann zieh dir die Handschuhe an.« Er wurde ungeduldig. Hatte sie denn nicht selbst mit ihm kommen wollen? Ella erkannte den schroffen Ton und sah ihn verängstigt an. Aber das ließ ihn nur noch wütender werden. Außerdem hatte er schreckliche Kopfschmerzen. In den Schläfen pochte es schmerzhaft.

Steinar musste sich selbst eingestehen, dass die Seilbahnzentrale ein erbärmlicher Ort war. Kälte und Dunkelheit hielten sie fest in ihrem Eisengriff. Um sie herum konnte er die Umrisse von Maschinen erkennen, alte Kohleloren, Container und Schrott. Aber hinten in einer Ecke blitzte etwas auf. Rote Farbe, die Konturen von Rentieren und Buchstaben, die einmal weiß gewesen waren, jetzt aber abgeblättert zu sein schienen, so dass nur noch FRE WEHCT vorn auf der Kippvorrichtung stand.

»Guck mal, Ella. Hast du das gesehen?« Er war selbst überrascht. Da stand doch tatsächlich eine der alten Loren und war mit Weihnachtsmann und Rentieren dekoriert. »Da siehst du ja wohl, dass das hier die Werkstatt vom Weihnachtsmann ist. Und dass er von hier aus die Päckchen verteilt.«

»Jaha«, antwortete sie zweifelnd, immer noch verängstigt.
»Aber wo sind denn dann die Päckchen?«

»Na, die sind tief unten im Schacht. Und da wohnt der Bergkönig, weißt du. Er klopft Gold aus den Wänden. Und das kriegt der Weihnachtsmann.« Sie sagte nichts, ihm wurde klar, dass Gold sie nicht sonderlich interessierte. »Und ganz, ganz hinten drinnen, da sitzt die Frau vom Weihnachtsmann und kocht in großen Töpfen Schokolade, aus denen sie dann alles Mögliche macht.«

»Was macht sie denn?« War da ein kleines Lächeln um ihren Mund zu sehen?

»Nun ja, Engel und Weihnachtsmänner und Herzen und so.«

»Aus Schokolade?«

»Ja, klar. Ganz bestimmt.«

In der Mitte der Zentrale fanden sie den Kontrollraum mit Licht und Wärme. Ein altes Ledersofa war wohl für alles Mögliche benutzt worden, wie er vermutete. Aber es lag eine neue Wolldecke darauf, in die er Ella wickelte. Sie brauchten ja nur eine Stunde hier zu bleiben. Vater und Tochter aßen die mitgebrachten Brote und tranken den warmen Kakao direkt aus der Thermoskanne. Vor den Fenstern des Büros konnten sie die unheimliche Zentrale nicht mehr erkennen, nur noch graue Vierecke, dort, wo es direkt in die Polarnacht hinausging. Aber drinnen in ihrer Kammer, das war es schön warm. Vater und Tochter lehnten sich aneinander und schliefen ein.

Er wachte von den Kopfschmerzen auf. Einen Moment lang wusste er nicht, wo er war. Er starrte verwundert in dem Kontrollraum herum. Doch dann fiel ihm alles wieder ein. Mein Gott, wie spät war es? Viertel vor vier. Aber ...? War die Armbanduhr denn stehen geblieben? Sie waren doch erst gegen vier Uhr aus dem Haus gegangen. Und dann wurde es ihm klar. Es war Nacht. Sie hatten so lange geschlafen.

Ella bewegte sich und murmelte etwas. Aber sie wachte nicht auf. Er stopfte die Decke fester um sie herum und ließ sie weiterschlafen. Er brauchte Zeit, um nachzudenken. Meine Güte, was sollte er nur tun? Und was sollte er Tone sagen? Vielleicht hatte sie ja die Polizei alarmiert? Und dazu hatte er einen brennenden Durst, er konnte sich nicht erinnern, jemals so durstig gewesen zu sein. Die Schubladen im Schreibtisch waren leer. Das wacklige Bücherregal war voller Papiere, barg aber sonst nichts. Unter dem Sofa – ebenfalls nichts.

Er ging hinaus in die Zentrale. Es war so kalt, dass es in der Lunge brannte. Aber er brauchte unbedingt etwas zu trinken. Auf dem Boden entdeckte er kleine Schneehaufen, die durch eine der Öffnungen, durch die früher die Loren hereinschaukelten, hereingeweht waren. Vorsichtig ging er über den schmutzigen, glatten Boden. Nahm sich vor Brettern in Acht, die hervorstachen, vor Eis und Gerümpel. Er scharrte zögernd ein wenig Schnee mit dem Fuß zur Seite, hockte sich dann aber doch hin und versuchte etwas von dem Schnee zu essen. Er brannte wie Feuer im Mund. Er erinnerte sich daran, irgendwo gelesen zu haben, dass es gefährlich war, gefrorenen Schnee zu essen.

Zwei Autoscheinwerfer drangen durch eine Luke und fuhren über die Wand hinter ihm. Er ging vorsichtig auf die Öffnung zu und schaute hinaus. Es mussten mindestens zwanzig Meter bis zum Boden sein. Dafür, dass es mitten in der Nacht war, waren erstaunlich viele Menschen unterwegs. Sie fuhren mit ihren Autos unten auf der Straße an der Kirche vorbei. Leute kamen und gingen im Verwaltungsgebäude. Und er brauchte gar nicht lange zu überlegen, warum das so war. Sie waren auf der Suche nach Ella.

KAPITEL 16

Der Sturm

Samstag, 27. Januar, 15.30 Uhr

Der Sturm traf die Schiffe wie eine Eisenfaust. In dem einen Moment zerrten heftige Windböen an der Tür zum Steuerhaus und ließen sie im Türrahmen klappern. Im nächsten war das Unwetter schon über ihnen. »Mein Gott«, brachte Oddemann auf der »Edgeøya« noch heraus, bevor eine stahlgraue Wand aus Schneeregen sie mittschiffs aus Nordwesten traf. Er brauchte den Matrosen keine Befehle zu erteilen. Sie waren bereits an Deck und kämpften verbissen darum, die Vertäuung zwischen den beiden Schiffen zu lösen. Und sie kamen nicht einen Moment zu früh. Die beiden Schiffsrümpfe türmten sich abwechselnd einer über dem anderen auf und krachten mit metallischem Knirschen zusammen. Der Kapitän der »Polarjenta« stellte den Bugmotor auf volle Kraft, aber eine schwindelerregende Sekunde lang sah es so aus, als wären die beiden Krabbenkutter dazu verdammt, sich gegenseitig zu zermalmen. Und als es ihnen endlich gelungen war, ein wenig Abstand zwischen den Schiffsrümpfen herzustellen, tauchte eine neue Bedrohung auf.

Trotz aller Anstrengungen wurden die Schiffe von dem schweren Polarpackeis langsam auf die entgegengesetzte Seite von Nordporten gedrückt, gegen das Land. Es herrschte Flut, und die Strömung ging Richtung Süden, in der gleichen Richtung wie der Wind. Eine kurze Sekunde lang dachte Oddemann an die Mannschaft an Bord der »Ishavstrål«, von der er wusste, dass sie soeben den Sorgfjord verlassen hatte. Sie befanden sich wahrscheinlich einige Seemeilen weiter südlich in der Meeresenge, erst vor einer halben Stunde hatten sie Funkkontakt gehabt. Aber jetzt war keine Zeit, ans Funkgerät zu gehen, um sie zu warnen. Jedes Schiff musste allein zurechtkommen und alles tun, was notwendig war, um die nächsten Stunden zu überstehen.

Ein paar Stunden zuvor hatten sich die Leute von der »Ishavstrål« von den Scooterfahrern aus Longyearbyen verabschiedet. Es war ein Abschied zwischen Freunden und Geschäftspartnern, gut unterstützt von zwei Flaschen Cognac. Nur die Kapitänsfrau hielt sich zurück und probierte nichts von dem Schnaps. Ihre schnellen schwarzen Augen verfolgten aufmerksam, was der Ehemann da in sich hineinkippte. Sie war es auch, die den Hubschrauber zuerst hörte. »Scheiße, ich glaube, wir kriegen Besuch«, sagte sie und öffnete die Haustür einen Spalt weit. Ein Windstoß fegte eine eisige Schneeböe auf den Boden. »Seid mal still, verdammt noch mal. Hört ihr das nicht?«

Kristian und Lars Ove wechselten Blicke. Polizei. Das musste sie sein. Es war nur eine Frage der Zeit, wann die Polizei die Aktivitäten hier im Norden entdecken würde, das war ihnen schon seit langer Zeit klar. Aber jetzt? So plötzlich?

»Du glaubst doch wohl nicht, dass Steinar was gesagt hat?«, flüsterte Lars Ove ängstlich.

»Auf jeden Fall müssen wir schnell einpacken und zusehen, dass wir wegkommen.« Harald erhob sich von der Holzbank. In Nullkommanichts war die Hütte leer und geräumt. Sie zogen sich an und liefen hinaus. Die Schlitten wurden umgepackt. Die Haustür ließ sich nicht mehr schließen, so viel Schnee war bereits hereingeweht, sie klapperte im Wind. »Nordwest. Ja, das haben wir uns ja gedacht«, sagte die Kapitänsfrau und setzte sich rittlings auf den einen Schneescooter.

»Was, wollt ihr mit denen fahren?« Kristian betrachtete schmunzelnd die beiden Fahrzeuge mit ihren schmalen Schneeketten und nur einem Ski vorn. »Habt ihr die aus dem Polarmuseum ausgeliehen?«

»Die werden die paar hundert Meter übers Seeeis bis zum Schiff ja wohl halten«, erwiderte Harald und klappte sich das Visier an seinem Helm hinunter. »Na, wenn es nach mir ginge, dann würden sie an Land zurückbleiben«, murmelte der Koch und setzte sich hinten auf den Scooter, den der Matrose fuhr. »Die bringen nur Unglück, hört auf meine Worte.«

Für ein weiteres Gespräch war keine Zeit mehr. Kristian und Harald hatten bereits verabredet, dass sie sich Ende Februar in Tromsø treffen wollten, um das Geschäftliche zu regeln. Der Skipper winkte mit einer Hand, dann starteten sie. Das Brummen der Schneescooter übertönte das Hubschrauberklappern, das ständig näher kam.

»Wo zum Teufel sind sie? Ich sehe keinen Hubschrauber.« Lars Ove legte den Kopf in den Nacken und suchte nach den Lichtern des Super Puma. Während Kristian in eine andere Richtung schaute, hinaus aufs offene Wasser, wo der Krabbenkutter an der Eiskante verankert lag. Die Schneescooter waren bereits an der Schiffsbreitseite angekommen, jeder mit zwei vollbeladenen Schlitten. Viermal wurde gehievt, dann war die Ladung verstaut. Noch ein paar Minuten, und die Schneescooter folgten auf dem gleichen Weg. Die Mannschaft kletterte die Leiter hinauf. Zwischen den Windböen, die in den letzten zehn Minuten deutlich an Stärke zugenommen hatten, konnten die beiden auf dem Land hören, wie die Maschine an Bord der »Ishavstrål« gestartet wurde. Langsam glitt der Trawler vom Eisrand weg. Kristian atmete erleichtert auf. »So, das war's. Jetzt müssen wir zusehen, dass wir auch verschwinden. Dann kann die Regierungsbevollmächtigte uns mal gern haben. Denn hier ist niemand mehr, wenn sie hier landen.«

Mehrere Stunden zuvor war der Flughafentower in Longyearbyen voller Menschen gewesen. Der diensthabende Funker stand an seinem Arbeitstisch am anderen Ende des Überwachungsraums und hielt sich aus der Diskussion raus. Es war der Meteorologe, mit dem die Besucher sprechen wollten, Tor Bergerud, Erik Hanseid und ein Forscher vom Polarinstitut. Der Meteorologe schob sich die Brille auf die Stirn, kratzte sich im Nacken und studierte das letzte Satellitenbild, das er ausgedruckt hatte. »Das sieht ganz okay aus. Das Tiefdruckgebiet ist in den letzten Tagen ziemlich langsam vorangekommen. Ny-Ålesund ist gestern davon zwar berührt worden, aber es sieht so aus, als würde es sich jetzt wieder Richtung Nordosten bewegen.«

Tor Bergerud zog die Langzeitvorhersage zwischen all den Papieren hervor, die auf dem Schreibtisch lagen. »Keine Unwetterwarnung?«

»Nein. Aber sie haben von der Station bei der Vervarslinga angerufen und gesagt, dass es einen polaren Tiefdruck geben kann. Und solche Tiefdruckgebiete sind immer schwer einzuschätzen. Außerdem können sie sehr heftig sein. Aber wir haben ja keine Messstationen oben im Norden und nur wenige Daten für unsere Wettermodelle, deshalb muss man es nehmen, wie es kommt.«

»Tja, was meinst du?« Der Hubschrauberpilot schaute zu Erik Hanseid hinüber. »Ist der Auftrag so wichtig, dass er durchgeführt werden soll, auch wenn das Risiko für schlechtes Wetter besteht?«

»Nun...« Hanseid wusste nicht so recht, was er sagen

sollte, aber er kam gar nicht so weit. Der Rentierforscher vom Norwegischen Polarinstitut unterbrach ihn. »Dieses Mal haben wir die Chance, sie auf frischer Tat mit gewildertem Rentier und vielleicht auch noch Schmugglerware zu erwischen. Und es ist das erste Mal, dass wir so nahe dran sind. Lass uns losziehen, verdammt noch mal. Schließlich ist es ja ein Super Puma, oder? Der wird doch wohl ein bisschen Wind vertragen?«

Der Funker wusste nur zu gut, was er dazu gesagt hätte. Aber ihn fragte niemand. Er schüttelte den Kopf und schaute den Männern nach, als sie den Kontrollturm verließen. »Warum hast du nichts gesagt?«, fragte er, an den Meteorologen gewandt. Doch der schaute weg. »Es ist nicht unsere Aufgabe, den Leuten zu sagen, was sie tun sollen. Sonst haben wir nachher noch die Verantwortung. Wir erzählen ihnen nach bestem Wissen, wie sich das Wetter unserer Meinung nach entwickeln wird. Aber letztendlich ist es der Hubschrauberpilot, der entscheidet, ob er fliegt oder nicht.«

Auf der Schalttafel knisterte es im UHF-Funk: »Lima November, Oscar Tango Golf. Bereit zum Abflug mit Ziel Gråhuken, Mosselbukta und Hinlopenstraße. Fünf Personen an Bord. Berechnete Flugzeit drei Stunden und dreißig Minuten...« Kurz darauf war der Hubschrauber in der Luft und verschwand aus dem Blickfeld. Magnor verfolgte seine Spur auf dem Radar, so lange er konnte.

Der Rentierforscher war als Passagier mit im Hubschrauber, nicht als Auftraggeber. Normalerweise hatte das Norwegische Polarinstitut keine Mittel, um lange, teure Erkundungsflüge zu bezahlen. Außerdem fand die Rentierzählung im Frühling statt, wenn das Licht wiedergekommen war und die Schneescooterspuren gut erkennbar waren. Aber der Forscher wusste, wo sich die Rentiere wohl ungefähr aufhielten, und speziell die Herde, von der er fürchtete, dass sie durch das Wildern stark gefährdet war.

Sie suchten an mehreren Punkten im Nordosten nach den Tieren. Die Scheinwerfer an der Unterseite des Hubschraubers fegten über die dunkle Landschaft hinweg. Aber sie fanden keinerlei Spuren von Rentieren, und nach der vergeblichen Suche an den Felshängen, wo der Forscher die Herde zuletzt gesehen hatte, richteten sie wieder ihren Kurs gen Norden.

Es war der Copilot, der lenkte. Er war neu und brauchte Erfahrung. Der Hubschrauber schaukelte und zitterte in den Turbulenzen um die Gebirgsspitzen, aber dennoch saß Tor Bergerud mit halb geschlossenen Augen da, während die übrigen Fluggäste durch die Fenster auf das schwarzweiße menschenleere Terrain starrten und sich langweilten. Ein belangloses Gespräch wurde verhindert, weil alles, was gesagt wurde, wegen des Lärms der Propeller über den internen Bordfunk gehen musste und so von allen gehört wurde.

Bei Vestfonna drehte sich jäh der Wind, und der Hubschrauber bekam ihn von Nordwest schräg von der Seite. Tor Bergerud richtete sich in seinem Sitz auf und schaute auf die Instrumente. »Er wird stärker«, teilte er dem Copilot mit und schob dabei das Mikrophon näher an den Mund. »Spitzbergen Radio, Oscar Tango Golf.« Es knackte in den Kopfhörern. »Spitzbergen Radio, Oscar Tango Golf, hörst du mich?« Und an den Copiloten gerichtet: »Was meinst du, können die uns nicht hören? Die müssten uns doch hier hören, oder?«

Die »Edgeøya« und die »Polarjenta« kämpften sich Richtung Nordosten durch das Polarpackeis, aus der Hinlopenstraße hinaus, zum zweiten Mal an diesem Tag. Jedes Mal, wenn ein schweres blaues Eisstück den Schiffsrumpf traf, dröhnte es metallen. Es knirschte und knackte, und der Wind heulte so laut, dass sie einander oben im Steuerhaus fast nicht verstehen konnten. Die Sicht betrug nur wenige Meter in dem bleigrauen Schneetreiben, das sich in dicken, zähen Lagen auf die Scheiben legte. Es hatte keinen Sinn, den Kopf hinauszustecken, um besser sehen zu können, denn der Schneematsch war eiskalt und füllte die Augen sofort mit Tränen. Auch der Radar half nur wenig bei der Suche nach Öffnungen im Treibeis, aber zumindest zeichnete er die nächstgelegene Küstenlinie ab. Unerträglich langsam hatten die beiden Trawler ihren Kampf gegen das Tidewasser und den Wind mit nur wenigen Knoten Bewegung gewonnen und waren aus der berüchtigten Meeresenge herausgekommen. Doch plötzlich tauchte ein weißer Fleck auf dem Radar auf – ein schwimmender Gegenstand, groß genug, um sich von den Reflexionen der kleineren Eisschollen zu unterscheiden. Und der Gegenstand war direkt vor ihnen. Er versperrte die Ausfahrt aus der Enge von Nordporten.

»Was zum Teufel ist das?« Der Steuermann rief voll Panik vom Radarschirm herüber. Oddemann kam unsicher angelaufen. Das Ruder wurde einem Matrosen überlassen, der ebenfalls krampfhaft auf den riesigen Schatten starrte, der jetzt direkt vor dem Bug zum Vorschein gekommen war. »Eisberg!« Oddemann war sofort wieder zurück am Ruder und drehte es Richtung Steuerbord, so schnell er konnte. »Nun komm schon, hilf mir.« Er hing über der Ruderpinne und zwang den Trawler schmerzhaft langsam Richtung Nordosten.

Auch der Steuermann auf der »Polarjenta« hatte den Eisberg gesehen. Der ältere Kutter lag ein Stück weiter hinten und hatte mehr Zeit zum Wenden. Aber zu ihrem Schreck sah die Mannschaft, dass der Eisberg sich mit schnellerer Fahrt als das Treibeis vorwärts bewegte. Und der Riese kam direkt auf sie zu.

»Wir schaffen es nicht, drum herum zu kommen«, rief

Oddemann. »Dieses Scheißding muss mehrere hundert Meter lang sein. Wir müssen Richtung Süden.«

An der Ostseite der Meeresenge hatte sich am Ufer Treibeis in großen Barrieren aufgestapelt, diese verliefen kreuz und quer und wuchsen immer noch weiter an, je mehr Eis herangeschoben wurde. Es wäre lebensgefährlich für die Kutter gewesen, sich dort hineinzubegeben. Beide Kapitäne wussten wie durch Telepathie, was sie zu tun hatten. Und bedrohlich schnell von dem gigantischen Eisberg verfolgt, richteten die beiden Schiffe ihren Kurs wieder in die Hinlopenstraße hinein, Richtung Südost.

Es war geplant, dass der Hubschrauber seinen ersten Stopp in Gråhuken machen sollte, wo ein Jäger jetzt schon im dritten Jahr in einer alten, traditionsreichen Hütte lebte. Der Staatsbeamte Hanseid hatte Post und Proviant für ihn dabei, wie auch einige frische Lebensmittel. Doch der Wind aus Nordwesten nahm schnell zu und ließ ihnen keine andere Wahl, als augenblicklich umzukehren. »Oder sich auf den Hosenboden zu setzen«, wie Bergerud es ausdrückte. Aber der Polarforscher wusste aus Erfahrung, was das bedeuten konnte – viele Stunden Wartezeit in einem Hubschrauber, der auf dem Boden stand und nicht wieder hochkam. »Wollen wir zum Sorgfjord?«, fragte er. »Dort liegt eine alte Forschungsstation.«

»Ist die nicht schon in sich zusammengefallen? Ich habe gehört, das Dach soll weggeweht sein.« Bergerud drehte sich um und schaute zu den anderen Fluggästen.

»Nein, das ist wieder zusammengenagelt worden. Ich war im letzten Jahr im Winter dort. Schaffen wir es so weit?«

»Wir können es versuchen.« Der Copilot saß verbissen da und umklammerte den Steuerknüppel. Der Hubschrauber schlingerte und wurde von heftigen Windböen geschüttelt.

Am Grund des Sorgfjords kam das Schneetreiben. Für einen Moment ging die Sicht auf null zurück, und der Hubschrauber flog in einer dicken Suppe aus Schneematsch, der sich auf die Scheiben legte. »Wir müssen runtergehen.« Das Gesicht des Copiloten leuchtete weiß im Schein der Instrumente.

Bergerud drückte sich das Mikrophon an den Mund. »Ich sehe den Berghang westlich des Sorgfjords auf dem Radar. Wir sind etwa eine halbe Seemeile davon entfernt. Siehst du den Felssporn dort drüben?« Er zeigte auf den kleinen, kreisrunden Schirm. »Laut Karte ragt er genau an der alten Station vor. Kannst du es da versuchen?«

Und die fünf im Hubschrauber hatten das Glück auf ihrer Seite. Genau in dem Moment, als sie sich dem Vorsprung im Gebirge näherten, riss der Himmel so weit auf, dass sie den Boden unter dem Hubschrauber sehen konnten. Nach drei Versuchen gelang es dem Copiloten, die Räder auf den festen Schnee zu setzen. Aber er ließ die Rotoren laufen, bis alle herausgekommen waren. Bevor er den Motor ausschaltete, versuchte er noch einmal, Spitzbergen Radio anzurufen. Doch er bekam immer noch keine Antwort.

KAPITEL 17

Die Briefe

Donnerstag, 8. Februar, 08.00 Uhr

Sie lag mit trockenen Augen und flammend rotem Gesicht im Bett. Hohes Fieber, Rasseln in der Brust. Vielleicht eine Bronchitis, wenn nicht gar eine Lungenentzündung. Sie reagierte kaum, als er mit ihr sprach. Drehte sich weg, antwortete nicht.

Anfangs glaubte Erik Hanseid, dass es sich um eine starke Erkältung handelte. Er schnitt alle möglichen Früchte auf und trug Gläser mit Wasser und Tassen mit Tee ins Schlafzimmer. Aber sie wollte nichts haben. Er ging nicht zur Arbeit, blieb zu Hause, kaufte Zeitungen und Zeitschriften, die sie jedoch nicht las, lüftete das Schlafzimmer, kochte etwas zu essen. Aber sie stand nur aus dem Bett auf, um auf die Toilette zu gehen. Und sie schlief fast die ganze Zeit. Zumindest lag sie reglos da, mit geschlossenen Augen.

»Ich werde sterben«, meinte Frøydis plötzlich an einem Nachmittag, und das waren die ersten Worte, die sie sagte, abgesehen vom Beantworten trivialer Fragen. Da rief der Ehemann das Krankenhaus an.

Frøydis bekam ein Einzelzimmer. Da das neue Krankenhaus geräumig war und es nicht so viele Patienten gab, war das eigentlich kein Privileg, eher ein Zufall. Dennoch fühlte sie sich mit Umsicht behandelt. Und ihr gefiel diese Aufmerksamkeit. Der Arzt meinte, sie könnte eine Lungenentzündung haben, aber die hatte sie nicht. Das Fieber sank nach ein paar Tagen. Die Blutsenkungen wurden schnell wieder normal, die Grippe war auf dem Rückzug. Und dennoch war die Patientin weiterhin schwach.

»Ich verstehe das nicht«, sagte der Arzt. »Sie sollte auf dem Weg der Besserung sein. Aber sie liegt immer noch apathisch da. Ob ich etwas übersehen habe?«

Er überlegte, neue Untersuchungen anzuordnen, die im Kreiskrankenhaus in Tromsø ausgeführt werden mussten. Aber Schwester Hannah zwinkerte ihm zu. »Überlass das mal mir.« Sie ging ins Krankenzimmer und setzte sich bei Frøydis ans Bett, die anscheinend wieder einmal schlief.

»Der Arzt will dich ins Krankenhaus aufs Festland schicken«, sagte sie dem blassen, regungslosen Gesicht. »Er möchte, dass neue Untersuchungen gemacht werden, die nur dort gemacht werden können. Weil er sich nicht erklären kann, warum es dir nicht besser geht.«

Es war still im Raum. Nur die Nachttischlampe brannte. Draußen in der Polarnacht fuhr ein Schneescooter die Straße entlang. Hannah saß auf ihrem Stuhl, die Hände auf dem Schoß, und starrte in die Dunkelheit.

»Aber ich denke, das wäre nicht so schlau...«, sagte sie leise, »...deinen Mann hier allein in Longyearbyen zurückzulassen.«

Es kam ein leises Geräusch vom Bett, aber die Gestalt regte sich immer noch nicht.

»Vielleicht wäre es gar nicht schlecht, wieder gesund zu werden?«, schlug Hannah vor. Endlich schaute sie aufs Bett und erkannte eine Reaktion. Frøydis hatte die Augen geöffnet und sah sie an, ohne mit der Wimper zu zucken.

Trulte Hansen fand es einfach schlimm, was da vor aller Augen von Longyearbyen vor sich ging. Sie war mit Lektüre, Obst und Schokolade ins Krankenhaus gekommen. Da sie Frøydis

Hanseid eigentlich nicht so recht kannte, sondern nur gekommen war, um nett zu sein, hatte sie nicht so viel zu erzählen, deshalb aß sie laut vernehmlich einen Apfel und plapperte nervös vor sich hin. »Probier mal eine Mandarine, Frøydis. Die sind frisch mit dem Flugzeug gekommen. Oder wie wäre es mit einer Praline? Du musst wieder zu Kräften kommen. Eine Grippe kann schlimmer sein, als man denkt. Und ich habe gehört, dass man hinterher häufig unter leichten Depressionen leidet. Nun ja, ich meine, es ist ja nicht deine Schuld...« Sie schaute ganz unglücklich drein und fuhr schnell fort: »Das Sonnenfestkomitee hat bald wieder eine Sitzung, in ein paar Wochen. Was meinst du, schaffst du es bis dahin? Wir sind auf der Suche nach Leuten, die die Traditionen weiterführen können und gleichzeitig neue Ideen haben. Ich werde langsam ein bisschen zu alt dafür, weißt du. Das Sonnenfest ist ja in erster Linie für junge Leute. Na, was meinst du?«

Frøydis lächelte und überlegte. »Ich bin unsichtbar. Niemand sieht mich, während ich hier liege.«

Was für ein prächtiger Mensch, dachte Trulte. So ruhig und geduldig. Nie tratscht sie über andere. Sie beißt die Zähne zusammen und findet sich ab mit dem, was da vor sich geht. Und ihr Mann wird letztendlich auch zur Vernunft kommen.

Doch Frøydis wurde nicht so schnell wieder gesund, obwohl sie nach ein paar Tagen aus dem Krankenhaus entlassen wurde. Nach der Grippe bekam sie Brechdurchfall. Und so war sie wieder zurück im Wartezimmer des Arztes. »Hm«, sagte der Arzt. »Du musst es ruhig angehen lassen. Solche Erkältungen bekommt man durch Ansteckung. Nicht, weil man kalte Füße gehabt hat.« Er schaute verlegen zur Seite. »Die hat wahrscheinlich ein Neuankömmling vom Festland mitgebracht.«

Doch eine Woche später war er nicht mehr so verständnisvoll. Er untersuchte sie, ohne viel zu sagen. In der Zwischenzeit hatte sich Hannah in der Einkaufshalle umgehört, in der die Drogerie gleichzeitig als Apotheke fungierte und Kopfschmerztabletten, Nasenspray und Pillen gegen Verstopfung verkauft hatte. Und Hannah flüsterte dem Arzt zu, dass Frøydis so einige Male in der Drogerie gewesen war.

»Du musst damit aufhören«, erklärte ihr der Arzt unverblümt. Psychologie war nicht eines der Fächer gewesen, in das er sich während seines Studiums länger vertieft hatte. Aber er hatte so einiges gesehen, seit er vor einigen Jahren nach Spitzbergen gekommen war. »Wenn du jetzt noch nicht krank bist, dann wirst du es, wenn du so weitermachst.«

Frøydis sagte nichts. Aber obwohl sie aufhörte, die kleinen, hellblauen Abführtabletten zu nehmen, hatte sie weiterhin einen brennenden Schmerz in Bauch und Brust. Fast wie Flammen. Oder wie eine ätzende Flüssigkeit.

Wenn ich mir die Arme abreiße, werden sie mich immer noch nicht sehen, dachte sie. Sie werden die andere Frøydis sehen, die, die fort ist. Sie werden die harte Schale sehen, die mir übers Gesicht gewachsen ist – die Frøydismaske. Aber nicht mich.

Sie schrieb Tor Bergerud einen Brief. Wäre ich doch lieber barfuß über das Fjordeis gegangen, als mich in dich zu verlieben, schrieb sie. Ich würde alles dafür tun, um meine Gefühle für dich loszuwerden.

Tor Bergerud bekam es mit der Angst zu tun. Und er fühlte eine Art unpersönlichen Mitleids, ungefähr, wie wenn man ein kleines Tier überfährt, das anschließend hinter dem Wagen liegt und sich in unerträglichen Schmerzen windet. Er kam zu dem Schluss, dass er etwas tun musste, damit Frøydis dieses quälende Interesse an ihm loswurde. Es wäre so viel einfacher, wenn sie das, was zwischen ihnen passiert war, nur als witzigen, netten Irrtum sehen könnte, ein Geheimnis, das sie beide teilten und über das sie lächeln konnten, wenn niemand sie sah.

Er musste mit jemandem darüber reden, denn er wusste nicht, was er tun sollte, damit es Frøydis nicht noch schlechter ging. Vielleicht würde sie sogar so weit gehen und Line alles erzählen? Tom Andreassen war derjenige, dem er sich schließlich anvertraute. »Du musst mit ihr reden«, sagte dieser und wand sich. Das Geständnis hätte er lieber nicht gehört, und er fand es auch unnötig. »Die Leute reagieren unterschiedlich, wenn sie das erste Mal die dunkle Zeit auf Spitzbergen erleben. Einige trifft es wirklich hart. Ja, nicht alle Menschen sind dazu geschaffen, hier zu leben. Sie gehören aufs Festland, ins Tageslicht und in den Sonnenschein unter ganz normale Menschen. Aber meine Güte, Tor. Das musst du jetzt selbst auslöffeln. Rede mit ihr.«

Tor Bergerud beschloss, reinen Tisch zu machen und lud eine abgemagerte und graue, aber erwartungsvolle Frøydis Hanseid zum Essen ins Polarhotel ein. Erst als sie mitten im Hauptgericht angekommen waren, begann er ernsthaft mit ihr zu reden.

Bis dahin war es ein schönes Essen gewesen, das arktische Menü mit fünf Gängen, ausgesuchten Jahrgangsweinen und allem Drum und Dran. Es gab ansonsten nur wenige Gäste, trotzdem brannte der große Kamin in der Ecke des Restaurants. Der Kellner gehörte zu denen, die Bescheid wussten, und er versuchte möglichst viel Abstand während des Essens zu halten.

Frøydis hatte sich hübsch gemacht und geschminkt. Ihr Kleid war rot – dunkelroter Wollstoff mit langen Ärmeln und einem tiefen Ausschnitt. Sie hatte eine Perlenkette umgelegt und Perlen in den Ohren. Keinen Ring. Die Frøydismaske war fast durchsichtig; sie wünschte sich so sehr, dass er sie sah.

Doch alles, was er sah, war ein hungriges Leuchten in ihren Augen, und Erwartungen, die wie Schatten um ihre Stirn herum standen.

Er dachte, es wäre das Beste, vollkommen ehrlich zu sein. Hinterher mussten viele über ihn den Kopf schütteln. »Na, das Pulver hat er nicht gerade erfunden, der Tor Bergerud«, sagten sie. »Aber ein tüchtiger Hubschrauberpilot, das ist er.« Und sollten die Leute doch sagen, was sie wollten. Auf jeden Fall lief seine Strategie für diesen Abend darauf hinaus, ihr zu erklären, wie er die Dinge sah. Und langsam, während er noch sprach, wurde ihr Gesicht wieder starr, und die erwartungsvolle Röte auf den Wangen verschwand.

Gottseidank, dachte er. Sie versteht, dass sie sich zusammenreißen muss, dass es so nicht weitergehen kann. Und dass ich gar nicht daran denke, Line zu verlassen – egal, was passiert ist.

Es kam zu keinem Skandal, keinem lauten Streit oder Weinen. Nun gut, dachte Tor Bergerud zufrieden. Das war's also. Womit diese Affäre beendet wäre. Zurück in die Normalität.

Frøydis lief in der Stadt herum und wurde wieder unsichtbar. Jeden Morgen machte sie lange Spaziergänge am Stadtrand, oft abends auch noch einmal. Schon merkwürdig, dachte sie, dass niemand darüber redet, was für ein befriedigendes Gefühl der Hass ist. Verführerisch. Fast, wie verliebt sein. Aber man braucht jemanden, den man hassen kann. Einen, der es verdient hat. Einer, der es verdient zu leiden.

Die Briefe gingen ab Ende Januar im Büro der Regierungsbevollmächtigten ein. Anonym, fast ohne Text. Anfangs nahm sie keiner der Polizisten ernst. Die ersten Briefe wurden deshalb gleich weggeworfen. Aber in späteren Gesprächen mit der

Kripo erinnerten sich mehrere Polizeibeamte daran, dass es mindestens vier gegeben haben musste.

Sie waren auf normalen Din-A4-Bögen geschrieben, so einem Papier, das überall für Kopierapparate und Drucker benutzt wird. Die Schrift war eine Standardschrift, aber größer als in normalen Briefen. Weder Adressat noch Absender waren angegeben. In ihrer Schlichtheit wirkten sie geradezu langweilig, fast als hätte jemand einen Entwurf für einen Kriminalroman geschrieben und ihn dann verworfen. Aber der Inhalt war alles andere als langweilig. Quer über den Bögen stand in Times New Roman, Buchstabengröße 20 Punkt: »Jemand muss sterben.« Jedes Mal das gleiche, bis auf den letzten Brief. Da lautete der Text: »Jemand wird sterben.«

Die Regierungsbevollmächtigte Isaksen bat Tom Andreassen, sich die Briefe anzusehen und herauszufinden, wer sie geschickt haben mochte. Und wie sie in die interne Post gelangt waren, denn die Umschläge wiesen keine Poststempel auf. Der Polizeibeamte, der momentan die Leitung der Polizeiabteilung innehatte, zeigte Knut Fjeld und Erik Hanseid die Briefe. »Das muss ein schlechter Scherz sein«, sagte Knut. »Wenn sie im Empfang abgegeben worden wären, hätte sich jemand daran erinnert. Deshalb muss es jemand aus dem Büro sein. Aber warum das jemand witzig finden kann, begreife ich nicht.«

»Kann ich mir eine Kopie machen?«, fragte Hanseid, worauf Tom Andreassen nur mit den Schultern zuckte.

Erik und Frøydis Hanseid aßen in der Küche. Es wurde nicht viel gesagt. Er zeigte ihr die Briefkopien.

»Arbeitest du daran, spätabends?«, fragte sie fast fröhlich.

Er sah sie lange an, ohne etwas zu sagen.

»Vielleicht habt ihr ja einen Mörder in Longyearbyen herumlaufen«, lachte sie.

»Das ist nicht witzig«, erwiderte er. »Wir nehmen solche Drohungen ernst, auch wenn es nur ein dummer, boshafter Scherz ist. Wir haben schon überlegt, die Kripo einzuschalten.«

Sie gingen hinüber ins Wohnzimmer und schalteten den Fernseher ein. Nachdem die Nachrichten vorüber waren, streckte er sich, gähnte und erklärte, dass er am nächsten Morgen in aller Herrgottsfrühe aufbrechen müsse und erst am folgenden Tag spät wieder zurückkommen würde. Sie mussten mit dem Hubschrauber auf Inspektionstour in den Norden nach Hinlopen. Sie schaute ihn kurz an, sagte jedoch nichts.

Er ließ die Kopien auf dem Küchentisch liegen. In den folgenden Wochen kamen keine weiteren anonymen Briefe bei der Regierungsbevollmächtigten mehr an.

Frøydis schrieb seit vielen Jahren Tagebuch. Jetzt ließ sie es offen auf ihrem Nachttisch liegen, in der Gewissheit, dass ihr Mann nicht den Mut hatte, nachzuschauen, was sie über ihn schrieb. Sie war sich sicher, dass er davon ausging, dass sie über ihn schrieb, eingebildet wie er war. Aber dem war nicht so.

Sie war ein Ordnungsmensch. Sie hielt gern ihre Routinen ein, fühlte sich dadurch sicherer. Ihre Eintragungen begann sie immer auf einer leeren Seite. Zuerst schrieb sie das Datum, den Ort, an dem sie sich befand, wie das Wetter war und was sie zum Frühstück gegessen hatte. Anschließend, wie sie sich fühlte. Und welche Verabredungen sie für den Tag hatte, wenn sie denn welche hatte. Doch danach konnte sie frei schreiben. Hinter der gewissenhaften Beschreibung eines ordentlichen, langweiligen Lebens konnte sie die dahinter verborgene Wirklichkeit erforschen.

In letzter Zeit benutzte sie den Computer, den ihr Ehemann

auf seinem Schreibtisch stehen hatte. Anfangs kam sie nicht mit dem Internet zurecht, aber sie hatte unter dem Vorwand, dass sie nach Strickmustern suchte, Trulte Hansen dazu gebracht, ihr zu helfen. Die Funde, die sie machte, wurden gewissenhaft mit runder Kringelschrift ins Tagebuch eingetragen. *Str* schrieb sie. Doch das bedeutete nicht stricken. *Ars*, *Zy*, weitere Abkürzungen, die gut und gerne falsch verstanden werden konnten.

Mit der Zeit wurde sie mutiger. Die Lust, ins Buch zu übertragen, was sie im Netz fand, wurde größer. In gewisser Weise wurden die grauenhaften Schilderungen Teil der Wirklichkeit, wenn sie sie mit ihrer eigenen Handschrift in ihr eigenes Tagebuch übertrug. Es wurde Realität, dass sie, Frøydis, Arsen in den Kaffee gekippt und dann zugesehen hatte, wie diese Person auf diese hässliche Art und Weise starb. Doch niemand konnte wissen, dass sie es war, denn sie bewegte sich wie ein Schatten zwischen den anderen. Sie konnte gehen, wohin sie wollte. Allein und unsichtbar. Aber sie hatte die Macht, jemanden zu töten, wenn sie wollte. Zumindest in der Welt ihrer Gedanken.

Natürlich war ihr klar, dass es reine Fantasie war. Es wäre sicher nicht möglich, auf Spitzbergen Arsen zu besorgen und schon gar kein Zyankali. Doch sie suchte weiter im Netz, las und schrieb in ihr Tagebuch und fühlte sich auf sonderbare Art und Weise warm und zufrieden und lächelte Erik Hanseid an, der fast jeden Tag Überstunden machen musste.

Eines Tages stolperte sie über eine Notiz in einer Zeitung. Es musste das Dagbladet gewesen sein, denn der kleine Artikel wurde begleitet von einer doppelt so langen Beschreibung, was zu tun sei, wenn das Unglück geschehen war. Die Dame hatte Ätznatron getrunken. Es wurde keine große Nummer in der Zeitung daraus gemacht, es sah fast so aus, als könnte jeder

Mal aus einem verzeihlichen Irrtum heraus Ätznatron trinken. Aber Frøydis lächelte nur, sie wusste es besser. Da stand, dass man anschließend Milch trinken sollte, das würde helfen. Es stand auch da, dass das Natron brannte und Gewebe verätzte und dass der Unglückliche große Schmerzen haben würde. Aber in kleinen Mengen war es nicht tödlich.

Frøydis ging davon aus, dass es nicht so schwer sein dürfte, Ätznatron zu bekommen. Es gab gute Gründe, es zu kaufen. Einen verstopften Abfluss zum Beispiel. Zu viele Essensreste im Küchenspülbecken. Oder Haare in der Dusche im Bad. Aber sie konnte sich nicht vorstellen, dass Leute aus Versehen eine ätzende Flüssigkeit tranken. Dazu musste man schon ein wenig nachhelfen.

Frøydis schrieb mehrere Abende hintereinander emsig in ihr Tagebuch. Datum, Wohnung 226-8, Wetter, dass es kalt war, ein Schneesturm angekündigt war. Und sie dachte daran, dass Erik eine größere Tour mit dem Hubschrauber machen wollte, eine Inspektion in Nordaustland, die bereits mehrere Male verschoben worden war. Sie selbst hatte keine Termine. Aber sie war ja auch krank gewesen. Und sie fühlte sich noch nicht kräftig genug, um am Sonnenfestkomitee teilzunehmen. Außerdem musste sie überlegen, wo sie Ätznatron kaufen konnte. Es musste mit einer kalten Flüssigkeit vermischt werden. Milch? Nein, die würde die Wirkung ja aufheben. Cola? Das war es, genau. Natürlich Cola. In einer Halbliterflasche, die sie vorsichtig öffnete, damit nicht zu sehen wäre, dass sie bereits geöffnet worden war.

Auch wenn sie wusste, dass ihr Tagebuch von niemandem außer ihr selbst gelesen wurde, nannte sie keine Namen. Dazu hatte sie nicht den Mut. Solange sie keinen Namen aufschrieb, konnte sie das Ganze als peinliche Fantasie abtun. Aber sie stellte sich Krämpfe und heftige Schmerzen vor, Erbrechen und aufgerissene, blutunterlaufene Augen. Vielleicht sogar flehende heisere Hilferufe. Frøydis lächelte und schrieb. Dann überlegte sie, dass es wohl nicht so einfach sein würde, die Colaflasche so zu platzieren, dass niemand anderes aus ihr trinken würde. Trotz allem wollte sie ja keinem anderen Menschen etwas Böses. Zumindest vorläufig nicht.

Sie lief in der Stadt herum, schaute durch erleuchtete Fenster in Zimmer, in denen Menschen mit ihren Dingen beschäftigt waren, überlegte sich mögliche Gelegenheiten und fror, ohne es zu spüren. Oft ging sie den Weg an dem neuen Krankenhaus vorbei, der auch am Kindergarten entlangführte. Eines Abends sah der Arzt sie, als er seinen Dienst beendet hatte und in den Supermarkt wollte, um sich etwas zu essen zu kaufen. Er dachte, dass man keinen Doktortitel in Psychologie brauchte, um zu sehen, dass mit Frau Hanseid etwas nicht stimmte. »Es muss doch jemanden geben, der mal mir ihr reden kann«, bemerkte er aufrichtig besorgt Schwester Hannah gegenüber. »Sonst sitzen wir hier noch plötzlich mit einem Selbstmord da.«

Schwester Hannah schüttelte den Kopf. »Ich fürchte, da ist nichts zu machen. Sie muss da selbst herausfinden. Und bald kommt ja das Licht wieder, dann ist Mitternachtssonne und Sommer. Und wie wir alle wissen – dann wird Spitzbergen ein ganz anderes Land. Das geht bestimmt vorbei. Außerdem wird ihr Mann ja wohl sehen, dass die Ärmste leidet, oder?«

»Glaubst du?« Der Arzt warf Hannah einen mitleidigen Blick zu. Sie hatte vor ein paar Jahren ihre eigenen Dämonen gehabt, mit denen sie hatte kämpfen müssen.

Frøydis fand keine Lösung, wie sie die Colaflasche an den richtigen Platz vor genau die richtige Person stellen könnte. Und es überraschte sie selbst, wie sehr sie das deprimierte. Sie lief herum. Sie schrieb. Sie überlegte und weinte fast aus Frustration und Erregung. Doch dann fiel ihr etwas anderes ein. Etwas, das nichts mit Gift zu tun hatte. Was anzusehen sie aber auch mit Genugtuung erfüllen würde.

KAPITEL 18

Durch das Eis

Samstag, 27. Januar, 14.30 Uhr

Kristian und Lars Ove rauchten noch eine Zigarette hinter der verfallenen Forschungsstation, als sie die Lichter eines Hubschraubers direkt über sich entdeckten. Sofort machten sie sich bereit zur Abfahrt. Die drei Schlitten wurden hinter die Schneescooter gekoppelt, jetzt bis auf ein paar Kanister mit Treibstoff für die Rückfahrt leer.

»Die wollen tatsächlich landen.« Kristian zerdrückte die Kippe unter seinem Scooterstiefel. »Wir fahren die Felsspitze hoch. Bleib nur dicht hinter mir, dass du mich nicht aus den Augen verlierst.« Schnell lief er um die Station herum und riss die Tür weit auf. Sogleich bildete sich eine Schneewehe mitten im Raum. Zunächst überlegte er, den Herd auch noch mit Schnee zu füllen, aber der würde sowieso schnell abkühlen. Dann eilte er zurück zu den Scootern und startete.

Lars Ove fuhr direkt hinter ihm, so dicht, dass er fast auf Kristians Schlitten auffuhr. Der Felshang war sehr steil. Sie beugten sich über den Lenker und fuhren mit Vollgas geradeaus nach oben. Es kam darauf an, die Geschwindigkeit zu halten, damit sie nicht umkippten. Beim Speedfahren gab es nur ein Entweder-Oder, das wussten beide. Entweder, man erreichte in rasender Fahrt die Spitze und hoffte, dass dort Platz genug war, um den Schneescooter abzubremsen und nicht auf der anderen Seite gleich bergab zu rasen. Oder man kippte um, purzelte den Berg hinunter und musste Scooter und Schlitten aus dem Schnee graben. Im besten Falle.

Aber sie schafften es. Direkt auf der anderen Seite der Bergkuppe gab es eine kleine Senke hinter einem Felsen. Dort bremsten sie ihre Fahrzeuge, drehten den Zündschlüssel um und krochen an den Felsrand, um zu sehen, wie der Hubschrauber neben der Forschungsstation gleich unter ihnen landete.

»Klart es auf?«, fragte Lars Ove hoffnungsvoll. »Ich habe das Gefühl, dass ich weiter sehen kann.«

»Glaube ich nicht.« Kristian schnäuzte sich zwischen zwei Fingern in den Schnee. »Der Sturm sammelt wohl nur Kräfte, um besser zuschlagen zu können.«

»Und was machen wir jetzt? Sollen wir weiterfahren, oder...«

»Eigentlich hatte ich geplant, unten in der Hütte zu bleiben. Hatte gehofft, der Hubschrauber würde weiter zur Mosselbukta fliegen. Und dann muss er ausgerechnet hier landen. Kommt dir das nicht ein bisschen komisch vor, Lars Ove? Woher zum Teufel hat er spitzgekriegt, dass wir hier sind?«

»Nun....« Lars Ove zögerte. Er kannte Kristians Wutausbrüche nur zu gut.

»Könnte es vielleicht sein, dass so ein kleines Ingenieurarschloch geplaudert hat? Um sich bei der Leitung und der Obrigkeit einzuschleimen und uns dafür ans Messer zu liefern? Ich frage ja nur, Lars Ove. Ich sage nichts. Jedenfalls erst mal nicht. Aber wenn er das getan hat, Lars Ove... dann werden wir es ihm heimzahlen.«

Mit der Zeit gaben die beiden oben auf dem Berg jede Hoffnung auf, dass der Hubschrauber noch woanders hinfliegen könnte. Die kleinen Gestalten dort unten holten Gepäck aus dem Hubschrauber, zurrten den Rotor fest, deckten die Nase des Super Puma ab und gingen einer nach dem anderen hinein in die Forschungsstation. Der Wind nahm zu, und das Schneetreiben wurde dichter. Kristian stand auf und versuchte sich umzuschauen. Dann schüttelte er den Kopf. »Ich kenne das Gelände hier nicht. Wir brauchen bessere Sicht, um den Berg hinunterzufahren. Wir müssen ein paar Stunden warten, bis es sich beruhigt hat.«

Die beiden Männer kämpften sich durch den Schnee, zogen mit allen Kräften die drei Schlitten an die Schneescooter heran und stellten sie auf die Seite, so dass sie eine Art V bildeten. Kristian holte Isoliermatten und Schlafsäcke heraus und gab beides Lars Ove. »Wir müssen uns eingraben. Es ist nicht absehbar, wie lange der Sturm noch anhalten wird.«

Tor Bergerud klopfte dem Copiloten auf die Schulter. »Das war nicht schlecht, das Manöver. Ich glaube, ich hätte es selbst nicht besser machen können.« Er lächelte, aber der Copilot war immer noch blass und schüttelte nur wortlos den Kopf.

Der Rentierforscher steckte seinen Kopf aus der Forschungsstation. »Steht nicht da draußen rum und friert, kommt rein. Der Herd ist immer noch warm. Es müssen vor gar nicht langer Zeit Leute hier gewesen sein. Aber was für Idioten! Haben die Tür offen stehen lassen. Der ganze Fußboden ist voll Schnee.«

»Hast du nicht die Scooterspuren gesehen, die den Berg hinaufführen?«, rief Bergerud zurück. Doch der Forscher war bereits hineingegangen und hatte die Tür hinter sich geschlossen.

Drinnen im Gebäude hatten sie sich bereits organisiert. Der Rentierforscher legte große Holzstücke in den Herd, zündete Kerzen an und steckte sie in ein paar leere Flaschen, die er in einem Schrank gefunden hatte, legte die Vorräte auf eine Arbeitsfläche, die den Flecken nach zu urteilen schon früher als Küchenarbeitsplatte gedient hatte. »Was darf es zu Mittag sein?«, fragte er zufrieden. »Schockgefrorenes Labskaus oder etwas aus der Dose?«

Erik Hanseid schaute sich in der Station um und ließ das Licht seiner Taschenlampe auf eine Plastiktüte mit Müll in einer Ecke fallen. Er drehte sich um und schaute den Forscher nachdenklich an. »Möchte wissen, ob hier nicht vor Kurzem schon etwas gekocht wurde. Was meinst du? Sind das Reste von Rentierfleisch?«

Tor Bergerud hatte seine Fliegerjacke ausgezogen und sich auf die Bank an einer Wand gesetzt. »Es gab vor einer Stunde einigen Funkverkehr zwischen ein paar Krabbenkuttern«, erklärte er. »Die quatschen ja die ganze Zeit miteinander. Es hörte sich so an, als hätten sie Probleme mit dem Treibeis. Und ich meine gehört zu haben, dass sie einen Trawler gerufen haben, der sich in der Meeresenge befunden hat, nicht weit von der Mündung des Sorgfjords entfernt. Könnte es sein, dass die hier gewesen sind?«

»Gut möglich.« Erik Hanseids Gesicht wurde härter.

»Na, in dem Fall war es die Mannschaft der ›Ishavstrål‹. Es könnte für später ganz gut sein zu wissen, ob nicht noch andere Schiffe in der Nähe waren.«

Der Forscher kam zu ihm. »Aber wo sind die Schneescooterfahrer aus Longyearbyen geblieben? Zu dumm, dass wir nicht ein paar Stunden früher losgekommen sind. Dann hätten wir sie vielleicht auf frischer Tat ertappt, während sie gewildertes Fleisch und Schmuggelware abliefern.«

»Ja, und hätten diesen Sturm vermieden, oder?« Der Copilot zeigte zum Dach, wo sich ein paar Planken gelöst hatten und jetzt in den Windböen klapperten.

»Um ihre Heimfahrt beneide ich sie nicht.« Tor Bergerud schüttelte den Kopf. »Es würde mich nicht wundern, wenn wir einen Notruf von Spitzbergen Radio reinbekommen – entweder von verunglückten Scooterfahrern oder von einem Krabbenkutter in Seenot.«

Die »Ishavstrål« versuchte erst gar nicht, sich nach Norden hin durchzukämpfen. Strömung und Eisgang trieben sie so stark durch die Meeresenge Richtung Süden, dass dem Skipper nichts anderes übrig blieb, als Richtung Süden zu lenken. Zusammen mit dem Steuermann stand er über die Seekarte gebeugt und studierte gleichzeitig die Angaben des Lotsen. »Klippen und Untiefen«, las der Steuermann. »Unberechenbares Fahrwasser... ungenügende Kartierung. Ja, verflucht noch mal, Harald. Da haben sie um die Hauptstadt herum jeden Millimeter kartiert. Aber hier oben, da muss man auf sich allein gestellt mit den Naturkräften kämpfen, hier wird überhaupt nichts kartiert!« Er musste fast schreien, um den Wind, der um das Steuerhaus heulte, und das Eis, das an den Schiffsseiten entlangschrammte, zu übertönen.

Ein Matrose stand am Ruder. Er hatte die Augen zusammengekniffen und versuchte, draußen etwas zu erkennen, sah aber nichts als Schnee, der in Streifen durch die Lichter der Nebelscheinwerfer an Deck strich. Plötzlich bekam er zu seiner Verblüffung das Ruder mitten in den Bauch, die Zähne stießen gegen die oberste Ruderpinne. Der Trawler machte einen kräftigen Satz, fast, als wäre er gestoßen worden, und legte sich auf die Backbordseite. Die Maschine drehte im Leerlauf. Dann wurde es dunkel. »Harald!« Der Matrose rief ängstlich und klammerte sich ans Ruder. Der Boden hatte plötzlich eine Neigung bekommen wie ein steiler Abhang. Er versuchte, mit seinen Holzschuhen Halt zu finden, verlor dabei einen Schuh und blieb mit dem Knie am Ruderstamm hängen.

Harald, der Skipper, und sein Steuermann waren beide an die Wand gerutscht. Sie rappelten sich auf und krochen zur vorderen Wand des Steuerhauses, wo sie sich an einer Leiste unter den Fenstern vorn festhalten konnten. Die Tür zur Brücke öffnete sich und schlug im Wind. Bücher, Tassen und andere lose Dinge rutschten über den Boden und verschwanden nach draußen. »Das war dein Fernglas«, sagte der Steuermann, der das Chaos beobachtete. Aber der Kapitän hatte sich inzwischen hochgekämpft und starrte in die Dunkelheit vor dem Kutter. »Scheiße, ich fürchte, wir sind auf Grund gelaufen.«

Die Mannschaft der »Ishavstrål« bekam nach einer Weile einen Überblick über die Situation. Das Schiff war tatsächlich auf Grund gelaufen. »Aber es war eine weiche Landung«, bemerkte der immer optimistische Maschinist, der den Hilfsmotor in Gang bekommen hatte. »Das war bestimmt nur eine Sandbank. Was machen wir jetzt, Harald? Den Hauptmotor starten und versuchen freizukommen?« Aber es war nicht das erste Mal, dass der Skipper auf Grund festsaß. »Nein, wir warten auf das Hochwasser in ein paar Stunden. Und wir müssen alle Tanks leeren, die wir nicht mehr brauchen.« Er zwinkerte dem Maschinisten zu. Das war streng verboten. Aber wer würde sie im Zentrum dieses Weltuntergangs aus Eis und Schneetreiben sehen?

Einige Seemeilen weiter nördlich in der Meeresenge kämpfte die Mannschaft auf der »Edgeøya« darum, ihr Schiff vom Eisberg fernzuhalten. Da war keine Rede von genauem Navigieren, um die Passage zu finden. Die Eisschollen kollidierten mit dem Schiffsrumpf, wechselten in einem fort die Richtung und öffneten freie Fahrtrinnen, um sie im nächsten Moment wieder zu schließen. Die Eisschicht war vollkommen unberechenbar, und der Trawler brauchte alle Motorkraft, um dem gewaltigen Hünen hinter sich zu entkommen, der sich ruhig und majestätisch immer näher heranarbeitete, als wäre das Seeeis nichts als ein bisschen Staub auf der Meeresoberfläche.

Eisbänke donnerten gegen die Schiffsseiten. Große Eisschollen kratzten mit lautem Knirschen den Rumpf entlang. Immer wieder saßen sie fest und mussten rückwärts manövrieren. Der Matrose am Ruder schaute ängstlich zum Steuermann. «Sollten wir nicht mehr auf den Radar achten? Und wenn jetzt die Spanten eingeklemmt werden und ein Leck entsteht?» Aber der Steuermann wandte sich nur ab und schaute auf die Seekarte. Er hatte die gleiche Frage in der letzten halben Stunde schon mehrfach beantwortet. Sie hatten keine Zeit, Slalom zwischen den Eisschollen zu fahren. Der Eisberg hinter ihnen hatte zu viel Fahrt drauf. Auch wagten sie es nicht, den Kurs zu nah ans Land auf der Ostseite der Meeresenge zu legen. Dort befanden sich die berüchtigten Klippen vor den Storøyene.

Langsam gelang es ihnen, mehr Abstand zum Eisberg zu gewinnen. Sie versuchten es mit einer vorsichtigen Kursänderung Richtung Westen. Der Skipper öffnete die Tür des Steuerhauses an der Leeseite und hielt nach der »Polarjenta« Ausschau. Aber es war nur ein grauer Brei aus Schneematsch zu sehen. Und schnell war das Quäntchen Glück, das ihnen in der letzten Stunde beschert worden war, aufgebraucht. Aus dem Schneesturm wuchs vor ihnen plötzlich ein schwarzes Gespensterschiff. Ohne Positionsleuchten, ohne jedes Licht.

Das Schiff fiel und stieg, es krängte und kippte. Und es kam die ganze Zeit näher. Der Matrose ließ einen ängstlichen Ruf vernehmen und ließ das Ruder los. Die »Edgeøya« veränderte ihren Kurs und donnerte backbord in eine meterhohe Packeisbarriere. Der Trawler wand sich bei dem Zusammenstoß, metallisches Knirschen übertönte fast den Kapitän, der dem Steuermann zurief: »Das war aber heftig. Lauf runter und guck, ob irgendwo Wasser eindringt.« Mit einem Riesensprung war er am Ruder und packte es, während er die Augen zusammenkniff und versuchte, an irgendwelchen Merkmalen zu erkennen, was für ein Schiff er da vor sich hatte.

»Ruf die ›Førkja‹ und die ›Ishavstrål‹ an«, schrie er dem Matrosen zu. »Eine von beiden muss es sein.«

Langsam gehorchte die »Edgeøya« wieder den Kommandos und riss sich aus der Eisbarriere los. Dem Kapitän gelang es, das Schiff backbord an dem dunklen Trawler vorbeizumanövrieren. Und aus dem Kartenhaus hörte er den Matrosen, der Funkkontakt hergestellt hatte.

»›Førkja‹, bist du das, die direkt vor unserem Bug liegt?«

»Natürlich, was hast du denn gedacht, hä? Die ›Mari Selæst‹, dieses Gespensterschiff? Sag Oddemann, dass wir aus der Hinlopen rausgeschleppt werden müssen, bei uns ist Eis ins Kühlwasser gedrungen, und wir haben Maschinenstopp. Aber das kriegen wir schon hin, wenn wir nur erst hier rauskommen.«

Der Steuermann kam wieder hoch ins Steuerhaus, er war ganz blass. »Der eine Steven hat einen Stoß abgekriegt. Mehrere Nieten haben sich gelöst. Aber wenn wir keine weiteren Stöße abkriegen, dann müssten wir es bis Tromsø schaffen.«

Der Sturm war ebenso plötzlich vorbei, wie er aufgekommen war, wurde von klarem Wetter und Eiseskälte aus dem Norden abgelöst. Der Mond stieg wie eine Glasscherbe über dem Heclafjell auf. Es glitzerte in den Schneewehen, die rund um die schwedische Forschungsstation aufgetürmt waren. Das halbe Dach war abgerissen. Der Boden der vorher so gemütlichen Messe war jetzt voller Schnee. Der Herd war bereits vor Stunden erloschen.

Die fünf Männer aus dem Hubschrauber hatten sich in der hintersten Ecke zusammengekauert, so weit wie möglich vom

Schnee entfernt. Sie waren in Schlafsäcke eingewickelt und hatten Jacken und Schneeanzüge angezogen. Der Mechaniker wachte als Erster auf. Er fegte den Schnee weg und weckte die anderen, die sich langsam aus ihren Schlafsäcken schälten. Nur Erik Hanseid, der außen gelegen hatte und dem Wind am stärksten ausgesetzt gewesen war, war noch benommen von der Kälte und kaum zu wach zu bekommen.

»Ich kriege kein Feuer in dem Herd an«, sagte der Rentierforscher leise zu Tor Bergerud, der in die Hütte gestapft kam und sich den Schnee abbürstete. »Wir müssen heizen. Was meinst du, kriegen wir den Hubschrauber in Gang, wenn wir ihn ausgegraben haben? Wir müssen zurück nach Longyearbyen.«

»Das sollte klappen. Aber wir müssen ohne Hilfe von Spitzbergen Radio fliegen. Die Befestigung der Funkantenne ist kaputt. Deshalb hatten wir gestern auch keine Verbindung. Wenn etwas passiert unterwegs, weiß niemand, wo wir sind. Aber natürlich haben wir noch den Notpeilsender. Für den schlimmsten Fall.«

Sie drehten sich um und musterten die anderen Männer, die dabei waren, die Ausrüstung zusammenzupacken. Der Polizeibeamte saß immer noch in einem der Schlafsäcke und starrte apathisch vor sich hin.

»Besser, wir sagen den anderen nichts davon«, meinte Tor Bergerud. »Wir können hier draußen sowieso nichts reparieren. Und sie sollen sich nicht unnötig ängstigen.«

Kristian und Lars Ove hatten sich gegenseitig wach gehalten, solange der Schneesturm tobte.

Sie waren abwechselnd immer wieder aus ihrem Schlafsack gekrochen und hatten den Schnee aus der geschützten Ecke weggeschaufelt, die sie sich hinter Schneescootern und

Schlitten gebaut hatten. Lars Ove hatte inzwischen kein Gefühl mehr in den Fingern, er schob die Hände unter dem Schneeanzug in die Achselhöhlen. Kristian tat der eine Fuß wie verrückt weh, aber er traute sich nicht, den Scooterstiefel auszuziehen und Wärme in die Zehen zu massieren. Er hielt die Schmerzen auf Abstand, indem er lang und breit darüber räsonierte, ob Steinar wohl der Regierungsbevollmächtigten einen Tipp hinsichtlich dem Schmuggel und dem verabredeten Treffen im Sorgfjord gegeben hatte.

»Das wird er doch wohl nicht gemacht haben?«, versuchte Lars Ove vorsichtig dagegenzuhalten. »Es ist doch auch in seinem Interesse, dass die Waren nach Tromsø kommen und dort verkauft werden, oder?«

Doch Kristian schaute seinen Kumpel mit finsterem Blick an. »Wer denn sonst? Du wirst schon sehen, er war das. Vertraue niemals so einem beschissenen Chef, das sage ich dir, Lars Ove. Dieser Satan soll in der Hölle schmoren, und wenn ich selbst das Feuer anzünden muss!«

Als sich das Wetter endlich beruhigte, humpelten die beiden Kameraden steif umher, koppelten die Schlitten wieder an und starteten die Schneescooter. Kristian fuhr bis an den Rand des Berghangs und schaute hinunter zur Forschungsstation, die im Mondschein unter ihnen lag.

»Das Dach ist weggeweht worden«, rief er nach hinten zu Lars Ove. »Da unten ist kein Leben mehr.«

»Sollen wir runterfahren und nachgucken?«

»Ne, ne, die liegen bestimmt im Hubschrauber. Es lohnt sich nicht, sie zu wecken. Die kommen schon allein zurecht. Schlimmer steht es da um uns. Scheiße, ist das kalt.«

Die Fahrt zurück nach Longyearbyen war die längste und kälteste, die die beiden je erlebt hatten. Aber am Abend, nach ihrem Eintreffen in der Stadt, wurden sie im Karlsberger wie

Helden gefeiert. Kristian musste immer wieder seine schwarzgefrorenen Zehen vorzeigen.

Wie alte Boxer nach Ende ihres letzten Kampfes kamen die drei Krabbenkutter aus der Hinlopenstraße herausgeschlingert. Die »Ishavstrål« fuhr voran. Ihr Bug hatte eine deutliche Beule oberhalb der Wasserlinie abbekommen. Backbord war die Schiffseite mittschiffs kräftig eingedrückt. Gleich dahinter kam eine ebenso zerkratzte und zerbeulte »Edgeøya« langsam angetuckert, die unbeleuchtete »Polarjenta« im Schlepptau. Aber das Eis war deutlich dünner geworden. Zwischen der Barentsee und dem Kong Karls Land gab es eine passable Fahrrinne, und bald würden sie dann auf offener See sein. In zwei, drei Tagen konnten sie in Tromsø am Kai anlegen, nach einem kleinen Zwischenstopp vorher an einem winzigen Anleger.

»Das war das«, sagte der Skipper im Steuerhaus der »Polarjenta« und biss zufrieden ein Stück Kautabak ab, »erfordert schon den ganzen Mann, die Arktis. Jetzt haben wir uns aber einen ordentlichen Schluck verdient. Und Harald, der muss ja wohl was zu spendieren haben, wie ich mir denken kann.«

KAPITEL 19

Im Berg

*Sie zögern nicht draußen und warten nicht ab,
denken an Gefahren nicht und nicht an den Tod.
Sie gehen den üblichen Weg in die Tiefe hinab,
mühen sich ab fürs tägliche Brot.*

Freitag, 23. Februar, 06.30 Uhr

»Ich will nach Hause zu Mama. Wo ist Mama?« Ella war allein auf dem Sofa im Kontrollraum aufgewacht. Aber als sie die Tür zu der großen eiskalten Halle öffnete, lief Steinar sofort zu ihr.

Er schob sie wieder ins Warme und suchte den Rest ihres Proviants und die Thermoskanne mit dem inzwischen lauwarmen Kakao hervor. »Natürlich gehen wir nach Hause zu Mama, wenn du es willst.« Er konnte ihren Augen ansehen, dass sie ihm nicht glaubte. »Aber wollten du und ich nicht einen Hüttenausflug machen? Uns amüsieren, nur wir beide?«

»Aber das hier, das ist doch keine Hütte.«

»Nein, aber ich wollte dir doch zeigen, wo die Weihnachtsgeschenke landen, wenn sie aus dem Berg kommen. Du weißt, von da, wo der Weihnachtsmann wohnt. Und dann bist du eingeschlafen. Und ich wollte dich nicht wecken.« Ella trank von ihrer Schokolade, schaute ihn an, sagte nichts.

Mein Gott, dachte er. Was soll ich bloß machen? Die Gedanken kreisten in einem lautlosen Jammerton in seinem Kopf herum. Er würde zum Gespött der Stadt werden. Rausgeschmissen werden. Tone wollte ihn verlassen. Er würde

Ella nie wiedersehen. Vielleicht kam er sogar ins Gefängnis? Mein Gott, mein Gott, mein... Wenn er nur ein wenig Schnaps hätte, um die Nerven zu beruhigen. Damit er mal eine Sekunde klar denken konnte. Er konnte nicht nach Hause fahren. Er konnte doch nicht... es war fast halb sieben Uhr morgens.

Am Tag zuvor hatte Kristian das Festlandflugzeug nach Tromsø genommen, um dort, wie er sagte, einen kleinen Weihnachtsurlaub zu machen. Seine Wohnung stand leer. Sein Schneescooter stand in dem unverschlossenen Anbau daneben. Und wenn Steinar sich den nun lieh, sein eigenes Auto in dem Anbau abstellte und anschließend mit Ella in Kristians Hütte fuhr, die der sowieso nur selten nutzte, oben auf Vindodden? So konnte er sich an den ursprünglichen Plan halten, so zu tun, als wären Vater und Tochter auf Hüttentour. Und er konnte behaupten, das schon vorher mit der Mutter abgesprochen zu haben. Dann war sie diejenige, die die Polizei und die Leute vom Roten Kreuz aufgescheucht und eine unnötige Suchaktion eingeleitet hatte. Er musste fast lachen vor Erleichterung.

Er holte Ella, nahm sie auf den Arm und huschte mit ihr auf die Plattform zur Eisenleiter. In diesem Augenblick fuhr ein Wagen an der Seilbahnzentrale vorbei. Zum Glück hatte er rechtzeitig die Scheinwerfer gesehen und zog sich zurück. Der Fahrer im Wagen bemerkte nichts, und das Motorenbrummen verlor sich die Straße zum Verwaltungsgebäude hinunter. Er kletterte rückwärts die Leiter hinunter, hielt sich mit der einen Hand fest, mit der anderen drückte er Ella an sich. Auf halbem Weg musste er anhalten, klammerte sich unbeholfen mit den Ellenbogen an die Sprossen, während er sich Handschuhe anzog. Die Kälte brannte in seinen Handflächen. Ella hockte auf seinem Arm, ohne sich zu rühren, eine Hand um seinen Nacken geschlungen, stumm und mit großen Augen.

Die Wagentür ließ sich nur schwer öffnen, die Sitze waren eiskalt. Steinar schaute sich um, bevor er sich hineinsetzte. Es war noch so früh am Morgen, dass nicht viel Verkehr auf den Straßen war. Aber in den meisten Fenstern im Verwaltungsgebäude brannte Licht, und Wagen standen auf dem Parkplatz davor. Er wendete und fuhr den alten Burmaveien hinunter zum Verladekai, wo sich die Kohlenhaufen schwarz vor dem Seeeis auftürmten. Anschließend fuhr er die Uferstraße entlang zurück zur Stadt. Niemand begegnete ihm.

Auch in den Büros der Bergbaugesellschaft war Licht zu sehen, als er vorbeifuhr, einige Wagen standen davor. Hin zu Kristians Wohnung in Blåmyra war zu viel Verkehr, sowohl von Fußgängern als auch von Autos. Es war nicht die Zeit, jetzt das Fahrzeug zu wechseln. Er musste schnell überlegen, aber ihm fiel nichts ein, und anhalten konnte er auch nicht. Als er am Polarhotel vorbeifuhr, klopfte ihm das Herz bis zum Hals. Aber ein weißer Subaru war kein außergewöhnlicher Anblick in Longyearbyen. Zumindest machte ihm keiner, der ihm entgegenkam, ein Zeichen, er solle anhalten.

Ohne einen genauen Plan zu haben, fuhr er fast automatisch hinaus zum Schacht 7 ins Adventdalen. Weite Flächen, in denen das Meereseis eins wurde mit der Schneedecke, öffneten sich um ihn herum. Im Hintergrund erhoben sich die Berge, doch in sicherem Abstand. Ein paar Rentiere kamen am Straßenrand zum Vorschein, bewegten sich jedoch nur langsam und stellten keine Gefahr dar. Er wunderte sich ein wenig darüber, dass so wenig Verkehr herrschte. Als er an der alten, vereisten, dunklen Forschungsstation vorbeikam, die dem Nordlysobservatorium in Tromsø gehörte, fiel ihm der Grund ein. Der Abbau in Schacht 7 war ja bis auf weiteres gestoppt worden. Natürlich, das musste es sein. Vielleicht gab es noch eine Wachmannschaft dort oben. Aber es war noch nicht einmal acht Uhr. Die Chance war groß, dass es in den Gebäuden über Tage menschenleer sein würde.

»Wohin fahren wir, Papa?«, kam eine verzagte Stimme vom Rücksitz. Er hatte Ella ganz vergessen, so versunken war er in seine Gedanken gewesen. Die Angst sprang ihn wieder an, doch er schob sie beiseite. Jetzt ging es darum, Ruhe zu bewahren, den Plan so auszuführen, wie er ihn sich gedacht hatte. Es war ein guter Plan. Alles konnte noch gewonnen werden.

»Wir machen es so, wie wir abgemacht haben, Ella«, antwortete er mit einschmeichelnder Stimme. »Zunächst fahren wir hoch zur Zeche, um uns da ein bisschen umzuschauen. Du willst doch sicher mal sehen, wo Papa arbeitet, oder? Und dann fahren wir zu Onkel Kristian und holen seinen Schneescooter, weil Papas Schneescooter kaputt ist. Und dann machen wir einen Ausflug in die Hütte.«

Ella spürte einen schmerzhaften Druck in der Brust. Sie überlegte, was sie dem Papa sagen konnte, um ihn dazu zu bringen, nach Hause zu fahren. Und sie sehnte sich so schrecklich nach Mama. Aber gleichzeitig fühlte sie, wie sich etwas Dunkles, Gefährliches näherte. Sie ließ einen langen, zittrigen Seufzer hören und fragte: »Nehmen wir dann Süßigkeiten mit? Und glaubst du, dass wir einen Eisbären sehen?« Papa sollte nicht merken, dass sie Angst hatte. Sie wusste nicht, warum, nur dass es wichtig war, so zu tun, als wäre alles ganz normal.

Das Auto schlingerte in den engen Kurven auf der Straße hoch zum Schacht hin und her. Hinter ihnen lag Longyearbyen mit all seinen Lichtern. Er kannte die Strecke, es war nicht wie beim ersten Mal, als er seinen Job angetreten und Kristian und Lars Ove ihn zum Narren gehalten und ihn mit in den alten, verfallenen Schacht genommen hatten. Er hätte heulen können bei dem Gedanken daran, wie er sich zu den unerlaubten Nebengeschäften der beiden Kumpel hatte überreden lassen.

Die Übertagegebäude lagen in den schwarzen Schatten der Berge, voll erleuchtet, aber menschenleer. Die riesigen Hallen, die weiter zu den Schachteingängen führten, wirkten beinahe erschreckend in ihrer Verlassenheit, fast als wäre eine große Katastrophe eingetroffen und alle hätten ihr Werkzeug weggelegt und wären gegangen. Aber die großen Ventilationsapparate brummten. Frischluft wurde hineingeblasen, Luft, mit Methan gemischt, herausgedrückt. Die explosive Konzentration war bei Strosse 12 an der Grenze gewesen. Am besten, man vermied diesen Abschnitt.

Er parkte den Wagen hinter einem Container, und Ella stieg aus. Sie zögerte, brauchte einige Minuten, um nach ihrem Teddy zu suchen. Das Schluchzen begann erneut, als sie feststellte, dass er nicht im Auto war und sie ihn oben in der Seilbahnzentrale vergessen hatte. »Wir holen ihn später«, erklärte er ungeduldig. »Niemand wird deinen Teddy wegnehmen, weißt du. Es steht ja dein Name drauf, Ella, unterm Fuß.« Aber sie weinte trotzdem. Der Teddy hatte Angst. Er war ganz allein in der Dunkelheit da oben, hoch über der Erde. Sie blieb ein Stück hinter ihm in der Dunkelheit stehen, während er das Tor des leeren Containers öffnete und den Wagen hineinfuhr, eine kleine Person mit der Bärenmütze schief auf dem Kopf, in einem viel zu großen Schneeanzug.

Langsam gingen sie anschließend Hand in Hand zu der Halle. Er schaute hoch und sah, dass im Aufsichtsraum kein Licht brannte. Die Grube war vollkommen verlassen. Er konnte sich frei entscheiden, wo er Ella verstecken wollte. Doch als sie auf dem Weg zur Waschkaue waren, hörte er etwas. Eine Art Brummen, fast nicht von dem Lärm der Lüftungsanlage zu unterscheiden. Er lief zum Tor und weiter bis an den Rand des Parkplatzes, wo er freien Blick auf die Straße hatte. Und er hatte sich nicht geirrt. Die Lichter eines Autos schlängelten sich langsam herauf. Schnell lief er wieder hinein, nahm Ella bei der Hand und ging so schnell er konnte mit ihr los, ohne sie zu sehr zu ängstigen. Aber Ella hatte bereits Angst. Sie wollte es ihrem Vater nur nicht zeigen.

Der Hauptstollen machte auf ihn einen ganz anderen Eindruck als sonst, als er ihn jetzt betrat. Die Gerüche waren deutlicher, er sah den Fels zwischen den Stempeln glänzen, die auf beiden Seiten die Wände verstärkten. An einer Stelle tropfte Wasser von einem Überhang und bildete eine kleine Pfütze auf der Sohle. Wasser? Woher konnte das kommen? Dann fiel ihm ein, dass Teile von Schacht 7 unter einem riesigen Gletscher lagen. Plötzlich war ihm, als würden ihn die Tonnen Eis über ihm zu Boden drücken. Und unter dem Eis die Kohle und der Granit. Er blieb stehen und lauschte. Es knackte und knirschte. Natürlich wusste er, dass es niemals ganz still im Berg war. Aber erst jetzt wurde ihm bewusst, dass die Geräusche, die er hörte, von einem gewaltigen Gewicht stammten, das auf dem kleinen, unbedeutenden Stollen lag, in dem sie sich befanden. Die großen Holzstempel, die massiven Eisenstreben an der Decke, die Einschüsse und alle Sicherheitskeile wirkten plötzlich lächerlich und nicht ausreichend.

Ihm kam eine Idee. Fast automatisch bog er von dem Hauptstollen ab, in den abgesperrten, schmalen Gang zum alten Schacht. Sofort wurde er ruhiger. Selbst wenn Leute in die Zeche kommen würden, dann würden sie in Schacht 7 gehen und nicht hierher. Sie würden sein Auto nicht finden, das gut versteckt in dem leeren Container stand. Ella und er hatten so gut wie keine Spuren hinterlassen.

Er wünschte sich, er hätte genügend Zeit gehabt, Kopflicht und Staubmasken mitzunehmen. Vielleicht sogar ein paar

Selbstretter? Doch die gefährliche Gaskonzentration, die aus dem Berg sickerte, war ein gutes Stück entfernt, bei Strosse 12. Und die Ventilatoren der Lüftungsanlage liefen seit ein paar Tagen. Es war sehr unwahrscheinlich, dass es eine Explosionsgefahr in den alten Grubengängen gab. Aber wie ein Omen, eine Art Hinweis vom Berg, schlug er sich den Kopf an einem Vorsprung vom Überhang. Es wurde niedriger.

»Papa, Papa!« Ella konnte nicht länger an sich halten. Wohin wollte Papa nur? Sie hatte so große Angst, dass ihre Zähne klapperten.

»Wolltest du nicht die Werkstatt vom Weihnachtsmann sehen? Wo er all die Geschenke bastelt? Und wo die Frau vom Weihnachtsmann für alle Kinder, die lieb gewesen sind, Schokolade kocht?« Seine Stimme klang dünn und falsch. Er fand selbst, dass es unglaubwürdig klang, was er da erzählte. Aber Ella brauchte unbedingt etwas, woran sie sich klammern konnte, etwas, das ihr einen Weg wieder aus dem Berg hinaus wies.

»Und dann machen wir einen Ausflug?«

»Ja, dann fahren wir hinauf zur Hütte.«

Sie gingen eine Ewigkeit lang immer weiter hinein, stolperten über Steine und Kohlestückchen auf der Sohle, die inzwischen ziemlich uneben geworden war, tasteten sich im schwachen Licht der Taschenlampe voran. Vor ihnen wurde die Strecke von der Dunkelheit geschluckt, die bitter und gefährlich schmeckte. Hatte er sich geirrt? War der alte, verfallene Aufenthaltsraum noch weiter da drinnen?

Doch dann sahen sie hinten auf der Strecke die dunkle Silhouette von einer Art Schuppen mit einem schrägen Dach aus Holzbrettern, die gegen die Felswand gestützt waren. Eine langstielige Kratze lehnte an der Wand. Er wusste von früher, dass der Name »Otto« mit altmodischer Schnörkelschrift in den Schaft eingebrannt war. In gewisser Weise hatten sie den alten Pausenraum des stillgelegten Grubenabschnitts erhalten – er, Kristian und Lars Ove. Sie hatten nicht nur ihre Geschäfte im Kopf. Sie hatten die Gegenstände, die sie auf ihren kleinen Erkundungstouren durch die verlassenen Gänge gefunden hatten, mit Respekt behandelt.

»Ja, da sind wir, Ella«, sagte er, und die Schatten, die auf dem Gesicht der Kleinen lagen, schienen zu weichen.

Aber drinnen in dem Ruheraum war es stockfinster. Er tastete sich zu einer Bank vor und fand eine Kerze. Zündete sie mit dem Feuerzeug an, das er in der Jackentasche hatte, und dachte nur für den Bruchteil einer Sekunde an eine mögliche Explosionsgefahr. Aber es geschah nichts, außer dass die kleine Flamme ein wenig knisterte und flackerte, bevor sie genügend Kraft hatte, um ruhig ein sanftes Licht auf die alten Holzwände zu werfen.

An der einen Wand, der, die dem Fels am nächsten war, standen eine lange Bank und ein grob gezimmerter Tisch. An seinen schmalen Enden gab es eigenhändig zusammengezimmerte Sitzplätze aus alten Sprengstoffkisten, natürlich leeren. Kristian war den kleinen Raum sorgsam durchgegangen und hatte festgestellt, dass es weder Dynamit noch Sprengkapseln hier drinnen gab. Den Sprengstoff, den sie in den Gängen gefunden hatten, hatten sie liegen lassen. Aber hier drinnen hatten sie aufgeräumt und fast antike Grubenleuchten, Helme, einen Handschuh und eine verrostete Keilhaue aufgehängt.

Er schaute sich um. »Ja, Ella. Da kannst du selbst sehen. Aber der Weihnachtsmann ist anscheinend nicht zu Hause. Hier hängen nur seine Werkzeuge, bereit für die Arbeit. Er wird wohl erst zurückkommen, wenn es auf Weihnachten zugeht.«

Es war deutlich wärmer in den Strecken als draußen. Er zog

der Tochter ihren Overall aus und legte ihn auf die Bank. »Was meinst du, kannst du hier eine Weile bleiben, während Papa zu Onkel Kristian fährt und den Schneescooter holt? Papa beeilt sich, so gut er kann. Ich bleibe nicht lange weg.«

Aber Ella schaute ihn voller Panik an. »Ich will hier nicht allein bleiben. Wenn jetzt der sechste Mann kommt und mich holt!«

»Jetzt sei kein dummes kleines Mädchen. Du bist doch sonst so mutig. Der sechste Mann kommt nicht. Das passiert nur, wenn die Bergleute hier sind und Kohle abbauen, dann schleicht sich der sechste Mann von hinten an sie heran. Und nur, um sie zu erschrecken, weißt du. Eigentlich ist er lieb, der sechste Mann. Und er passt auf die Werkstatt des Weihnachtsmannes auf, wenn der am Nordpol ist. Was denkst denn du«, improvisierte Steinar. Aber er musste sich eingestehen, dass er nicht besonders gut darin war, Märchen zu erfinden. Er stand auf, um zu unterstreichen, dass sein Entschluss endgültig war.

Ella schaute ihren Vater enttäuscht an. Doch dann strahlte sie plötzlich. »Guck mal, Papa. Vielleicht war der sechste Mann ja schon hier? Und hat ein paar Bonbons für uns hingelegt. Dann hat er gewusst, das wir zu Besuch kommen.« Steinar folgte ihrem Blick und erschauerte. Mitten auf der alten Holzbank am anderen Ende des Raumes lagen ein paar Päckchen mit Keksen und eine Tüte mit Schokobonbons. Jemand musste vor Kurzem hier gewesen sein.

Ihm schwindelte. Wer? Er konnte nicht klar denken, und für einen Moment hatte er größere Angst als seine Tochter. Doch dann schob er diese lächerlichen Gefühle beiseite. Das war nicht der richtige Zeitpunkt, um hier herumzustehen und an Gespenster und alte Bergwerksgeschichten zu glauben. »Du musst jetzt ein ganz mutiges Mädchen sein und Papa gehen lassen. Iss so viel du willst von den Süßigkeiten. Aber pass auf, dass dir nicht schlecht wird. Ich bin in einer halben Stunde zurück. Hier kannst du nachsehen, nimm meine Uhr. Wenn der große Zeiger auf zwölf steht und der kleine auf fünf, dann komme ich zurück. Dann kannst du anfangen, zu lauschen. Du wirst meine Schritte viel früher hören, als dass du mich siehst. Und ich lege noch eine Kerze hier auf den Tisch neben die, die brennt. Wenn die andere so weit runtergebrannt ist ...«, er zeigte ans untere Ende der Kerze, die er in eine alte Schachtel gedrückt hatte, in die er ein Loch gebohrt hatte, »dann nimmst du einfach die neue Kerze und drückst sie in das Loch, und dann erlischt die alte. Aber du musst sie vorher natürlich an der alten anzünden.«

Ella ließ einen langen, zittrigen Seufzer vernehmen. »Kann ich denn nicht mit dir kommen, Papa?«

»Nun sei nicht dumm, Ella. Es dauert doch viel länger, wenn du mitkommst. Bleib du hier und warte auf mich.« Und dann sagte er etwas, das er, soweit er sich erinnern konnte, noch nie gesagt hatte. »Papa hat dich ganz, ganz lieb. Das weißt du doch. Papa wird dich nie hier allein zurücklassen.« Damit verschwand er schnell durch die Tür und machte sie hinter sich zu.

Ella kroch in die hinterste Ecke der Holzbank zwischen der Felswand und den staubigen grauen Holzplanken. Sie wickelte den Overall um sich herum. Papas Schritte wurden immer leiser. Und zum Schluss war sie allein.

Er wollte sich beeilen, natürlich wollte er das. Aber es waren Leute in den Tagesanlagen, an der Treppe zum Aufsichtsraum hoch. Er hatte das Gefühl, eine Ewigkeit ausharren zu müssen, und fror, während er darauf wartete, dass sie endlich gingen. Es schien, als hätten sie alle Zeit der Welt, die beiden Personen, aber dann verschwanden sie schließlich doch durch die

Tür zur Waschkaue. Er lief über den Parkplatz, zum Container. Öffnete das Auto, löste die Handbremse und schob es hinaus. Schloss die Containertore und setzte sich hinein. Nachdem er den Zündschlüssel gedreht hatte, schaltete er den Wagen in den Leerlauf und drückte den Starter rein, so dass der Wagen von allein den Hang hinunterrollte. Er startete den Motor erst, als er schon weit den Berghang hinunter war. Niemand hatte ihn gesehen oder gehört, wieder einmal nicht.

Dieses Mal wagte er es, direkt zu Kristians Wohnung zu fahren. Er hatte keine Zeit für Umwege. Der Schneescooter des Kumpels stand vor dem Anbau. Steinar stieg aus dem Wagen und ging zur Garage. Das Tor war verschlossen. Leise fluchte er. Das Glück, das ihm bis jetzt wohlgesonnen gewesen war, durfte nicht hier enden. Aber im Schneescooter steckte der Zündschlüssel. Kristian musste vergessen haben, ihn zu ziehen. Außerdem kam es selten vor, dass jemand einen Scooter in Longyearbyen stahl. Ein Dieb würde ziemlich schnell entdeckt werden.

Steinar hielt die Straße entlang nach Autos und Fußgängern Ausschau. Er sah niemanden. Aber wo sollte er den Wagen lassen, wenn die Garage verschlossen war?

»Reiß dich zusammen«, sagte er halblaut zu sich selbst. »Das kriegst du schon hin. Du bist deinem Ziel ziemlich nahe.« Und die eigene Aufmunterung schien zu wirken, denn plötzlich fand er eine Lösung. Auf dem Parkplatz vor dem Café Schwarzer Mann war immer etwas los. Er konnte sich nicht daran erinnern, jemals den Platz leer gesehen zu haben. Dort konnte er seinen Wagen abstellen.

Er fuhr um den Parkplatz herum und hielt am Rand an, um sich zu orientieren, während er den Motor laufen ließ. Er hatte nicht viel Zeit, um sich zu entscheiden, außerdem fror er, dass er zitterte. Am liebsten würde er den Subaru oben am Sportgeschäft abstellen. Dort würde er am wenigsten auffallen. Aber einfacher war es hier neben dem einzelnen Wagen vor dem Café. Die Leute drinnen im Café konnten in der Dunkelheit von drinnen nicht viel erkennen. Er konnte schnell von hier auf die Straße laufen und mit einem kleinen Umweg hoch zu Kristian gelangen, um den Schneescooter zu holen.

Steinar stellte sich neben den dunkelblauen Kombi. Er zündete die Kippe an, die er seit der letzten halben Stunde zwischen den Lippen hatte, nahm ein paar tiefe Züge, drehte den Kopf und schaute sich um. Niemand war zu sehen. Er stieg aus dem Wagen, schlug die Tür viel zu laut zu – und trat in eine Pfütze mit irgendeiner Flüssigkeit.

»Wasser?«, dachte er verwundert. »So kalt, wie es ist?«

Und dann begriff er. Und erkannte den Geruch. Aber da hatte er bereits den Zigarettenstummel weggeworfen. Er fiel in einem kleinen, glühenden Bogen direkt in die Pfütze.

KAPITEL 20

Der brennende Mann

Freitag, 23. Februar, 19.30 Uhr

Etwas Unfassbares geschah auf dem Parkplatz vor der Einkaufshalle. Anfangs, als Steinar Olsens Kleider Feuer fingen, waren so gut wie gar keine Menschen in der Nähe. Aber bald kamen die Leute aus den Häusern um den Platz herum angelaufen, vor allem aus dem Café Schwarzer Mann, dessen Fenster zum Platz gingen. Knut rannte auf dem Fußweg vom Kindergarten heran, schob die Leute beiseite, die ihm im Weg standen, voller schrecklicher Vorahnung, welche Bilder sich ihm weiter vorn bieten würden. Die Schreie des brennenden Mannes wurden immer lauter und waren in eine Art tierisches Geheul übergegangen. Aber das genügte nicht, um Knut auf den Anblick vorzubereiten, der sich ihm schließlich bot. Es war eine Szene wie aus einer mittelalterlichen Höllendarstellung. Schwarze Schatten zeichneten sich vor hohen Flammen ab, die im Wind flackerten. Erst als er das Feuer fast erreicht hatte, stolperte er beinahe über ein paar Gestalten, die bei einem qualmenden Bündel mit verbrannter Kleidung knieten. Von diesem Bündel kamen auch die Schreie.

»Ohgottohgott...« Er erkannte Hannahs Stimme in dem leisen Jammern wieder. Sie saß mit bloßem Kopf in der Kälte da, über die Gestalt auf der Erde gebeugt, konnte aber nichts tun.

»Hannah.« Er sprach sie vorsichtig an und fasste sie bei den Schultern. Sie schaute zu ihm auf, schüttelte den Kopf. »Nein, du nicht. Ich warte auf Tore. Wir brauchen sofort Morphium.« Ihre Augen waren kreisrund und verzweifelt.

Knut schaute sich um. Die Leute, die herbeigeeilt waren, hielten ein wenig Abstand, ihre Gesichter spiegelten gleichzeitig Grauen und Mitgefühl. Die meisten von ihnen kannte er. Aber der Chefarzt vom Krankenhaus war nicht unter ihnen. »Er kann an den Schmerzen und dem Schock sterben«, flüsterte Hannah. »Wir brauchen schmerzstillende Mittel. Wo bleibt nur Tore?« Merkwürdigerweise fiel Knut plötzlich eine bizarre Geschichte ein, die er gelesen hatte, über einen Prozess gegen einen Mann, der während einer Brandkatastrophe herumgelaufen war und die Leute, die extrem stark verbrannt waren, totgeschlagen hatte. Ein Schaudern überlief ihn, und er verspürte starkes Mitgefühl mit Hannah. Sie würde das nie vergessen, was sie hier erlebte. Aber er konnte weder für sie noch für die Gestalt auf dem Boden etwas tun.

Jan Melum war gleich nach Knut eingetroffen. Er schob das grauenhafte Bild beiseite und konzentrierte sich auf seine polizeilichen Aufgaben. Deshalb blieb er am Rand der Menschenmenge stehen und musterte die erschrockenen Gesichter. Nach ein paar Minuten ging er zu dem Feuer dahinter, wobei er konzentriert den Boden betrachtete. Mit der Hand vor dem Gesicht, um sich ein wenig gegen die Hitze zu schützen, ging er so nahe heran, wie es nur möglich war. In dem Flammenmeer konnte er die Konturen zweier Autowracks erkennen. Der Boden rundherum war rußgeschwärzt, und das Eis drum herum war zu großen Pfützen geschmolzen. Er nickte vor sich hin und ging zurück zu dem Menschen, der sich vor Schmerzen windend auf dem Boden lag. Endlich war der Rettungswagen vom Krankenhaus da. Die Schaulustigen zogen sich zurück, um dem medizinischen Personal Platz zu machen. Und im nächsten Moment kam auch der Feuerwehrwagen hinter den brennenden Fahrzeugen zum Vorschein. Jan Melum seufzte. Die meisten Spuren würden sicher niedergetrampelt werden.

Auch der Polizeiwagen fuhr auf den Parkplatz und hielt ein Stück vom Feuer entfernt an. Jan Melum ging zu ihm.

»Weißt du, was hier passiert ist?« Tom Andreassen sprang vom Fahrersitz.

Jan Melum schüttelte den Kopf. »Momentan ist es nicht möglich, jemanden zu befragen. Aber ich würde vorschlagen, wir sperren den ganzen Platz ab und schaffen die Leute weg. Die Feuerwehrleute haben den Brand sicher unter Kontrolle, aber man kann ja nie wissen.« Er hatte gerade seinen Satz beendet, als ein Donnerknall von einem der Autos ertönte und die Flammen die doppelte Höhe erreichten.

»Was zum Teufel war das?« Erik Hanseid war auch aus dem Polizeiwagen gestiegen.

»Vielleicht der Benzintank?«

Die Feuerwehrmänner sprühten Schaum auf die Autowracks. Aber die Polizisten hielten sich nicht lange damit auf, zuzusehen. Der Parkplatz wurde gesichert. Alle, die innerhalb der Absperrung gestanden hatten, wurden gebeten, sich zu entfernen. Die beiden Polizeibeamten standen an der Absperrung und notierten sich die Namen aller, die auf dem Platz gewesen waren. Wer etwas mitzuteilen hatte, wurde gebeten, ins Café zu gehen und dort zu warten. Niemand stand unter Verdacht, das Unglück verursacht zu haben. Die Beamten selbst waren so schockiert, dass sie bis jetzt kaum über die Ursache nachgedacht hatten. Aber lange Erfahrung und Polizeiroutinen übernahmen bald das Regiment.

Zu seiner großen Überraschung sah Erik Hanseid, dass Frøydis offenbar auch in der Nähe gewesen war, als die beiden Wagen Feuer fingen. Sie war ganz grau und starr im Gesicht und stolperte zwischen den Leuten herum, als würde sie etwas suchen. Er hätte sie anfangs fast nicht wiedererkannt. Sie wirkte so mager, mit hängenden Schultern. Der dicke Daunenmantel hing schlotternd um ihren Körper, sie hatte ihn nicht einmal zugeknöpft. »Frøydis?« Er ging zu ihr, fasste sie beim Arm. Einen Moment lang sah es so aus, als würde sie ihn ebenfalls nicht wiedererkennen. Ihr Blick war tot. »Mein Schatz... was machst du denn hier? Warst du im Laden, um einzukaufen?«

Sie lächelte ihn an, das Gesicht sonderbar verzerrt. Er erstarrte. Etwas musste passieren. »Warte einen Moment, rühr dich nicht von der Stelle.«

Er ging zu Tom Andreassen. »Frøydis ist hier. Sie muss alles gesehen haben. Es scheint, als hätte sie einen schweren Schock. Hast du etwas dagegen, wenn ich sie nach Hause fahre?«

»Natürlich nicht. Fahr nur.« Andreassen seufzte resigniert. »Es ist ja nicht deine Schuld, dass wir offenbar immer unterbesetzt sind. Und im Augenblick haben wir noch Glück, auch wenn der Ausdruck jetzt etwas fehl am Platze ist. Der Mann von der Kripo ist ja hier.«

Langsam leerte sich der Platz. Der Krankenwagen fuhr das kurze Stück zum Krankenhaus. Die örtlichen Polizisten und der Kripobeamte standen beieinander und sahen zu, wie die Feuerwehrleute die letzten Flammenreste löschten, die noch aus den beiden Fahrzeugen aufflackerten.

»Glaubst du wirklich, dass der Mann, der im Krankenwagen liegt, der Vater des Kindes ist, das wir suchen?«, fragte Jan Melum und schaute seine Kollegen ungläubig an.

»Ja, das war Steinar Olsen«, bestätigte Tom Andreassen und schaute Knut an. »Sag mal, willst du nicht mehr anziehen? Du frierst dich ja zu Tode, jetzt, nachdem das Feuer gelöscht ist.«

Erst jetzt merkte Knut, dass er vor Kälte zitterte. »Ich muss meine Jacke irgendwo hingeworfen haben.« Er schaute sich suchend um, aber seine Gedanken waren bei einer anderen Sache, nicht bei seiner Jacke. »Ich habe mich ein bisschen unter den Leuten umgehört. Und es gibt mehrere, die behaupten, dass es Olsen war, der als Erstes Feuer gefangen hat. Und erst anschließend die Autos. Wie kann das möglich sein? Ein Mensch brennt doch nicht so ohne weiteres?«

Jan Melum nickte nachdenklich. »Das habe ich auch gehört. Aber ich habe eine Frage, die ist noch makabrer. Können wir sicher sein, dass keine weiteren Personen in den Wagen saßen? Und was, wenn jetzt jemand in einem der Wagen gelegen und geschlafen hat? Zum Beispiel ein Kind...«

»Nein. Nein, nein, nein...« Tom Andreassen schüttelte heftig den Kopf. Knut sah ganz krank aus und drehte sich weg. »Das ist nicht möglich. Das kann nicht passiert sein. So schnell geht das nicht. Außerdem waren doch sofort Leute da. Die hätten gesehen, wenn jemand in den Autos gewesen wäre.«

»Zumindest, wenn derjenige am Leben gewesen ist.« Erik Hanseid hatte sich zu ihnen gesellt, nachdem er seine Frau nach Hause gefahren hatte. Ihm war keine Zeit geblieben, sie zu fragen, was sie auf dem Parkplatz gesehen hatte oder was sie überhaupt dort gemacht hatte. Er hatte ihr schnell ein großes Glas Cognac eingeschenkt und versprochen, so schnell es ging zurückzukommen.

»Hoffen wir, dass ihr Recht habt.« Jan Melum schaute zu den Feuerwehrleuten. Sie standen an den Löschgeräten und überwachten die rauchenden, verbrannten Wracks.

Tom Andreassen schien den Tränen nahe zu sein. Er dachte an seine eigenen Kinder, die hoffentlich friedlich schliefen und nichts wussten von dem, was nur knapp einen Kilometer von ihnen entfernt vor sich ging. »Ich kann es kaum glauben. Was ist nur auf Spitzbergen los? Wir sind doch bisher immer eine friedliche, kleine Gemeinde gewesen. Die schlimmsten Verbrechen, das waren normalerweise ruhestörender Lärm, Ehekrach, Schnapsschmuggel und ein paar kleinere Umweltsünden. Und plötzlich das alles hier. Ich wohne jetzt fast fünf Jahre hier und begreife es einfach nicht.« Er schob seine Hände in die Taschen der schwarzen Jacke mit dem Polizeiemblem. »Sind wir naiv? Sehen wir langsam diese Harmonie als selbstverständlich an? Was für ein Wahnsinn ist das, ein kleines Kind zu kidnappen? Und seinen Vater umzubringen? Wo sind wir gewesen, während das alles passiert ist?«

»Hör mal, Tom. Bisher wissen wir nicht mehr, als dass es ein Unfall war.« Erik Hanseid legte ihm die Hand auf die Schulter. »Jetzt lasst uns erst mal ins Café gehen und mit den Leuten reden, die dort warten. Dann wird sicher schon mal klarer werden, was überhaupt passiert ist.«

»Du hast leicht reden«, sagte Knut. »Aber wo ist Steinar Olsens Tochter? Was ist mit ihr passiert?«

Der Ermittler vom Festland hatte sich umgedreht und schaute die Inselpolizisten nachdenklich an. »Ich werde meinen Chef anrufen. Wir brauchen Leute von der Spurensicherung hier.«

Tom nickte. »Wir haben, so gut es geht, das Gelände wie einen Tatort abgesichert. Aber was ist, wenn es anfängt zu schneien? Wäre es sinnvoll, eine Persenning über die Autos zu legen? Oder sollen die Feuerwehrleute sie lieber wegschleppen?«

Der Leiter des Feuerwehreinsatzes kam auf die Polizisten zu. Er war ein hochgewachsener Mann mit ruhigen, graublauen Augen und machte den Eindruck, als wäre es für ihn Alltagsarbeit, ein brennendes Auto mitten in Longyearbyen zu löschen. Doch die Ruhe war hart erkämpft. »Wir sind so weit«, sagte er. »Es wird nicht wieder aufflackern. Schon merkwürdig, das Ganze. Autos fangen nicht von allein Feuer. Da werdet ihr eine harte Nuss zu knacken haben.«

»Habt ihr nachgucken können, ob noch mehr Personen in

den Wagen waren? Eventuelle Passagiere, die nicht mehr herauskommen konnten, bevor alles in Flammen stand?«

Der Feuerwehrmann schaute sie mit ausdrucksloser Miene an. »Wir sind es gewohnt, erst die Menschen zu retten. Und dann zu löschen. Es war niemand sonst in den Wagen. Es sei denn, es würde jemand im Kofferraum liegen. Aber, wie gesagt, das müsst ihr herausfinden. Sagt Bescheid, wenn ihr Hilfe braucht bei der Untersuchung der Wracks. Die werden wohl bis auf Weiteres erst mal hier stehen bleiben, oder?«

Knut wandte sich Tom Andreassen zu. »Was hältst du davon, wenn er mitkommt, wenn wir mit den Zeugen drinnen im Café reden? Es ist etwas Merkwürdiges hier auf dem Parkplatz vor sich gegangen. Das war kein normales Feuer.«

Der Feuerwehrmann schnaubte laut, kam jedoch mit ins Café Schwarzer Mann.

Vorher teilten sie sich auf. Tom Andreassen und Jan Melum sprachen mit den Zeugen, Erik Hanseid nahm den Wagen und fuhr zum Büro der Regierungsbevollmächtigten, um Anne Lise Isaksen zu informieren. Knut fuhr zum Krankenhaus, um mit Schwester Hannah zu sprechen und zu erfahren, wie es Steinar Olsen ging und ob er eventuell etwas gesagt hatte.

»Etwas gesagt?« Hannah wurde so wütend, dass ihr die Tränen in die Augen schossen. »Bist du jetzt total verrückt geworden? Hast du nicht gesehen, wie es ihm ging? Kannst du dir diese Schmerzen vorstellen?« Der Chefarzt kam ins Büro und legte ihr die Hand auf den Arm. »Bleib ruhig, Hannah. Er muss schließlich seine Arbeit tun, das weißt du doch auch.« Er wandte sich Knut zu. »Es ist nicht anzunehmen, dass er in den nächsten Tagen wird sprechen können. Wenn er überhaupt überlebt. Er hat am ganzen Körper und im Gesicht schwere Brandwunden. Momentan liegt er im künstlichen Koma. Wir tun alles, was wir können, haben aber trotzdem ein Ambulanzflugzeug von Tromsø angefordert. Ich gehe davon aus, dass er im Laufe der Nacht dorthin gebracht werden wird. Höchstwahrscheinlich wird er wohl nach Haukeland geflogen.«

Knut schluckte und begegnete wieder Hannahs wütendem Blick, aber er musste sich trotzdem vergewissern. »Dann hat er also überhaupt nichts sagen können? Niemandem?«

»Nein, das wäre auch ziemlich unwahrscheinlich.« Der Arzt schüttelte nachdenklich den Kopf. »Höchstens genau in dem Moment, als seine Kleider Feuer fingen. Aber ich weiß nicht, ob jemand zu diesem Zeitpunkt dort war. Da musst du die fragen, die als Erste vor Ort waren. Hannah, war schon jemand da, als du angekommen bist?«

Aber Hannah starrte die Männer nur an und fing an zu zittern. »Ich glaube, ihr spinnt. Der Mann da drinnen liegt im Sterben. Er hat Schreckliches durchgemacht... Und du...« Sie machte einen Schritt auf Knut zu und ohrfeigte ihn so kräftig, dass es knallte, »...du denkst nur an deine blöden Polizeiermittlungen. Hast nicht einen Funken von Mitgefühl!« Damit lief sie durch die Tür hinaus und verschwand den Flur hinunter.

Der Arzt schaute Knut an. »Nimm das nicht so ernst. Sie hat einen heftigen Schock erlitten. Das kommt vor, selbst bei uns von der Notfallmedizin. Wir sind auch nur Menschen. Irgendwann wird es einfach zu viel. Und ich muss zugeben, es ist mit das Schlimmste, was ich je gesehen habe. Ich werde mit ihr reden. Komm morgen wieder. Dann ist er wahrscheinlich auf dem Festland. Im Augenblick haben wir wirklich keine Zeit.«

Knut rieb sich die Wange, auf der sich ein heftiger roter Fleck abzeichnete. »Falls er etwas sagt, auch nur das Geringste, und selbst, wenn es vollkommen sinnlos erscheint, dann sei so gut und ruf mich sofort an. Wir müssen wissen, ob er derjenige war, der seine Tochter aus dem Kindergarten abgeholt hat. Und wo sie jetzt ist.«

Der Besitzer des Cafés Schwarzer Mann schaute sich in dem gut gefüllten Raum um. Kaffee gab es gratis für alle, aber zusätzlich bot er belegte Brote und Waffeln an. Die meisten kauften etwas zu essen. Die Polizeibeamten saßen in einer Ecke des Raumes und hatten für ein wenig Platz um sich herum gesorgt, damit es nicht so einfach war, mitzuhören, was sie mit den Zeugen bereden wollten. Aber das Café war nicht groß genug, dass nicht der eine oder andere ein paar Brocken aufschnappen konnte. Als Erstes hatten die Polizisten die Neonröhren an der Decke eingeschaltet. Und bald wurde klar, dass nicht nur die Zeugen vom Parkplatz den Weg ins Café gefunden hatten. Unter anderem saß auch der Redakteur der Spitzbergen-Post ganz hinten in der neugierigen Menge.

Tom Andreassen stand auf und räusperte sich. »Ich möchte alle, die nicht während des Brandunglücks auf dem Parkplatz waren, bitten, das Café zu verlassen«, sagte er mit entschiedener Stimme. »Das Café Schwarzer Mann stellt momentan seinen Betrieb ein, und die Polizei möchte ungestört mit den Zeugen reden.« Überrascht darüber, dass der sonst so sanfte Polizist mit so herrischer Stimme sprach, erhoben sich zwei Drittel der Anwesenden ohne Protest und verließen das Lokal, einschließlich des widerstrebenden Redakteurs.

Die Stimmung unter den Zurückbleibenden war gedämpft. Es herrschten Ratlosigkeit und Angst. Die meisten wollten nach Hause. Ein Mann stand auf und erklärte, dass er vom Festland komme, für das Telefonunternehmen arbeite und nichts mit der Sache zu tun habe, er könne ja wohl gehen?

»Von uns hier hat auch keiner etwas mit der Sache zu tun«,

erklärte einer der ständigen Bewohner wütend. »Du kannst hübsch warten, bis du an der Reihe bist.«

Doch Tom Andreassen hatte sich bereits zu dem Mann von der Telefongesellschaft umgedreht. »Wann waren Sie vor Ort? Brannten die Autos da schon?«

»Ja.« Der Mann nickte eifrig. »Ich bin den Weg hochgekommen. War spazieren und wollte zurück zu... na ja, dahin, wo Telenor sitzt. Und da habe ich Schreie und Lärm gehört, und dann habe ich die Flammen gesehen. Ich bin nicht nähergegangen, deshalb habe ich auch nichts gesehen.«

»Okay, in Ordnung. Gehen Sie bitte zu dem Mann dort hinten am Tisch, ja? Er ist der Ermittler von der Kripo und wird Ihnen sicherheitshalber noch ein paar Fragen stellen.«

Tom Andreassen schaute sich in der Runde um. »Sind noch mehr Besucher vom Festland hier?« Keine Antwort. »Gut, dann machen wir jetzt alphabetisch weiter. Soweit ich sehen kann, befinden sich elf Personen hier im Lokal. Der Feuerwehrchef selbst ist kein Zeuge, er wird dabeisitzen und alles notieren, was wichtig ist, um Hinweise darauf zu finden, wie das Feuer entstehen konnte. Okay?«

Jonas Lund Hagen hatte gerade den Fernseher ausgeschaltet, wieder einmal, ohne die Wettervorhersage mitzubekommen. Sport im Fernsehen langweilte ihn so sehr, dass er in eine Art Trance verfiel, während die Ergebnisse verschiedener Skiwettkämpfe über den Schirm rollten. Wie üblich fing er an, Kaffeetassen und Gläser wegzuräumen. »Kannst du nicht einen Abend mal ein bisschen länger bei mir sitzen bleiben?«, fragte ihn seine Frau mit ärgerlicher Stimme, als hätte sie gerade erst diese Eigenschaft an ihm entdeckt und nicht bereits seit fast zwanzig Jahren damit gelebt. Sie selbst interessierte sich für Sport und war auch selbst sportlich.

Doch bevor er etwas darauf erwidern konnte, wie er es normalerweise tat, dass er früh ins Bett musste, weil er, im Gegensatz zu seiner lieben Ehefrau, wieder früh aufstehen musste, klingelte das Handy. Es hatte einen angenehmen, abstrakten Klingelton, der es fast unmöglich machte, seinen Standort zu lokalisieren. Wie üblich hatte der Anrufer bereits aufgelegt, als er es endlich fand, zwischen Sofakissen und Sitz geklemmt. Aber auf dem Display war zu lesen, dass es Jan Melum gewesen war, der versucht hatte, ihn zu erreichen.

Er rief zurück. »Jan? Wie läuft es mit dem Kerl? Hat er etwas von seiner Tochter gesagt?«

»Nein, hat er nicht und wird es in den kommenden Tagen wohl auch nicht tun. Sie haben ihn in ein künstliches Koma versetzt.«

»Hm.« Es entstand eine Pause. »Und was ist mit dem Unglücksort?«

»Vorläufig gar nichts. Leider wird es wohl schwer, überhaupt etwas zu rekonstruieren aus den Spuren dort. Die Feuerwehrleute und die Rettungskräfte sind überall am Tatort herumgetrampelt, es wurde jede Menge Schaum auf die Autowracks gesprüht, der Schnee ist geschmolzen. Zum Schluss waren wohl so an die zwanzig Personen auf dem Parkplatz, auch wenn die meisten erst hinterher gekommen sind.«

»Hast du ›Tatort‹ gesagt?«

»Ja.« Jetzt war es Jan Melum, der zunächst nichts mehr sagte. »Ich habe so ein Gefühl. Da ist irgendetwas. Sag mal, kannst du einen von der Spurensicherung herschicken?«

Lund Hagen seufzte. »Wir sind wahnsinnig unterbesetzt. Ich werde sehen, was ich tun kann. Aber es hat wohl keinen Zweck, jemand Neuen raufzuschicken. Diese kleine Gemeinde dort muss mit einer guten Portion Geduld behandelt werden.«

Lund Hagen klapperte mit den Kaffeetassen, die er in die Geschirrspülmaschine stellte.

»Was hast du gesagt?«

»Ich habe gesagt: Vielleicht komme ich selbst hoch.« Er war in die Küche gegangen, um ungestört reden zu können. Aber seine Frau hatte ihn trotzdem gehört. »Nein, Jonas. Du kannst jetzt nicht fort«, rief sie aus dem Wohnzimmer. »Wir haben meiner Schwester versprochen...«

»Ja, nur der Beste ist hier gut genug. Und ich kann dir den Tipp geben, dass heute Nacht aus Tromsø ein Krankentransport herkommt. Aber ob ein passendes Flugzeug von Oslo nach Tromsø geht, das weiß ich natürlich nicht. Es wäre gut, wenn ihr so früh wie möglich kommt, möglichst in den nächsten Stunden. Sie sind hier bei der Polizei auch unterbesetzt, und es gibt viele Anrufe und Hinweise, die das Kind betreffen. Und denen wir noch nicht haben nachgehen können. Außerdem ist es scheißkalt hier. Zieh dich warm an.«

KAPITEL 21

Allein

> *In des Berges Tiefe weit*
> *müssen sie gehen auf Knien und Händen.*
> *Sie fürchten nicht um Haut und Kleid,*
> *denn auf ihr Glück vertrauen sie heut.*

Freitag, 23. Februar, 16.30 Uhr

Die Welt bestand aus drei Wänden und dem Berg. Ein paar Kisten, ein Tisch und eine Bank. Es war das Licht, das machte den Raum sicher. Die Schatten hatten sich in die Ecken zurückgezogen und waren nicht gefährlich, nur freundlich und weich. Sie hatte die Schokoladenkekse gegessen, die auf der Bank gelegen hatten. Jetzt hatte sie ein bisschen Durst, aber es gab nichts zu trinken.

Wenn nur Papa bald zurückkäme. Sie dachte an die Fahrt in die Hütte und an den Schneescooter, den er holen wollte. Ella hatte keine Angst, mit draufzusitzen, wenn Papa fuhr. Dann saß sie vorn, er hinter ihr, die Arme dicht um sie herum, die Hände auf dem Lenker. Einmal hatte sie allein lenken dürfen. Aber der Schneescooter war schwer in die Kurve zu legen. Deshalb konnte sie ihn nur lenken, solange sie geradeaus in einer Loipe fuhren. Sie überlegte, ob sie lieber ihren Schneeanzug anziehen sollte. Mit der Zeit wurde ihr ein wenig kalt. Und außerdem wollte sie bereit sein, wenn Papa kam, um sie abzuholen.

Draußen war die Grubenstrecke. Sie öffnete vorsichtig die Tür und guckte hinaus. Aber da war es nur schwarzglänzend, und es roch so merkwürdig. Hier drinnen im Raum roch es gut, wie sie fand. Sie schnupperte an der Tüte, in der die Schokoladenkekse gewesen waren. Es wäre nicht schlecht, noch ein paar zu haben. Sie hatte immer noch Hunger. Aber vor allem war sie durstig.

Die erste Kerze war bereits vor einer Weile heruntergebrannt. Da hatte sie getan, was Papa ihr gesagt hatte, die Kerze gewechselt. Sie guckte auf seine Uhr, die auf dem Tisch lag. Aber der große Zeiger war herumgelaufen und zeigte nicht auf die Zwölf ganz oben. Und der kleine Zeiger zeigte auf die Sieben. Oder war es die Acht? Er war eher an der Acht als an der Sieben. Was hatte Papa gesagt, wann wollte er zurückkommen? Der große Zeiger sollte auf der Zwölf stehen, daran erinnerte sie sich. Und jetzt war er bald dort.

Aber es kam niemand die Strecke entlang. Sie fing an zu singen, ein Lied, das sie im Kindergarten vor Weihnachten gelernt hatte. »Entzünde ein Licht, ein Licht soll brennen für alle Kinder auf der Welt...« Aber ihre Stimme zitterte ein wenig, und sie brach ab. Eigentlich wollte sie gar nicht mit in die Hütte. Sie wollte nach Hause zu Mama. Am liebsten würde sie jetzt am Küchentisch sitzen und eine Scheibe Brot mit Marmelade essen und dazu ein großes Glas Milch trinken. Aber daran durfte sie nicht denken, sonst wurde sie nur traurig.

Es war ziemlich langweilig in der Werkstatt des Weihnachtsmanns. Das Werkzeug, das an den Wänden hing, sah schrecklich alt und schmutzig aus. Sie fragte sich, warum es der Weihnachtsmann nicht schöner hatte, verteilte er doch zu Weihnachten so viele schöne Geschenke an alle Kinder. Das war schon merkwürdig. Wenn Papa zurückkam, würde sie ihm erzählen, dass Kalle im Kindergarten gesagt hatte, es stimme gar nicht, das mit dem Weihnachtsmann. Aber wer wohnte dann hier?

Sie ging langsam zur Bank und schaute in die Schatten.

Wenn da jetzt eine Flasche Limonade stünde! Am liebsten Solo. Sie trank gern Solo, da waren so viele Bläschen drin. Wenn man die Flasche schüttelte, kam es vor, dass es in den ganzen Raum spritzte. Und dann würde Papa sicher böse werden. Aber sie wollte nicht weiter daran denken. Außerdem stand nirgends eine Flasche mit etwas zu trinken drin.

»Scheiße«, sagte sie leise. »Verdammte Scheiße. Kaka.« Aber sie wusste, das waren hässliche Worte, denn das hatten sie im Kindergarten gesagt. Und Ingrid hatte traurige Augen bekommen und ihr über den Kopf gestrichen. Und da war sie selbst auch traurig geworden und hatte angefangen zu weinen.

Aber der Schaden war angerichtet. Die Schatten in der Ecke verdichteten sich und wurden schwarz. Und da wusste sie, dass dort ein Tier saß, das sie nicht sehen konnte, das sie anfauchte. Vielleicht eine Katze? Eine große, schwarze Katze mit glänzenden Augen und scharfen Krallen. So eine Katze hatte sie einmal gekratzt, als sie bei Großmutter zu Besuch gewesen war, draußen am Meer. »Pfui, verschwinde, du Katzenvieh«, hatte Großmutter geschimpft. Und da verschwand die Katze. Aber sie hatte sich noch einmal umgeschaut, und Ella erinnerte sich an die Augen. Sie waren schmal und scharf gewesen, fast, als würde die Katze lachen und sich überlegen, wiederzukommen, wenn Großmutter nicht da war.

Es war ganz still in der Ecke. Sie stand regungslos und ohne zu atmen da, aber sie hörte nichts. Die Katze war unsichtbar geworden.

Sie bekam schreckliche Angst und fing wieder an zu singen »... die Hoffnung ist für alle, so Gutes wird geschehn ...« Nachdem sie alle Strophen gesungen und die Worte, die sie nicht mehr wusste, gesummt hatte, wurden die Schatten weich und sanft, und das Tier wurde winzigklein und war nicht mehr gefährlich.

Die Kerze auf dem Tisch begann zu flackern. Jetzt war die zweite Kerze fast heruntergebrannt, aber sie hatte gesehen, dass in einer Schachtel auf der Bank noch mehr Kerzenstummel lagen. Sie suchte den längsten heraus und fand, dass sie richtig groß war. Das würde Papa auch sagen. Aber warum kam er nicht? Er hatte doch gesagt, dass er nicht so lange fortbleiben wollte. Sie legte sich auf die Bank und zog ihren Overall über sich. Wenn sie ein bisschen schlief, würde die Zeit schneller vergehen, und dann konnte er sie wecken, wenn er kam. Darauf freute sie sich. Sie würde aufstehen, sich die Augen reiben und sagen: »Hallo, Papa. Bist du schon zurück?« Und Papa wäre lieb und würde nicht schlecht aus dem Mund riechen, und er würde sagen: »Ja, Ella, jetzt bin ich wieder zurück. Und weil du so brav gewesen bist, werden wir morgen einen Hund kaufen.«

Ella wünschte sich so sehr einen Hund. Wenn der Hund mit ihr hier wäre, hätte sie mit ihm spielen können. Und der Hund hätte alle Schatten anknurren können, und er hätte gebellt, wenn eine Katze da gewesen wäre. Und zu Hause käme er mit zu ihr ins Bett. Aber er dürfte nicht die Puppen oder Basse beißen, sonst müsste er bitteschön aus dem Bett springen. Sie lächelte vor sich hin. Doch dann fiel ihr ein, dass Basse da ganz oben in diesem komischen Haus lag, wo es so kalt war.

Sie schlief ein und träumte von dem Hund. Es verging viel Zeit. Schrecklich viel Zeit. Jetzt war die dritte Kerze fast heruntergebrannt, und sie musste noch eine von der Bank holen. Sie fing fast an zu weinen, denn das Licht durfte auf keinen Fall ausgehen. Dann wäre es im ganzen Raum dunkel, die Katze könnte zurückkommen, groß und böse werden. Und wenn Papa sie nicht finden würde?

Sie saß da, schaute die Kerze an und dachte, dass sie schrecklich großen Durst hatte. Doch dann hörte sie draußen

Geräusche. Und nach einer Weile hörte sie, wie jemand näher kam. Papa hatte gesagt, sie würde seine Schritte draußen hören. Sie setzte sich auf. Doch dann legte sie sich schnell wieder hin und versteckte den Kopf unter dem Overall. Papa ging immer leicht und schnell, als ob er es eilig hätte. Diese Schritte aber waren langsam und laut, als schlurften Füße über die Kiesel auf dem Boden.

KAPITEL 22

Verletzt

Samstag, 24. Februar, 06.00 Uhr

Das Rettungsflugzeug landete um sechs Uhr morgens auf dem Flugplatz von Longyearbyen, am Samstag, dem vierundzwanzigsten Februar. »Na? Wie war der Flug?« Jan Melum hatte das mürrische Gesicht seines Chefs wohl bemerkt, als sie durch die dunkle Ankunftshalle eilten, hinaus zu dem Dienstwagen. Lund Hagen hatte kaum Zeit für ein Händeschütteln, gab Tom Andreassen den Koffer und warf sich zitternd auf den Beifahrersitz.

»Meine Güte, ist das kalt hier! Und eines sage ich euch: Nie wieder! Bist du nicht auch meiner Meinung, Otto?« Er schaute über die Schulter zu dem Techniker, der sich in seinem dicken kanadischen Parka auf die Rückbank neben Jan Melum gezwängt hatte.

»Na ja, es hat ein bisschen geschaukelt, aber so ist das mit diesen kleinen Flugzeugen. Viele Turbulenzen. Auf jeden Fall sind wir schnell hergekommen. Auch wenn es mir lieber gewesen wäre, außer Zahnbürste, Rasierer und ein paar Unterhosen noch ein bisschen mehr einpacken zu können.«

»Ich rede nicht von dem Flug«, sagte Lund Hagen. »Sondern dass wir überhaupt hier sind.«

»Das glaube ich nun nicht«, erwiderte Otto Karlsen und unterdrückte ein Lächeln. »Es ist doch etwas anderes, was dich quält.« Er drehte sich zu Jan Melum um und zwinkerte diesem zu. »Er musste das magische K-Wort benutzen, damit wir im Rettungsflieger mitkommen durften. Ganz zu schweigen von

Gardermoen. Blaulicht, VIP-Eingang, die ganze Chose. Sonst hätten wir es nicht geschafft. Ich hoffe, das war den ganzen Aufwand wert.« Tom Andreassen erwiderte seinen Blick im Rückspiegel.

»Also, es fehlt an Zeit und Ressourcen, habe ich das richtig verstanden?« Lund Hagen schnallte sich den Sicherheitsgurt um.

»Wir wissen es nicht so genau.« Tom Andreassen hatte nur drei Stunden geschlafen, bevor er immer noch müde und widerwillig seine Kleider wieder angezogen und sich in die Kälte hinausbegeben hatte. Es fiel ihm schwer, seine Gedanken zu ordnen. Es war zu viel in zu kurzer Zeit passiert. »Die Suche nach der Kleinen war schlimm genug. Aber jetzt verstehen wir gar nichts mehr. Wir haben zwei Tage lang an diesem kleinen Ort nach dem Vater gesucht. Und als wir ihn endlich finden, da können wir nicht mit ihm reden.«

Jan Melum schaute den Mann von der Spurensicherung mit finsterer Miene an. »Wir dürfen das nicht unterschätzen. Das wird ein schwieriger Job für dich. Die Autos stehen vorläufig noch an derselben Stelle.«

Otto Karlsen erwiderte nichts. Er unterschätzte eigentlich nie irgendetwas. Auf dem Sitz vor ihm saß Lund Hagen und schaute durch das Autofenster auf den zugefrorenen Fjord. Ein Krankenwagen kam ihnen entgegengefahren, Richtung Flughafen.

»Können wir zuerst zum Hotel?«, fragte er schließlich.

Sie frühstückten, bevor sie zum Verwaltungsgebäude fuhren. Eine verschlafene Kellnerin schenkte ihnen Kaffee ein. Der Speisesaal war halbdunkel, es stand nicht viel Essen zur Auswahl auf dem Büffet.

»Es können nicht viele Gäste hier sein.« Lund Hagen schaute trübsinnig auf den Teller vor sich. »Sag mal, braten sie hier die Eier in Öl? Ich hasse das.«

»Nein, viele Gäste haben wir momentan nicht hier. Aber nächste Woche erwarten wir ziemlich viel Andrang. Dann ist Sonnenfestwoche. Das ist eines der großen Ereignisse hier oben. Die Sonne zeigt sich dann zum ersten Mal in diesem Jahr über dem Horizont. Dann gibt es einen Umzug, Karneval, Kindertheater und so weiter. Viele kommen angereist, die Hotels werden voll.« Jan Melum leerte ein großes Glas Orangensaft in einem Zug und machte sich über einen Becher Joghurt her.

Tom Andreassen wippte ungeduldig auf seinem Stuhl. Er trank nur Kaffee und hoffte, dass die anderen sich mit ihrem Frühstück ein wenig beeilten, damit sie endlich anfangen konnten mit der Arbeit. Aber in Lund Hagens Augen waren sie bereits mitten drin. Das war ein Teil der Sache, den er gern selbst als Schnuppern bezeichnete. Sich einen Überblick verschaffen. Die Atmosphäre vor Ort aufnehmen. Es gab viele Beschreibungen dafür.

Er lehnte sich mit einem ruhigen Blick auf den örtlichen Polizeibeamten zurück. »Ihr seid also unterbesetzt hier?«

»Wenn man die Arbeit betrachtet, ja, dann sind wir das. Es sind jetzt zwar alle Posten besetzt, seit Knut wieder zurück ist. Aber das Büro ist nicht für so ernste Sachen wie diese hier eingerichtet. Normalerweise ist es ja still und friedlich hier auf Spitzbergen.«

»Wenn es euch ein Trost ist, dann glaube ich, dass die meisten Polizeidienststellen, mit denen die Kripo zusammenarbeitet, sich unterbesetzt fühlen, sobald eine größere Straftat passiert.« Lund Hagen schaute in seine Kaffeetasse, die er gedankenverloren auf der Untertasse drehte. »Und wie läuft es mit Knut? Was sagt er zu der Geschichte?«

Tom Andreassen schaute sich um, aber es war niemand in der Nähe. Die Kellnerin war in der Küche verschwunden. Trotzdem gefiel es ihm nicht, über seine Kollegen zu reden.

»Er ist ein guter Polizist«, sagte Jan Melum. »Und er hat ein paar interessante Gedanken, was diesen Fall betrifft.«

»Schon, aber er ist zu sehr mit dieser Spannerspur beschäftigt.« Der Polizeibeamte schaute auf die Uhr und stand auf. »Nun, wollen wir? Anne Lise Isaksen ist in ihrem Büro und Knut auch. Ihr könnt ihn ja selbst fragen, was er meint.«

Die Polizisten teilten die verschiedenen Aufgaben unter sich auf. Otto Karlsen und Knut Fjeld fuhren zum Parkplatz vor der Einkaufshalle. Der Platz lag in dem kalten Licht der neuen Straßenlaternen entlang den Fußwegen menschenleer da. Die Absperrung war nicht zu verfehlen, und keines der Fahrzeuge, die auf dem Platz gestanden hatten, als das Feuer plötzlich auflöderte, war entfernt worden. Die beiden ausgebrannten Wracks standen vor den Fenstern des Cafés Schwarzer Mann.

»Sind die von den Feuerwehrleuten zur Seite geschleppt worden?«, fragte Otto Karlsen. »Oder standen sie hier, als das Feuer ausbrach?«

Knut hatte neben dem Verwaltungsgebäude geparkt, und sie hatten den Fußweg am Kindergarten vorbei genommen. Ein paar Zuschauer standen an dem roten Polizeiabsperrband, zogen sich aber zurück, als sie die Polizisten kommen sahen.

»Soweit ich verstanden habe, haben sie sie nicht weiter bewegt, nur das Feuer mit Löschpulver gelöscht. Der Einsatzleiter hat heute in aller Frühe einen Bericht abgeliefert. Er ist unglaublich pflichtbewusst und gewissenhaft. Hast du ihn gelesen?«

»Ja, ich habe ihn überflogen, als wir hergefahren sind. Werde ihn später noch gründlich studieren. Aber jetzt will ich den Tatort fotografieren. Kannst du mir helfen und Notizen machen?«

Sie arbeiteten konzentriert fast zwei Stunden lang. Knut war froh über jede Minute, die er es hinauszögern konnte, in die ausgebrannten Wagen zu sehen. Er konnte einfach dieses Gefühl nicht abschütteln, dass die Feuerwehrleute etwas übersehen haben mochten. Der unsinnige Verdacht hatte sich in ihm festgesetzt, dass sie versäumt haben könnten, den Kofferraum zu öffnen. Diese Vorstellung war so stark, dass Knut kurz vor dem Erbrechen war, als Karlsen endlich mit der genauen Vermessung des Tatorts fertig war und damit anfing, sich die Wagen näher vorzunehmen.

»Frierst du? Vielleicht sollten wir eine Tasse Kaffee trinken, bevor wir uns den Wagen widmen. Wollen wir ins Café gehen und eine Pause machen?« Der Techniker schaute besorgt in Knuts weißes Gesicht und zeigte durch ein Kopfnicken Richtung Café Schwarzer Mann.

Sie nahmen beide ein belegtes Brot und einen Kaffeebecher mit an den Tisch in der hintersten Ecke des Lokals. Otto Karlsen holte den Bericht heraus. Das Café war zwar gut gefüllt, aber die meisten Gäste hatten sich auf die Fensterplätze gesetzt, um beobachten zu können, was da draußen auf dem Parkplatz vor sich ging. Die beiden Polizeibeamten konnten leise miteinander reden, ohne dass jemand mithörte.

»Sieh dir das an.« Der Ermittler von der Kripo faltete eine Seite des Berichts zusammen und zeigte Knut die betreffende Stelle. »Was meinst du dazu?«

Knut nickte. »Steinar Olsens Kleider haben als Erstes Feuer gefangen. Das sagen mehrere Zeugen. Er ist herumgesprungen und hat versucht, die Flammen an seinen Hosenbeinen zu löschen. Dann ist er ausgerutscht und hingefallen. Und dann stand sein ganzer Körper in Flammen. Erst anschließend fing der blaue Kombi an zu brennen. Nach ein paar Minuten explodierte er und dann auch der weiße Wagen.«

»Steinar Olsens Auto?«

»Ja. Steinar Olsens Auto. Ein weißer Subaru, nach dem wir seit mehr als einem Tag gesucht haben, den in dem Zeitraum aber nur eine einzige Person gesehen hat, bevor er hier auf dem Parkplatz aufgetaucht ist. Es ist mir vollkommen unverständlich, was passiert ist. Was hat das Feuer ausgelöst?«

»Hm, was habt ihr Polizisten eigentlich gesehen, als ihr zum Tatort gekommen seid? Wäre es möglich, dass Steinar Olsen einen Kanister oder einen Behälter mit etwas Brennbarem bei sich gehabt hat? War er ungeschickt und hat sich selbst damit bespritzt? Wäre es möglich, dass er etwas an dem blauen Wagen machen wollte? Ja, ich bin ja nicht der Analytiker in diesem Team. Aber ist es möglich, dass einer von denen, die auf dem Parkplatz waren, einen Behälter oder so mitgenommen haben könnten? Gibt es unter den Zeugen einen, der Steinar Olsen gesehen hat, bevor er Feuer fing?« Er schaute Knut lächelnd an.

»Viele Fragen.«

Knut schüttelte den Kopf. »Da musst du dich an die anderen wenden.«

Otto Karlsen blätterte weiter und zeigte auf eine neue Stelle. »Sieh mal hier. Sieh dir das an. Die Krankenschwester war die Erste, die bei Olsen war. Aber sie ist hinterher nicht ins Café gekommen. Hat jemand sie befragt?«

»Ich war im Krankenhaus, um herauszubekommen, ob Steinar Olsen möglicherweise etwas darüber gesagt hat, wo seine Tochter ist.« Knut schaute in seine Kaffeetasse. »Die Schwester, Hannah, war fürchterlich mitgenommen. Es war auch zu schrecklich. Bevor der Arzt kam, konnte sie gar nichts tun. Sie musste hilflos dabeisitzen und sich die Schreie anhören. Deshalb habe ich sie nicht ausführlich befragt, nein. Nicht so detailliert als Zeugin.« Er seufzte. »Das muss noch gemacht werden. Ich rufe gleich Tom an und sage, dass ich mich drum kümmere.«

»Willst du nicht warten und sehen, ob etwas von Interesse in den Kofferräumen ist?« Otto Karlsen musterte Knuts Gesicht mit der Andeutung eines ironischen Zugs um die Augen.

Als sie wieder auf dem Parkplatz eintrafen, war es deutlich heller geworden. Die Einkaufshalle hatte geöffnet, und an der Polizeiabsperrung drängten sich Menschen. Doch Otto Karlsen beachtete sie gar nicht. Er war es gewohnt, an den Tatorten, an denen er arbeitete, Zuschauer zu haben. Die Kripo ließ normalerweise die Möglichkeit nicht unberücksichtigt, dass ein Verbrecher sich in der üblichen Menge Neugieriger verbergen konnte. Meistens wurde deshalb fotografiert. Doch in diesem Falle kümmerte der technische Ermittler sich nicht darum. Bei den wenigen Einwohnern, die Longyearbyen aufzuweisen hatte, wäre es so gut wie unmöglich, sich unsichtbar zu machen. Der Nachbar würde schon wissen, wer dort gestanden hatte.

Er zog sich seine Arbeitshandschuhe über und begann systematisch die ausgebrannten Fahrzeuge zu untersuchen. Doch er machte keinerlei Anstalten, die Türen zu öffnen. Schließlich richtete er sich wieder auf. »Ich glaube, wir müssen sie in eine Halle schleppen. Es wird zu kalt, hier auf allen Vieren auf dem Eis herumzukriechen. Und außerdem brauche ich gröberes Werkzeug als das hier.« Er nickte in Richtung des schwarzen Lederkoffers mit der technischen Ausrüstung. »Kannst du die Feuerwehr anrufen und um Hilfe bitten?«

Hannah öffnete die Tür in Morgenmantel und Hausschuhen. Sie hatte ihr Haar in einem zottigen Pferdeschwanz hochgebunden, die geschwollenen Augen waren immer noch gerötet. »Na, so etwas, der Polizeibeamte Fjeld kommt zu Besuch. Kriege ich eine Sonderbehandlung? Ich habe mich schon gefragt, wann du vorbeischaust. Ist das denn nach der Dienstvorschrift? Schließlich sind wir doch so etwas wie ein Paar.«

»Sind wir das?« Knut reagierte heftig. »Ich dachte, du wolltest diesen Kerl heiraten, der aus Svea stammt.«

»Es gibt niemanden, der aus Svea oder Schweden, wie man heutzutage sagt, stammen könnte. Außerdem hat er kalte Füße bekommen, als er von uns erfahren hat«, erklärte sie mit einem neckischen Lächeln.

»Na gut. Aber kann ich rein? Hier draußen auf der Treppe wird es langsam etwas kühl. Und ja, wenn du fragst. Es ist ein offizieller Besuch. Die Regierungsbevollmächtigte möchte gern deine Zeugenaussage haben. Aber da niemand glaubt, dass du unter Tatverdacht stehen könntest, Steinar Olsen angezündet zu haben, ist es kein Problem, wenn ich dich befrage.«

Sie wurde ernst. »Oh mein Gott, ja. Es ist so grausam, was da passiert ist. Tone Olsen muss ja jetzt durch die Hölle gehen. Zuerst die Tochter und dann der Mann. Aber sag mal, sucht überhaupt noch jemand nach Ella?«

»Wahrscheinlich der größte Teil von ganz Longyearbyen.« Er drängte sich an ihr vorbei durch die Tür und ging in die Küche. Dort standen eine Teetasse auf dem Tisch und ein Aschenbecher, der vor Zigarettenkippen überquoll. »Hast du wieder angefangen zu rauchen?«

»Das geht dich gar nichts an.«

Sie setzten sich jeder auf eine Seite des Tisches und schauten einander an. Er beugte sich vor und ergriff ihre Hände. »Ich weiß, dass es hart ist, das alles noch einmal durchzugehen. Aber wir müssen das tun. Du warst die Erste, die bei Steinar Olsen war. Alle anderen Zeugen sagen, dass du bereits neben ihm gehockt hast, als sie kamen.«

»Aber das stimmt nicht. Ich war nicht die Erste.« Ihre Augen waren rund vor Verblüffung. »Frøydis Hanseid war vor mir da. Hat sie das nicht gesagt? Sie stand über ihn gebeugt. Hielt sich eine Hand vors Gesicht, um sich vor den Flammen zu schützen. Ich habe keine Ahnung, wo sie herkam, weil ich ja selbst aus dem Laden gestürmt bin. Er lag auf dem Boden und rollte sich hin und her. Aber das machte es nur noch schlimmer. Ich bin hingelaufen und habe meinen Mantel über ihn geworfen. Und dann habe ich ihn ein Stück über den Boden gezogen, weg von den brennenden Wagen... und dann habe ich den Mantel weggenommen und... im Licht der Straßenlampen...«

»Warte mal, Hannah. Ganz langsam. Frøydis Hanseid? Aber... warum war sie da? Hat sie etwas zu dir gesagt?«

»Ich weiß es nicht. Nein, ich... Alles ging so schnell. Sie hat sich ein Stück zurückgezogen, stand da und hat wie gelähmt auf Steinar gestarrt. Ja, ich will das nicht beurteilen. Wenn ich schon bei seinem Anblick so reagiert habe, obwohl ich Krankenschwester in der Notaufnahme bin, dann muss es für sie ein noch viel schlimmerer Anblick gewesen sein. Und der Geruch, du hast ja keine Ahnung, Knut... das war so entsetzlich.« Sie drehte sich weg.

»Ich war auch dort«, sagte er leise. »Erinnerst du dich nicht? Ich habe dir meine Jacke gegeben, um sie ihm unter den Kopf zu legen.«

Tom Andreassen antwortete am Handy. »Tut mir leid, Knut. Aber im Eifer des Gefechts, um einen etwas unglücklichen Ausdruck zu benutzen, habe ich vergessen, dass Frøydis Hanseid auf dem Parkplatz gewesen ist. Erik hat sie gefunden. Sie war wie gelähmt. Aschfahl im Gesicht, in Todesangst. Ich habe Erik erlaubt, sie nach Hause zu fahren. Als er zurückgekommen ist, hat er gesagt, dass sie nicht besonders viel mitgekriegt hat. Nur dass sie einen brennenden Mann gesehen hat. Und dass sie zu ihm gelaufen ist. Doch dann kam Hannah und hat sie beiseitegeschoben. Und dann ist sie auf dem Platz herumgelaufen, bis Erik sie gefunden und nach Hause gebracht hat.«

»Aha. Ja, gut.« Knut wusste nicht, was er noch sagen sollte.

»Tut mir leid. Das hätte in den Zeugenprotokollen stehen müssen.« Einen Moment lang schwiegen beide. »Nun, wenn sonst nichts ist, dann ...«

»Aber irgendjemand muss sie doch vernommen haben? Es kann sein, dass sie die Einzige ist, die gesehen hat, was Steinar Olsen gemacht hat, bevor seine Kleider anfingen zu brennen.« Knut konnte sich nicht daran erinnern, wann er das letzte Mal so empört gewesen war. »Ich meine, sie war die Erste von allen Zeugen. Dann reicht es doch wohl nicht, wenn nur Erik mit ihr spricht?«

»Ja, schon ... aber du hast doch selbst gesagt ... du bist doch auch zu Hannah gefahren, um mit ihr zu reden. Frøydis steht schließlich auch nicht unter irgendeinem Verdacht.« Tom Andreassen wurde das Gespräch langsam peinlich. »Warte mal.« Knut hörte Stimmen im Hintergrund. »Bist du noch dran? Lund Hagen meint, du solltest gleich mal rauffahren. Erik ist noch nicht hier eingetrudelt, er ist wohl noch zu Hause. Dann kannst du es ihm gleich selbst erklären.«

»Warum kann ich mich nie raushalten?« Knut fluchte vor sich hin, als er mit dem Wagen die paar hundert Meter von Hannahs Wohnung zu dem Reihenhaus fuhr, in dem Erik und Frøydis Hanseid wohnten. Doch Erik Hanseid fand es in keiner Weise merkwürdig, dass Knut kam, um mit ihnen zu reden. Ganz im Gegenteil, wie er versicherte, während er ins Wohnzimmer vorausging, in dem Frøydis auf dem Sofa lag, auf Kissen gebettet und mit einer Decke über sich.

»Warum ist er so schuldbewusst?«, wunderte Knut sich. Doch dann beruhigte er sich damit, dass Erik sicher ein schlechtes Gewissen hatte, weil er noch nicht wieder auf der Dienststelle erschienen war.

»Wie läuft es? Gibt es was Neues?« Er war in die Küche gegangen, um Kaffee zu holen, steckte jetzt aber den Kopf durch die Türöffnung.

»Nichts, was du nicht schon wüsstest. Wir müssen den Leuten von der Kripo eine Chance geben. Die sind ja erst seit ein paar Stunden hier. Aber wir haben uns aufgeteilt. Ich arbeite daran, die Zeugenaussagen nach dem Brand aufzunehmen. War gerade unten bei Hannah und habe versucht, mit ihr zu rekonstruieren, wie es um die Fahrzeuge herum aussah, als sie zum Tatort kam.«

Hanseid hob die Augenbrauen. »›Tatort‹, sagst du? Das war doch wohl ein Unfall, oder?« Er stellte einen Becher Kaffee vor Knut hin und setzte sich in den anderen Sessel. »Du willst immer noch keinen Kaffee, Frøydis? Wie ist es mit mehr Tee?« Und an Knut gewandt: »Weißt du, sie hatte eine schwere Grippe und ... ja, das Erlebnis gestern hättest du dir lieber erspart, nicht wahr, Frøydis?«

Knut nickte. »Ich werde mich kurz fassen.« Trotzdem zögerte er noch. Die Gestalt auf dem Sofa wirkte so hilflos. Das Letzte, was er sich wünschte, war, ihr noch mehr Probleme zu bereiten. Sie hatte wahrlich genug, seit sie nach Spitzbergen gekommen war.

»Es sieht so aus, als wärest du die Erste gewesen, die Steinar Olsen gesehen hat, als er auf dem Parkplatz ankam. Stimmt das? Du hast ihn gesehen, noch bevor das Feuer aufflackerte?«

Sie sah ihren Ehemann flehentlich an. »Ich mag gar nicht mehr daran denken.«

»Das ist verständlich. Aber kannst du dich daran erinnern,

wie Steinar Olsens Wagen auf den Platz fuhr und neben dem blauen Kombi parkte?«

»Ich erinnere mich nicht... ich glaube nicht, dass ich das gesehen habe.«

»Wo warst du zu dem Zeitpunkt? Ich meine, wo auf dem Parkplatz warst du?«

Sie schaute nach unten und zog die Decke höher.

»Knut, ist das wirklich nötig? Frøydis hat nichts von Bedeutung gesehen.« Hanseid sah verärgert aus.

»Ich war auf dem Weg zu einem Treffen des Sonnenfestkomitees und war spät dran. Zufällig habe ich über den Platz geschaut. Und da...« Frøydis begann zu zittern. »Aber ich war ja nicht in der Nähe. Ich stand weit entfernt, oben beim Laden.«

Sie schaute auf und begegnete Knuts Blick.

»Hannah Vibe hat berichtet, dass du dich über Steinar gebeugt hattest, als sie angelaufen kam. Hat er etwas zu dir gesagt? Hat er etwas gerufen...?«

»Was meinst du? Ich verstehe nicht.« Frøydis' Stimme war leise und kläglich geworden.

»Aber was hat Steinar gemacht, bevor seine Kleider Feuer fingen?«

»Nichts, glaube ich. Ich habe nichts bemerkt.«

Knut unterdrückte ein Seufzen. Es war, als zöge man ein Pflaster von wunder Haut. »Du hast ihn nicht in der Nähe des blauen Wagens gesehen?«

Sie schaute rasch auf. »Beim blauen Wagen? Nein. Ich weiß gar nicht, ob ich irgendeinen blauen Wagen bemerkt habe. Wie gesagt, ich stand so weit weg.«

»Ach ja, genau. Nun, vielen Dank. Wenn dir noch etwas einfällt... Tut mir leid, dass ich dich habe quälen müssen.«

Knut stand auf und verließ das Haus. Natürlich hätte sie Tor Bergeruds Auto wiedererkennen müssen.

Er fand Tom Andreassen in Anne Lise Isaksens Büro, zusammen mit Lund Hagen und Jan Melum. Der Schreibtisch der Regierungsbevollmächtigten quoll über von Papieren und Notizheften. Sie hatte eine große neue Karte von Longyearbyens nächster Umgebung an der Wand befestigt.

Tom Andreassen schob Knuts wage Verdachtsäußerungen beiseite. »Jetzt hör aber auf! Frøydis Hanseid ist eine ganz normale Frau, die es in der letzten Zeit nicht so einfach gehabt hat. Ich glaube, wir lassen die privaten Dinge lieber beiseite, Knut.«

»Welche privaten Dinge?« Lund Hagen schaute schnell auf. Doch er musste auf eine Erklärung warten. Otto Karlsen kam durch die Tür herein und zwängte sich an Tom Andreassen vorbei. Kleidung, Gesicht und Hände waren schmutzig vom Ruß.

»Das müsst ihr sofort wissen.« Er schaute Knut an. »Als Erstes: Es gibt keinerlei Spuren anderer Personen in einem der Wagen. Auch nicht im Kofferraum.«

Anne Lise Isaksen atmete erleichtert auf, ein langer, kaum hörbarer Seufzer.

»Aber ich habe etwas anderes gefunden. Und das ist raffiniert. Jemand hat ein Loch in den Benzintank des einen Wagens geschlagen. Ein viereckiges, ziemlich großes Loch, ungefähr einen Zentimeter breit und anderthalb lang.«

»In welchen Wagen?«, fragte Knut ruhig. »In den blauen?«

KAPITEL 23

Vernehmung

Samstag, 24. Februar, 11.30 Uhr

»Wenn es der Benzintank des blauen Autos ist, der kaputt ist, dann muss der Besitzer dieses Fahrzeugs das Ziel gewesen sein. Aber warum sollte jemand den Wagen des Hubschrauberpiloten sabotieren? Kann sich einer von euch ein Motiv dafür denken?« Es war Jan Melum, der Ermittler, der die Verwirrung in Worte fasste.

Die Polizeibeamten saßen nur da und schauten einander an. Aber Knuts Gedanken liefen immer noch in eine andere Richtung. »Es ist wichtig, dass das Feuer nichts mit Steinar Olsen zu tun hatte. Er hatte nur Pech, er war es nicht, der sterben sollte. Und das bedeutet, dass die Untersuchungen des Feuers uns nicht helfen werden, Ella Olsen zu finden.«

»Das war aber ein unglaublich ungeschickter Mordversuch.« Otto Karlsen schaute sich nach einem freien Stuhl um. »Es muss sich um ein verdammt unglückliches Zusammentreffen verschiedener Dinge gehandelt haben, wodurch das Benzin Feuer fangen konnte. Denn so schnell explodieren Autos nicht, wie die Leute glauben.«

»Außerdem war es nicht Tor Bergerud, der an diesem Abend den Wagen fuhr. Es war seine Frau. Sie hat an einem Treffen des Sonnenfestkomitees in einem Büro im Verwaltungsgebäude teilgenommen.« Tom Andreassen fiel plötzlich ein, dass er nichts über das berichtet hatte, was er im Kontrollraum oben in der Seilbahnzentrale erfahren hatte. Er seufzte und bemerkte, dass Knut ihn anschaute. Wussten die anderen Polizisten auch von dem Verhältnis zwischen Erik Hanseid und Line Bergerud?

»Ist sie vernommen worden? Ich habe sie nicht auf der Zeugenliste gefunden.« Jan Melum begann in den Notizen vor sich auf dem Tisch zu suchen.

»Nein. Sie kam erst von ihrer Sitzung, als wir den Parkplatz schon abgesperrt hatten. Genau wie die anderen Teilnehmer. Und der Raum, in dem sie gesessen haben, zeigt auf die andere Seite. Sie haben gar nicht gewusst, was da unten vor sich ging, bis jemand es ihnen erzählt hat.«

Knut wurde ganz kalt. Ihm war etwas eingefallen. Und sah Tom Andreassen nicht ziemlich schuldbewusst aus? Da stimmte etwas nicht mit den Zeugenaussagen. Er nahm sich einen Bogen Papier und begann eine Zeitachse der Ereignisse auf dem Parkplatz zu skizzieren. Aber erst einmal sagte er den anderen nichts.

Anne Lise Isaksen schaute ihn an. »Knut? Du hast da etwas gesagt, das mich auf einen Gedanken gebracht hat.«

»Ja?« Er schaute auf, nur widerstrebend löste er sich von seinen Überlegungen. »Und was? Dass Steinar Olsen nichts mit dem Feuer zu tun hatte, auch wenn er dessen Opfer wurde?«

»Nein, etwas vorher. Eine Formulierung, die du benutzt hast. Du hast gesagt, ›der sterben sollte‹. Erinnerst du dich an die anonymen Briefe? Wo sind die eigentlich?«

»Erik Hanseid hat sie«, erklärte Tom Andreassen. Er schaute dabei auf den Tisch.

»Und wo ist Erik?«

»Er ist zu Hause. Frøydis geht es offenbar wieder schlechter.«

»Kannst du ihn anrufen und bitten, uns zu sagen, wo er sie hingelegt hat?«

Die Stimmung in Anne Lise Isaksens Büro war mit einem Mal angespannt.

»Erik sagt, er hat sie weggeworfen. Es waren sich ja alle einig, dass es nur ein dummer Scherz gewesen ist, sagt er. Deshalb hat er keinen Grund gesehen, warum er sie archivieren sollte.«

»Was stand in diesen Briefen?«, fragte Lund Hagen. »Warum könnten sie in dieser Sache wichtig sein?«

Knut schaute von seinem Papier auf und schob sich mit dem Zeigefinger die Brille hoch. Seine Augen waren hart und unversöhnlich. »Alles, was mit dem Brand zu tun hat, muss erst einmal warten. Wir müssen unbedingt Ella Olsen finden, und zwar so schnell wie möglich, sonst ist sie nicht mehr am Leben, wenn wir sie lokalisiert haben. Es gibt nur wenige Leute, die uns die Informationen geben können, die uns fehlen, um das Versteck zu finden. Ich bin der Meinung, wir sollten diese Leute mal in die Zange nehmen.«

Sie mussten eine Entscheidung treffen. Aber Lund Hagen konnte den Fahrzeugbrand nicht so schnell beiseiteschieben. »Ist mir schon klar, worauf du hinaus willst, Knut. Aber lass uns noch ein paar Minuten dabei bleiben.« Er schaute in die Runde. »Also. Es war das blaue Auto, an dem herumgefummelt worden ist. Jemand wollte entweder Tor oder Line eins auswischen. Die Briefe, die im Büro der Regierungsbevollmächtigten eingegangen sind, können damit in Verbindung stehen. Vielleicht war es nicht so wichtig, wen von beiden der Anschlag traf. Vielleicht spielte es gar keine Rolle, wer im Auto gesessen hat?« Er schaute wieder Knut an. »Das verschwundene Kind ist am wichtigsten, da gibt es keinen Zweifel. Wahrscheinlich hat es nichts mit dem Brand zu tun. Darin sind wir uns einig. Aber auch der Fall Ella hat zwei Spuren, die in unterschiedliche Richtungen weisen. Wer hat Ella im Kindergarten abgeholt? Dieser Spanner oder Steinar Olsen? Wir haben eine Menge Tipps über einen Mann bekommen, der am Kindergarten gesehen wurde. Die Kinder hatten Kontakt mit ihm. Wir müssen diesen Mann finden.«

»Und was ist mit der anderen Spur? Wir haben Steinar Olsen ja nicht einmal vernehmen können.« Knut fragte vorsichtig nach, da keiner der anderen etwas gesagt hatte. Er war erschöpft, hungrig und mutlos.

Lund Hagen sah ihn nachdenklich an. »Ich dachte, du wärst derjenige, der so darauf erpicht war, den Spanner zu finden?« Er fuhr fort, indem er in die Runde schaute. »Steinar Olsen. Wenn er Ella abgeholt hat, was hatte er dann allein auf dem Parkplatz zu suchen? Und er war nicht das Ziel der Fahrzeugsabotage, deshalb ist nicht anzunehmen, dass er etwas mit dem Schaden an dem blauen Wagen zu tun hat. Vorläufig fehlt auch noch das Messer oder der Hammer oder was immer es ist, mit dem das Loch in den Benzintank geschlagen wurde. Otto arbeitet daran. Aber würden wir annehmen, Steinar Olsen hätte den Schaden an dem blauen Wagen verursacht, dann müsste das Werkzeug auf dem Boden liegen. Er hat fast augenblicklich Feuer gefangen, als er dort ankam – ist aus dem Wagen ausgestiegen und fing an zu brennen –, und er hätte gar keine Zeit gehabt, irgendein Werkzeug zu verstecken. Und wir haben keinen entsprechenden Gegenstand am Tatort gefunden. Stimmt das?«

Jan Melum beugte sich vor. Gegen seinen Willen wurde sein Interesse an all den Paradoxien um den Fahrzeugbrand geweckt. »Ja, und was soll das Motiv sein? Ich habe nie gehört, dass es irgendeine Verbindung zwischen Steinar Olsen und dem Hubschrauberpiloten oder seiner Frau gegeben hätte.«

Lund Hagen nickte. »Wenn wir annehmen, dass Olsen den Wagen *nicht* beschädigt hat, dann muss diese Aktion direkt bevor er angefahren kam durchgeführt worden sein. Der Benzintank war im Laufe von ein oder zwei Minuten leer. Und wie Otto gesagt hat, so ist es so gut wie unmöglich, Benzin bei minus fünfundzwanzig Grad zu entzünden. Es verdampft nicht genug Gas. Und ein Teil des Benzins war wahrscheinlich bereits in den Schnee eingezogen. Nicht einmal ein Streichholz direkt in eine der gefrorenen Benzinpfützen hätte das Benzin entfacht. Otto nimmt an, dass es in dem Moment, als das Benzin aus dem Tank lief, gespritzt hat und sich dadurch kleine Mengen Benzindampf gebildet haben. Steinar Olsen hatte das unglaubliche Pech, genau in dem Augenblick aus seinem Wagen zu steigen, als das Benzin angezündet wurde. Solange wir nicht mit Olsen selbst reden können, sind die Zeugen unsere einzige Möglichkeit, Klarheit in diese Sache zu bringen.«

»Wollten wir uns nicht darauf konzentrieren, Ella zu finden?«, fragte Knut.

»Ja, natürlich. Aber du siehst doch auch, dass die Antwort auf unsere Frage, warum Steinar Olsen auf dem Parkplatz war, uns wichtige Informationen darüber geben kann, wo sie ist? Ich glaube, dass Ella Olsen bis gestern Abend bei ihrem Vater war. Und das bedeutet, dass sie jetzt schon ziemlich lange allein ist. Warum ist sie nicht aus ihrem Versteck herausgekommen? Sie muss doch hungrig und durstig sein. Kann es sein, dass sie tot ist? Diese Möglichkeit müssen wir leider in Betracht ziehen.«

Tom Andreassen wurde immer ungeduldiger, je länger die Diskussion zwischen den Männern von der Kripo und Knut dauerte. »Und wer verhört den Bergmann, der im Vernehmungsraum sitzt und wartet? Habt ihr ihn vergessen?«

Lund Hagen sah plötzlich sehr erschöpft aus. Er rieb sich über das Gesicht. »Abgesehen von der Spannerspur gibt es da noch die beiden Bergleute, die uns vielleicht etwas über mögliche Verstecke erzählen können. Ich habe mir gedacht, dass

Jan und du den Mann vernehmen können, den wir hier haben. Und nehmt ihn in die Mangel. Hatte Steinar Olsen Hilfe von irgendjemandem? Olsen und die beiden Bergleute waren in ihrer Freizeit oft zusammen. Was ist mit Hütten, die sie besucht haben? Orte, die Olsen bevorzugt hat? Und ich werde die Polizei in Tromsø anrufen. Die müssen den zweiten Mann aufspüren und ihn vernehmen. Mit dem Ziel, ein mögliches Versteck herauszufinden, an dem Steinar seine Tochter verborgen haben kann. Und das, bevor es zu spät ist.«

»Du kennst die Geschichte aus dem Winter? Die Suche, die wir mit dem Hubschrauber unternommen haben? Den Verdacht auf Schmuggel in der Hinlopenstraße?«

»Ja, ich bin informiert.« Der Kripo-Chef nickte. »Aber konzentriert euch jetzt darauf, Ella Olsen zu finden. Der Schmuggel kann warten.« Er wandte sich Knut zu. »Du fährst zu dem Kerl, der behauptet, er wisse, wer der Spanner ist. Und du kommst erst zurück, wenn du weißt, wer es ist.«

Der Hauer Lars Ove Bekken saß im Vernehmungszimmer und schaute nervös durch die offene Tür hinaus. Er saß schon eine ganze Weile allein hier. Die Schultern waren zusammengesunken, er spielte mit seinem Feuerzeug. Er hatte seine unglaublich abgenutzte Lederjacke, die mit Schaffell gefüttert war, ausgezogen, und darunter trug er ein sauberes schwarzes T-Shirt mit einer Reklame für Tuborg Bier. Er hatte sich alle Mühe gegeben, um als der anständige, gesetzestreue Mann zu erscheinen, der er seiner Meinung nach im Grunde genommen auch war. Warum kam niemand, um ihn zu befragen?

Das Personalbüro der Store Norske hatte ihn frühmorgens angerufen. Sie erzählten ihm, dass die Polizei wegen Steinar Olsen mit ihm sprechen wollte. Natürlich hatte er mitbekommen, dass Steinar sein Kind aus dem Kindergarten abgeholt hatte und dann verschwunden war, die ganze Stadt sprach ja von nichts anderem. Aber er selbst hatte den Donnerstagabend zu Hause verbracht, sich Videofilme angeschaut. Und dann hatte er sich früh schlafen gelegt, mit einer halben Flasche Cognac intus. Deshalb wusste er nichts von dem Feuer auf dem Parkplatz am Abend zuvor. Das Personalbüro hatte nichts diesbezüglich gesagt. Lars Ove ging davon aus, dass das Gespräch bei der Polizei sich um die Schneescooterfahrt zur Hinlopenstraße vor ein paar Wochen handeln würde.

»Streite alles ab, wenn sie dich fragen«, hatte Kristian ihn aus Tromsø am Telefon ermahnt. »Denk dran, wir haben eine Spritztour zum Wijdefjord gemacht. Niemand kann uns etwas anderes nachweisen.«

Er hatte sich gewundert, wieso die Polizei nicht schon früher Kontakt zu ihm aufgenommen und ihn gefragt hatte, ob sie sich an einem bestimmten Wochenende im Januar nicht auf dem Sorgfjord befunden hätten. War doch der Hubschrauber gefährlich nahe gewesen, hatte sie möglicherweise sogar gesehen. Doch die Tage vergingen, und kein Polizist meldete sich bei ihm.

»Das bedeutet«, hatte Kristian gesagt und zufrieden an einem Schneidezahn gelutscht, »... das bedeutet, dass sie nicht die geringste Ahnung haben, wer da oben in der schwedischen Station gewesen sein mag, und sie auch die Krabbenkutter nicht gesehen haben.« Die Tatsache, dass er später die Bestätigung erhielt, dass die Waren gut an Land und problemlos verteilt worden waren, bestätigte seine Annahme. Lars Ove machte sich trotzdem Sorgen. Und die Wartezeit in diesem gottverlassenen Büroraum – ohne Fenster, bis auf einen Tisch mitten im Zimmer und Stahlrohrstühle drum herum unmöbliert, ohne dass jemand kam und ihm erklärte, warum er eigentlich hier saß – verstärkte seine Ängste nur noch.

Als endlich einer von der Polizei auftauchte, Tom Andreassen, brachte er einen Becher Kaffee für Lars Ove Bekken mit, ohne dass dadurch dessen Laune deutlich besser wurde. Er war inzwischen so nervös geworden, dass er fast den Becher umgekippt hätte und bei dem hilflosen Versuch, ein paar Tropfen vom Tisch zu wischen, sich selbst bekleckerte. Eigentlich wollte er wütend auftreten. Doch die beiden Polizeibeamten, die sich auf die andere Seite des Tisches setzten, sahen ihn mit so ernster Miene an, dass er kein Wort herausbrachte.

»Du weißt, warum du hier bist?«, fragte Jan Melum.

»Nein, aber...« Weiter kam er nicht.

»Hör auf mit dem Theater und leg die Karten auf den Tisch«, unterbrach Tom Andreassen ihn.

»Die Karten...? Ich werde in aller Herrgottsfrühe aus dem Bett geholt. Und dann soll ich hier sitzen und Rätsel raten? Was für Karten bitteschön?« Lars Ove machte einen zaghaften Versuch, Terrain zu gewinnen, fühlte sich in seinem Inneren dabei jedoch, als hätte er etwas Verdorbenes gegessen. Sein Magen schlug Purzelbäume und drohte damit, sich so einigen angesammelten Junkfoods zu entledigen. »Kann ich eine rauchen?«

»Nein, hier drinnen ist Rauchverbot.« Jan Melum sah ihn mit kaltem Blick an.

»Nun ja, ich...« Er hatte das Gefühl, am Rand eines Abgrunds zu stehen, und die Schuhspitzen ragten bereits über den sicheren Boden hinaus. Was hatte er zu sagen? So wenig wie möglich natürlich. Aber wie konnte er sie dazu bringen, in eine andere Richtung weiterzusuchen?

»Ihr wollt bestimmt eigentlich mit Kristian reden. Der weiß viel mehr darüber als ich. Ja, und dieser Polizist, der aus Bergen hergekommen ist. Der war ja selbst da.«

»Erik Hanseid?« Tom Andreassen sah ihn verblüfft an.

»Ja. Wir haben ihn gesehen.«

Der Polizeibeamte vom Festland warf Andreassen einen Blick zu. »Was meint er damit?« Und an den Bergmann gewandt: »Was hat Hanseid damit zu tun? Meinst du die Seilbahnzentrale?«

Lars Oves Stimme ging ins Falsett über. »Die Seilbahnzentrale? Was zum Teufel...« War er hier im Irrenhaus gelandet? Waren die Leute von der Polizei jetzt total durchgedreht? »Aber wir haben doch unser Schmugglergut nie in der Seilbahnzentrale versteckt.«

Für einen Moment war die Verwirrung im Vernehmungszimmer komplett. Dann fing Jan Melum an zu lachen. Kurz darauf fiel Andreassen in das Gelächter ein, und sicherheitshalber kicherte auch Lars Ove ein wenig. Doch gleichzeitig beobachtete er die Polizeibeamten mit wachsamem Blick. Es war das Beste, auf der Hut zu sein. Diese beiden ihm gegenüber waren ja unberechenbar.

»Fangen wir noch einmal von vorn an«, sagte Jan Melum schließlich und schüttelte den Kopf, während er immer noch schmunzelte. »Uns geht es darum, herauszufinden, ob ihr, die ihr mit Steinar Olsen befreundet wart, möglicherweise wisst, wo er seine Tochter versteckt haben könnte. Und du bist offensichtlich in erster Linie daran interessiert, ein Geständnis abzulegen über den Schmuggel, den ihr da getrieben habt, ja? Nun gut. Dann nehmen wir uns den zuerst vor.«

Doch jetzt war Lars Oves Geduld zu Ende. Er warf den beiden Beamten einen Blick aus runden, blassen Augen zu, wie ein sterbender Fisch. Er war reingelegt worden, dazu gebracht worden, etwas zu sagen, was er gar nicht hatte sagen wollen, und außerdem fürchtete er Kristians Wut noch mehr als die Polizisten da vor ihm. Sein Mund klappte mit einem deutlichen Laut zu, und er öffnete ihn nicht einmal, um einen Schluck Kaffee zu trinken. Keine Frage, ob nun freundlich oder wütend, konnte ihn dazu bringen, etwas zu sagen.

Nach einer Stunde nutzloser Versuche machten sie eine Pause.

»Anscheinend weiß er gar nichts von dem Feuer gestern«, sagte Jan Melum. »Und dass Steinar Olsen schwer verletzt ist und mit dem Krankentransport nach Tromsø gebracht wurde. Aber ich sehe nicht, wie wir diese Informationen nutzen können, um ihn zum Reden zu bringen. Was meinst du? Mir scheint es so, als hätte er überhaupt keine Ahnung, wo Ella Olsen sein könnte.«

»Nein, er ist nur darauf bedacht, dass wir nicht mehr über seine Schmuggeltätigkeiten herauskriegen.« Tom Andreassen nickte. »Außerdem hat er eine Scheißangst vor seinem Kumpel.«

Lund Hagen kam den Flur entlang auf sie zu. Er winkte sie in den Besprechungsraum. »So, jetzt passiert alles auf einmal.« Er ließ sich schwer auf einen der Stühle um den großen Tisch fallen, der mitten im Zimmer stand. »Sie haben aus dem Krankenhaus in Tromsø angerufen. Steinar Olsen ist tot. Sein Herz hat nicht mehr mitgemacht.«

Jan Melum und Tom Andreassen starrten ihn nur an.

»Ja, ihr könnt euch ruhig setzen. Ich habe mit einem von der Polizei in Tromsø gesprochen. Sie haben Kristian Ellingsen gefunden. In einer Pension im Norden. Er war gestern Abend auf der Piste auf Skarven und heute Morgen noch nicht nüchtern, an eine Vernehmung war also gar nicht zu denken. Sie werden uns den Bericht rüberfaxen, wenn sie mit ihm geredet haben.«

Lund Hagen machte eine Pause. Offensichtlich hatte er noch mehr auf dem Herzen, etwas, was ihm selbst unangenehm war. »Otto hat angerufen, er ist noch auf dem Parkplatz. Offenbar hat er das Werkzeug gefunden, mit dem ein Loch in den Benzintank gehauen wurde. Außerhalb des abgesperrten Gebiets, in einem der Müllcontainer unterhalb des Cafés Schwarzer Mann.« Er hielt einen Moment inne, um dem, was er noch sagen wollte, genügend Gewicht zu geben. »Es war ein Eispickel, so einer von der kurzen Sorte. Mit schwarzem Schaft. Und mit eingebrannter Codenummer und dem Logo des Regierungsbevollmächtigten auf Spitzbergen.«

Die Wohnung in Blåmysa war zu einer Art Wohngemeinschaft umgekrempelt worden. Tone Olsens Kolleginnen aus dem Kindergarten wechselten sich bei der Betreuung ab. Über Nacht stand plötzlich Orangensaft einer unbekannten Marke im Kühlschrank, eine Packung grüner Tee lag auf der Anrichte, und fremde Hausschuhe standen auf dem Flur. Auf dem Sofa lagen eine Bettdecke und ein Kopfkissen, bezogen mit blauer Bettwäsche mit Eisbären drauf. Niemand hatte das Herz, in Ellas Bett zu schlafen.

Am Freitagabend saßen sie im Wohnzimmer und versuchten den Mut nicht zu verlieren. Es war fast unerträglich, allein mit der Mutter des verschwundenen Kindes zu sein. Doch die Regierungsbevollmächtigte hatte ein paar Mal vorbeigeschaut, um sich über den Stand der Suche zu informieren, und das hatte die Stimmung ein wenig aufgelockert. Zumindest passierte etwas. Anne Lise Isaksen bekam viel Lob für ihr Interesse und ihren persönlichen Einsatz. So sollte der Regierungsbevollmächtigte sein, dachten die Leute. Gut, dass eine Frau in dieser Position ist, trotz allem, was vorher geredet wurde.

Niemand informierte Tone Olsen über den Unfall ihres Mannes, weder am Freitagabend noch in der Nacht. Sie schlief im Erdgeschoss, als die Regierungsbevollmächtigte gegen elf Uhr anrief. Am nächsten Morgen war Steinar Olsen bereits ins

Distriktskrankenhaus in Tromsø gebracht worden. Sie nahmen allen Mut zusammen und erzählten es ihr. Es schien, als gäbe es um Tone herum keinen Sauerstoff mehr in der Luft. Ihre Lippen wurden blass. Kleine feuchte Flecken klebten das Haar an die Stirn. Ihr Gesicht nahm die Farbe kalten Haferbreis an.

»Der arme Steinar«, war alles, was sie sagte.

Sie fiel nicht in Ohnmacht. Weinte nicht. Nach ein paar Minuten bat sie mit ruhiger Stimme, ob nicht jemand ihre Mutter anrufen und sie bitten könnte, nach Spitzbergen zu kommen. »Ich schaffe das nicht mehr. Aber ich muss hierbleiben, bis Ella gefunden worden ist.« Auch wenn sie es nicht aussprach, so bekamen sie den Eindruck, dass sie nicht mehr erwartete, ihre Tochter lebend zu finden. Sie bereitete sich auf eine Beerdigung vor.

Doch als das Telefonat aus dem Büro der Regierungsbevollmächtigen um kurz nach ein Uhr mit der Information kam, dass Steinar Olsen den Brandverletzungen erlegen war, sackte sie langsam vom Stuhl und lag zusammengekrümmt auf dem Boden, die Stirn auf den Knien.

Der Arzt wurde gerufen, er schüttelte nur den Kopf. »Ich kann an den Schicksalsschlägen nichts ändern«, sagte er. »Es gibt keine Medizin dagegen. Das Beste, was ihr tun könnt, ist bei ihr zu bleiben. Und wenn es sich nicht bessert, dann müssen wir sie wohl ins Krankenhaus bringen.«

Die beiden Polizisten gingen zurück in den Vernehmungsraum, und dieses Mal war da etwas in ihren Gesichtern, das Lars Ove Angst machte.

»Ich habe Hunger«, schimpfte er. »Jetzt sitze ich hier schon mehrere Stunden und habe nur eine Tasse Kaffee gekriegt. Ich habe nichts getan und will raus hier. Ich werde mit dem Personalbüro der Store Norske reden. So könnt ihr mich nicht behandeln.«

Doch die künstliche Wut beeindruckte die Beamten nicht. »Erzähl uns alles, was du über Steinar Olsen weißt«, sagte der Polizeibeamte vom Festland. »Was ihr unternommen habt, wo er gewesen ist. Gab es einen Streit zwischen ihm und einem der Hubschrauberpiloten vom Lufttransport?« Er schaute auf den Block vor sich auf dem Tisch. »Tor Bergerud?«

Lars Ove verstand gar nichts mehr. Er starrt Tom Andreassen fragend an. »Steinar? Nein, das ist der falsche Mann. Es ist doch dieser Schlawiner Erik Hanseid, der ...«

»Danke, das genügt«, sagte Andreassen mit roten Wangen. »Wir sind nur an Steinar Olsen interessiert. Wo hat er sich üblicherweise aufgehalten? In welche Hütten ist er gefahren, an Stellen, die außer ihm niemand kannte ...«

Aber Lars Ove wusste nichts, und sein Schweigen wurde falsch interpretiert. Also erzählten sie ihm vom Feuer. Und dass Steinar Olsen tot war.

Der Schock war zuerst seinen Augen anzusehen, breitete sich dann im Gesicht aus, erstarrte zu einer Maske der Verzweiflung. Der ganze Mann sackte in sich zusammen. Er hob eine selbstgedrehte Zigarette hoch und zündete sie an. Stellte die Kaffeetasse auf den Tisch und benutzte die Untertasse für die Asche. Die Minuten vergingen. Jan Melum hatte dem örtlichen Polizisten eine Hand auf den Arm gelegt, beide Beamten schwiegen.

Schließlich begann Lars Ove Bekken zu reden. Er erzählte von der Rentierwilderei. Von dem Verkauf von Schmugglerwaren an Läden auf dem Festland durch eine Kontaktperson. Von den Scooterfahrten in den Norden. Der letzten Fahrt zur Hinlopenstraße hinauf. Er schilderte ihren Aufenthalt in der schwedischen Forschungsstation, das Treffen mit den Seeleuten, den Schneesturm.

Er erzählte von der verfallenen Holzbude in dem alten Stollen, wo die drei Kumpel Schnaps und Tabak gelagert hatten.

Er gab alles von sich, was er wusste, kümmerte sich nicht mehr darum, was sich daraus ergeben könnte. Und deshalb gab er auch das Gespräch mit Kristian wieder, als sie hinter den hochgestellten Schlitten oben im Heclafjell im Winter Schutz gesucht hatten. Er senkte den Blick, als er von Kristians Wutausbruch berichtete, davon, dass sein Kumpel Steinar Olsen verdächtigte, sie bei der Polizei verraten zu haben. Und er wiederholte, was Kristian gesagt hatte, dass Steinar Olsen für seine Falschheit im Höllenfeuer schmoren sollte, dafür, dass er seine Kameraden verraten hatte. Seine Stimme zitterte, als er seinen Kumpel verpetzte.

KAPITEL 24

Explosionsgefahr

Wer denkt an den, der tief dort drinnen
im Kohlenstaub sein Leben verlor?
Wer baut ihm ein Denkmal, ihn zu erinnern.
Wer kann wohl Trost der einsamen Witwe verleihn?

Samstag, 24. Februar, 13.00 Uhr

Knut saß auf dem abgenutzten Sofa in der Wohnung in Straße 232 und unterhielt sich über Forellenfischen. Er war selbst ein eifriger Fliegenfischer, aber der Mann ihm gegenüber vertrat ganz eigene, verrückte Theorien. Außerdem band er die Fliegen aus Eisbärenfell. So langsam war Knut das Gespräch leid, das ihn fast vergessen ließ, warum er eigentlich gekommen war.

»Mensch, wir verquatschen uns ja total. Ich muss dich jetzt doch noch mal nach dem Spanner fragen, den du letzte Woche vor dem Kindergarten gesehen hast. Wir brauchen seinen Namen, nur sicherheitshalber.«

Der Mann schaute von der halbfertigen Fliege auf, die er in einem unbeholfenen Knoten mit einem dünnen Faden an ein Holzstückchen gebunden hatte. »Das war doch dieser Per Leikvik. Der Idiot, der nicht reden kann. Habe ich das nicht gesagt?«

Lund Hagen war allein im Besprechungszimmer, als Knut hereingeeilt kam. Aber es dauerte nicht lange, dann waren sie alle versammelt. Eine Weile sagte keiner von ihnen etwas. Per Leikvik, es war fast logisch, dass er der Spanner war. Und wenn man weiter darüber nachdachte, dann hatten sie ihn alle schon zu den unmöglichsten Tages- und Nachtzeiten auf den Wegen von Longyearbyen herumtrotten sehen.

»Er mag Kinder gern«, sagte Tom Andreassen. »Es ist allgemein bekannt, dass er Kinder mag. Und er hat immer Süßigkeiten in der Tasche. Aber es ist doch wohl nicht möglich... Er hat doch nicht...«

»Nein, er hat nicht«, kam es von der Tür. Keiner der Leute von der Polizei hatte den Denkmalschutzbeauftragten je so wütend erlebt. Die kleine Gestalt stand zitternd da, mit hochrotem Kopf. »Macht keinen Fehler. Nur weil ein Mann ein Krüppel ist, weil er nicht reden kann. Er mag Kinder gern, aber er würde niemals einem mit Absicht wehtun.«

»Nun mal alle hier mit der Ruhe«, sagte Lund Hagen. »Wir müssen doch wissen, wer derjenige war, der am Kindergarten gestanden hat. Und jetzt wissen wir es. Und sicherheitshalber werden wir ein paar Worte mit Leikvik wechseln. Aber er steht nicht unter Verdacht, also seid höflich, wenn ihr ihn holt. Vielleicht hat er etwas gesehen, das uns weiterhelfen kann. Auf jeden Fall ist das nicht mehr die heißeste Spur, die uns zu Ella Olsen führen könnte.«

Die Gaskonzentration in Strosse 12 in Schacht 7 war weiterhin gestiegen. Im Laufe des Samstagnachmittags war die Grenze zur Explosionsgefahr überschritten. In den Räumen der Store Norske saß die Grubenleitung in dem geräumigen Zimmer des Direktors zusammen. Sie hatten sich zwischen all den Akten und Papieren, die überall zu hohen wackligen Türmen gestapelt waren, Platz verschafft. Der Vorarbeiter der Tagesschicht war soeben aus dem Schacht gekommen, seine Augen zeigten noch Kohlenstaubränder. Er war in voller Arbeitsmontur direkt ins Büro gegangen. Der Direktor achtete nicht so genau auf Formalitäten. Aber die Stiefel mussten unten auf dem Flur ausgezogen werden. Sonst gab es Krach.

Der Direktor schaute den Grubenchef und den Steiger an. »Nun sitzt nicht da und guckt so verkniffen. Es ist ja kein Mensch im Schacht. Die Ventilatoren laufen auf höchster Stufe. Und wir wissen, woher das Gas stammt. In ein oder zwei Tagen wird die Konzentration sinken. Und dann sehen wir uns den Riss im Berg an. Was meint ihr, ist es ein Schlüsselstein, der die ganze Spannung hält?«

Die anderen wussten natürlich, was ein Schlüsselstein war. Aber keiner von ihnen hatte jemals von einem Riss im Berg gehört, der mehr als fünfzig Zentimeter groß war und von einem einzigen Stein offen gehalten wurde. Der musste dann auf jeden Fall riesengroß sein. Sie teilten die Hoffnung des Direktors, dass der Berg zusammensacken würde und dann der Riss sich selbstständig schlösse. Bis dahin klaffte er jedoch, schwarz wie das Tor zur Unterwelt. Und auch wenn sie nicht an Gespenster glaubten, so mussten sie doch einräumen, dass der Anblick erschreckend war.

Die Konferenz war bald beendet. Momentan konnte keine Kohle abgebaut werden. Es mussten mehrere Warnschilder um die Tagesanlagen herum errichtet werden. Die Männer waren aufgestanden, standen noch in Gruppen zusammen und unterhielten sich, während einzelne bereits den Raum verließen. Da klingelte das Telefon auf dem Schreibtisch des Direktors. Er schnappte es sich und hob die Hand, um den Lärm etwas zu dämpfen. Die Gespräche wurden zu einem leisen Murmeln.

»Hermansen.« Er drehte sich halb zur Seite und schaute auf das Aktenregal. Es entstand eine lange Pause, während er zuhörte. »Das darf doch nicht wahr sein. Seid ihr euch sicher?«

Eine neue Pause. »Ich muss dir nicht erst sagen... Ja, natürlich. Ja. In Ordnung, komm ruhig her. Ich rufe dann zurück.«

»Hallo.« Seine Stimme dröhnte, und die Männer, die bereits auf dem Flur waren, kamen schnell zurück. »Wir haben ein Problem.« Der Direktor schilderte den schweigenden Männern mit ruhiger, leiser Stimme die unglaubliche Geschichte. Sie sahen einander an, anfangs mit verständnisloser Miene.

»Ella Olsen? Allein im Schacht?« Der Steiger riss die Augen auf. »In dem alten Schacht? Wenn ich dem Kerl das nächste Mal begegne, dann reiß ich ihm den Arsch auf.«

»Dazu wirst du leider keine Gelegenheit mehr haben, Rolf.« Der Direktor sprach jetzt so leise, dass sie ihn nur mit Mühe verstehen konnten. »Steinar Olsen ist heute in den frühen Morgenstunden gestorben. Ich schlage vor, dass wir uns darauf konzentrieren, das Mädchen zu finden.«

»Aber die Explosionsgefahr? Wenn sie im alten Schacht ist, was für Licht hat sie dann da drinnen? Sie wird ja wohl nicht in der Finsternis herumstolpern?«

»Ich weiß genauso wenig wir ihr. Vorschläge?«

»Es gibt einen Karton mit Wachskerzen in dem alten Verschlag, aber...«

Der Steiger zwängte sich zum Schreibtisch vor. »Ich habe mir eins überlegt...« Sein Blick begegnete dem des Direktors. »Es ist aber ziemlich riskant. Wie ihr wisst, sinkt die Explosionsgefahr, wenn die Gaskonzentration ein gewisses Niveau überschreitet. Nur in dem Mittelbereich kann es knallen. Sollen wir es wagen, die Ventilatoren abzuschalten? Oder würde das heißen, Gott zu spielen?«

Der Direktor war aufgestanden. Er war blass, mit verknifenem Blick unter dem roten Haarschopf. »Wir fahren hoch. Aber es geht keiner unter Tage und auch nicht in die Tagesanlagen, solange ich dafür nicht grünes Licht gegeben habe.

Und es fahren nur Freiwillige ein. Falls überhaupt jemand einfährt.«

Anne Lise Isaksen hatte selbst den Direktor der Store Norske angerufen. Nach dem Gespräch blieb sie einige Sekunden lang regungslos sitzen und starrte in die Luft. Schließlich konnte Lund Hagen nicht länger warten: »Nun? Was hat er gesagt? Wollen sie jemanden in den Schacht schicken und nachgucken, ob das Mädchen dort ist?«

»Das ist wohl nicht so einfach. Dieser Pausenraum liegt in einem alten Schacht, der in den Schacht sieben mündet, aber in einem Bereich, der momentan abgesperrt ist wegen zu hoher Gaskonzentration.«

»Aber kann er dann nicht einen Feuerwehrmann mit Atemschutz reinschicken? Oder jemanden mit Sauerstoffflasche oder etwas in der Art?« Lund Hagen hatte keine Ahnung vom Bergbau.

Tom Andreassen war auf dem Weg aus der Tür gewesen, um Per Leikvik zu suchen. Doch als er hörte, was bei Store Norske gesagt worden war, drehte er sich um und kam zurück in den Besprechungsraum. »Schacht sieben ist schon seit ein paar Tagen geschlossen«, erklärte er Lund Hagen. »Wenn da eine zu hohe Gaskonzentration aufgetreten ist, bedeutet das höchstwahrscheinlich Explosionsgefahr. Und eine Gasexplosion in einem Schacht, das ist das reinste Inferno aus Feuer und Druckwellen. Flammenkugeln, die mit einer Affengeschwindigkeit durch die Stollen rasen. Für Menschen die reine Hölle. Da kommt kaum jemand lebendig raus.« Er schaute zu Boden. »Aber kann Steinar wirklich so verantwortungslos gewesen sein und seine Tochter mit in den Berg genommen haben? Um sie dann allein zurückzulassen?«

»Es ist nicht gesagt, dass er geplant hatte, lange wegzubleiben.« Jan Melum war auch ins Zimmer gekommen und setzte sich ans Tischende. »Und außerdem ist ja nicht sicher, dass Lars Ove Bekken die Wahrheit gesagt hat. Das sind nur Vermutungen auf Grundlage dessen, was Kristian bei der Polizei in Tromsø ausgesagt hat. Und wenn ihr den Rest des Faxes lest, das sie uns geschickt haben, dann leugnet er, bei irgendeinem Schmuggelversuch dabei gewesen zu sein, er hat nie die Besatzung irgendeines Krabbenkutters getroffen, liegt mit Lars Ove im Streit und vermutet, dass dessen Geständnis nur eine rachedurstige Räubergeschichte ist, und so weiter und so fort. Es ist verdammt wenig Konkretes aus den beiden Herren herauszuholen.«

»Aber wir müssen es trotzdem überprüfen. Das ist momentan das Einzige, was wir in der Hand haben, der einzige Hinweis, wo das Mädchen möglicherweise zu finden ist.« Lund Hagen schaute sich um. »Wo ist Erik Hanseid?«

»Stimmt, ich habe ihn heute den ganzen Tag noch nicht gesehen«, erwiderte Anne Lise Isaksen. »Aber ich wollte ihn in Ruhe lassen, solange wir ihn nicht wirklich brauchen. Seine Frau ist krank. Es sind wohl die Nerven, nach allem, was Hanseid selbst sagt. Aber man kann ja nie wissen.«

»Knut, dann ist es deine Tour. Kannst du zu den Tagesanlagen von Schacht sieben fahren? Die sind sicher nicht schwer zu finden.«

»Ich weiß, wo das ist.« Knut zögerte. »Aber sollten wir nicht erst versuchen, Per Leikvik zu finden? Sollte ich nicht an der Spannerspur dranbleiben?« Er schaute zu Lund Hagen, der in einem Stapel von Notizen blätterte und versuchte es noch einmal: »Soll Tom ihn dann vernehmen?«

Der Kripo-Chef blickte auf und begegnete seinem Blick. »Ja, genau. Hast du etwas dagegen, zum Schacht sieben hochzufahren? Jetzt gleich?«

Knut stand ohne ein weiteres Wort auf und verschwand den Flur entlang.

Am Mundloch zu Schacht 7 wimmelte es nach mehreren Tagen Stille plötzlich vor Menschen. Ein Auto nach dem anderen kam die steile, kurvige Straße heraufgefahren. Menschen hasteten durch die offenen Tore und verschwanden in alle Richtungen. Atemmasken wurden ausgepackt, Sicherheitsausrüstungen in den Grubenjeep verladen, die gesamte Tagesschicht stand in Arbeitsmontur da – bereit, in den Schacht einzufahren, wenn es nötig war. Die Kumpel konnten sehen, wie der Steiger und der Vormann oben im Aufsichtsraum hin und her liefen. Sie wussten nicht, warum sie in Alarmbereitschaft versetzt worden waren, nur, dass möglicherweise Menschen unten in den Grubenstrecken sein könnten. Und diese unerwartete Aktivität hatte eine Spannung erzeugt, die gleichzeitig aufputschend und bedrohlich erschien. Ohne ein Wort zu wechseln, warteten sie auf Anweisungen. Es wäre unprofessionell, hier herumzustehen und sich zu unterhalten, wenn ganz offensichtlich eine Krise herrschte.

Endlich kam der Direktor an. Er ging direkt zum Steiger in den Aufsichtsraum, etwas anderes hatten sie auch gar nicht erwartet. Er war ein Mann weniger Worte, und als er schließlich wieder hinunter zu ihnen kam, brauchte er nicht einmal eine Minute, um die Bergleute über die Situation zu informieren. Schließlich kam die Aufforderung, auf die sie gewartet hatten.

»Ihr wisst genauso gut wie ich, dass es gefährlich sein kann, jetzt hineinzufahren«, sagte er. »Wir haben bei Strosse zwölf und dreizehn und im Querschlag eine zu hohe Gaskonzentration. Es ist alles Erdenkliche veranlasst worden, um das Methangas herauszubekommen. Aber der Berg gibt immer noch mehr von sich, als wir herausschaffen können. Das bedeutet, dass wir in dem Bereich eine hohe Explosionsgefahr haben. Leider liegt der Zugang zu der alten Schachtstrecke genau in diesem Abschnitt. Außerdem besteht eine hohe Spannung im Überhang, dort, wo die alte und die neue Strecke aufeinandertreffen. Mit anderen Worten: Die Rettungsaktion ist gefährlich. Ich werde niemandem befehlen, hineinzugehen. Aber es besteht der begründete Verdacht, dass Steinar Olsens Tochter da drinnen in dem alten Pausenraum sein könnte. Freiwillige gehen bitte zum Grubenjeep. Außerdem kommt ein Polizeibeamter mit euch. Knut Fjeld. Er wird mit euch nach dem Mädchen suchen.«

»Fährt er auch freiwillig ein? Kennt er das Risiko?« Der Vormann war einen Schritt vorgetreten und sah wütend aus. Aber das konnte genauso gut schlecht getarnte Angst sein.

»Nein, aber er ist verrückt«, murmelte einer der Kumpel und spuckte mit einem Grinsen auf den Boden.

Der Direktor fuhr fort, ohne auf die Einwände zu reagieren: »Wir brauchen zwei Mann, die mit dem Polizisten reingehen, und vier Mann, um den Überhang zu sichern.«

Ein paar Sekunden lang blieb es still. Keiner in der Schicht sagte etwas, keiner sah den anderen an. Aber alle vierzehn gingen zu dem niedrigen, zerkratzten Fahrzeug. »Sechs von euch reichen«, sagte der Direktor. »Und kann einer den Polizisten in Empfang nehmen, wenn er kommt, und ihn grubentauglich ausrüsten?«

Der niedrige Grubenjeep holperte durch die niedrigen Strecken. Knut drückte den Rücken an den Sitz und versuchte sich umzuschauen, ohne den Kopf zu heben. Sie hatten schon vor langer Zeit den gut beleuchteten Hauptstollen in Schacht 7 verlassen und waren auf dem Weg zum Kohleabbau. Der

Direktor und er waren als Letzte hereingebracht worden. Es hatte Stunden gedauert, bis der Bescheid kam, dass der Berg auf die altmodische Art und Weise mit eingerammten Holzstempeln gesichert worden war. Jetzt konnten sie zu dem alten Aufenthaltsraum gehen. Die Gaskonzentration hatte die obere Grenze der Explosionsgefahr überschritten.

Die beiden Bergleute, die ihn zu Fuß in die alte Strecke begleiten sollten, begrüßten ihn mit Handschlag und stellten sich mit Namen vor. Er war aber gar nicht in der Lage, sich diese zu merken. Sie waren alle gleich gekleidet, mit gelben Helmen und jeder Menge Ausrüstung, die am Ledergürtel befestigt war. Die Kopfleuchten strahlten an den Gängen entlang. Glänzende Facetten blitzten auf, wo der Stein herausgebrochen war und die schwarze Kohle zum Vorschein kam. Ihm wurde übel von dem bitteren Geschmack des Kohlenstaubs, der in einer dichten Schicht auf der Sohle lag. Und er hatte niemandem gesagt, dass er unter Klaustrophobie litt und die Dunkelheit bei ihm Panik erzeugte.

»Wir müssen da rein.« Der eine Bergmann zeigte die Richtung. »Die Wagen bleiben hier stehen.«

Der andere Kumpel ging vor, drehte sich aber in der Öffnung noch einmal um. »Du musst wie ein alter Eisschnellläufer gehen. Hast du bestimmt schon mal im Fernsehen gesehen.« Sie sahen einander grinsend an. »Den Kopf runter und nach vorn. Knick in den Hüften ein. Und dann schieb die Beine von einer Seite zur anderen.«

»Das ist die einzige Möglichkeit, hier voranzukommen«, nickte der Bergmann, der hinter Knut gehen sollte. »Sonst schafft es dein Rücken nicht. Es ist nur ungefähr ein Meter dreißig unter dem First. Und weiter drinnen wird es noch niedriger.«

Ohne weitere Worte zu verschwenden, gingen sie los. Es

dauerte nicht lange, dann war er nicht mehr in der Lage, die Helmlampe hoch zu halten, der Lichtkegel richtete sich auf den Boden. Die Hände hatte er auf den Rücken gelegt. Er tat, wie sie ihm gesagt hatten, und schob sich voran, aber schon nach wenigen Minuten schmerzten die Muskeln in den Oberschenkeln. Der hintere Bergmann stieß immer wieder gegen ihn und fluchte leise. Knut lauschte beim Gehen auf das Schlurfen der Füße auf dem Kohlengrus. Das Knacken im Berg. Die Dunkelheit hüllte ihn ein, und er begann, seine Schritte zu zählen.

Lange nachdem er angefangen hatte zu denken, dass er nicht weiterkonnte – jetzt musste er ihnen sagen, dass sie ohne ihn weitergehen müssten, dass er sie nur aufhielt –, kamen sie endlich an dem Querstollen an, wo der alte Aufenthaltsraum lag. Einige Meter war der First höher. Der verfallene Verschlag sah vollkommen verlassen aus. Er lag in den Schatten der Felswände, und drinnen war kein Licht zu erkennen.

Die Bergleute waren vor der alten Tür mit Eisenbeschlag und Riegel stehen geblieben. »Du willst sicher als Erster reingehen?« Knut schob die Tür auf und ging hinein. Die Luft in dem alten Raum war dick, es war grabesstill. Er stolperte über irgendein Metall, das über den Boden rollte. Hier drinnen war es vollkommen schwarz. Die Dunkelheit fraß ihn auf und schnitt ihn von den anderen ab. Er erstarrte. Hatte er ein Geräusch gehört? Doch das Licht seiner Kopfleuchte konnte nichts entdecken.

»Kommt nur rein.« Er rief die anderen beiden mit nur schlecht getarnter Enttäuschung herbei. Sie war nicht hier. Das war trotz allem nicht der richtige Ort. Sie hätten tun sollen, was er vorgeschlagen hatte, sie hätten zunächst Per Leikvik verhören sollen. Knut wollte weg, er wollte sofort aus der Zeche raus, zurück zu den Polizeiermittlungen. Er machte einem der Kumpel ein Zeichen mit dem Daumen.

Doch da beugte sich der andere hinunter und hob etwas vom Boden auf. »Seht mal. Hier war vor Kurzem jemand, darauf wette ich meinen Kopf.« Im Licht der drei Helmleuchten schaukelte eine Armbanduhr mit Metallarmband an seinem Finger.

KAPITEL 25

Der alte Schacht

Wer erzählt von den treuen Scharen,
die kämpften so tapfer und unverdrossen?
Wer wird die Erinnerung an die Arbeiter bewahren?
Da das Buch ihrer Geschichte nunmehr geschlossen.

Freitag, 23. Februar, 16.30 Uhr

Der Mann ging mit langen, schleppenden Schritten und gebeugtem Rücken den Berg hinauf. Er trug einen alten, dick gefütterten Anorak aus gelbgrauem Leder, der so abgewetzt war, dass man kaum mehr sagen konnte, welche Farbe er wohl ursprünglich gehabt hatte. Auf dem Kopf trug er eine Ledermütze mit Ohrenklappen, an den Füßen riesige Bergstiefel aus Leder, auch sie abgetragen, und aus den Stiefelschäften ragten mehrere Schichten Wollsocken heraus. An den Händen hatte er Lederfausthandschuhe über grob gestrickten Wollhandschuhen. Er war gut für diese bittere Kälte gerüstet, und der steile Aufstieg brachte ihn ins Schwitzen.

Aus der Entfernung konnte es den Anschein haben, als ginge er in großen Bögen und zufälligen Abstechern den steilen Felshang hinauf, als suchte er nach einem Weg an die Spitze. Doch er wusste, was er tat. Seine Schritte folgten einer Art Pfad aus groben, kurzen Holzknüppeln, die dort, wo es am steilsten war, als Stufen ausgelegt worden waren. Auf dem stürmischen Berghang waren sie immer noch im Schnee zu erkennen.

Er gab sich gar keine Mühe, sich zu verstecken. Es war spät am Nachmittag, und es war dunkel, wie üblicherweise zu dieser Jahreszeit – eine silbergraue Dämmerung. Außerdem gab es sowieso niemanden, der nach ihm Ausschau hielt. Warum sollten Leute, die vielleicht zufällig ins Adventdalen hineinfuhren, das unwegsame Gelände hinaufspähen und erwarten, dass sich Menschen zu Fuß in dem Schnee an der Bergseite entlangbewegten? Nur wenige kletterten hier, im Sommer wie im Winter. Schließlich gab es so gut wie niemanden, der etwas dort zu suchen hatte, wo die baufälligen Tagesanlagen der alten Grube standen.

Von allen Zechen in Longyearbyen war diese die einzige, die nicht nummeriert war. Nach den ersten Versuchen, Kohle zu gewinnen, die wohl von 1916 datierten, waren die Leute davon ausgegangen, dass der Einstieg in den Berg hier eine Probebohrung bleiben würde. Dieser kleine Streckenstummel musste wohl aus der gleichen Zeit stammen wie die Zeche 1A mit ihrem Haupteingang direkt gegenüber der Kirche. Heute waren nur noch Gebälk und das Kohlesilo von diesem Schacht erhalten, der als der Allererste in Longyearbyen angesehen wurde.

Vor ein paar Jahren waren Archäologen in Spitzbergen zu Besuch gewesen, eine internationale Gruppe, die in erster Linie an dem alten, jetzt geschlossenen Friedhof von 1917 interessiert war und außerdem alte Grabstätten draußen im Gelände studieren wollte. Doch eine energische Dame aus Kanada hatte Kjell Lode, den Denkmalschutzbeauftragten, mit auf einen Sonntagsausflug geschleppt, hinauf zu den grauen, wettergegerbten Holzgerüsten am Rande von Breinosa. Der Beamte musste zugeben, erschöpft nach dem strammen Marsch die steile Bergwand hinauf, dass diese Zeche in keiner Weise dem Betrieb an der Amerikanerzeche ähnelte, wie die Zeche

1A im Volksmund genannt wurde. Hier waren andere Menschen am Werk gewesen.

Später zeigten mehrere Funde in den teilweise zusammengestürzten Tagesanlagen, dass einiges von dem Werkzeug tatsächlich von 1899 stammte – ganz einfach, weil der Name des Besitzers mit Datum und Jahreszahl in den Schaft eingebrannt war. Vielleicht zeigte die Jahreszahl das Datum, an dem der inzwischen schon seit Langem verstorbene Bergarbeiter sein Werkzeug ausgehändigt bekommen hatte? Und konnte das hier tatsächlich ein Auffahren sein, das von dem ersten Norweger angelegt worden war, der Kohle auf Spitzbergen abgebaut hatte? Stammte diese Anlage von dem Probeschacht eines gewissen Søren Zakariassen aus Tromsø, der 1899 den Isfjord hinaufgesegelt war?

Diese rätselhaften Aktivitäten waren nirgends in den Annalen vermerkt, weder in denen der Kohlekompagnie Isfjord-Spitzbergen noch in denen der staatlichen A/S Adventdalens Kullfelt oder der amerikanischen Arctic Coal Company. Doch nach einem kurzen Aufflackern des kulturhistorischen Interesses an diesen vom Verfall gezeichneten Resten eines uralten Kohlebergwerks fanden die Untersuchungen bald ihr jähes Ende. Ein Historiker aus Trondheim stürzte den Berghang hinunter und verletzte sich schwer. Sie fanden ihn am Grunde des Bolterdalen herumirrend, blutig und voller Blessuren, aber mit einem triumphierenden Lächeln um die Lippen. »Ich habe zugewachsene Eisenbahnschienen gefunden«, rief er der Rettungsmannschaft strahlend entgegen. »Stellt euch vor, Eisenbahnschienen!«

Nach diesem Unfall reichte es dem Regierungsbevollmächtigten, er stellte das gesamte alte Schürfgelände unter Denkmalschutz. Und später, nachdem die detaillierten Bilder analysiert worden waren, die der Historiker gemacht hatte, stellte sich heraus, dass es doch keine Eisenbahnschienen waren, sondern Schwellen, die es wahrscheinlich einfacher hatten machen sollen, Kohle in Schubkarren aus Holz die steile Felswand hinunterzubefördern.

Viele Jahre später wurde ein Querschlag bis zu einer der Strossen von Schacht 7 entdeckt. Die Öffnung wurde geräumt, doch niemand wagte sich weiter hinein in die alten Strecken, die so niedrig und unwegsam waren.

Der Mann kletterte und kraxelte die gefrorene Geröllfläche hinauf. Er war gern in dem alten Schacht, denn dort hatte er seine Ruhe. Er lächelte vor sich hin. Niemand außer ihm hatte die niedrigen Strecken jemals Meter für Meter kartiert, wobei einige von ihnen fast nur Spalten zwischen Sohle und First waren. Im Laufe der Jahre hatte er jedoch dort, wo zunächst kein Durchkommen gewesen war, gekratzt und gehackt und einen Weg freigeräumt. Er hatte selbst Strecken angelegt, die er nach der alten Methode gesichert hatte – mit eingeklemmten Holzstempeln.

Das Auffahren war so alt, dass es nie Elektrizität im Schacht gegeben hatte. Doch er hatte die altmodische Grubenausrüstung, die er gefunden hatte, aufbewahrt und sie an einigen Stellen gesammelt. Deshalb hatte er mehrere Karbidlampen, falls er sie brauchte. Außerdem hatte er einiges von dem alten Werkzeug in der Nähe von Strosse 12 abgelegt, damit ein Hauer aus Schacht 7 es finden sollte. Ein paar Hacken und Spaten hatte er in der Nähe des Querschlags zum neuen Schacht hin deponiert. Die Utensilien waren schnell verschwunden, ein paar Tage später fand er sie wieder aufgestellt in dem alten Aufenthaltsraum.

Er wusste Bescheid über die alternative Verwendung des alten Pausenraums. Einige Male fand er ihn voller Kisten, vom Boden bis zur Decke reichten die Stapel mit Kisten voller Schnaps und Tabak. Doch das war nicht seine Sache. Er bewegte sich, für die meisten unsichtbar, tief drinnen in den Schachtstrecken entlang – beobachtete die Menschen, die kamen und gingen. Achtete darauf, dass sie sich nicht verliefen.

Der Boden in dem alten Holzverschlag war nicht sicher. Die Bretterhütte klammerte sich an die Felswand, ein in sich zusammengefallener Haufen von Holzbrettern hoch oben auf langen Holzpfählen. Er vergewisserte sich vor jedem Schritt, ob es auch hielt. Trotzdem gingen die Füße ein paar Mal direkt durch den Boden. Durch das Loch konnte er die steile Felswand viele Meter unter sich sehen. Aber schließlich hatte er das Mundloch erreicht. Schnell zog er die Holztür hinter sich zu und verschloss den Eingang.

Der alte Tagesschacht lag vor ihm, schwarz wie ein tiefer Brunnen. Die Dunkelheit schien auf Augen und Stirn zu drücken. Er wartete, bis die schmalen Streifen des grauen Tageslichts sichtbar wurden und tastete dann an einem großen Felsblock beim Eingang entlang. Seine Hand stieß auf ein paar Karbidleuchten, und er entzündete eine, indem er den Hahn öffnete, damit die Wassertropfen auf den Stoff tropften und sich so das Gas bildete. In den tiefen Taschen seines Anoraks hatte er mehrere Streichholzschachteln. Bald fauchte und zischte die kleine Flamme, und der Reflektor warf ein hartes, bleiches Licht in den Schachtgang.

Er zog sich um, schnell schlüpfte er in die Bergarbeiterkluft, auch wenn sie altmodisch und abgetragen war. Den Selbstretter hatte er an dem Ledergürtel befestigt, den er schon viele Jahre trug. Die Kopfleuchte saß am Helm, aber er hatte sie nicht eingeschaltet, um Batterien zu sparen. Früher war der Helm einmal weiß gewesen, inzwischen hatte er im Laufe der

Jahre reichlich Flecken und Kratzer bekommen. Eigentlich war es an der Zeit, sich nach einem neuen umzusehen. Doch ihm gefiel die alte Ausrüstung am besten. Er konnte sich zurückversetzen in bessere Zeiten, als er mit seinen Kumpels in Schacht 2 den Rekord in Kohleabbau gebrochen hatte und Lob und Anerkennung sogar vom Direktor selbst erhalten hatte. Damals hatte er an dem großen Tisch im Huset seinen festen Platz gehabt und mit dem Vormann nach überstandener Schicht sein Bier getrunken. Er seufzte. So war es heute nicht mehr.

Er holte tief Luft und machte sich mit langsamen, schlurfenden Schritten und gebeugtem Rücken auf den Weg in den Berg hinein. Das war seine Welt, dieses Labyrinth aus Dunkelheit und Schatten. Hier hinein wagte sich sonst keiner. Er selbst dagegen kannte jede Ecke, jeden losen Steinbrocken über dem Kopf, jedes leise Knacken des Bergs, der über ihm drückte und drohte. Hier war er zu Hause. Und allein.

Heute wollte er endlich eine Passage von dem alten Schacht hinüber zu den tiefsten Strecken in Schacht 7 finden. Er hatte sich bereits seit langem mit allen Querschlägen und Strecken hinter Strosse 12 und 13 vertraut gemacht, dort, wo die moderne riesige Abräummaschine arbeitete und sich in die Flöze hineinfraß. Aber es war ihm bisher nicht gelungen, einen Weg hinaus ins Tageslicht auf der anderen Seite zu finden, durch das alte Mundloch. Heute wollte er aber keine Ruhe geben, bis er es geschafft hätte. Dieses Mal wollte er in dem alten Schacht anfangen.

Die Zeit verging langsam im Berg. Er hatte keine Uhr, deshalb konnte er nicht sagen, ob es schon Abend geworden war. Er lag auf dem Bauch, die Wange auf Kies und Kohlestückchen ruhend. Der Atem ging schwer durch die Maske, die er aufgesetzt hatte, als er zum Bergrutsch gekommen war. Es war schwer, die Luft durch den festen Stoff einzuatmen. Im Gürtel hing ein Selbstretter, den er in der Waschkaue von Schacht 7 gestohlen hatte. Oder lag es am Kohlenmonoxid, dass er sich so müde fühlte? Vielleicht war es doch an der Zeit, den Selbstretter einzusetzen? Vielleicht war er aber auch nur erschöpft davon, sich durch Strecken gezwängt zu haben, die so niedrig waren, dass er kaum den Kopf hatte heben können, ohne mit dem Helm an den First zu stoßen. Er schob die Lampe vor sich her und kroch ein paar Meter weiter.

Er musste eingeschlafen gewesen sein, denn als er aufwachte, war es so schwarz um ihn herum, dass er für einen Moment nicht ausmachen konnte, ob er die Augen geöffnet hatte oder nicht. Vielleicht schlief er ja, und es war nur ein Traum. Vielleicht war er ein junger Mann, ein erfahrener und geschätzter Knappe in Schacht 3 auf Spitzbergen, beliebt bei den Kumpeln und den Chefs von Store Norske. Er bewegte sich nicht, dachte über den Traum nach. Er konnte deutlich fühlen, dass er alt geworden war, dass er vor vielen Jahren bei einem Brand und Bergrutsch fast umgekommen war, dass er verletzt und verkrüppelt war, vernarbt und hässlich. Und es war ihm klar, dass er ein sonderbarer Einzelgänger geworden war, der sich in den verlassenen Schachtstrecken herumtrieb und den Leuten hinterherspionierte. In dieser kompakten Finsternis war es schwer zu sagen, was Traum und was Wirklichkeit war.

Er legte den Kopf wieder auf Steine und Kohlengrus und genoss den Traum, wieder zurück im Bett in dem Zweimann-Zimmer in Baracke 107 zu sein. Wenn er sich anstrengte, würde er sicher das Schnarchen des Kumpels in dem anderen Bett hören. Doch dann fiel ihm abrupt ein, dass dieser Kumpel seit vielen Jahren tief unten in einer verlassenen Strosse in

Schacht 3 lag, mit mehreren Tonnen Fels über sich. Er lag regungslos da und trauerte. Es war so schön gewesen, jung und stark zu sein – auf der anderen Seite des Bergrutsches.

Die Lampe war erloschen. Er wachte aus seinen Träumen auf, als er durch eine krampfhafte Bewegung des Beins mit dem Knie direkt gegen einen spitzen Stein stieß. Die Dunkelheit war real – dick wie ein Brei, feucht und gefährlich. Es war das Beste, sich langsam rückwärts zurück zur alten Tagesanlage zu robben, wo er mehrere Karbidlampen versteckt hatte, und sie zu holen.

Aber nun war er schon so weit gekommen. Seit Stunden war er im Berg unterwegs. Zu schade, jetzt aufzugeben. Noch ein kleines Stück weiter, das könnte nichts schaden. Am besten, er sparte sich noch die Helmleuchte. Da es sowieso so eng war, hatte es nicht viel Sinn, sie einzuschalten. Was würde er sehen können, was er nicht bereits mit dem ganzen Körper fühlte? Es war, als würde der Berg sich winden, ihn bei den Kleidern packen und ihn festhalten, so dass er kaum atmen konnte.

Der Helm stieß gegen einen Fels direkt vor ihm. Es war an der Zeit umzukehren. Aber er stemmte noch einmal die Füße gegen die Sohle und machte einen letzten Versuch. Mit aller Kraft, die ihm noch geblieben war, drückte er gegen den Stein. Und plötzlich gab dieser nach. Er fiel hinter ihm her eine Geröllhalde hinunter. Es konnte nicht mehr als ein Meter bis zum Boden sein. Trotzdem traf er heftig mit der Brust auf. Ein stechender Schmerz breitete sich von der einen Seite her aus.

Das Gewölbe auf der anderen Seite des Erdrutsches war höher als die niedrige Strecke, aus der er herausgepurzelt war. Aber es waren immer noch nicht mehr als vielleicht anderthalb Meter zwischen First und Sohle. Jetzt schaltete er die Helmlampe ein. Das gelbe Licht fiel auf Wände, die grob bearbeitet waren, ohne Stempel und andere Absicherungen. Aber am First liefen Kabel entlang. Kleine Metallschilder mit Zahlen und Buchstaben hingen von einem Drahtseil herunter. Er lächelte, er wusste, wo er war.

Der Weg durch fast normale Strecken dauerte nur ein paar Minuten, bis er den Hauptstollen erreicht hatte. Bei Strosse 13 stand die große Abräummaschine, sie war nicht in Betrieb, ihre Trommeln standen still. Es war kein Geräusch in der großen Zeche zu hören, bis auf den Berg selbst. So sollte es nicht sein, dachte er, während er sich mit gebeugten Schultern und gesenktem Kopf vorbeischlich. Er kam an Strosse 12 vorbei, ging in den Querschlag hinein und erreichte einen Bereich, der nicht abgesichert war. Unter seinen Füßen knirschte der Kohlengrus und Kies.

Die First war wieder so niedrig geworden, dass er sich zusammenkrümmen musste. Weit hinten in der Dunkelheit sickerte Wasser die Schachtwand hinunter. Hier sickerte das Methangas in viel zu großen Mengen aus dem Berg heraus. So weit reichte die Frischluftzirkulation nicht. Der kleinste Funke konnte das explosionsgefährliche Gas entzünden. Hier hatte er einen Riss im Gestein gefunden, der direkt in den Berg hinein wies, den größten, den er je gesehen hatte, vielleicht so an die vierzig, fünfzig Zentimeter breit an der dicksten Stelle. Er fragte sich, ob er irgendwohin führte oder ziemlich schnell wieder enger wurde. Aber das wollte er heute nicht untersuchen. Es reichte ihm, dass er endlich eine Verbindung zwischen der alten Tagesanlage und Schacht 7 gefunden hatte.

Die Karte über die Schachtstrecken hatte er im Kopf, über die alten wie die neuen. Er wusste, dass er sich jetzt dem alten Aufenthaltsraum näherte. Plötzlich blieb er stehen. War da nicht Licht in dem Verschlag? Er presste ein Auge gegen einen Spalt in den schmutzigen Holzplanken. Und richtig, da drinnen auf dem Tisch sah er eine Kerze, die fast runtergebrannt war. Auf der Holzbank, die an der Felswand stand, lag ein kleines Kleiderbündel. Bewegte es sich?

Gleichzeitig hörte er Geräusche. Dieses Mal vom Berg. Ein Knistern, ungefähr wie wehende Aluminiumfolie. Gefolgt von rhythmischem Knacken. Er erstarrte, huschte weiter in den Schatten vor. Näherte sich vorsichtig der Strecke auf der anderen Seite des Holzverschlags, die zurück zum Schacht 7 führte.

Die Angst gab ihm Adleraugen. Er sah die schmalen Risse im Fels, die wie ein Spinnennetz verliefen. Der First konnte jeden Moment einstürzen.

KAPITEL 26

Tagebuch

Samstag, 24. Februar, 17.00 Uhr

»Jonas? Was willst du nun tun?« Jan Melum saß auf der Kante des Konferenztisches und schaukelte ungeduldig mit einem Fuß. Es war bereits Samstagnachmittag, und sie waren jetzt seit mehr als einem Tag auf Spitzbergen. »Soll ich dir den Stand der Ermittlungen zusammenfassen? Das ist schnell gemacht. Wir sind in einer schlechten Position. Ella Olsen ist immer noch allein irgendwo da draußen in der Winterkälte und Dunkelheit.«

Lund Hagen saß da und schrieb an einer Liste, er hob nicht einmal den Blick. Er sah müde aus. Aber Jan Melum ließ nicht locker, musterte kritisch seinen Chef. »Kein Kommentar? Gut, dann mache ich weiter. Also. So sieht es momentan aus. Knut ist auf dem Weg zurück vom Berg. Er hat eine Uhr gefunden, aber nicht das Mädchen. Erik Hanseid sitzt in seinem Arbeitszimmer, blass wie ein Bettlaken. Er wollte mit mir über seine Frau und seine Familiensituation sprechen. Wie du dir sicher denken kannst, bin ich schneller als ein Schneeball in der Hölle aus dem Raum verschwunden.«

Er schaute immer noch Lund Hagen an, der weiterhin unverwandt weiterschrieb. »Und die Regierungsbevollmächtigte Isaksen ist in Auflösung begriffen, sie ist dabei, ihr Gesicht diskret zu restaurieren, bevor sie von der Dagsrevyen interviewt werden soll. Inzwischen ist sie beim Lippenstift angekommen. Eine ganze Schlange von Fernsehleuten windet sich in ihrem Büro und installiert die Kameras und die Beleuchtung für die

Liveübertragung. Tom Andreassen ist der Einzige, der etwas Vernünftiges tut, er sucht nach Per Leikvik, die dritte Person in Longyearbyen, die spurlos verschwunden ist.«

»Jetzt bist du aber ungerecht gegen dich selbst.« Lund Hagen schaute auf. »Du machst doch auch etwas Sinnvolles. Du sitzt hier und schimpfst mich aus.«

»Verdammt noch mal, Jonas. Wir müssen etwas tun…«

Jan Melum stand auf und trat ans Fenster. »Tom sagt, dass die ganze Stadt Bescheid weiß über die erfolglose Suche nach Ella in Schacht sieben und den Tod von Steinar Olsen… Und was ist, wenn Per Leikvik doch das Kind hat? Wenn er von all dem Gerede Angst bekommt und vor lauter Panik etwas anstellt?« Er drehte sich zu seinem Chef um. »Und was ist mit dem Eispickel? Der gehört zur Ausrüstung des Polizeistabs, findest du das nicht etwas merkwürdig?«

Schließlich antwortete Lund Hagen. »Der ist sicher gestohlen worden. Otto sagt, dass es ein paar Fingerabdrücke drauf gibt. Aber die sind nur schlecht. Und mit welchen sollen wir die vergleichen? Wir können ja nicht in Longyearbyen herumlaufen und von allen Einwohnern Fingerabdrücke nehmen.«

Die Tür öffnete sich, und Knut betrat den Konferenzraum. Er hatte noch Kohlenstaubflecken im Gesicht und an der Kleidung. »Sie war nicht da.«

»Nein, wir haben schon Bescheid bekommen.« Lund Hagen nickte. »Und sonst habt ihr nichts gefunden? Kann sie vorher da gewesen sein?«

»Das ist unmöglich zu sagen. Aber ich war eben mit der Armbanduhr bei Steinars Frau. Es ist seine.«

Es entstand eine Pause. Knut stand mitten im Raum und fuhr sich mit der Hand durchs Haar. Seine Augen blinzelten hinter den Brillengläsern. »Weißt du, ich habe nachgedacht…«

»Na, das wurde aber auch Zeit.« Lund Hagen hatte wieder angefangen zu schreiben.

»Kann er sie irgendwo anders in Schacht sieben versteckt haben? Ich meine mich zu erinnern... Wo haben wir die Aufzeichnungen von der Vernehmung von Lars Ove Bekken? Ich weiß, es klingt weit hergeholt, aber ich habe das Gefühl, dass sie dort gewesen ist. In diesem Holzverschlag, meine ich. Es lag jede Menge Schokoladenpapier auf dem Boden.«

Lund Hagen legte beide Handflächen auf den Tisch und stand auf. »Ich hole mal Kaffee. Will sonst noch jemand einen?« Und als er an Knut vorbeiging: »Wir müssen alles versuchen. Und du hast vorher ja auch Recht gehabt.«

Knut schaute ihm verwundert nach. »Was ist denn mit dem los?«

Jan Melum schüttelte resigniert den Kopf. »Ich glaube, er hat einfach Angst. Es gibt so viele Spuren in die verschiedensten Richtungen. Spitzbergen ist schon ein merkwürdiger Ort. Hier können wir unsere bisherigen Erfahrungen nur zum Teil gebrauchen.« Er stand auf und ging zur Tür. »Erik Hanseid hat die Vernehmungsunterlagen in seinem Zimmer. Ich werde sie holen.«

Doch Knut war rascher. »Nein, lass mal, ich hole sie.« Er verschwand den Flur hinunter in Richtung Hanseids Büro. Die Tür stand halb offen, das Arbeitszimmer war leer. Er blieb zögernd davor stehen. Doch dann ging er hinein. Nur die Schreibtischlampe brannte, und Knut fand den Block mit den Notizen neben dem Telefon. Er setzte sich auf den Schreibtischstuhl und begann ihn durchzublättern, ohne jedoch die Informationen zu finden, nach denen er suchte. Hatte Lars Ove nicht Steinars ersten Arbeitstag beschrieben und einen Querschlag hinten in dem stillgelegten Schacht erwähnt, an dem sie sich mit dem Jeep fast festgefahren hatten?

Er begann noch einmal von vorn und blätterte langsamer. Nahm sich die Zeit, um Hanseids schnell hingeschriebene Sätze und Halbsätze richtig zu deuten. Es gab nur wenige Informationen, die meisten davon ziemlich ungenau. Lars Ove hatte nichts von dem Querschlag in dem alten Schacht gesagt. Vielleicht war es Kristian gewesen, der ihn erwähnt hatte? Die Information über den Querschlag konnte in dem Fax von der Polizei in Tromsø stehen. Und das hatte Lund Hagen sicher im Konferenzraum.

Knut blieb einen Moment lang in dem halbdunklen Arbeitszimmer sitzen und spürte, wie die Müdigkeit durch seinen Körper zog. Es schien, als hätte sich ein Nebel über die Ermittlungen und die Suche nach Ella Olsen gelegt. Und gleichzeitig hatten sie so verdammt wenig Zeit. Sie irrten in einem Albtraum herum, als wären sie dazu verdammt, zu spät zu kommen, nur weil sie etwas vollkommen Selbstverständliches übersahen. Aber zunächst mussten sie alle unwichtigen Spuren beiseiteschieben. Wie zum Beispiel diese Schmugglergeschichte. Die keinerlei Bedeutung hatte, was Ellas Verschwinden betraf, wie sich herausgestellt hatte. Zwar war es schon möglich, dass Kristian Ellingsen sich an Steinar Olsen hatte rächen wollen, aber er war nicht einmal in Longyearbyen gewesen, als die Autos vor der Einkaufshalle Feuer fingen.

Hanseids Schreibtisch war übersät mit Fallakten und Notizen. Knut hatte eigentlich nur nach dem Notizblock suchen wollen, doch dann fiel sein Blick wie magisch angezogen auf ein kleines Buch, das zwischen den Papieren aufgeschlagen dalag. Ohne wirklich interessiert zu sein, nahm er es in die Hand und betrachtete die Handschrift, die eine Seite um die andere füllte – zuerst fast gleichgültig, dann mit wachsender Unruhe.

Mittwoch, 17. Januar
Der Himmel ist bewölkt, aber es ist so dunkel, dass das gar keinen Unterschied macht. Ich habe mir in der Bibliothek ein Buch über berühmte Morde ausgeliehen. Ich dachte, es wäre ein Krimi. Gestern Abend habe ich gelesen, dass ein Mord mit einem Messer am grausamsten sein soll, weil der Mörder dem Opfer so nahe kommt. Ich würde gern schreiben können. Dann würde ich einen Krimi schreiben. Und ich kenne jemanden, der verdient hat zu sterben. Gern würde ich in die überraschten Augen gucken. In meinem Kopf kreist ein Satz. »Jemand muss sterben«. Ein guter Titel für ein Buch.

Der vorletzte Satz hallte wie ein Echo in Knut wider. Den hatte er doch schon einmal gehört. Aber er hatte keine Ahnung, warum dieses Buch auf Hanseids Schreibtisch lag oder wem es gehörte. Es war offensichtlich ein Tagebuch. Er wollte es eigentlich zurücklegen, musste dann aber doch weiter darin herumblättern.

Freitag, 19. Januar
Über Nacht ist das Wetter aufgeklart, die Sterne sind hervorgekommen. Aber fast kein Mond. Ich bin so allein hier oben auf Spitzbergen. Es ist nichts so geworden, wie ich gedacht hatte. Erik ist ja nie zu Hause. Niemand sieht mich. Ich könnte wirklich jemanden umbringen, wenn ich wollte. Niemand würde auf die Idee kommen, dass ich es gewesen bin. Aber natürlich bin ich kein Mörder, das sind nur Fantasien. Trotzdem möchte ich, dass es ihr schlecht geht, so wie mir. Ich würde nicht gerade in Tränen ausbrechen, wenn sie in der Winterdunkelheit von einem Auto überfahren würde.

Knut schloss die Augen. Warum hatte Hanseid dieses Tagebuch mit keinem Wort einem seiner Kollegen gegenüber erwähnt? Er hatte so einen Verdacht, wer diese Sätze geschrieben haben könnte – und in Anbetracht dessen war Hanseids Schweigen vielleicht nicht weiter verwunderlich. Er blätterte zu den letzten Seiten vor. Sie waren eng beschrieben. Aber nur Bruchstücke waren von Interesse.

Donnerstag, 22. Februar
Die Kälte hat sich in den Wänden festgesetzt, die Luft geklärt und dünn werden lassen. Es ist schwer zu atmen. Gestern Abend habe ich über Arsen gelesen. Wie das Opfer stirbt... Und Thallium oder Zyanid-Krämpfe, die hervorgequollenen Augen. Niemand kann dich überführen, wenn du schlau bist und dich gut vorbereitest. Ich glaube wirklich, ich könnte einen guten Krimi schreiben. Aber es ist wahrscheinlich unmöglich, auf Spitzbergen an Arsen zu kommen.

Freitag, 23. Februar
Immer noch kalt. Aber nicht mehr so dunkel. Ich sehne mich danach, etwas zu tun zu haben, werde noch wahnsinnig. Jedes Mal, wenn ich sie sehe, brennt es in mir. Ich hätte Lust, etwas zu unternehmen. Sie geht heute Abend zu einem Treffen. Und wenn ihr Auto anschließend nicht starten will und sie stundenlang draußen stehen und frieren muss. Ich habe da so eine Idee, die...

Knut fühlte sich schlecht. Unruhe und Rastlosigkeit drückten in seiner Brust. Trotzdem blätterte er weiter bis zum Schluss der Aufzeichnungen. Die letzte Seite war ebenfalls eng beschrieben. Und schließlich erfuhr er zweifelsfrei, wem das Tagebuch gehörte.

Samstag, 24. Februar
Gestern Abend habe ich etwas Dummes gemacht. Aber niemand weiß, dass ich es war. Ich habe mir einen kleinen Eispickel genommen, der draußen im Flur hing. Und nachdem das Treffen des Sonnenfestkomitees angefangen hatte, bin ich zum Parkplatz runtergegangen. Ich habe das Auto sofort entdeckt. Es stand in den Schatten hinterm Café. Es war gar nicht schwer, den Benzintank zu finden. Und ich habe beim ersten Versuch getroffen. Aber es war gar nicht so einfach, den Pickel wieder herauszukriegen, und dabei hat ein bisschen Benzin meinen Mantel bespritzt. Und während ich noch dabei war, kam plötzlich ein weißer Wagen angefahren und musste sich direkt daneben hinstellen. Ich bin schnell ums Auto herumgelaufen und habe mich hingehockt. Er hat mich nicht gesehen. Aber dann hat er eine Zigarette direkt ins Benzin geworfen, und alles fing gleich an zu brennen. Ich konnte mich in letzter Sekunde noch retten. Aber seine Kleidung hat sofort Feuer gefangen. Er hat sich um sich selbst gedreht und ist dann in den Schnee gefallen. Hat mir irgendwas zugerufen. Etwas mit einem Schacht, der wohl alt ist und etwas, das sich anhörte wie »Pausenraum«. Hinterher habe ich erfahren, dass es der Vater des verschwundenen Mädchens war. Ich hätte wohl etwas sagen sollen, aber das kann ich nicht. Sonst erfahren ja alle, dass ich diejenige war, die den Benzintank kaputt gemacht hat. Und außerdem habe ich gar nicht richtig gehört, was er gesagt hat. Es hätte alles Mögliche sein können. Auf jeden Fall werde ich Erik nichts erzählen. Er ist in letzter Zeit so lieb und aufmerksam zu mir. Wir haben es momentan richtig gut.

Und sie werden das Kind sicher sowieso bald finden.

Plötzlich stand Hanseid in der Tür, mit starrem Gesicht, flehendem Blick. »Du hast es also gefunden.« Knut überlegte, wie lange er wohl dort schon gestanden hatte.

»D-d-du, ich wollte nicht herumschnüffeln. Ich, ich habe nur d-d-deine Notizen von der Vernehmung mit Lars Ove B-b-bekken gesucht. Und dann habe ich zufällig ein p-p-paar Zeilen gelesen.« Knut schaute weg, sein Stottern war ihm peinlich.

Erik Hanseid blieb regungslos in der Türöffnung stehen, als wollte er sich den Fluchtweg offenhalten. Die Stille wuchs, schwer und nicht zu bewältigen.

»Verlangst du, dass sie vernommen wird?«

»Das müssen wir, Erik. Wir m-m-müssen exakt wissen, w-w-was Steinar Olsen über seine T-t-tochter gesagt hat.«

»Frøydis ist krank. Und damit meine ich, ernsthaft krank. Ich habe mit dem Arzt gesprochen. Er hat ihr die Konsultation eines Spezialisten in Tromsø empfohlen. Und es ist wohl sowieso für sie das Beste, für eine Weile aufs Festland zu gehen.« Er ließ die Schultern hängen. »Es lässt sich wohl nicht leugnen, dass ich selbst einen Teil der Schuld daran trage. Aber dieser Blödsinn, den sie in ihr Tagebuch geschrieben hat… Ja, das sind ja nur Fantasien, das ist dir ja wohl klar? Vieles sind die reinsten Hirngespinste. Sie hat natürlich nicht geplant, jemanden umzubringen. Aber es war wohl so eine Art Flucht für sie, eine Ablenkung. Ich meine… in der Zeit, als Line Bergerud und ich… ihr wisst es doch sicher alle hier im Amt, nicht wahr? Tom hat euch doch bestimmt erzählt, was er in der Seilbahnzentrale gefunden hat.« Er schaute weg, rot im Gesicht, eine schlechte Kopie seiner selbst. Jegliche Selbstsicherheit war verschwunden. Trotzdem blieb er in der Tür stehen, kam nicht herein in den Raum.

Die Seilbahnzentrale? Knut hatte keine Ahnung, wovon er sprach. Tom Andreassen hatte nur gesagt, dass sie dort Ella Olsens Teddy gefunden hatten. Knut starrte wieder auf das Tagebuch und versuchte krampfhaft nachzudenken. »Ich fürchte, das müssen wir den Kollegen von der Kripo zeigen.«

»Nein, nein. Tu das nicht. Ich bitte dich. Ich werde es Anne Lise selbst erzählen. Bitte, lass mich das tun, Knut.« Und im nächsten Moment war er am Schreibtisch. Doch Knut hielt das Tagebuch fest. Er wollte es nicht hergeben. Sie sahen einander an. Knut sah einen gebrochenen Mann vor sich, der nicht gedemütigt werden wollte. Und trotzdem ließ er nicht los.

»Erik. Du kannst es nicht kriegen. Das ist nicht mehr privat, aufgrund dessen, was da über Steinar Olsen steht. Alles andere spielt keine Rolle, das ist eure persönliche Angelegenheit. Aber die Beschreibung der Brandursache, das ist Polizeiangelegenheit.«

»Bitte, Knut, mach, was du tun kannst. Frøydis zuliebe. Du bist doch auch der Meinung, dass das Feuer ein Unfall war? Wenn sie jetzt noch anfängt, sich selbst Vorwürfe wegen Steinar Olsens Tod zu machen, ich weiß nicht, wo das dann noch enden soll.«

Zu seinem eigenen Entsetzen hörte Knut sich selbst sagen: »Na gut, ich gebe dir zwei Stunden. Ich werde noch einmal in den Berg gehen, um nach dem Kind zu suchen. Ella Olsen muss irgendwo da drinnen sein. In der Zwischenzeit erzählst du alles Anne Lise und den Leuten von der Kripo. Das ist die einzige Chance für Frøydis und dich, um da wieder herauszukommen. Aber es wird nicht leicht werden für euch beide.«

Erik Hanseid richtete sich auf. »Ich danke dir, Knut. Du bist ein wahrer Freund. Vielen, vielen Dank. Im Namen von Frøydis und mir.«

Sie hat die ganze Zeit gelogen, dachte Knut und bereute seine letzten Worte bereits. Doch nun war es zu spät. Er drehte den Kopf weg, als er an Erik Hanseid vorbeiging. Das Tagebuch schob er sich in die Jackentasche.

Die Regierungsbevollmächtigte tat alles, was sie konnte, um Frøydis Hanseid die Vernehmung so angenehm wie möglich zu machen. Sie stellte ihr eigenes Zimmer mit der bequemen Sitzgruppe zur Verfügung. Sie holte eigenhändig eine Kanne Kaffee und eine Schale mit Keksen. Doch dann nahm sie Erik Hanseid mit sich in den Konferenzraum und überließ die Befragung den Kripo-Ermittlern.

Es war nicht klar, ob diese schluchzende, halb hysterische Frau begriff, welche Sonderbehandlung ihr da zuteilwurde. Lund Hagen konnte sich nicht erinnern, jemals jemanden vernommen zu haben, der so wenig in der Lage war, sich zu erklären. Es war an der Grenze zum Unverantwortlichen. Aber sie mussten diesen sonderbaren Tagebuchnotizen, die Hanseid zögernd und widerstrebend wiedergegeben hatte, auf den Grund gehen. Lund Hagen unterdrückte seine aufflackernde Wut darüber, dass Knut das Buch mitgenommen hatte und dass er ohne Absprache einfach wieder im Berg verschwunden war.

Jan Melum schenkte Kaffee ein, bot Kekse an und sprach ruhig und voller Anteilnahme. »Wir wissen, dass Sie schreckliche Stunden hinter sich haben.« Sie schluchzte und wischte sich mit dem Taschentuch, das sie zu einem kleinen Ball geknetet hatte, über die Augen. »Aber leider gibt es keine andere Möglichkeit, wir müssen Sie noch einmal quälen. Wenn wir einen anderen Ausweg wüssten, dann würden wir Sie in Ruhe lassen.« Sie ließ einen tiefen, zittrigen Seufzer vernehmen. Ihre Augen kamen unter dem langen Pony zum Vorschein, der in ungekämmten Strähnen um ihr Gesicht hing. »Ihnen ist sicher klar, dass Sie unsere einzige Zeugin sind bei einem sehr ernsten Ereignis?« Sie nickte kaum merklich.

Sie hatten im Voraus vereinbart, dass sie es zunächst im Guten versuchen wollten und dass Jan Melum die Rolle des

Sympathischen spielen sollte. »Dann kannst du ja mal zur Abwechslung eine dir sonst fremde Rolle spielen«, neckte ihn Lund Hagen, bevor sie den Raum betraten. »Um ehrlich zu sein, das würde ich nicht schaffen. Es wäre mir eine wahre Freude, aus dieser egozentrischen Dame, die da drinnen hockt, die Informationen herauszuquetschen.«

»Bist du da nicht etwas zu hart?« Jan Melum war mit einem Mal vollkommen ruhig geworden. Alle frühere Ungeduld war wie ausgelöscht. Er zeigte die entspannten Gesichtszüge eines Chirurgen vor der Operation und einen vollkommen neutralen Gesichtsausdruck.

Aber Frøydis hatte das Gefühl, dass sie endlich jemanden hatte, mit dem sie reden konnte, der sie verstand und begriff, welche Qualen sie erlitten hatte. »Es war so schrecklich«, sagte sie mit brüchiger Stimme. »Ich war vollkommen im Zweifel, was ich tun sollte, was richtig wäre ... «

Ich kotze gleich, dachte Lund Hagen und schaute zu Boden, um den Abscheu zu verbergen, der in ihm aufkam. Wenn du auch nur das Geringste leugnest, dann werde ich dich bei den Beinen packen und gegen die Wand schleudern.

Jan Melum dagegen saß in einem Zustand da, der fast an Meditation grenzte. »Ja, das kann ich verstehen«, sagte er sanft. »Sie wollten Frau Bergerud ja nur eine kleine Lektion erteilen, nicht wahr?«

»Ja.« War da ein leichtes Lächeln um ihren Mund aufgetaucht? »Wir sind beide im Komitee für das Sonnenfest. Und unten im Verwaltungsgebäude war das Treffen. Da habe ich gedacht, dass ich ihr einen Schrecken einjagen kann, es sollte eine Art Warnung sein... Ich meine, wenn der Benzintank leer ist, dann kann sie ja den Wagen nicht starten.«

»Hm.« Jan Melum schnurrte wie eine Katze. Er beugte sich näher zu der in sich zusammengesunkenen Gestalt auf der anderen Seite des Tisches. »Und dann ist alles so schrecklich schief gegangen. Was Sie ja nicht vorhersehen konnten. Aber die Einzige, die gehört hat, was Steinar Olsen über seine Tochter gesagt hat, das waren Sie. Wir sind so gespannt, was Sie uns noch berichten können. Sie sind die Einzige, die uns in dieser Sache weiterhelfen kann.«

»Erzählen? Mehr als... als was?« Sie hatte den Kopf gehoben und sah ihn geradewegs an. Das Schluchzen und die zittrige Stimme waren verschwunden.

»Als das, was Sie im Tagebuch geschrieben haben«, erklärte Jan Melum und betrachtete sie mit dem Blick eines Jägers. Er fasste nach ihrer Hand, doch sie zog sie blitzschnell zurück. »Habt ihr mein Tagebuch gelesen?«

Eine Alarmglocke klingelte in Lund Hagens Kopf. Jetzt verlieren wir sie, dachte er.

Frøydis Hanseid saß einen Moment lang regungslos da, bevor sie mit energischer Stimme erklärte: »Das, was im Tagebuch steht, ist alles nur Quatsch. Ich bin krank, wissen Sie. Ich wollte mich bei Erik interessant machen. Damit er mich wieder lieben würde. Wollte ein bisschen Respekt erheischen. Ich war gar nicht in der Nähe von Steinar Olsen, als er anfing zu brennen.« Und während sie dasaß und sie unverwandt ansah, begannen ihr die Tränen über die Wangen zu laufen, ihr Gesicht wurde rot, und sie begann in schnappenden Atemzügen zu schluchzen, wobei ihr Jammern immer lauter wurde. Anne Lise Isaksen und Erik Hanseid kamen ins Zimmer geeilt und beendeten die Vernehmung.

Sie blieben sitzen und starrten einander ungläubig an. Alles war so schnell gegangen. Die unheimlichen Schreie hallten immer noch von den Wänden wider. Frøydis wurde den Flur hinunter zum Empfang hin geleitet.

»Jonas, du musst sie aufhalten. Sie darf das Haus nicht verlassen, bevor wir nicht genau wissen, was Steinar Olsen gesagt hat.« Jan Melum war aufgestanden.

Lund Hagen schüttelte schockiert den Kopf. »Es ist zum Verrücktwerden. Sicher hat sie weitere Informationen, aber ...«

»Kein Aber. Lauf hinterher und halte sie auf.«

Lund Hagen lief hinaus. Es wurde still im Zimmer. Jan Melum ließ sich zurück auf den Stuhl sinken. Er konnte eine heftige Diskussion draußen auf dem Flur hören. Lautes Jammern und Schluchzen und wütende Stimmen. Schnelle Schritte, die sich näherten. Anne Lise Isaksen betrat als Erste den Raum, dicht gefolgt von Lund Hagen und Tom Andreassen.

»Hast du sie gehen lassen?« Jan Melum schaute Lund Hagen dabei an.

»Darf ich euch daran erinnern, dass es immer noch die Regierungsbevollmächtigte ist, die die formale Verantwortung trägt? Seid ihr jetzt vollkommen durchgedreht? Wir können doch nicht Leute foltern, die psychisch vollkommen aus dem Ruder gelaufen sind!« Anne Lise Isaksen zeigte hektische rote Flecken auf den Wangen und schwankte zwischen formaler Kälte und frustrierter Wut hin und her.

Lund Hagen stand hinter ihr und schüttelte warnend den Kopf, wobei er Jan Melum ansah. Doch der dachte gar nicht daran, sich stoppen zu lassen. »Habt – ihr – sie – gehen – lassen? Ich möchte eine Antwort darauf!«

»Nun, nun, können wir das nicht in Ruhe besprechen?« Tom Andreassen drängte sich vor und stellte sich zwischen die Regierungsbevollmächtigte und Jan Melum. »Erik hat sich mit Frøydis ins Besprechungszimmer gesetzt, weil Lund Hagen darauf bestanden hat, dass sie im Haus bleibt. Aber was wollt ihr damit eigentlich erreichen? Auf mich wirkt sie durch und durch krank. Vollkommen umnachtet und hysterisch. So ein

Geschrei habe ich lange nicht mehr gehört. Wir können diesen Krach hier in den Büros nicht gebrauchen. Dann kommt keiner mehr zu irgendetwas.« Er wandte sich der Regierungsbevollmächtigten zu. »Anne Lise, setz dich erst einmal. Dann wollen wir das hier klären. Wir sind alle müde, alle, wie wir hier sind. Und es hat keinen Zweck, wenn wir jetzt miteinander streiten.«

Lund Hagen schloss die Tür zum Flur. »Wir bei der Kripo quälen keine Menschen nur zum Spaß. Aber die Situation ist ernst und brenzlig. Ich bitte um ein bisschen Geduld, hört mich erst einmal an. Frøydis Hanseid war die Letzte, die mit Steinar Olsen gesprochen hat. Mit seinen letzten Kräften – trotz der unerträglichen Schmerzen, die er gehabt haben muss – hat er sagen können, dass er seine Tochter mitgenommen und sie in der alten Zeche versteckt hat. Das war das Letzte, was er in seinem Leben getan hat, er hat versucht, seine Tochter zu retten. Leider war es Frøydis Hanseid, die es erfahren hat. Und sie hat diese Information für sich behalten, fast vierundzwanzig Stunden lang – weil sie nicht verraten wollte, dass sie diejenige gewesen ist, die das Loch in den Benzintank geschlagen hat. Kapiert ihr jetzt? Diese Person, die euch so schrecklich leidtut, ist bereit, ein kleines Mädchen sterben zu lassen, um sich selbst zu schützen!«

»Nein, jetzt muss ich aber wirklich protestieren. Nur weil die Ermittlungen nicht weiterkommen, muss die Verzweiflung nicht in Irrsinn umschlagen.« Anne Lise Isaksen war wieder aufgestanden. »Seht ihr denn nicht, dass Frøydis Hanseid krank ist? Sie weiß nichts. Es ist doch Quatsch, sie weiter zu quälen. Ich kann – als Regierungsbevollmächtigte und damit hier auf Spitzbergen als Verantwortliche für die Polizeiarbeit – nicht zulassen, dass die Vernehmung weiter durchgeführt wird. Sie muss nach Hause und braucht die Betreuung durch einen Arzt. Sonst kann das noch verdammt schiefgehen.«

»Wenn unsere Polizeiarbeit überhaupt einen Sinn haben soll, dann muss Frøydis Hanseid wegen fahrlässiger Tötung angeklagt werden.« Er saß ruhig auf seinem Stuhl, sprach leise, aber mit einer Stimme, die die Diskussion durchschnitt.

»Aber das war kein Totschlag. Das war ein Unfall. Wenn Steinar Olsen auch nur eine Minute später gekommen wäre, dann wäre der Benzintank in dem Bergerudschen Auto bereits geleert und das Benzin in den Schnee ausgelaufen gewesen, und die Glut der Zigarette hätte höchstwahrscheinlich das Benzin gar nicht entzünden können. Das hat Otto Karlsen selbst gesagt, und dem vertraut ihr doch wohl? Und außerdem, Frøydis Hanseid kannte Steinar Olsen so gut wie gar nicht. Sie konnte nicht wissen, dass er kommen würde.«

Lund Hagen strich sich mit beiden Händen über den Kopf und sah die Regierungsbevollmächtigte flehentlich an. »Lasst uns noch einmal mit ihr sprechen. Wenn wir Ella Olsen nicht bald finden, kann es zu spät sein. Wie lange ist sie jetzt schon allein? Fast vierundzwanzig Stunden. In einem verlassenen Kohlenschacht.«

»Wer ist denn mit ihr im Besprechungszimmer? Niemand?« Jan Melum schaute Lund Hagen an. Mit ruhigem Blick, aber schwarzen Augen.

Tom Andreassen schaute von einem zum anderen. »Du glaubst doch nicht, dass... Schließlich ist er Polizist, Erik, meine ich.«

»Ich erlaube keine weitere Vernehmung von Frøydis Hanseid, bis sie von einem Arzt untersucht wurde.« Anne Lise Isaksen hatte ihre Entscheidung getroffen und öffnete die Tür zum Flur. Mit der Hand auf der Klinke drehte sie sich noch einmal um. »Knut ist zum Schacht sieben hoch. Er hat das Tagebuch mitgenommen. Wenn Ella Olsen wirklich in der Zeche ist, dann wird er sie finden. Er lässt nicht so schnell locker, der nicht.«

Lund Hagen ließ sich auf einen der Stühle fallen und schaute auf seine Hände. »Knut Fjeld ist tüchtig, das wissen wir von früher. Und mutig. Ich glaube, du hast Recht mit deiner Vermutung, dass er sie finden wird. Aber wird er noch rechtzeitig kommen?«

»Wenn Ella Olsen tot ist, dann hat Frøydis Hanseid zwei Menschen im Laufe von nur einer Woche getötet. Sie ist weder so krank noch so hysterisch und schon gar nicht so ungefährlich, wie ihr anscheinend glaubt. Line Bergerud war ja wohl ihr ausgesuchtes Opfer. Aber dann stirbt jemand anderes. Und sie hat sich trotz allem wie eine Mörderin verhalten, gedacht wie eine Mörderin. Das ist es, was ich versucht habe, euch klarzumachen. Und wenn ihr sie damit durchkommen lasst...« Jan Melums Stimme erstarb in einem resignierten Murmeln.

In den Tagesanlagen zu Schacht 7 herrschte Aufbruch. Der Bus stand mit laufendem Motor vor den Toren bereit, um die Bergleute wieder in die Stadt hinunterzubringen. Drinnen lief der Direktor neben dem Grubenjeep hin und her und telefonierte mit seinem Handy. Er nickte Knut kurz zu, als dieser angelaufen kam. »Ich weiß, warum du hier bist. Tom Andreassen hat schon vor einer Weile angerufen. Er hat gesagt, ich soll dir sagen, dass sie dabei sind, Frøydis Hanseid zu vernehmen.« Er hielt inne und schaute Knut scharf an. »Kannst du mir sagen...« Doch dann brach er ab. »Nun ja, das geht mich ja nichts an. Aber ich bin nicht begeistert davon, dass du noch einmal in den alten Schacht willst. Eher ziemlich skeptisch, wenn ich das sagen darf.«

Knut erwiderte seinen Blick, hielt ihn aus. »Ich bin felsenfest davon überzeugt, dass sie da drinnen ist. Wir hätten vorhin nicht so schnell aufgeben dürfen. Aber... nun ja, ich war es ja selbst, der die Suche abgeblasen hat.«

Der Direktor nickte. »Kein Grund, sich deshalb zu schämen. Der Berg hat ab und zu diese Wirkung. Und außerdem ist er gefährlich. Niemand braucht sich aufzuplustern und zu behaupten, dass er da drinnen keine Angst hat. Die haben wir alle, mal mehr und mal weniger.«

»Dann kann ich noch mal rein?«

»Steh hier nicht länger so rum. Ab mit dir in die Waschkaue und hol dir die Montur. Glaubst du, wir wollen den ganzen Tag auf dich warten? Schließlich ist es Samstagabend.«

Dieselben Bergarbeiter wie beim letzten Mal folgten ihm durch die engen Zechenstrecken bis zu dem alten Pausenraum. Ihre Gesichter sprachen nur zu deutlich, zeigten ihre Unlust. Aber sie machten ihm mit keinem Wort einen Vorwurf. Bei dem alten Bretterverschlag blieben sie stehen. »Wonach suchst du? Willst du noch mal rein? Dann müssen wir für ein bisschen mehr Licht sorgen.« Der eine Kumpel hob die Hand und zeigte ihm zwei zusätzliche Kopfleuchten.

Aber Knut kam gar nicht dazu, ihm zu antworten. Ein fernes Grummeln, ungefähr wie ein Donner, kam die alte Strosse entlanggerollt. »Da hat sich mal wieder ein Felsblock vom First gelöst«, sagte der andere Kumpel. Und mit einem angespannten Blick zu Knut: »Jetzt musst du dich aber beeilen. Sonst müssen wir noch hierbleiben.«

KAPITEL 27

Das Kohlenkind

*Im Herzen des Berges tief drinnen nur,
wohin das Sonnenlicht niemals nicht reicht.
Dort ließ er für alle Zeiten seine Spur,
die sich nur seinen Kumpels zeigt.*

Samstag, 24. Februar, 18.20 Uhr

Der First hatte dort nachgegeben, wo Schacht 7 auf die alte Schachtstrecke traf. Niemand bei Store Norske war überrascht davon. Der Eingang zum alten Schacht war geschlossen, seit eine Steinlawine ihn vor ein paar Jahren aufgedeckt hatte. Jetzt hatte sich ein Block gelöst und größere und kleinere Steinbrocken mit sich gerissen, die die Öffnung versperrten. Aber bis jetzt konnte man sich immer noch von einer Seite auf die andere zwängen.

»Der Gasstand, wie hoch ist der?« Der Steiger war zum Vormann gegangen, einem Veteran, der erst vor ein paar Wochen von Schacht 3 hierher gewechselt war. Er hatte den Vorteil, dass er den Kohleabbau nach der alten Methode noch gut kannte. Jetzt war keine Zeit, Maschinen herbeizuschaffen, die moderne hydraulische Stempel festrammten konnten, um den Ort zu sichern. Außerdem wäre das laut dem Alten auch gar kein Vorteil, denn der Berg war hier spröde wie ein Haferkeks.

»Direkt unter der Grenze. Ziemlich stabil.« Er nickte dem Steiger zu. »Lass uns reingehen und sie holen.«

»Ist das sicher?«

»Sicher?« Der Vormann lachte hohl und bitter. »So sicher wie eine Hure in der ersten Spelunke in einer Hafenstadt.«

Der Steiger überlegte. »Du entscheidest.«

»Solange Menschen drinnen sind... Wir müssen sie ja warnen...« Er entschuldigte sich fast dafür, dass er so ein großes Risiko einging. »Ich gehe selbst rein. Es ist nur einer nötig.«

Kurz darauf war er auf dem Weg zu dem alten Pausenraum. Seine Kopfleuchte schrammte am Berg entlang, mal auf der einen Seite, mal auf der anderen. Niedrige Schachtstrecken mit einem First, der fast die Sohle berührte, verschwanden in der Dunkelheit hinter ihm. Bald würde der Berg hier ganz in sich zusammensacken. Dann wäre der alte Schacht für alle Zeiten verloren. Es machte keinen Sinn, die Strecken zu verstärken. Das Flöz war dünn und von mehreren Gesteinsschichten geteilt. Nicht abbauwürdig, wie sie herausgefunden hatten, die Bergleute, die vor fast hundert Jahren hier zur Probe in den Berg gegangen waren.

Es war selten, dass ein Vormann allein im Berg war. Er genoss dieses sonderbare Gefühl und kämpfte gleichzeitig mit einer vagen Furcht vor der Dunkelheit, vor allem, was er außerhalb des Kegels der Kopfleuchte nicht sehen konnte. Ab und zu blieb er stehen und lauschte. Es knackte und knirschte im Berg. Die Spannungen, die die Felsblöcke hielten, waren enorm. Bald würde etwas passieren. Eine kaum merkliche Verschiebung in der Position eines Felsen, ein plötzlicher Steinschlag weiter drinnen, eine Veränderung, die mit einem Ticken begann und mit Tausenden von Tonnen an Gesteinsmasse enden konnte, die alle unter sich begrub. Er hastete weiter.

Bei dem alten Verschlag fand er sie. Er winkte mit den Armen und rief. Einer der Hauer – er erkannte seine Kumpel an den gelben Helmen wieder – ging ihm entgegen.

»Müssen wir raus?«

»Aber sofort. Schnappt euch den Polizisten und dann ...« Er schaute sich um, konnte aber keinen blauen Helm entdecken, wie ihn Besucher im Werk bekamen, damit man sah, dass sie Besucher waren. »Wo ist er denn?«

»Er ist mit Vesle-Jon zur alten Schachtendwand. Er kann einem schon leidtun. Er war sich so sicher, dass er eine Spur von dem Mädchen finden würde. Aber so ein Idiot kann auch Steinar Olsen nicht gewesen sein. Niemand wird ja wohl ein Kind mit hier runternehmen?«

Der Vormann zuckte mit den Schultern. Ihm war es jetzt am wichtigsten, alle rauszukriegen. »Sind sie schon lange fort?«

»Nein, vielleicht fünf Minuten. Und er geht ja langsam, der Blaue. Sie können noch nicht weit gekommen sein.«

»Dann lauf hinter ihnen her. So schnell du kannst. Wir müssen raus hier.« Es lief dem Vormann kalt den Rücken hinunter. Ihm gefielen die Geräusche des Bergs nicht, ganz und gar nicht. Aber kaum war der Hauer hinter den Schatten des alten Pausenraums verschwunden, da kam ein anderer mit gesenktem Kopf in schnellem Tempo herangerutscht. Auch mit gelbem Helm. »Wir müssen raus. Sofort!« Plötzlich rumpelte es in ihrer Nähe, und dicke Staubschwaden quollen zwischen den Steinen einer zusammengestürzten Nebenstrecke hervor.

Im nächsten Moment konnte der Vormann nur noch wenige Meter vor sich etwas erkennen. Er erahnte eine Gestalt, die angelaufen kam. Eine andere Gestalt sprang an der Holzbude vorbei. Er packte sie am Arm. »Haben alle Bescheid gekriegt? Sind sie auf dem Weg zurück zu Schacht sieben?« Der Mann blieb kaum stehen. »Ja, ich habe einen gesehen, der ist dahin gelaufen, wo der Blaue verschwunden ist. Ist einer der Chefs im Schacht? Ich habe ihm jedenfalls zugerufen. Er weiß Bescheid.«

Sie stolperten einer nach dem anderen aus der engen Öffnung in den Schacht 7, ihre Arbeitskleidung voller Kohlenstaub. Die Gesichter waren schmutzig und die Schutzbrillen verklebt. Die rußgeschwärzten Atemmasken rissen sie sich schnell ab und schnappten nach Luft. Der Steiger stand am Grubenjeep bereit. Er zählte die Männer. Dann schaute er sich um und zählte noch einmal. »Wo ist der Polizist?«

»Er kommt gleich hinter uns. Vesle-Jon ist reingegangen und hat ihm Bescheid gesagt. Die beiden sind auf dem Weg raus.«

»Aber Vesle-Jon steht da hinten.«

»Aber ich habe doch ganz deutlich gesehen ... weiter drinnen, noch hinter dem Pausenraum ... da war jemand, der hinter dem Polizisten hergegangen ist. Und ich habe jemanden mit weißem Helm gesehen, der ...« Der Hauer sah sich um, sichtlich verwirrt.

»Es ist keiner von der Leitung in den alten Schacht reingegangen«, erklärte der Steiger. »Und alle, die ich reingeschickt habe, sind wieder rausgekommen. Bis auf Knut Fjeld.« Er spürte, wie seine Gesichtshaut sich straffte.

»Aber ... wer war es dann, der dem Polizisten nachgelaufen ist?«, fragte der Hauer. Eine eisige Vorahnung breitete sich in seinem Körper aus.

Sie kamen nicht dazu, die Situation weiter zu diskutieren. In dem Moment löste sich der First auf ganzer Länge die alte Strecke hinein. Die Holzstützen, die erst vor Kurzem in den Fels gerammt worden waren, knickten wie Streichhölzer ein. Der Lärm war ohrenbetäubend, und dicke Staubwolken quollen aus dem alten Schachteingang. Das Echo rollte in den Schachtstrecken weiter, in den Querschlägen, den Strossen bis in den Hauptschacht hinein.

Und dann wurde es still. Der Weg hinein in den alten Schacht war für alle Zeiten verschlossen.

Als die Lawine kam, lag Knut allein ein paar Meter tiefer in einer der alten Strecken beim Querschlag. Er hatte seine Klaustrophobie bezwungen und war ganz hineingekrochen, um sicher zu sein, dass Ella Olsen nicht dort war. Die Seitenstrecken waren flach und nur zehn, zwanzig Meter lang. Es dauerte nicht lange, bis Knut feststellen konnte, dass sie leer waren. Kein toter kleiner Körper. Keine schreckliche Meldung, die er der Mutter überbringen müsste. Jetzt fehlte nur noch die letzte Strecke.

Er konnte die Zeche nicht verlassen, bevor er Gewissheit hatte, auch wenn jemand vom Pausenraum zu ihm gelaufen war und ihm zugerufen hatte, er solle rauskommen. Das Ende der Strosse konnte nicht mehr weit sein. Ein paar Sekunden konnten ja wohl keinen so großen Unterschied machen.

Vor ihm verengte sich die Strecke und endete dann. Sie war leer. Doch noch bevor er wieder hervorkriechen konnte, erfüllte eine Art Brummen die Luft mit einer Staubwolke, und anschließend erzitterte der Berg von einem mehrfachen Knall, als wären Bomben detoniert. Er schlug die Hände an den Helm, konnte jedoch die Ohren nicht schützen, presste den Kopf auf die Sohle, ohne sich darum zu kümmern, dass spitze Steine ihm das Gesicht zerkratzten. Und dann war es vorbei.

Dort, wo er gelegen hatte, waren keine Steine niedergegangen. Doch durch den Staub konnte er nichts mehr sehen, auch mit der Kopfleuchte nicht. Langsam schlängelte er sich rückwärts hinaus, auf Ellbogen und den Hüften, und zwängte sich die letzten Meter hindurch bis zum Querschlag. Dort konnte er sich zumindest hinknien. Aber er bekam kaum Luft, zerrte an seinem Halstuch, versuchte die obersten Overallknöpfe zu öffnen.

Eine Hand schob sich über seine Schulter vor, löste die Staubmaske. Er schluckte gierig die staubgefüllte Luft in tiefen Zügen, musste sich aber bald vorbeugen und einen Brei aus schwarzem Schleim erbrechen. Noch nie war er in seinem erwachsenen Leben so erleichtert gewesen, er konnte sich zumindest nicht daran erinnern. Tränen stiegen ihm in die Augen. Er hätte den Bergmann umarmen können, der da auf ihn gewartet hatte. Aber er konnte nicht erkennen, um wen es sich handelte. Der Mann hatte den Helm tief in die Stirn gezogen und eine neue Staubmaske vor dem Gesicht, genauso eine, wie er sie jetzt auch Knut reichte.

Der Mann zeigte die Strecke entlang. Sie machten sich auf den Weg, vorgebeugt, langsam. Große Kohle- und Steinbrocken lagen auf der Sohle, und Knut fiel mehrere Male hin und stieß sich die Knie wund. Beim Aufenthaltsraum war die Luft so voller Staub, dass Knut zunächst den alten Bretterverschlag gar nicht sah. Doch dann endlich entdeckte er ihn. Ein in sich zusammengefallener Haufen aus Brettern und Steinen, das war alles, was nach der Lawine noch übrig geblieben war.

Der Mann machte Knut Zeichen, dass er stehen bleiben solle, er selbst ging weiter, um den Weg zum Schacht 7 hin zu untersuchen. Nach einer Weile kam er zurück, schüttelte den Kopf und gab Knut mit Zeichen zu verstehen, dass die Schachtstrecke von der Steinlawine versperrt war.

Knuts einzige Frage: »Was machen wir jetzt?« Er hatte ein Sausen in den Ohren und konnte durch die Maske kaum seine eigene Stimme hören. »Warten wir, bis sie uns von der anderen Seite ausgegraben haben? Denn die wissen ja, dass wir hier sind.«

Doch der Kumpel schüttelte nur den Kopf. Er zeigte mit einem riesigen Arbeitshandschuh hinter sich, in die Richtung, aus der sie gekommen waren. Knut hatte gar nicht die Zeit zu protestieren, da hatte der Mann sich bereits umgedreht und war losgegangen, eine breite, zusammengekrümmte Gestalt mit wiegendem Schritt, von einer Seite zur anderen schaukelnd. Knut hatte keine andere Wahl, er musste dem Unbekannten folgen. Aber wieso sollten sie weiter in den Berg hinein gehen? Es würde nicht lange dauern, bis sie das Ende der Strecke erreicht hatten.

Der Mann hatte es plötzlich eilig. Ab und zu blieb er stehen und lauschte, dann ging er aber gleich wieder in raschem Tempo weiter. Knut gab sich alle Mühe, Schritt zu halten, er stöhnte laut. Der Rücken tat ihm weh, aber jedes Mal, wenn er sich ein wenig strecken wollte, schlug er mit dem Helm gegen den First. Kohle und Steine fielen ihm in den Nacken, zwischen Kragen und Hals. Er atmete immer schwerer, da auch die neue Maske mit der Zeit dicht von Staub bedeckt war. Auch der Bergmann vor ihm ging jetzt langsamer. Er konnte den weißen Helm ein Stück vor sich in der Schachtstrecke von einer Seite zur anderen schaukeln sehen, der Abstand wurde nicht mehr größer.

Jäh wurde Knut aus seinem schlafwandlerischen Zustand aufgeschreckt. Der weiße Helm... Die beiden Bergleute, die ihn in den Schacht hineinbegleitet hatten, hatten gelbe Helme getragen. Wer ging da vor ihm?

Der Alarm in Schacht 7 ging mit langgezogenen Heultönen los. Bergleute und Rettungsmannschaften eilten den Hauptstollen hinunter, ohne darauf zu warten, dass der Grubenjeep sie abholte.

»Was zum Teufel ist denn los? Hier gibt es doch keine Lawinengefahr.«

»Der Gasstand. Er liegt mitten in der Gefahrenzone. Wir müssen raus über Tage.«

»Und der Polizist?«

»Wir können ihn erst hinterher holen.« Der Bergmann schaute weg. Alle wussten, dass die Chance, Knut Fjeld lebend zu finden, mikroskopisch klein war. Es würde mehrere Tage dauern, bis die Gaskonzentration wieder niedrig genug war und nochmals mehrere Tage, um die Passage zum alten Schacht wieder freizulegen.

Sie sammelten sich in den Tagesanlagen. Die Kumpel mit ihren Helmen in der Hand. Der Steiger und der Direktor standen beieinander, beide mit den Helmen in der Hand, wie bei einer Beerdigung. »Jetzt dürfen wir den Mut nicht verlieren«, erklärte der Direktor und schaute jedem in die Augen, der an ihm vorbeiging. »Momentan ist die Gaskonzentration über dem Grenzbereich. Die Explosionsgefahr ist dann geringer, wie ihr alle wisst. Aber wir müssen warten, bis das Methan ausgelüftet ist, dann gehen wir mit einem Bagger rein und entfernen das Geröll.«

Niemand dachte auch nur im Traum daran, ihm zu widersprechen. In solchen Situationen war Hoffnung eine Pflicht, kein Privileg. »Hauptsache, es knallt nicht«, murmelte der Direktor vor sich hin. Auch er hatte Angst, gestattete es sich aber nicht, sie zu zeigen.

Sie lag hinter ein paar großen Felsen auf einem Bündel alter Kleider, mit einem schmutzigen graugelben Baumwollanorak als Decke und einer dicken Ledermütze als Kissen unterm Kopf. Der Überhang ragte über ihr in den Raum hinein. Die alte Zechenstrecke endete an einem Haufen herabgestürzter Steine. Über dem Geröll war eine enge Öffnung zu sehen. Aber sie war ja wohl zu klein, um sich dort durchzupressen?

Durch den Steinschlag war die Strecke hier höher. Die beiden Männer konnten ihre Rücken strecken und aufrecht stehen. Die Luft war klarer, auch wenn immer noch Kohlenstaub im Licht der Kopfleuchten tanzte. Der Bergmann nahm den weißen Helm und die Maske ab. Es war Per Leikvik.

Ich hätte sie selbst finden müssen, dachte Knut, und sein erstes Gefühl war Verblüffung. *Wenn ich nur ein bisschen mehr Zeit gehabt hätte und weiter hätte suchen dürfen, dann hätte ich sie gefunden.*

Sie sah aus wie eine Puppe, die jemand an diesem ungewöhnlichen Platz vergessen hatte. Ihr Gesicht war unnatürlich blass, die Augenwimpern wie schwarze Pinselstriche auf den Wangen.

Knut blieb reglos stehen. Ein lähmendes Gefühl der Enttäuschung durchzog ihn. Die bedrückende Furcht, die er in den letzten Stunden erlebt hatte, war Wirklichkeit geworden. Er war zu spät gekommen. Er ließ sich auf einen Felsen sinken und nahm den Helm ab. Wie konnte er nur so dumm sein? Warum hatte er nicht darauf bestanden, dass die Leute von der Kripo alle Ressourcen einsetzten, um den Spanner zu finden? Per Leikvik war es gewesen, er hatte sie die ganze Zeit bei sich gehabt.

Aber eines konnte er zumindest für Tone Olsen tun, er konnte ihre Tochter aus dem Berg holen. Wenn er nur wüsste, wie. Sie mussten zurückgehen, natürlich, das mussten sie. Die Öffnung über ihnen war viel zu klein, um dort weiterzukommen. Und der letzte Ort, an dem die Leute von der Store Norske ihn gesehen hatten, das war an dem alten Holzverschlag gewesen. Alle erdenklichen Regeln für das Verhalten bei Katastrophen sahen vor, dass man dort bleiben sollte, wo man zuletzt gesehen worden war. Er sammelte seine letzten Kräfte, stand auf und wollte den kleinen Körper hochheben, eingehüllt in die Kleider. Der alte Bergmann betrachtete ihn genau dabei.

Da bewegte sie eine Hand und seufzte leise, als hätte sie etwas Schönes geträumt. Knut warf sich auf die Knie und legte die Wange an ihren Mund.

»Sie atmet!« Er starrte Per Leikvik ungläubig an. »Sie lebt ja. Hättest du das nicht sagen können?«

Der alte Bergmann verdrehte die Augen und spuckte wütend auf die Sohle.

Ella war am Leben, aber es war offensichtlich, dass sie in schlechter Verfassung war. Knut gelang es nicht, sie zu wecken. Die Augäpfel rollten unter halb geöffneten Augenlidern hin und her. Aber soweit Knut es sehen konnte, war sie nicht verletzt. Keine Wunden oder blaue Flecken, kein Blut im Haar.

Per Leikvik berührte Knut an der Schulter und hielt die Hand vor den Mund, während er gleichzeitig den Kopf zurücklegte.

»Hat sie Durst?«

Per Leikvik nickte.

»Dehydriert?« Ja, natürlich. Ella war mehr als einen Tag lang allein im Schacht gewesen. Und Knut hatte in dem alten Pausenraum nichts gefunden, was Wasser hätte enthalten können.

»... a-asser ... a-asser.« Per Leikvik zeigte an dem Steinhaufen vor ihnen vorbei, hinauf zur Öffnung.

»Du weißt, wo es Wasser gibt?«

Per Leikvik nickte und hob die kleine Person vorsichtig vom Boden auf.

Sie schafften es, sich durch die enge Öffnung zu zwängen, und gelangten auf der anderen Seite an einen grobbehauenen, alten Ort. Nur zu zweit gelang es ihnen, Ella zu dem Durchbruch hochzuheben und durch den Felsspalt zu ziehen. Knut war ganz erschöpft von der Anstrengung, ihren Kopf von spitzen Steinen, Kies und Kohlenstaub fernzuhalten. Auf der anderen Seite der Öffnung war die Strecke so niedrig, dass sie das erste Stück auf Knien kriechen mussten, während sie Ella zwischen sich beförderten, Meter um Meter. Ab und zu drehte sie den

Kopf, wedelte mit einer Hand, aber sie wachte nicht auf. Nach einer Weile wurde der First etwas höher.

An einer Felswand fanden sie ein Wasserrinnsal. Sie befeuchteten Ellas Lippen, versuchten, ihr das Wasser Tropfen für Tropfen einzuflößen. Aber sie wollte nicht aufwachen, drehte den Kopf weg. Sie setzten ihren Weg fort. Knut fragte nicht mehr, wohin sie gingen und protestierte auch nicht. Ab und zu mussten sie sich hinsetzen und eine Pause machen.

»Hast du sie in dem Holzverschlag gefunden?«

Per Leikvik nickte, legte aber einen Finger auf den Mund um Knut zu zeigen, dass er leiser sprechen sollte.

»Gestern?«

Wieder nickte er.

Knut wollte fragen, warum er Ella nicht einfach durch die Strecke, die in Schacht 7 mündete, mit hinausgenommen hatte, doch Per Leikvik musste schon begriffen haben, woran er dachte, denn er zeigte auf den First und senkte die Hände.

»Steinschlag? Du hast gewusst, dass die Strecke in Gefahr war?«

Per Leikvik nickte und schaute weg. Er hatte Angst vor Berglawinen.

»Hast du Steinar Olsen gesehen?«

Ella jammerte leise, und Per Leikvik wandte sich mit wütendem Blick ab. Er schüttelte den Kopf und wollte keine weiteren Fragen beantworten. Und dabei ging es um die Frage, die Knut gern hätte stellen wollen, worauf er aber keine Antwort bekam: Wusste Per Leikvik, wohin die alte Strecke führte? Waren sie auf dem Weg hinaus?

Die Zeit verging langsam im Berg. Sie wanderten dort drinnen hundert ewige Nächte lang herum, vielleicht waren es auch schon hundert Jahre? Per Leikvik ging voran und trug unermüdlich Ella, mal auf dem Rücken, mal in den Armen.

Sie kamen an Gesteinshaufen vorbei, die im Licht ihrer Kopfleuchten wie Metall glänzten. Aber es war trotz allem nur Kohle. Sie war von dem Wasser, das die Wände herunterlief, von dem First tropfte oder in kleinen Bächen auf der Sohle entlanglief, vollkommen durchnässt. Einmal mussten sie sich durch einen Spalt zwängen, der so eng war, dass Knut nur in der obersten Lungenspitze atmen konnte. Es war ein Albtraum, sein schlimmster seit vielen Jahren – die Angst, festzustecken, dort drinnen in dem Berg bleiben zu müssen, ohne dass ihn jemand fand.

Aber sie schafften es weiter. Krochen flache Strecken entlang, die der Berg mit der Zeit wieder ganz schließen würde. Und als sie schon so lange gegangen waren, dass Knut nichts anderes mehr erinnern konnte als den Berg und den Geruch der Kohle, den bitteren Geschmack im Mund, das bedrohliche Knacken von Tonnen von Stein über ihren Köpfen, da kamen sie plötzlich hinaus in ein großes Gebäude aus ergrauten, staubigen Holzbrettern.

Per Leikvik legte Ella vorsichtig auf ein paar Kisten, schob ihr wieder die Ledermütze unter den Kopf und wickelte den Anorak fest um sie. Dann ging er zu den windschiefen Türen und öffnete eine, so dass das blaue Morgenlicht und die Kälte hereindringen konnten.

Knut trat vorsichtig an den Rand der wackligen Plattform und schaute über das Adventdalen. Weit dort unten lag Longyearbyen mit Licht in allen Häusern, wie Glasperlen auf dem Grunde eines Meeres. Die Gletscher leuchteten weiß um den Ort herum, und die Berge zeigten einen rotgelben Rand um ihre Spitzen. Es war früher Morgen, am fünfundzwanzigsten Februar, und sie waren aus dem Berg herausgekommen.

Das Zechenlied

*Geschrieben von dem Tischler Tiller von Namsos,
der 1947 in Longyearbyen arbeitete.
Veröffentlicht in der Spitzbergen-Post Nr. 10, 1950/51*

In Spitzbergens kohlrabenschwarzen Gruben,
wo niemals die Sonne am Horizont steht.
Wo nichts als das Dunkel der Ewigkeit herrscht,
ein Dunkel, das niemals vergeht.
Da mühen sich ab arbeitende Scharen
von zuverlässigen und zähen Mann.
Sie trotzen den tausend Gefahren,
sie treiben die Kohle voran.
In des Berges Tiefe drinnen
schuften sie fürs täglich Brot.
Doch oft können sie ihm nicht entrinnen,
ihrem schweren, schnellen Tod.

Wie entschlossen sie ihre Kluft überstreifen,
dabei bietet sie keine strahlende Pracht,
keine Bügelfalten und keine Schleifen,
dennoch sind sie stolz auf ihre Tracht.
Sie zögern nicht draußen und warten nicht ab,
denken an Gefahren nicht und nicht an den Tod.
Sie gehen den üblichen Weg in die Tiefe hinab,

mühen sich ab fürs tägliche Brot.
In des Berges Tiefe weit
müssen sie gehen auf Knien und Händen.
Sie fürchten nicht um Haut und Kleid,
denn auf ihr Glück vertrauen sie heut.

Wer denkt an den, der tief dort drinnen
im Kohlenstaub sein Leben verlor?
Wer baut ihm ein Denkmal, ihn zu erinnern.
Wer kann wohl Trost der einsamen Witwe verleihn?
Wer erzählt von den treuen Scharen,
die kämpften so tapfer und unverdrossen?
Wer wird die Erinnerung an die Arbeiter bewahren?
Da das Buch ihrer Geschichte nunmehr geschlossen.
Im Herzen des Berges tief drinnen nur,
wohin das Sonnenlicht niemals nicht reicht.
Dort ließ er für alle Zeiten seine Spur,
die sich nur seinen Kumpels zeigt.

Epilog

MITTEILUNG

An: Ermittler Jan Melum, Mordkommission, KRIPO
Von: Jonas Lund Hagen, Leiter der Mordkommission, KRIPO
Datum: 17. Februar 2001

Schau dir mal diesen Zeitungsausschnitt aus der Nya Wermlands-Tidningen an, Jan. Es hat fast fünf Jahre gedauert, bis wir Recht bekommen haben.

Norwegerin bekam zehn Jahre Haft für Mord

Zehn Jahre Gefängnis lautet das Urteil für die norwegische Frau, die im November letzten Jahres ihren Mann mit einem Messer erstochen hat und anschließend das gemeinsame Haus des Paares in der Nähe von Sysslebäck in Brand steckte.

Das Paar lebte seit drei Jahren in Schweden, und der Mann, ein ehemaliger Polizeibeamter von Spitzbergen, arbeitete beim schwedischen Zoll. Das Gericht glaubte der Frau nicht, die erklärt hatte, sie wäre von einem Einbrecher überrascht worden und hätte sich aus Furcht vor ihm im Keller versteckt.

Der Verteidiger der Angeklagten teilte mit, dass er in Berufung gehen wird.

DANKE

Ich schulde vielen Personen großen Dank, weil sie mir beim Schreiben und den Recherchen zu diesem Buch geholfen haben; meiner Mutter für nie versiegende Aufmunterung, Lisbeth, Morten, Kaare, Birger, Arne und Emma. Ein großes Dankeschön an meinen lieben, geduldigen Verlag.

btb

Håkan Nesser bei btb

Die Kommissar-Van-Veeteren-Serie

Das grobmaschige Netz. Roman (72380)
Das vierte Opfer. Roman (72719)
Das falsche Urteil. Roman (72598)
Die Frau mit dem Muttermal. Roman (72280)
Der Kommissar und das Schweigen. Roman (72599)
Münsters Fall. Roman (72557)
Der unglückliche Mörder. Roman (72628)
Der Tote vom Strand. Roman (73217)
Die Schwalbe, die Katze, die Rose und der Tod. Roman (73325)
Sein letzter Fall. Roman (73477)

Weitere Kriminalromane

Barins Dreieck. Roman (73171)
Kim Novak badete nie im See von Genezareth. Roman (72481)
Und Piccadilly Circus liegt nicht in Kumla. Roman (73407)
Die Schatten und der Regen. Roman (73647)
In Liebe, Agnes. Roman (73586)
Die Fliege und die Ewigkeit. Roman (73751)
Aus Doktor Klimkes Perspektive. (73866)
Die Perspektive des Gärtners. Roman (75173)

Die Inspektor-Barbarotti-Serie

Mensch ohne Hund. Roman (73932)
Eine ganz andere Geschichte. Roman (74091)
Das zweite Leben des Herrn Roos. Roman (74243)
Die Einsamen. Roman (75313)

www.btb-verlag.de